KB240398

한국 근·현대 여성문학 장의 형성
문학제도와 양식

저자 **김양선**(金良宣, Kim Yang-sun)은 서강대 영문과 및 동 대학원 국문과 졸업. 문학박사, 문학평론가. 현재 한림대학교 기초교육대학 교수. 저서로 『1930년대 소설과 근대성의 지형학』, 『근대문학의 탈식민성과 젠더정치학』, 평론집 『경계에 선 여성문학』 등이 있으며, 논문으로 「탈근대·탈민족 담론과 페미니즘 문학연구—경합과 교섭에 대한 비판적 읽기」, 「1950년대 세계여행기와 소설에 나타난 로컬의 심상지리」, 「세계성, 민족성, 지방성—일제 말기 로컬 상상력의 층위」 등이 있다.

한국 근·현대 여성문학 장의 형성 문학제도와 양식

—

초판 인쇄 2012년 11월 15일 **초판 발행** 2012년 11월 25일

지은이 김양선 **펴낸이** 박성모 **펴낸곳** 소명출판 **출판등록** 제13-522호

주소 서울시 서초구 서초동 1621-18 란빌딩 1층

전화 02-585-7840 **팩스** 02-585-7848 **전자우편** somyong@korea.com **홈페이지** www.somyong.co.kr

—

값 22,000원

ISBN 978-89-5626-783-8 93810

이 도서는 2007년 정부(교육인적자원부)의 재원으로 한국학술진흥재단의 지원을 받아 연구되었음(KRF-2007-812-A00177)

한국 근·현대 여성문학 장의 형성
문학제도와 양식

The Formation of Woman's Literary Field in Modern Period

On the Literary Institution and Style

김양선

소명출판

책머리에

여성문학사 서술은 필자가 국문학 연구자이자 여성문학 연구자로서
아카데미 안에 발을 내디딘 이래 줄곧 지녀 온 희망사항이었다. 하지
만 문학사 서술은 방대한 자료를 섭렵하고 이를 일관된 관점에서 해석
하고, 서술해야 하는 끈기와 내공을 요구하는 작업이다. 무엇보다도
연구와 강의, 그 외 번다한 일로 몸과 마음이 분주한 필자 같은 중견 연
구자에게는 문학사 집필에 일차적으로 요구되는 지속적인 시간 확보
부터 물리적으로 힘들었다. 자료를 읽고 분석하면서 언뜻 언뜻 벼려놓
았던 문제의식은 당장의 강의나 다른 프로젝트로 인해 희미해지기 일
쑤였고, 추가로 읽어야 할 자료들의 양은 느는데 이를 갈무리할 만한
여유가 좀처럼 생기지 않기도 했다. 무엇보다도 여성문학사 서술은 기
존의 문학사와는 '차별적인' 시각을 견지해야 하고, 그러기 위해서는
독자적인 논리로 무장하면서도 그 양이나 질 면에서 나아야 한다는 강
박관념이 오히려 작업을 시작하려는 의지를 꺾기도 했다.

하지만 지난 몇 년 동안 '민족문학사학회'의 근대 문학제도와 문학 장 연구 프로젝트, '한국여성문학학회'의 전후 여성잡지 읽기 콜로키움 등에 참여하면서, 그리고 관련된 개인 연구과제를 수행하면서 막연한 문제의식과 막막함을 극복하고 여성문학사를 써 볼 용기를 낼 수 있었다. 필자는 이 책에서 문학제도와 문학 장의 기원과 형성이라는 관점에서 여성문학사를 기술하고자 했다. 이런 관점이 문학사, 그리고 여성문학사 기술의 전범이라고 할 수 있을지는 잘 모르겠다. 다만 기존의 문학사에서 작가와 작품을 총람격으로 서술하거나, 시대 순 혹은 문학사조 순으로 서술하는 방식에 대한 아쉬움이 컸고, 문학제도와 문학 장의 변전이 문학사를 '다른' 각도에서 역동적으로 해석하는 방안이 될 수 있지 않을까라는 생각에서 작업을 시작했다는 점만 밝혀 둔다.

이 책은 4부로 구성되어 있다. 1부 「문학제도의 관점에서 본 여성문학사」에서는 여성문학사와 여성문학제도 연구의 필요성과 방법론에 대해 밝혔다. 2부 「근대 여성문학 장의 탄생과 형성」에서는 각각 근대 초기(1900~1910년대), 식민지 시기(1920~1930년대), 일제 말기(1930년대 후반~1940년대 초반) 여성문학 장의 탄생과 형성 계기를 살펴보았다. 기존 문학 장 및 제도와 여성문학 장 및 제도 간의 경합과 협상이라는 외적 요인뿐만 아니라 여성문학 장의 자발적 욕망이라는 내적 요인을 두루 고려하고자 했다. 3부 「여성문학 장의 형성과 여성문단의 정착」에서는 해방과 한국전쟁기, 그리고 전후 여성문학 장이 잡지, 단체 결성, 글쓰기 실천 등을 통해 독자적인 여성문단을 만들어가는 과정에 주목했다. 또한 당시 여성문학, 여성작가에 대한 기존 문학 장의 대응 양상을 비평 담론을 중심으로 살펴보았다. 4부 「정전, 양식, 여성성의 제도화」에서는 문학전집을 중심으로 근·현대 여성문학 정전이 만들어지는 과정, 특정 양식이나 글쓰기의 젠더화 전략을 근·현대 여성문학을 해석하기 위한 방법론으로 제시하고자 했다. 특히 '여성성의 제도화'는 이 책 전체에 걸쳐 여성문학 장의 자발적인 형성 계기, 기존 문학 장의 배제 원리를 보여줄 수 있는 핵심 개념이다.

이 책의 출간으로 여성문학사 연구에 대한 필자의 오랜 소망이 실현되었다고 생각하지는 않는다. 무엇보다도 시대별, 문학사조별 구분이라는 기존 문학사의 관행을 완전히 벗어나지 못했으며, 여성문학 장의 역동적 모습을 촘촘하고 총체적으로 보여줄 수 있는 섬세함과도 거리가 멀다. 때문에 앞으로도 여성문학사 연구의 내연과 외연을 튼실히 하는 작업을 계속하고자 한다.

앞서도 말했듯이 여성문학사 서술을 위한 출발점에 서는 이 책의 작업은 여러 학회 동학들과의 공동 연구가 없었다면 힘들었을지도 모른다. 자료수집이나 강독과 같은 지난한 작업, 이론적 탐색 등에서 빚진 바가 많다. 또한 이 책은 한국학술진흥재단(현 한국연구재단)의 저술출판(구 인문저술) 지원사업의 도움을 받았기에 필자의 더딘 연구에 박차를 가할 수 있었다. 평소 강의나 학회 활동, 글쓰기로 분주한 필자에게 힘을 보태주는 가족 조휘광과 조해성에게도 고마운 마음을 전한다. 끝으로 바쁜 발간 일정에도 꼼꼼하게 책을 만들어 주신 소명출판 박성모 사장님과 편집부에도 고개 숙여 감사드린다.

2012년 겨울 초입 봄내골에서

김양선

차례

3부 여성문학 장의 형성과 여성문단의 정착

4부 정전, 양식, 여성성의 제도화

1부

문학제도의 관점에서 본 여성문학사

여성문학사와 여성문학제도 연구를 위한 시론

여성문학사와 여성문학 제도 연구를 위한 시론

1. 들어가는 말

국문학 연구 분야에서 여성문학 연구는 1980년대 중반 무렵부터 몇몇 연구자들에 의해 산발적으로 진행되다가 1990년대 중반 이후 기존의 국문학 연구 방법론을 혁신하고, 문학사적 시각을 교정하고 넓힐 수 있는 대안으로 자리 잡았다. 최근 여성문학 연구는 문화 연구, 문학제도 연구로 그 범위가 확장되어 가는 추세다. 1990년대 여성문학 연구가 여성성, 여성적 글쓰기, 여성작가들의 작품 발굴과 재해석을 중심으로 이루어졌다면 2000년대 여성문학 연구는 기왕의 연구성과를 수렴하면서 문학제도사와 일상사, 문화사 등 학제 간 연구로 그 범위를 넓히고 있다. 식민지 시기와 전후 여성작가들의 등단과정에 대한 연구, 『여자계』, 『신여성』, 『여성』, 『여원』 등 여성잡지 연구, 여성교양 담론에 관한 연구 등이 이런 연구 경향의 산물이다. 또한 근대성, 민족주의, 식민주의, 파시즘 등을 젠더 정치학이나 젠더 위계질서와 관련하여 조망하는 작업이 활발하게 진행되고 있다.

이와 같은 최근의 연구 경향은 여성문학 연구가 남성 중심의 문학제도와 이른바 정전(正典)으로 불리는 남성작가 위주의 작품으로 기술되어 있는 문학사 서술에 대한 저항에서 시작되었다는 본래 정신에서 크게 벗어나지 않는다.

이 책은 이 같은 최근 여성문학 연구의 동향과 문제의식을 같이 한다. 다만 최근의 연구 역시 '독자적인' 여성문학사 서술의 구체적인 방법론과 방향에 대해서는 연구가 미흡한 상황이고, 여성문학사 서술의 토대 내지 전제가 되는 여성문학 제도에 관한 연구 역시 특정 시기인 식민지 시대에 집중된 터라 전체적인 상을 설정할 필요가 있다는 게 필자의 판단이다. 이 장에서는 여성문학사 서술의 구체적인 전략으로 여성문학 제도 연구의 필요성, 여성문학 제도 연구가 포괄해야 할 대상과 방법론을 모색하고자 한다. 먼저 기존 근대문학사 서술에서 여성문학이 배제되거나 상대적으로 주변적인 영역으로 취급되어 온 점을 실증적으로 밝히고, 여성문학사 서술이 어떻게 배치되고, 어떤 내용을 담아야 하는지 제언하고자 한다. 둘째, 여성문학 제도라는 문제 설정의 타당성을 검토하기 위해 다음과 같은 몇 가지 의제를 상정하고자 한다. 여성문학사 서술에서 문학제도 연구는 왜 필요한가. 기존 문학제도와 여성문학 제도는 어떤 면에서 동질성과 차이가 있는가. 문학제도 연구에 젠더적 관점이 왜 필요한가. 여성문학 제도 연구의 대상과 범위는 무엇인가.

2. 여성문학사라는 문제 설정

기존의 문학사 서술이 여성을 배제하거나 주변화함으로써 남성중심
적인 시각을 견지해 왔고, 이와 같은 편견 내지 난점을 극복하기 위해
여성문학사 서술이 필요하다는 문제제기는 간헐적으로 있어왔다. 특
히 고전문학 연구 분야에서는 여성문학사 서술의 지향점을 제시하고
있어 주목을 요한다. 가령 박무영은 조동일의『한국문학통사』제4판
이 여성작가의 문학을 여성문학으로 독립시켜 서술하는 방식, 기존 서
술체계에 '여성'을 포함시켜 서술하는 방식 두 가지를 사용하고 있는데
결과적으로는 기존 서술체계에 '여성문학'을 덧붙이는 서술을 택함으
로써 오히려 여성문학의 범위를 축소시키고 그 주변성을 부각시키고
있다고 지적한다. 즉 문학사에서 여성문학을 서술하는 일은 또 하나의
세계관 / 사관을 도입하는 일이지 기존 서술체계에 '남녀평등'이란 지
표를 덧붙이고 '여성문학을 더 많이 찾아내는 것'으로 해결될 사안이
아니라는 것이다.[1] 일반 문학사에 여성문학을 포함시키되, 어떤 서술
방식과 체계를 도입할 것인가, 아니면 독립적인 여성문학사를 서술할
것인가, 독립적인 여성문학사를 서술할 경우 어떤 방법론과 체계를 택
할 것인가는 이 장의 문제의식인 동시에 여성문학사 연구자들의 난제
이기도 하다. 전자의 경우 단순히 여성작가와 작품을 대거 포함시키거
나 지금까지 본격적인 문학 연구의 범주 안에 포함되지 않았던 여성의
글쓰기(고전문학의 경우 언간이나 제문, 근대문학의 경우 논설이나 독자투고, 자서전

---

1   박무영,「한국문학통사와 한국여성문학사—여성문학사를 위하여」,『고전문학연구』28호,
한국고전문학회, 2005, 87~88면.

등)를 포함시키는 것으로 귀결되는 경우가 많다. 하지만 이 경우에도 단순히 자료를 실증적으로 나열하는 것에 그치지 않고 예의 '여성의 시각'이 일관되게 관철되어야 할 필요가 있다.

문학사가 객관적 사실의 서술에 그치는 것이 아니라 문학사 서술 주체의 일정한 관점이 개입하는 것임은 근대문학사의 '정전'이라 할 수 있는 백철과 조연현의 문학사, 김윤식의 문학사, 권영민의 문학사, 김재용 외의 문학사가 각기 다른 사관과 서술방식, 체계를 택하는 데서도 단적으로 드러난다. '여성의 시각'이라 하더라도 단순히 여성의 경험과 글쓰기 전략을 서술하는 데 그치는 게 아니라면 민족, 계급, 여성 간의 관련성, 즉 여성을 구성하는 주요 자질들에 대한 고려가 포함된 '여성의 시각'이어야 할 것이다. 근대문학사 속에서 '여성'이라는 젠더가 어떻게 남성이라는 젠더와 대위적으로 위치하는지를 밝히는 것은 중요한데, 그것은 여성이 남성과는 다른 방식과 의도에서 근대 네이션(nation)의 성원으로 호명되기 때문이다. 이런 저간의 상황을 고려한다면 '여성' 범주를 고정된 것으로 상정하는 것이 아니라 여성 역시 각기 다른 사회문화적 맥락에 따라 달리 구성되는 동시에 사회나 제도가 요구하는 여성(성)과 경합하는 능동적 측면이 있다는 점을 함께 고려해야 한다. 즉 (근대) 여성문학사 서술[2]에는 성차화된 '여성'이자 '국민'으로서 상호 배리되거나 보족적인 위치를 부여받은 여성작가와 여성문학의 정체성 투쟁이 드러나야 하며, 유동적인 여성 범주를 재의미화하

---

[2] 이후 논의에서 필자는 여성문학사와 근대 여성문학사라는 용어를 함께 쓸 것이다. 우선 이 글이 대상으로 하는 것은 근대 여성문학사와 여성문학 제도임을 미리 밝힌다. 다만 이 장에서 여성문학사 방법론이나 연구 경향을 지칭할 때는 따로 근대라는 접두어를 쓰지 않을 것이다.

는 여성문학 연구자의 시각이 개입된다고 할 수 있다.

　여성문학사 서술의 필요성을 제기하는 이경하는 "여성문학사란 여성의 문학활동에 관한 역사이자 여성주의 시각으로 재편한 문학사"라고 정의하면서 "여성문학사 서술은 여성의 문학활동에 관한 역사를 포함하여 문학 전체를 대상으로 한 여성주의적 해석을 역사화 하는 작업"이라고 본다.[3] 때문에 여성문학사 서술은 단순한 여성작가나 작품, 텍스트 속 인물에 대한 연구를 뛰어넘는다. "여성문학사 서술은 문학활동 주체로서의 여성에 대한 기억, 문학을 통해 구성되고 전달되는 여성담론을 재구성하는 작업"[4]인 것이다. 또한 이경하는 여성문학사 서술의 의의는 여성작가와 작품의 존재를 자국문학사의 빈 틈새에 끼워 넣는 데 그치지 않고, 자국문학사를 인식하는 새로운 시각을 마련하고 그것을 다시 쓰는 일이라고 말한다. 여성문학이라는 범주의 독립, 별도의 여성문학사 서술이 현재 문학연구 판도 내에서 여성을 주변화시킬 위험이 없지 않지만 남성중심의 문학사를 극복하고 궁극적인 단계로서 '젠더문학사'에 나아가기 위한 전 단계로 여성문학사 서술이 필요하다는 주장이다. 최기숙 역시 젠더적 관점으로 문학(사)을 독해해 온 작업들은 기존의 문학사 이해에 저항 / 도전하는 작업으로 이해되거나 기존의 문학사를 보완하는 보조적 방법론으로서가 아니라 문학 개념 자체를 재정의 하고, 그에 따라 문학사를 재구성해야 한다는 적극적인 문학 연구의 필요성을 제기한다고 본다.[5] 필자 역시 여성문학사 연구

3　이경하, 「여성문학사 서술의 문제점과 해결방향」, 서울대 박사논문, 2004, 24면.
4　위의 글, 33면.
5　이경하, 「여성문학사 서술의 필요성에 관하여」, 『여성문학연구』11호, 한국여성문학학회, 2004, 396~397면; 최기숙, 「젠더비평 : 메타 비평으로서의 고전 독해—고전 서사의 젠더 비

및 서술이 단순히 기존문학사의 결락 지점을 메우는 데 그쳐서는 안 되며, 여성문학사 서술을 위한 모종의 통일된 기준과 관점, 방법론을 마련하는 게 중요하다고 본다. 다음 장에서 기술할 여성문학 제도 연구는 그 구체적인 방법의 하나가 될 것이다.

필자는 독립적인 근대 여성문학사 서술이 필요하다는 입장이다. 첫째, 기존의 근대문학사 서술이 여성작가와 작품을 단순히 소개하는 데 그치거나 '여성' 범주를 도입한다 하더라도 '여성의 시각'이 배제되어 있기 때문이다. 가령 백철의 『신문학사조사』는 여성문학을 별도로 다루거나 여성문학적 특성을 고려하지 않고, 사조 혹은 시대별 서술에서 일부 여성작가들을 언급하는 방식을 취한다. 조연현의 『한국현대문학사』는 대표작가와 문단 중심으로 문학사를 기술한 터라 여성문학은 더더욱 배제되어 있다. 이들 문학사보다 후에 나온 권영민의 『한국현대문학사』는 따로 '여성소설의 등장과 여성적 관점'이라는 장을 할애하여 다루고 있으나 본격적인 여성문학의 시기를 1930년대로 잡고 있다. 이들이 소위 1기 여성작가들인 나혜석, 김명순, 김일엽을 다루는 방식은 유사하다. 가령 다음의 예문을 보자.

(가) 물론, 文學史上에 있어 남성작가와 여성작가를 원칙적으로 구별해야 할 기본적 이유가 있는 바가 아니고 지금까지도 그 시기마다 우수한 여성작가의 작품에 언급해온 바이지만 여기서 따로히 一項을 특징하는 것은 하나는 지금까지 항상 여류문학을 특수한 문학으로서 취급해온 문단상식을 한 史實로서

<hr>

평적 독해를 위한 방법론적 고찰」, 『한국고전여성문학연구』 12호, 한국고전여성문학학회, 2006, 321면.

보는 것이요, 또 남성작가와 비교하여 이 땅에선 더 한층 봉건적인 가정조건과 환경 속에서 문학활동을 하는데 여러 가지 제한을 받고 있는 그 특수조건을 배경한 특수작가군으로 보는 것도 전혀 무의미한 일이 아닌데서다. 그리고 이 여류문학의 항목을 三八・九年代에 와서 특징하는 것은 종전에도 개인적으로 우수한 여성작가는 있었으나 소위 하나의 작가군으로 이 수준까지 올라선 것은 이 시기에 와서이기 때문이다.[6]

(나) 여류작가로선 정월 나혜석, 일엽 김원주, 탄실 김명순 세 사람 중에서 김명순이 작가다운 공적을 남겼다.[7]

(다) 나혜석, 김명순, 김일엽은 1920년대를 대표하는 여류시인이며, 또한 작가였으나 모두 문제될 만한 작품을 거의 남기지 못했다. 김명순은 「생명의 과실」이라는 시와 소설을 함께 모든 창작집이 있으나 유치한 작문을 넘어서지는 못했다.[8]

(라) 한국문학에서 여성이 문필 활동이 계몽주의적 단계를 넘어서기 시작한 것은 1930년대의 일이다. 이 시기 이전에는 여성문학이라는 것이 문단적으로 그 존재를 인정받기 어렵다. 초창기 소설문단에는 김명순, 나혜석, 김원주(일엽) 등이 있었지만, 이들의 문학 활동이 당대 비평의 본격적인 관심의 대상이 된 적은 별로 없다. 이들 여성의 문필활동을 지칭하는 '여류문학'이라는 말도 문학 창작의 주체로서 여성문필가의 존재의 희소성을 강조하고 있다. (…중략…) 여류문학이라는 말은 문학의 경향 자체를 개인적인 정서와 내면의 세계로 국한시켜 놓는다. 이러한 경향은 여류적인 것의 기준이 얼마나 편협하게 적용되는 것

6　백철, 『조선신문학사조사:현대편』, 백양당, 1949, 335~336면.
7　백철, 『신문학사조사』, 민중서관, 1955, 238면.
8　조연현, 『한국현대문학사』, 인간사, 1961, 457면.

인지를 잘 대변해 준다. 여류문학이란 그 표현의 방식조차도 섬세한 감각성을 우선적인 것으로 평가한다. 1930년대는 여성문학이 여류적인 속성을 벗어나기 시작하는 시기이다. 소설 문단에는 박화성, 강경애, 최정희, 백신애, 이선희 등이 등장하였고, 시단에는 장정심, 노천명, 모윤숙 등이 활동하게 된다. 이들은 문단에서 '여류적 속성'으로 지적되어 온 문학의 경향을 벗어버림으로써 각각 자신들의 문학적 위치를 분명하게 드러내고 있다.[9]

예문 (다), (라)를 보면 여성문학 형성기의 작가와 이들의 작품을 "유치한 작문을 넘어서지 못한 것", "본격적인 관심의 대상의 된 적이 별로 없"는 "존재의 희소성"으로 인해 주목을 받았던 것으로 서술한다. 권영민의 경우 '여류문학'이 성별고정관념과 여성문학을 폄하하는 의도에서 비롯되었다고 타당하게 지적하고 있지만 1930년대 여성문학을 "여류적인 속성을 벗어"난 것으로 평가함으로써 역으로 그 이전 여성문학의 존재를 '여류적인 것' = 개인과 내면적인 세계에 갇힌 것으로, 즉 열등한 것으로 의미화하고 있다.[10] 예문 (가)의 백철 역시 "여류문학의 항목을 三八·九年代에 와서 특징하는 것은 종전에도 개인적으로 우수한 여성작가는 있었으나 소위 하나의 작가군으로 이 수준까지 올라선 것은 이 시기에 와서"이기 때문이라고 하는데, 1938·1939년 무렵을 여성작가들이 하나의 집단으로서 여성문학 장을 형성한 시기로 잡고

9　권영민, 『한국현대문학사』, 민음사, 2003, 523~524면.
10　하지만 '섬세한 감각성'이라든가 개인적인 정서와 내면에 대한 천착은 근대문학의 근대적 속성인 개인의 발견으로 볼 여지가 충분하다. '여성' 작가라는 생물학적 차이에 근거해서 '섬세함'과 '내면'을 편협하게 파악하는 것은 이후 여성문학 논의에서 차이를 위계화하고, 게토화하는 지속적인 논리로 작용한다.

있다. 예문 (나)의 진술과 연관 지어 보면 나혜석, 김명순, 김일엽과 같은 소위 1기 여성작가들은 개별적으로 호명될 뿐 독자적인 여성문학 장을 형성하거나 공통된 특질을 추출하기 힘들다는 말도 된다. 이처럼 근대문학사가 여성문학을 다루는 방식은 기실 식민지 시기 당대에 그 연원을 둔 것[11]으로 권영민의 경우에서처럼 여성문학 연구가 어느 정도 자리 잡으면서 학계의 시각이 교정된 후에도 1930년대를 여성문학의 본격적인 출발로 보는 관점, 그 이전 여성문학의 존재를 배제하는 관점이 여전하다는 것을 보여준다.

또한 이들의 여성문학 관련 서술은 여성작가의 작품을 단순 소개하는 데 그치거나,(백철, 조연현) 비교적 상세하게 작품을 소개한다 하더라도 이들이 기존 문학제도에 포섭되면서 동시에 배제되는 일련의 과정을 거치면서 독자적인 여성문학 장을 형성해 가는 면을 놓치고 있다.(권영민) 요컨대 여성문학의 형성 계기에 대한 서술이 미흡한 탓에 문학사로서 갖춰야 할 지속과 변모의 다양한 국면에 대한 분석이 결여되어 있다는 것이다. 예의 독자적인 여성문학사 서술이 필요한 첫 번째 이유가 여기에 있다.

이재선의 『현대소설사』는 1930년대 소설을 '관심의 수평, 수직적 확산'으로 특징지으면서 '여류작가와 여성문학의 세계'를 장을 할애하여 다루고 있다. 이재선은 1930년대 여류작가들의 작품세계를 첫째, 여자를 주인공으로 삼고 있어서, 여성 원리와 자기대상화 현상이 뚜렷하다.

---

11   식민지 시기 남성중심적인 문학 장이 여성작가와 여성문학을 담론화하는 방식에 대해서는 심진경, 「문단의 '여류'와 여류문단—식민지 시대 여성작가의 형성과정」, 『상허학보』, 상허학회, 2004 ; 김연숙, 「저널리즘과 여성작가의 탄생—1920 · 30년대 여기자 집단을 중심으로」, 『여성문학연구』 14호, 한국여성문학학회, 2005 참고.

둘째, 남성 원리에 대한 도전적인 요소와 사회적 약자로서의 피해자 의식을 노출시키고 있다. 셋째, 사랑이 여자의 전존재임을 밝히는 반면, 성의 묘사는 가능한 한 배제하며 남성파괴적인 여성을 별로 그리지 않는다. 넷째, 표현에 있어서 주관적이고 내관적이며 장식적 요소가 강하다, 다섯째, 반면에 남녀 양성의 배합성 또는 성의 중화성을 통해서 남성작가와 차이가 없는 사회적 문제를 제시하기도 한다[12]는 점을 꼽는다. 앞서 다른 저자들에 비해 1930년대 여성작가와 소설에 대한 유형화를 시도했다는 점에서 혁신적이지만 여성적인 것과 남성적인 것 사이의 구분을 전제로 논지를 전개했다는 점에서 한계가 있다. 또한 여성작가의 작품에 대한 분석이 주를 이루고 있어 여성문학 장의 특성과 작품 간의 연관관계에 대한 해석에까지는 이르지 못하였다.

두 번째 이유는 여성의 관점으로 서술된 독립적인 문학사 안에서 개별 여성문학의 위상, 하위 항목들 사이의 배치, 상호관련 양상이 제대로 드러날 수 있다고 보기 때문이다.[13] 즉 여성문학 내부에서도 글쓰기 주체의 세대별, 시대별 변전 양상, 특정 장르의 부상과 글쓰기 양식의 변모 양상이 다르다. 식민지 시기와 1960년대, 혹은 최정희와 강경애, 박화성, 모윤숙과 노천명, 박경리와 강신재 등 몇몇 대표 작가들만 거론되는 현재 여성문학사로는 근대문학 100년 동안 여성문학 장이 어떻

---

12 이 다섯 번째 특징에 해당하는 작가로 박화성과 강경애를 꼽고 있다. 이재선은 이들의 작품이 남성적 여성의 적극성을 지니고 있으며, 당대 사회주의 사상과 관련이 있는 반면 문학의 심미성은 약화되었다고 평가한다. 뒤에서 다룰 터이지만 이와 같은 이재선의 평가는 1930년대 당시 남성평론가들이 박화성과 강경애의 소설을 '여성성 소실'로 평가한 것과 일맥상통한다. 하지만 1930년대 여성소설가 군에 박화성, 강경애, 백신애, 이선희, 최정희, 장덕조, 김말봉, 임옥인, 손소희, 한무숙 등을 포괄하고 있어 그 진폭을 넓히려고 시도한 점은 긍정적으로 평가할 만하다. 이재선, 『한국현대소설사』, 홍성사, 1979, 433면.
13 박무영, 앞의 글, 108면.

게 탄생, 형성, 발전 과정을 겪어 왔는지를 가늠하기 힘들다. 여성문학 장을 기존 문학제도의 한 분야로 편입시키는 게 곤란한 이유는 성별의 차이가 글쓰기 주제, 장르, 양식 면에서 남성의 그것과는 뚜렷한 차이를 보여주었기 때문이다. 그렇다고 여성문학 장이 기존 문학제도와 대척점에 있다거나 여성문학 장을 동질적인 하나로 묶을 수 있는 것도 아니다. 여성문학 장과 제도에 관한 연구, 독자적인 여성문학사 서술은 젠더 위계에 기반을 두지 않은 새로운 문학사 서술을 위한 전제이다. 여성문학 장 내에서도 여성문학 자체가 제도화됨에 따라 세대, 계층, 취향, 이념적 지향성에 따라 다양한 분화가 이루어졌다는 복합적 시각이 필요하다. 기존문학사 일부로서 여성문학사를 서술할 경우 이와 같은 복합성이 제대로 포착되기 어렵다는 난점이 있다.

그렇다면 근대 여성문학사 서술에서 다루어야 할 대상과 범위는 어디까지인가. 문학사가 항상 시대구분의 문제를 동반한다고 할 때 여성문학사 역시 시대구분을 고려하지 않을 수 없다. 필자는 근대 여성문학의 형성 원리 및 제도에 기반을 둔 시대구분, 여성작가 및 작품의 이념성이라든가 여성적 글쓰기의 지향점이 변전하는 데 근거한 시대구분을 제안하고자 한다.

필자는 근·현대 여성문학사의 시기를 잠정적으로 근대 초기 『매일신보』나 『제국신문』과 같은 매체가 등장한 시기부터 1970년까지(잠정적으로는 박완서가 여성지 『여성동아』로 등단한 1970년까지로 설정)로 잡아 논의를 전개하고자 한다. 여성(해방)의 시각에서 본격적으로 작품을 썼고, 당대 비평의 맥락에서 그 부분을 인정받기 시작한 박완서, 오정희 세대 이후 여성문학은 이전 시대 여성문학과 제도, 글쓰기 전략 및 양상 등에서 많은 차이가 있을 것이라는 조심스런 생각에서이다.

시기 외에 여성문학사가 다루어야 할 대상은 기존의 장르 개념에 입각해서 시, 소설, 수필 등에 그칠 것인가, 아니면 여성이 쓰는 그리고 향유하는 모든 글들을 포괄할 것인가. 마찬가지로 기존에 문학사 서술에서 다루어진, 그리고 최근의 여성문학 연구에 힘입어 복원되었거나 복원 중인 작가를 대상으로 할 것인가, 아니면 글쓰기 주체 역시 확장할 것인가. 이와 같은 문제제기에 근접하기 위해 필자는 다음 장에서 여성문학사 서술의 전제조건이자 필요조건으로 여성문학 장의 형성 원리, 여성문학 제도 연구의 필요성에 대해 논의하고자 한다.

3. 여성문학 제도라는 문제설정

여성문학사 서술에서 문학제도 연구가 왜 필요한가. 요컨대 여성문학 제도라는 문제 설정은 타당한가. 이와 같은 질문에 답하기 위해 필자는 다음과 같은 하위 문제설정을 하고자 한다.

첫 번째, 기존 문학제도와 여성문학 제도는 어떻게 같고 다른가. 문학제도 연구에 왜 젠더적 관점이 필요한가.

두 번째, 제도 연구의 일부인 여성문단의 형성과 정착에 대한 연구는 여성문학사 서술에 어떤 측면에서 기여할 수 있는가.

세 번째, 여성문학 제도와 여성문단의 형성 연구가 포괄할 수 있는 연구 대상과 범위를 어떻게 설정할 것인가.

최근 여성문학 연구는 기존의 문학사를 여성의 시각으로 비판하고 재해석하는 데에서 한 단계 더 나아가 우리 근대문학사와 문학제도를 젠더 정치학의 관점으로 보고 있다. 이처럼 근대문학사와 근대문학 텍스트를 추동한 내적 동인을 여성(성)의 배제 / 포섭과 같은 젠더정치학에 입각해 분석하는 관점은 문학사와 텍스트를 좀 더 역동적으로 해석할 수 있는 여지를 마련해 준다. 가령 한국의 '근대문학' 장이 탄생, 구성, 확립되는 과정에서 여성의 개입과 배제가 어떻게 이루어졌으며 문학 장 속에서 '여성'이라는 개념이 어떻게 구축되었는가를 살펴볼 수 있다. 여기까지가 한국 근·현대문학사를 여성의 관점에서 재구성하는 시도라 한다면 여기에서 한 걸음 더 나아가 문학제도와 양식의 측면에서 여성문학사를 일관된 관점에서 서술할 필요가 있다. 그것은 여성문학이라는 장의 형성, 여성문단과 여성문학 정전으로 대표되는 문학제도의 형성과 정착과정을 분석하는 작업이다. 근대 여성문학의 형성 원리를 해명하기 위한 토대를 마련하고, 작가 작품론 중심의 여성문학사가 간과하기 쉬운 여성문학 자체의 메커니즘을 설명하기 위한 새로운 방법론으로 여성문학 제도 연구가 필요하다. 그리고 여성문학 제도 연구에 필요한 시각은 여성작가와 여성문학은 중심 담론인 민족 담론과 식민 담론에 일방적으로 포섭되지 않았기에 배제 / 포섭의 양항으로는 설명될 수 없으며, 경합과 협상 등의 다양한 방식으로 그들 나름의 문학제도를 갖춰왔다고 보는 균형 잡힌 시각이다.

문학제도에 젠더적 시각이 필요한 이유는 근대문학 및 근대 문학제도의 형성이 근대 여성작가의 탄생 및 여성문학의 형성과 밀접한 관련성이 있기 때문이다. 근대 초기 매체를 통한 글쓰기 활동, 문학이 독자적이고 자율적인 제도로서 분화된 징표라 할 수 있는 1920년대 문학동인지와 문예지의 등장 이후 본격적으로 전개된 문학적 글쓰기 행위는 성별과는 무관하게 당시 근대적인 지식인 집단이 미적 근대성을 성취했다는 증거이다. 그런데 근대문학과 문단은 여성들의 문학행위를 첫째, '작품 없는 작가생활'과 같은 비문학적, 비전문적인 활동으로 폄하하거나 둘째, '여류문단', '여류문학'으로 명명하고 그것에 '감상적', '낭만적', '소녀취향'과 같은 열등한 자질을 부여하는 차이와 배제의 정치학을 구사함으로써 자기 정체성을 확보했다.[14] 나혜석, 김명순, 김일엽 등 1기 여성작가들에게는 첫 번째 방식이, 강경애, 박화성, 백신애, 최정희, 이선희, 모윤숙, 노천명 등 2기 여성작가들에게는 두 번째 방식이 주로 구사되었다. 강경애와 박화성만 예외적으로 사회문제를 리얼리즘적으로 형상화한 작가로 고평받았지만 이 경우 '여성성 소실'이라는 식의 이중적 잣대가 적용되었다. 사실성 / 낭만성, 계급적 / 반계급적(부르주아적)과 같은 이항대립적 잣대에 남성을 전자, 여성을 후자에 속하는 것으로 규정하고, 전자를 더 가치 있는 것으로 여기는 담론방식은 근대 문학제도의 형성에서 '젠더'가 하나의 규정적인 요소로 작용했음을 보여준다. 따라서 근·현대문학사를 온전히 서술하고, 근대 문학제도의 실상을 파악하기 위해서 젠더적 시각은 반드시 필요하다. 이와 같은 젠더적 시각은 일차적으로 기존 근대문학사의 잘못된 관점을 문제 삼는 데 유효할 뿐만 아니라 우리 근대문학 곳곳에 산포되어 있는 여성작가와 작품의 존재를 찾아내고, 이를 체계적으로 배열하고 문

---

14   심진경, 김연숙, 앞의 글 참고.

학사적 의미를 확정짓는 데에도 기본적인 지침이 된다.

　그렇다면 여성문학사 서술의 일부인 여성문학 제도 및 여성문학 장의 형성원리를 밝히는 것은 왜 필요하고 중요한가. 문학은 독립된 미적 영역이 아니라 근대 매체와 학교 제도, 출판 시스템이 만들어 낸 일종의 사회적, 제도적 생산물이다.[15] 근대문학의 생성과 발전이 문학제도에 의해 가능했다면 여성문학 역시 이와 같은 문학제도의 산물이라 할 수 있다. 여성문학의 내연이 텍스트에 내재된 여성성, 여성적 글쓰기, 여성의 욕망 등이라면, 여성문학의 외연은 그것을 가능케 한 매체, 작가, 독자가 될 것이며, 이를 파악하는 데 작가의 성별, 독자의 성별, 매체에 대한 성차화된 접근법이 필요하다. 그리고 여성문학의 외연을 탐사하는 작업은 여성작가 및 여성문학의 존립 방식 및 정체성을 묻는 기본적인 사안이 된다.

　여성문학 장의 형성원리를 규명해야 하는 이유는 근대 여성문학의 형성기로부터, 식민지 시기 여성문학과 해방 후 및 전후 여성문학으로 이어지는 여성문학의 지속적 측면 및 변화를 해석할 수 있기 때문이다. 이와 같은 형성원리는 단지 여성문학을 발생시킨 사회문화적 조건에 대한 해석에 그치는 것이 아니라 여성문학이 어떻게 여성성, 여성적 글쓰기와 같은 젠더화된 특성을 확보하게 되었는지, 그리고 각 사회문화적 맥락에 따라 여성성, 여성의 글쓰기는 어떻게 변화하는지를 해석하는 데 유효한 시각을 제공한다. 가령 똑같이 '여성'을 그린다 하더라

15　문학 장은 작가들뿐만 아니라 비평가, 출판업자, 교육자 등과 함께 독자가 함께 사회적 제도로서 형성, 유지하는 세계이다. 이 제도로서의 문학 장을 젠더의 시각으로 다시 읽는 것이 이 책의 목적이기도 하다. 천정환, 『근대의 책읽기』, 푸른역사, 2003, 48면.

도 근대 초기 나혜석이 그린 여성과 식민지 시기 강경애가 그린 여성,
최정희가 그린 여성은 여성의 경험 및 삶의 차원에서 이질적이며, 서
술전략에서도 차이가 난다. 해방 이후 최정희가 문단의 중심에 자리
잡을 수 있었던 이유, 문학사에서 나혜석이 배제되는 이유, 최정희가
그린 여성과 강신재나 박경리가 그린 여성이 다른 이유도 개별 텍스트
에 대한 젠더적 접근이나 여성문학 내지 작가에 대한 사적 서술만으로
는 해명될 수 없다. 근대 여성문학 장은 한편으로는 기존 문학제도와
공조, 협상, 배제 등의 다층적 과정을 겪으면서 형성되었고, 또 다른 한
편으로는 여성문학 내부에서도 특정 작가나 특정 경향을 배제하거나
포섭하는 중층적인 과정을 거치면서 형성되었다. 또한 여성문학은 한
편으로는 지배 담론에 적극 동조하면서, 한편으로는 여성적인 것, 여성성
등을 자기화함으로써 정체성을 확보해 왔다. 여성문학 장과 제도 연구는
이와 같은 정체성 투쟁의 다층적 측면을 역동적으로 보여줄 수 있다.

　필자는 다음과 같은 사안들을 근대 여성문학 제도 및 여성문단[16]의
형성연구에 포함시킬 것을 제언한다.

　첫째, 『여자계』(1917), 『신여자』(1920), 『신여성』(1923) 등 여성 매체의 등
장, 잡지나 문학전문지, 동인지 등 근대 매체에서 여성관련 담론과 글쓰

16　문단이란 통상 글 쓰는 것을 직업으로 삼는 시인, 소설가, 비평가 등 문인 집단을 일컫는 것
이다. 최근에는 문단을 텍스트나 작가를 존재하게 만든 구조적 힘이나 동력으로 보는 관
점, 문단의 내적 메커니즘을 문학을 담당하는 예술가 주체, 동종의 이해와 관심을 같이하
는 일군의 집단이 기존 토대에 저항하거나 연루되는 방식으로 보아야 한다는 관점이 지배
적이다. 또한 문단은 근대적 제도화의 산물로서 학교라는 근대적 교육기관의 제도화, 지식
에 대한 접근가능성에 있어서의 제도적 평등화, 근대 계몽기의 각종 신문과 잡지 등 언론
매체와 그것을 가능케 한 인쇄 출판 시스템 및 자본, 근대적인 분과 학문의 체계화와 문학
예술의 독립성이 형성되었기에 가능했다. 차혜영, 「1920년대 동인지 문학 운동과 미 이데
올로기」, 『한국문학이론과 비평』 24집, 한국문학이론과비평학회, 2004, 106~108면.

기 주체로서의 여성의 등장 등 이른바 근대 매체의 영향력이다. 책 읽는 여성, 문학에 탐닉하는 여성, 글 쓰는 여성과 관련된 담론의 증가와 학교와 출판 미디어 등 제도적 환경 등은 근대 초기 여성-저자의 형성, 초기 여성문학 장의 위상 정립에 지대한 영향을 미쳤을 것으로 판단된다. 여성과 문학을 연관 짓는 담론은 여성에게 근대적 교양을 습득할 수 있는 리터러시(literacy) 능력과 독서, 문학감상 등을 강조하면서도 소설(혹은 문학)의 폐해를 지적하는 이율배반적인 담론을 동시에 유포했다. 소설(문학)하는 여성에 대한 폄하 및 의도적인 무관심, 삭제는 기존 문학제도가 국민의 발견(1910년대)이든 개인의 발견(1920년대 초)이든 젠더가 기입되지 않은(그러나 사실은 남성으로 수렴될 수 있는) 근대 주체를 정립하는 와중에 여성 글쓰기 주체를 체계적으로 배제했음을 단적으로 보여준다. 하지만 근대 매체는 출발 초기부터 여성 주체의 목소리를 담아낼 수 있는 기회를 제공한 장이기도 하다. 나혜석, 김일엽은 여성 매체의 탄생을 주도한 인물들로서 이들이 애초부터 문학가로 자기 정체성을 규정지은 것이 아니라 여성해방사상을 주도한 사회사상가 내지 저술가로 출발했으며, 여성해방사상을 실천하는 맥락에서 소설 및 시를 발표한 점에 눈여겨 볼 필요가 있다.

매체의 영향력은 식민지 시기 여성작가가 그 수가 적음에도 불구하고 독자적인 여성문학 장을 형성하거나, 1950·60년대 여성작가가 양적, 질적으로 성장하는 데에서도 확인된다. 김말봉, 이선희, 노천명, 최정희, 장덕조, 송계월 등 식민지 시기 여성작가의 다수가 신문기자였다가 작가로 전환한 이력을 가지고 있다. 또한 이들은 『삼천리』, 『개벽』, 『신여성』, 『여성』 등 1930년대를 대표하는 교양지와 여성지에서 독서,

영화 등 문화와 관련된 담론, 여성교육 및 가정 내 여성의 역할, 총동원
체제하 여성의 역할 등 지배 담론이 요구하는 여성담론을 적극적으로
생산했다. 1950·60년대에는 『사상계』, 『신동아』와 같은 종합교양지
에서 여성작가가 문화, 시사, 교양 담론의 주체가 되는 경우는 현저히
줄어든 반면, 『여원』, 『여상』과 같은 여성잡지에서는 문학후속 세대의
창출뿐만 아니라 문화 교양과 관련된 담론 생산에 주력한다. 더욱이
1950·60년대 여성잡지는 신인문학상 제도를 안정적으로 구축함으로
써 여성독자가 여성작가로 전환하는 데 기여를 했다. 따라서 매체, 그
중에서도 여성 매체의 존재는 여성작가들의 글쓰기 양상을 파악하는
데 반드시 참조해야 할 텍스트이다.

둘째, 여성의 리터러시(literacy) 능력이 문학에 미친 영향이다. 여성의
리터러시 능력은 구여성 / 신여성, 근대적 교육을 받은 여성 / 그렇지
못한 여성, 도시 / 농촌 등 지역과 계층, 교육의 유무에 따라 위계화되
었다. 1930년대에도 한글과 일어를 읽고 쓰는 여성은 전체 여성의
1.9%, 한글 또는 일어를 읽고 쓸 수 있는 여성은 10.5%에 머물렀다.[17]
그럼에도 불구하고 이 예외적 여성들의 존재, 그리고 여성들에게 근대
적 교양 ─ 독서, 문학, 글쓰기 등 ─ 을 독려하는 담론은 여성독자들의
증가, 여성작가의 등장을 촉발한 동인이 되었다. '근대적'으로 지칭된
문학의 향유자가 소수였고, 이들이 1910·20년대 동안 학교 교육과 매
체 등을 통해 받아들인 (일본을 경유한) 서구 페미니즘과 근대문학이 초기
여성문학의 지향점을 결정했다는 점은 분명하다. 여성잡지와 종합지,

---

17 천정환, 앞의 책, 339면.

신문 등 근대 매체는 근대 여성들이 자신의 리터러시 능력을 펼칠 수 있는 장이었다. '신교육을 받은 10.5%'의 이 신여성들은 『여자계』, 『신여자』, 『신여성』 등 여성잡지와 기타 신문, 종합잡지 등에 논설, 수필, 소설, 시에서부터 독자투고에 이르기까지 전방위적으로 글쓰기를 실천했다.

특히 여성이 읽기의 주체 — 독자에서 쓰기의 주체 — 작가로 전환해가는 도정을 보여주는 독자투고에 관한 연구가 심도있게 진행될 필요가 있다. 박지영에 따르면 『여자계』는 3호(1918.9) '현상모집'에서 논문과 미문(美文, 문제는 고향의 여름)을 모집하였고, 『신여자』는 창간호부터 '투고환영' 광고를 내면서 "우리 여자 사회를 도와주겠다는 여자의 글을 무엇이나 환영하여 밧는다"고 개방적인 자세를 취했으며, 『부인』(1922.6~1923.8, 『신여성』의 전신)은 창간호부터 독자의 글을 모집하면서 "소설이나 취미잇는 글, 부인에게 필요한 것을 자미있게 꾸며"서 보내달라고 했다.[18] 여기서 필자가 주목하는 것은 '독자투고'가 모종의 계몽적 의도와 글쓰기 주체의 신빙성에서 문제가 있다 하더라도 여성의 글쓰기 욕망을 촉발하면서 그것을 공론장에서 실현할 계기를 마련했다는 점, 미문과 소설, 재미있는 글 등 '문학적'인 글쓰기를 훈련할 장을 마련해 주었다는 점이다. 특히 1920 · 30년대 잡지와 신문 등에 수록된 '독자문예'에 드러난 여성적 글쓰기의 양상에 대한 실증적, 계보적 연구가 이루어진다면 근대 여성문학 장의 진폭은 훨씬 넓어질 수 있을 것이라고 생각한다.[19]

18　박지영, 「『신여성』지의 '독자투고'문을 통해서 본 '여성적 글쓰기'의 형성과정」, 『여성문학연구』 12호, 한국여성문학학회, 2004, 345면, 주7 참고.

19　박지영은 『신여성』에 수록된 독자문예 자료를 소개하면서, '독자문단', '독자문예'류의 글이 실제로는 극히 적었다는 점, 해당 잡지의 남성 편집자와 필진들이 여성들의 글쓰기를

여성의 리터러시 능력과 관련하여 본다면 순국문으로 쓰인『제국신문』을 비롯한『대한매일신보』,『만세보』에 실린 여성독자투고에 대해서도 의미를 달리 부여할 필요가 있다. 여성들의 독자투고가 '여성도 국민'이라는 담론에 포위되면서 당대 계몽 담론과 국민 담론에 종속되었다고 볼 것이 아니라 여성이 자신의 리터러시 능력을 향상시켜 내성을 쌓아가는 역할을 했다고 보아야 한다.[20]

지금까지 작가와 작품을 서술의 주축에 두는 '문학사'는 애초에 남성 중심주의의 필터를 통해서 성립되었다. 하지만 여성이 문학 / 소설을 읽고 쓰는 것을 억압하는 담론에 포획되었으면서도 그것을 뚫고 부상한 여성의 글쓰기를 건져내는 작업은, '문학사'의 편향을 폭로하는 시도로서 인정되어야 한다. 근대 매체에 열광했던, 그리고 매체 탄생을 주도했던 총 국민 대비 소수지만, 점차로 늘어난 여성독자 및 작가예비군의 존재는 당시 부상한 문학청년 층과 더불어 문학잡지의 유행, 신문 문예란의 성황을 이끌었다는 점에서 적극적으로 재평가되어야 할 것이다.[21]

문학소녀의 감상적인 글쓰기로 배제했다는 점을 지적한다. 박지영, 위의 글, 364~367면. 이 같은 '독자문예'란의 존재와 당대 남성중심적인 문학제도의 반응은 여성문학 제도 형성기의 풍경을 단적으로 보여주는 사례가 될 것이다. 하지만 여성지에서 '독자문예'란과 '현상문예'는 전후 여성잡지인『여원』에 와서는 여성문학 장을 생산하는 주요 통로가 된다. 그런 점에서 문학 장 형성과 문학제도의 측면에서 '독자문예'란의 지속성과 변이양상을 고찰하는 것은 여성문학사 서술의 한 축이 될 수 있다.

20 히라타 유미, 엄경화 역,『여성 표현의 일본 근대사-'여류작가'의 탄생 전야』, 소명출판, 2008, 42 · 171면. 최근『대한매일신보』여성독자층에 관련된 연구에 따르면 한글판『대한매일신보』에 투고된 여성독자의 기서(독자투고)를 보면 여성독자들이 '듣는 독자'에서 '읽는 독자'로 전환되어갔고, 논설, 관보, 잡보 등의 기사뿐만 아니라 문예면의 소설을 읽었던 것을 알 수 있다. 또한 여성독자들은 '편편기담'으로 일컬어지는 짧은 이야기를 쓰는 '쓰는 독자'로 전환하기도 했다. 비록 이들의 수가 소수라 할지라도 '읽기'에서 '쓰기'로의 전환은 여성의 리터러시 능력을 보여주는 징표라 할 수 있다. 전은경,「근대 초기 독자층의 형성과 매체의 영향」,『현대문학의 연구』40호, 한국문학연구학회, 2010, 49~63면.

21 히라타 유미, 위의 책, 171면.

셋째, 근대 여성문학의 탄생을 논의할 때 기존의 장르 규범이라든가 완강한 문학의 경계를 넘어서야 할 필요도 여기에 있다. 나혜석은 시, 소설, 희곡, 평론, 수필, 일기, 여행기 등 다양한 형식의 글쓰기를 시도했으며, 픽션과 논픽션의 경계를 횡단했다.[22] 이런 다양한 형식을 통해 일관된 주제의식, 즉 가부장제에 대한 비판과 여성적 경험을 드러냈다는 점은 당시 공론장 속에서 문학과 비문학의 경계가 뚜렷하지 않았다는 점, 문학적 글쓰기 역시 여성 지식인으로서의 정체성 투쟁의 일환이었다는 점을 의미한다. 김일엽과 김명순의 경우에도 사정은 비슷하다. 더 거슬러 올라간다면 근대 초기 신문의 여성독자투고가 지닌 정론적 성격의 글이 나혜석, 김일엽, 김명순에 오면 여성해방의식에 정향된 정론적 성격의 글과 문학이 혼효된 형태를 띠게 되고, 이후에 문학으로 귀결되는 모습을 보인다고 추론할 수 있다. 나혜석, 김일엽, 김명순이 글쓰기를 시작한 1910년대 후반 1920년대 초반 전체 근대문학 장의 형성과정 또한 이광수나 염상섭의 글쓰기를 떠올린다면 크게 다르지 않다. 문제는 이와 같은 글쓰기 실천의 양상들, 여성작가들의 정체성 투쟁의 양상들을 근대 여성문학사의 탄생으로 수렴하고 의미화하는 작업일 것이다.

넷째, 근대 (남성중심의) 문학 장 및 제도와 근대 여성문학 장 및 제도 간의 역학관계와 관련된 것이다. 여성문학 장과 여성문학의 제도화를 계보적으로 밝히기 위해서는 여성작가들이 기존 문학제도에서 담론화되는 방식, 이에 저항하거나 반발하면서 여성작가들이 기존 문학제도와 경합 및 협상을 벌이는 양상을 입체적으로 조망하는 시각이 필요하

---

22   김윤선, 「한국 근대 기독교와 여성적 글쓰기」, 『여성문학연구』 19호, 한국여성문학학회, 2008, 40면.

다. 더불어 기존 문학제도 및 장에 편입되려는 여성작가들의 무의식까지 읽어내는 엄정하고 섬세한 독해가 수반되어야 한다. 김명순이 이광수의 추천으로 『청춘』을 통해 등단했다는 사실, 여성작가들이 『신동아』(모윤숙, 노천명), 『조선문단』(박화성), 『조선일보』(강경애) 등 여성지가 아닌 다른 매체를 통해 등단했다는 사실은 당시 문단이 여성지에 글 쓰는 여성을 수준 미달로 폄하하거나 배제했기 때문만은 아니다. 이 여성들 역시 '본격'적인 문학제도와 장을 거쳐 작가로서 인정받고자 하는 욕망을 지녔던 것으로 해석할 수 있다. 다른 한편으로 나혜석은 『여자계』에, 김일엽은 『신여자』에 소설을 발표하면서 등단했다. 이들은 근대 문학제도의 형성에 결정적 역할을 한 1920년대 동인지의 하나인 『폐허』 동인이었으나 실제로 작품활동을 한 적은 없는 것으로 치부되어 왔다. 하지만 이들의 작품활동은 여성지에서 이루어졌기 때문에 '말해지지 않은' 것일 뿐이다. 이들의 작품에서 소위 '폐허'적 경향이 있는지 여부, 만약 있다면 기존 문학 장과 경향을 같이 하면서도 여성이라는 이유로 배제된 것이 1920년대 당대 문학 장이 일종의 '여성적' 특성을 지녔으면서도 그 여성적 특성을 지우려 한 의도와 관련있는 것은 아닌지 여부 등이 규명되어야 한다.

'말해지지 않은' 것을 적극적으로 재독해할 필요성은 김명순에 대한 다음의 평가에서도 엿볼 수 있다. 백철은 김명순을 '사조 밖'의 기타 작가들로 취급하면서도 「칠면조」(『개벽』, 1925.5)나 「꿈 묻는 날 밤」(『조선문단』, 1925.5)에 대해서는 "상당히 지적인 태도를 의식적으로 취한 경향", "하나의 심리주의적인 경향"을 보인 것으로 고평하였다.[23] 당시 '소문'에 의해 구성된 대표적인 작가였던 김명순에 대한 이와 같은 객관적 평가는 한국 근대문학사에서 미적 근대성을 선취한 1920년대 동인지 문학의 주된 경향과 다르지 않았기에 가능했던 것은 아닐까. 따라서 당시 문학 장을 여성의 시각에서 재독해하고, 이 여성작가들의 텍스트에 잠복한 숨은 의미들을 통해 기존 문학제도에의 편입과 독자적인 문학 장의 형성 사이에서 유동하는 이들의 숨은 욕망을 읽어내는 시도가 필요하다.

여성문학 장 및 제도 내부에서도 포섭과 배제의 역학관계가 형성되었다는 점 역시 놓치지 말아야 할 사안이다. 가령 기존 문학 장이 '여류문인' 및 '여류문학'으로 추인한, 그리고 1930년대 여성문학 장의 형성을 의식적으로 주도한 최정희, 모윤숙, 노천명은 '여성성', '여성적 글쓰기'를 특화하고, 이를 통해 식민지 시기와 일제 말기 지배담론에 적극 동조했을 뿐만 아니라 한국전쟁 시기와 전후 여성문학 장을 주도적으로 이끌고, '정전'으로 일컬어지는 문학전집 발간, 문인협회 결성 등 여성문학 제도를 창출하였다. 그 과정에서 소위 1기 작가들이나 다른 여성의 글쓰기들은 배제되었다. 이와 같은 '기원의 은폐'와 스스로 기원이 되려는 욕망은 근대 여성문학사 서술에서 대단히 중요한 사안이다. 스스로 여성문학사 서술의 폭을 좁히는 결과를 가져왔을 뿐만 아니라 '여성성', '여성적 글쓰기'의 영역 역시 단일한 것으로 의미 지음으로써[24] 근대 초기의 전복적 목소리들, 여성문학 내부의 다양한 경향들을 축출하거나 가두는 역할을 했기 때문이다. 이와 같은 전복적 목소리의

---

23   백철, 앞의 책, 239~241면.

24   이 작가들의 일제 말기 친일담론, 전시기 반공주의 문학, 문학교과서나 문학전집에 수록된 작품은 국가주의에 의해 호명된 '여성성'을 일관되게 보여주고 있다. 이들이 여성문단의 주류로 확정됨으로써 여성성, 여성적 글쓰기는 전복적 목소리를 잃게 되었다는 것이 필자의 생각이다.

일부는 1960년대 여성작가들에 의해, 결정적으로는 1970년대 여성문학에 이르러서야 귀환하게 된다.[25]

위와 같은 요소들을 염두에 둔다면 여성문학과 여성작가의 탄생 시점을 언제로 잡을 수 있을까. 가령 여성잡지의 창간과 여성필자들의 등장을 여성문학 제도의 시점으로 잡는다면 『신여자』와 『여자계』의 창간이 주요한 변수로 작용한다. '문학'만이 아니라 여성들의 글쓰기 전반으로 확대한다면 여성문학의 유산은 근대 초기로 더 거슬러 올라가고, 더 풍부해질 수 있다. 이는 여성작가의 '본격적'인 등장을 1930년대 박화성, 강경애, 최정희 등으로 확정한 기존 남성중심적 문학사 서술의 관행을 교정하는 것이다. 물론 여성주의적 관점을 지닌 연구자들에 의해 근대 초기 여성잡지와 이 잡지들이 지향하는 이념, 잡지들의 주요 필자였던 김일엽, 김명순, 나혜석의 존재를 조명한 성과들은 어느 정도 축적된 상태이다. 필자는 이런 연구성과를 수용하되, 여성문학 제도와 관련해서 근대 초기 여성문학의 상을 총체적으로 그려 보일 것이다.

이와 같은 시각에 근거해 필자는 여성문학사의 결절점을 다음과 같이 상정하고자 한다. 첫 번째, 『신여자』, 『여자계』의 출간과 나혜석, 김일엽의 『폐허』 동인활동, 이들이 기존의 남성문학제도에서 정체성 투쟁을 벌이는 시기, 두 번째, 1930년대 여성작가들이 기존 문학제도에 포섭/배제되면서 여성문학 장을 형성해가는 시기, 세 번째, 전후

---

25 물론 이와 같은 필자의 관점은 강경애, 박화성, 백신애, 지하련과 같은 '지배적인' 여성문학 장과는 거리를 두고 뛰어난 여성문학적 성취를 이루어 낸 일군의 작가들을 배제하고 있어 한계가 있다. 식민지 시기 여성문학 장과 식민 이후 여성문학 장의 '부정적' 연속성에 주목한 탓에 빚어진 문제이다. 본론에서 전체 여성문학 장을 논할 때에는 장 내부의 경합 양상이라는 측면에서 이들의 존재 또한 적극적으로 해석할 것이다.

『여원』, 『여상』 등 여성잡지의 증가와 이로 인한 등단제도의 확대, '한국여류문인협회'와 전집 발간 등을 통해 전 시기 여성작가들과는 다른 정체성을 지닌 여성작가군이 등장하는 시기로 정리될 수 있다.

어찌 보면 위의 시기구분은 1, 2, 3기로 여성작가 세대를 구분하는 기존의 분류법과 차이가 없다.[26] 하지만 필자가 굳이 '결절점'이라는 말을 쓴 이유는 단순히 작가의 세대교체에 그치지 않고 (앞서 네 번째 항목에서도 밝혔듯이) 그 안에 기존 문학제도와 여성문학 제도 간의 배제와 포섭의 역학관계, 여성문학 장 및 제도 내부에서의 세력의 역학관계와 같은 다양한 동학(動學)들이 내재되어 있기 때문이다.

4. 맺음말

지금까지 논의한 내용을 정리하면 다음과 같다.

첫째, 기존의 근·현대문학사는 젠더적 관점이 부재하거나 미흡했다. 둘째, 지금까지 여성문학 연구는 식민지 시기, 1960·70년대 등 특정 시기 여성문학의 특성 및 개별 작가연구에 집중되어 근대 초기부터 전후 시기까지를 일관된 관점에서 지속성과 변이 양상을 추출하는 데

---

[26] 이상경은 근대 초기부터 식민지 시기까지 여성작가들을 3기로 나눈다. 1기는 1900년 이전에 태어나 3·1운동을 전후해 문화계에 등장하여 자유주의 사상을 지녔고, 저널리즘에 자주 오르내렸던 김명순, 김일엽, 나혜석, 2기는 1900년대에 태어나 1920년대 중반 이후, 1930년대에 주로 작품활동을 하면서 당시 '여류문인' 논의의 중심에 있었던, 하지만 후에 친일적인 문학활동을 한 최정희, 모윤숙, 장덕조, 3기는 1930년대 말에 등단, 해방 후에 본격적인 활동을 한 임순득, 임옥인, 지하련이라고 범주화했다. 이상경, 「1930년대 신여성과 여성작가의 계보연구」, 『여성문학연구』 12호, 한국여성문학학회, 2004, 251~253면.

까지 나아가지는 못했다. 셋째, 여성문학 연구 방법론이 이론적인 측면이나 텍스트 분석 면에서 정치해졌음에도 불구하고 일련의 사회역사적, 이데올로기적 접근법이 필요한 문학제도와 양식 연구에는 소홀했던 것이 사실이다. 하지만 여성문학사 서술의 전제조건이자 필요조건이 위에서 서술한 바와 같이 문학제도와 양식에 관한 연구이다. 넷째, 여성문학사 서술의 범위와 대상이자 여성문학 제도가 포괄하는 범주는 여성작가들의 등단경로, 여성작가들의 사회적 활동 및 문단활동, 매체와의 관련성 및 대중적 글쓰기의 양상, 여성독자와 이들의 문학소비 및 수용 양상, 기존 문학제도에서 여성문학 및 여성작가가 담론화되는 방식, 여성작가들이 기존 문학제도와 벌이는 정체성 투쟁의 양상 등이다. 다섯째, 근대 초기부터 1960년대까지 여성문학 장은 기존문학제도와 협상, 경합하면서 주체적 입장에서 여성문학을 형성해 왔다. 즉 글쓰기 주체들은 독자적인 장 형성 욕망을 지녔다. 여섯째, 여성문학 장 내부에서도 경합과 배제, 위계화와 같은 일련의 움직임이 있었고, 그것이 '여성성의 제도화'로 수렴되었다는 점을 간과해서는 안 된다.

근대 여성문학 장의 탄생과 형성

근대문학의 기원, 여성문학의 기원
: 근대 초기 여성작가들의 글쓰기

근대 여성문학을 둘러싼 배제와 포섭의 동학
: 1920·1930년대 문학 장, 여성작가와 여성문학을 말하다

일제 말기 여성작가들의 친일담론 연구
: 여성문학 장의 형성과 식민주의 담론과의 유착을 중심으로

근대문학의 기원, 여성문학의 기원

근대 초기 여성작가들의 글쓰기

1. 근대문학의 기원, 여성문학의 기원

문학사의 문제는 '기원'의 탐색 내지 해명에 대한 욕망과 밀접한 관련이 있다. 근대 여성작가의 탄생, 근대 여성문학의 기원을 상정하려는 욕구는 필연적으로 근대문학의 기원에 대한 논의와 만날 수밖에 없다. 그리고 그런 만남은 근대문학이 근대문학으로서의 미적 성격, 근대적 성격을 정초하는 과정에서 어떻게 '여성적'인 것을 전유하면서 또 한편으로는 배제해 왔는지를 밝힘으로써 근대문학의 탄생 및 형성과정에서 '여성적'인 것이 핵심범주임을 설명하는 일련의 연구들을 통해 어느 정도 윤곽이 그려진 바 있다. 한국 근대소설이 다양한 담론들에 의해 구성된 여성적 자질(femininity)을 자신의 것으로 받아들이는 과정을 통해 근대적 양식으로 정착되어 갔다고 보는 견해,[1] 근대 초기 남성작가들이 소설에서 '여성적 감수성'을 전유하면서도 그런 여성성을 은폐, 왜곡하는 양상을 밝히는 한편 근대 여성작가의 탄생 동인을 문학으로 대표되는 취미의 형성과 관련해서 논의하는 연구[2]가 대표적이다.

두 번째는 근대 여성작가의 탄생이 '소문'과 밀접한 관련이 있다는 논의들이다. 가령, 심진경은 1기 여성작가들은 소문의 서사화, 혹은 서사의 소문화 방식에 의해 문학제도 바깥으로 밀려났으며, 2기 여성작가들은 이 스캔들화·사사화되는 선배 여성작가들과 다른 경향을 보여주기 위해 여성성, '가정적이고 모성적인 성격'을 자기 정체성의 내용으로 받아들임으로써 여류문단이라는 타이틀을 얻게 되었다고 보았다.[3] 이 2기 여성문학은 자전적인 것의 노출, 여성적인 것의 내면화 등의 전략을 통해 제도적 합법성을 가지게 되고, 주류문학의 가부장제 논리에 적응하게 되었다는 주장이다.

여성작가의 탄생, 여성문학의 기원에 대한 이들의 논의는 근대문학과 여성문학의 '기원'이 모종의 영향관계를 주고받으면서 형성된 점, 그럼에도 불구하고 남성중심의 근대문학 장이 여성작가, 여성문학, 여성적 감수성 등을 포섭 / 배제하는 양가적 전략을 통해 자기 정체성을 확보했다는 점을 밝히고 있어 의미가 있다. 그런데 이와 같은 '기원'에 대한 논의는 여성적인 것의 배제 및 전유에만 초점을 맞추게 될 경우 여성문학 자체의 내적 형성원리와 이후의 변이 양상들을 역으로 재단

---

1   신수정, 「한국 근대소설의 형성과 여성 재현 양상 연구」, 서울대 박사논문, 2003, 35면.
2   이현진, 「근대 취미와 한국 근대소설 관련양상 연구―근대 여성작가의 출현과 미적 주체 구성을 중심으로」, 경기대 박사논문, 2004.
3   심진경, 「여성문학은 어떻게 만들어졌는가」, 『한국근대문학연구』 19호, 한국근대문학회, 2009, 191~193·196면 참고.

할 위험성이 있다. 가령 '여성성'이 지배 이데올로기나 남성중심의 문학 장이라는 프리즘을 거쳐 제도화되는 것을 여성문학 주체들의 자발성에 근거한 것으로 볼 것인지, 아니면 제도가 강제한 것으로 볼 것인지는 여성문학 장의 형성 메커니즘을 규명하는 데 해석 주체의 가치론적 개입이 불가피함을 입증한다.

그럼에도 불구하고 여성문학에서 정전의 확립과정, 양식의 변이 양상, 여성성의 제도화를 논하는 것은 여전히 중요하다. 예의 근대 여성문학의 지속성과 변이를 추동한 내적 원리를 해명하는 유효한 방법론이기 때문이다. 이 장에서는 근대 초기 여성작가들의 글쓰기를 매체와의 관련성, 등단방식, 작품 경향 등을 중심으로 살펴보고자 한다.

2. 근대 초기 여성의 글쓰기

앞장에서 필자는 『여자계』(1917), 『신여자』(1920), 『신여성』(1923) 등 여성 매체의 등장이 여성관련 담론과 글 쓰는 주체로서의 여성의 등장에 영향을 미쳤다고 했다. 근대 매체가 출발 초기부터 여성 주체의 목소리를 담아낼 수 있는 기회를 제공하였음은 『제국신문』(1898)이나 『대한매일신보』(1904) 독자투고란에서 확인할 수 있다.

『제국신문』과 『대한매일신보』 등 근대 초기 매체에 발표된 여성독자투고를 비롯한 여성들의 글쓰기는 이들의 근대의식을 보여주는 지표이자 통로였다. 이경하는 『제국신문』에 실린 독자투고를 분석하면서 여성들이 처첩제와 과부재가 문제, 여성교육 등 당시 유행하던 계몽담론을 적극적으로 펼쳤다고 평가한다.[4] 『제국신문』은 창간 때부터 부녀자를 주 독자층으로 상정하고, 여성계몽에 관심을 기울인 탓에 '순언문'을 고수했다. 당시 여성들의 리터러시 능력이 극히 낮았고,[5] 여성들의 자기표현 욕구가 공적 담론 장에서 표출되는 것에 대해 내적 규율이 많았던 정황에 미루어 볼 때 여성독자들의 글쓰기는 희소하지만 공적 영역에서 여성의 계몽의지와 욕구를 드러냈다는 점에서 의미가 있다. 홍인숙 역시 근대 초기 매체에서 여성의 글쓰기가 독자투고를 통해 이루어졌다고 분석한다. 1906년부터 1908년까지 『대한매일신보』에 실린 여성독자투고는 총 18편 정도[6]이며, 1908년 창간된 『여자지남』에 21편, 같은 해 창간한 『자선부인회잡지』에 9편의 여성 글쓰기를 볼 수 있다고 말한다. 요컨대 1907~1908년은 근대 초기 여성의 글쓰기가 가장 많이 실천된 해라 할 수 있다.[7] 이 여성들의 글쓰기에서

---

4 이경하, 「제국신문 여성독자투고에 나타난 근대 계몽담론」, 『한국고전여성문학연구』 8호, 한국고전여성문학학회, 2004. 이경하는 1898년부터 1907년까지 발표된 여성독자투고의 수가 20편 정도라고 추정한다.

5 근대 여성교육의 실태를 연구한 김경일의 조사에 따르면 보통학교에서 여학생이 차지하는 비율은 1910년대에는 8%남짓이었지만 1915년에 10%를 넘어서고, 1930년에 20%대에 진입하였으며, 전시체제로 들어선 1938년에 30%, 1941년에 40%를 넘어섰다. 보통학교에서 여학생이 차지하는 비율을 곧바로 리터러시 능력과 연관 지을 수는 없지만, 근대적인 제도 교육에의 진입이 리터러시 습득에 영향을 미쳤으리라는 추론은 가능하다. 김경일, 『여성의 근대, 근대의 여성』, 푸른역사, 2004, 277면. 또 다른 연구에 따르면 1930년대에도 한글과 일어를 읽고 쓰는 여성은 전체 여성의 1.9%, 한글 또는 일어를 읽고 쓸 수 있는 여성은 10.5%에 머물렀다. 천정환, 『근대의 책읽기』, 푸른역사, 2003, 339면.

6 여성들은 『대한매일신보』에 독자투고뿐만 아니라 계몽가사나 시조를 발표하기도 했다. 이는 여성들이 근대적인 공적 담론의 장에서 자기 이념을 여러 양식을 통해 실험했음을 의미한다. 이형대, 「근대계몽기 시가와 여성담론—신문매체 소재 작품을 중심으로」, 『한국시가연구』 10집, 한국시가학회, 2001.

7 한편 이경하는 '여자도 국민', '여자도 국가화육중일물'이라는 선언이 여성의 신문독자투고 글에서 가장 많이 나타나는 해가 1907년이라고 말한다. 1907년은 국채보상운동이 일어났던 시기로서 이 운동을 계기로 여성, 어린이, 노동자 등 주변부 집단이 '국민'의 상을 획득하고, 국문 또한 국민의 언어로 제고되기에 이른다. 이경하, 앞의 글, 85면.

핵심 주제 역시 근대적인 여성교육이었다. 여성독자투고의 주제였던 여성계몽, 여성교육은 이들이 '여성도 국민이다'라는 당시 남성중심적인 지배담론을 여성의 관점에서 수용한 것이다. 비록 남성 계몽론자들에 의해 주입된 측면이 강하다 하더라도 여성이 계몽의 대상이 아니라 공적 담론 장에서 발화의 주체, 계몽의 주체가 되었다는 점에서 의미가 있다. 더욱이 이 근대 초기 여성들의 독자투고는 각성된 여성지식인이나 상층 여성에 의해 집필된 것으로 추정되는바, 『여자계』와 『신여자』에서 본격적으로 전개된 지식인 여성 중심의 정론적인 여성담론을 앞서 실천했다는 점에서 의미가 있다.

한편 홍인숙은 근대계몽기 여성독자투고가 근대 계몽기의 전반적인 발화보다도 딱딱하고 직설적이라고 하면서 그 이유로 여성들의 글쓰기에 대한 세간의 편견을 벗어나기 위해, 즉 여성 특유의 감상성을 없애고 이성적이고 합리적인 발화를 해야만 인정을 받을 수 있다는 일종의 자기검열[8] 때문이라고 분석한다. 근대 계몽기 담론들이 한편으로는 딱딱한 계몽적 언설을, 다른 한편으로는 국권상실에 따른 좌절을 비분강개투의 문체, 감정과잉의 어조로 표출하는 감상적 언설을 구사했던 점을 고려하면, 여성독자 투고가 감상성을 의도적으로 배제했다는 점은 주목할 만하다. 이는 역설적으로 감상성과 여성성, 합리성과 남성성 간의 대립과 위계가 근대 초기부터 글쓰기 주체들의 내면을 규율했

---

[8]　홍인숙은 1908년에 장문의 여성독자투고가 나타나게 된 동인을 1906년 2차 여학교 설립운동, 1907년 국채보상운동을 위해 설립된 부인회 활동에서 찾고 있다. 집단적인 근대체험과 공적 목적을 위해 공동체를 경험한 여성들이 여성집단 및 공동체의 이름으로 사회적 목소리를 내는 경험을 축적할 수 있었다는 것이다. 홍인숙, 「근대계몽기 여성 글쓰기의 양상과 '여성주체'의 형성과정」, 『한국고전연구』 14집, 한국고전연구학회, 2006, 125면.

다는 단서로 볼 수 있기 때문이다.

이와 같은 근대 초기 여성필자들의 계몽적 글쓰기는 『신여자』와 『여자계』에도 영향을 미쳤을 것이라는 게 필자의 생각이다. 즉 『여자계』와 『신여자』의 여성필자들이 쓴 여성해방담론, 자유연애론은 이들이 쓴 소설, 수필, 시 등이 고백체와 감상성을 주조로 했던 것과는 달리 직접적인 정론적 목소리가 주를 이룬다.

여성의 글쓰기가 본격적으로 전개된 것은 여성잡지의 창간 이후였다. 1917년 동경여자친목회가 발간한 『여자계』(1917.12 창간, 1921.1, 6호까지 나옴), 1920년 『신여자』(1920.3 창간, 같은 해 6월 4호로 종간)[9]는 김일엽, 나혜석 등이 발간주체 혹은 주요 필진으로 등장해 근대 초기 여성의 글쓰기를 주도했던 잡지이다. 여성잡지와 종합지, 신문 등 근대 매체는 근대 여성들이 자신의 리터러시 능력을 펼칠 수 있는 장이었다. '신교육을 받은 10.5%'의 이 신여성들은 『여자계』, 『신여자』, 『신여성』 등 여성잡지와 기타 신문, 종합잡지 등에 논설, 수필, 소설, 시에서부터 독자투고에 이르기까지 전방위적으로 글쓰기 실천을 행했다.

특히 여성이 읽기의 주체-독자에서 쓰기의 주체-작가로 전환해 가는 도정을 보여주는 독자투고는 『여자계』와 『신여자』, 『부인』 등의 잡지에서 적극적으로 장려되었다. 『여자계』는 3호(1918.9) '현상모집'에서 논문과 미문(美文, 문제(文題)는 고향의 여름)을 모집하였고, 『신여자』는 창간호부터 '투고환영' 광고를 내면서 "우리 여자 사회를 도와주겠다는 여

---

9   『여자계』는 1917년 동경여자친목회를 통해 발간되었다. 『신여자』는 국내에서 김일엽의 주관으로 1920년 발간되었다. 『여자계』가 『학지광』의 자매지처럼 남성들의 도움으로 발간되었다면, 『신여자』는 여성이 주체가 되어 발간한 최초의 국내 잡지라는 점에서 의미가 있다.

자의 글을 무엇이나 환영하여 밧는다"고 개방적인 자세를 취했으며, 『부인』(1922.6~1923.8, 『신여성』의 전신)은 창간호부터 독자의 글을 모집하면서 "소설이나 취미잇는 글, 부인에게 필요한 것을 자미있게 꾸며"서 보내달라고 했다.[10] '독자투고'는 모종의 계몽적 의도와 글쓰기 주체의 신빙성에서 문제가 있다 하더라도 여성의 글쓰기 욕망을 촉발하면서 그것을 공론장에서 실현하고, 미문과 소설, 재미있는 글 등 '문학적'인 글쓰기를 훈련할 장을 마련했다.

한편 1910년대 후반부터 1920년대까지 여성들의 글쓰기는 여성매체의 탄생과 맥을 같이 한다. 흔히 1기 여성작가로 불리는 나혜석, 김일엽, 김명순은 여성 매체의 탄생을 주도하거나 여성 매체의 주 필자로 여성문학 장에 등장한다. 나혜석은 『학지광』 3호에 「이상적 부인」(1914.12)을 발표하면서 작품활동을 시작한 후 같은 잡지에 「잡감」(12호, 1917.4), 「잡감—K언니에게」(13호, 1917.7)를, 『여자계』[11] 2호(1918.3)에 소설 「경희」, 3호에 「회생한 손녀에게」를 발표했다. 김일엽은 자신이 발간을 주도한 『신여자』 창간호에 「창간호 서시」(1920.3)와 「알거든 나서라」(1920.3), 2호에 「서시」(1920.4)와 「봄이 옴」(1920.4) 등 일련의 계몽적 시를 발표했다. 또한 소설로는 창간호에 「계시」와 2호에 「어느 소녀의 死」를 발표했다.[12] 김명순은 『청춘』(1917.11) 현상공모에 소설 「의심의 소녀」를 발표하며 등단했고, 수필 「초몽」(『여자계』, 1918.3)을 발표했다. 김명순이 집중적으

---

10 박지영, 「『신여성』지의 '독자투고'문을 통해서 본 '여성적 글쓰기'의 형성과정」, 『여성문학연구』 12호, 한국여성문학학회, 2004, 345면, 주7) 참고.

11 『여자계』에는 김명순의 수필 「초몽」(2호), 「**언니에게」(3호), 「조모의 묘전에」(4호)도 실려 있다.

12 김일엽은 이외에도 「나는 가오」(『신여자』, 1920.4~5), 「L양에게」(『동명』, 1923.1), 「자각」(『동아일보』, 1926.6.19~26), 「X씨에게」(『불교』, 1929.6) 등의 작품을 발표했다. 이 소설들은 자기고백적 성격이 강한 서간체 소설의 형식을 띠고 있다.

로 글을 쓰기 시작한 시기는 1924년으로 3월 말부터 7월 중순까지로 『조선일보』에 「도라다 볼 때」, 「외로운 사람들」, 「탄실이와 주영이」를 잇따라 연재한다.[13] 창작집 『생명의 과실』이 1925년 발간된 점을 볼 때 1924년은 김명순의 작품활동이 정점에 이른 때였다.

여기서 주목할 사항은 나혜석과 김일엽은 애초부터 문학가로 자기 정체성을 규정지은 것이 아니라 여성해방사상을 주도한 사회사상가 내지 저술가로 출발했으며, 여성해방사상을 실천하는 맥락에서 소설 및 시를 발표했던 반면에, 김명순은 처음부터 '현상문예공모'라는 기존 문학 장의 등단제도를 통해 작품활동을 시작했다는 점이다. 또한 나혜석과 김일엽은 논설, 시평과 같은 계몽적 글쓰기[14]에서 시작했지만, 소설과 시를 통해 전방위적인 글쓰기 실천을 했다. 즉 근대 초기 여성작가들은 논설, 잡감, 시론, 소설, 시, 수필 등 문학과 비문학의 경계, 정론적 글쓰기와 문학적 글쓰기의 경계를 허무는 작업을 했다는 것이다. 따라서 '작품 없는 작가생활'이라는 1930년대 남성중심의 문학 장에 의해 형성된 이 여성작가들에 대한 평가는 여러 연구자들이 선행연구에서 밝혔듯이 자신들만의 문학 장을 형성하려는 배타적 의식에서 나온 근거 없는 비판에 불과하다.

나혜석은 「이상적 부인」에서 "혁신으로 이상을 삼은 카추샤, 利己로 이상을 삼은 막다, 眞의 연애로 이상을 삼은 노라 부인, 종교적 평등주

---

[13] 1924년 3월 이전 발표된 주목할 만한 작품은 소설 「칠면조」(『개벽』, 1921.12~1922.1) 정도가 있다.

[14] 이화형과 유진월은 『신여자』 창간호를 전체적으로 검토하는 글에서 전체27편의 글 중 11편이 문학 분야 글로 여성해방이라는 이념을 논리 중심의 딱딱한 글보다 문학을 통해 우회적으로 전달하는 데도 관심을 기울였다고 본다. 이화형·유진월, 「『신여자』와 근대 여성 담론의 형성」, 『어문연구』 31(2), 한국어문교육연구회, 2003, 232면.

의로 이상을 삼은 스토우 부인, 천재적으로 이상을 삼은 라이죠 여사, 원만한 가정의 이상을 가진 요사노 여사”를 이상적 부인으로 열거한다. 이 글에 등장하는 이상적 부인들은 모두 문학작품의 등장인물들로서 나혜석 역시 이 문학작품의 여성인물들에게서 혁신, 평등, 연애, 가정성(domesticity)과 같은 근대성의 특질들을 전수받으면서 자연스레 근대적 여성의 상을 정립했다고 가정할 수 있다. 여기서 혁신과 평등, ‘체己’로 지칭되는 개인성이 근대성의 보편적 자질을 의미한다면, 연애와 가정성은 여성의 근대성이 지향해야 할 자질을 의미한다. 즉 나혜석은 「이상적 부인」에서 근대성과 여성성의 핵심적 내용들을 자신의 독서 체험에 근거해 설파하고 있는 것이다. 그런 점에서 이 글은 나혜석이 여성-독자에서 여성-필자로 전화해가는 과정을 단적으로 보여주는 증거라 할 수 있다. 이와는 별개로 「이상적 부인」의 핵심주제는 여성에게 현모양처 교육이 차별적으로 강제되는 것을 비판하는 것이다. 나혜석은 이 글에서 현재의 ‘양처현모’ 교육은 여성에게만 한정된 교육으로서 온량유순한 부인 양성은 결국 남성 본위의 교육이며 여성을 노예로 만드는 결과를 가져온다고 비판한다. 그는 지식과 품성, 기예를 갖추고 자기개성을 발휘하고자 하는 자각한 부인을 이상적 부인으로 제시한다. 나혜석의 「경희」(『여자계』 2호, 1918.3)는 근대적인 여성교육의 필요성과 ‘신여성’에 대한 세간의 부정적 통념을 전복하는 데 초점이 맞춰져 있다. 또한 「경희」는 근대적인 여성교육이 가정생활의 합리적 운영에 도움이 된다는 점을 신여성과 구여성 간의 갈등, 신여성과 남성 중심 사회 간의 갈등을 통해 계몽적으로 전달한다. 1920 · 30년대 신여성 담론이 신여성과 구여성의 자질을 대립적인 것으로 언표화한 데 반해, 「경희」는 신여성과 구여성 간의 자매애 내지 조력자적 역할을 강조한다. 논설 「이상적 부인」과 소설 「경희」는 나혜석의 여성해방사상을 상호보족적으로 보여주는 텍스트로 평가할 수 있다.

한편 김명순의 「의심의 소녀」는 나중에 근거 없는 표절시비에 시달리기는 했지만 교훈성을 배제한 문학작품으로 평가받았다는 점에서 당시 계몽적 글쓰기와는 차별화되며, 『창조』나 『폐허』 등 1920년대 '동인지 문학'의 '미적 근대성'과 더 친연성이 있어 보인다.

김명순 여사의 의심의 소녀는 이 점에 있어서 특출하외다. 거기는 교훈 같은 흔적은 조금도 없으면서 그러면서도 재미있고 또 그 재미가 비열한 재미가 아니라 고상한 재미외다. 이 작품에서 만일 교훈을 구한다 하면 그는 실패되리다. 그러나 나는 조선문단에서 교훈적이라는 구투를 완전히 탈각한 소설로는 외람하나마 내 무정과 진순성 군의 부르짖음(학지광)과 그다음에는 이 의심의 소녀뿐인가 합니다.[15]

이광수는 선후평에서 이 작품을 '고상한 재미'가 있는 "조선문단에서 교훈적이라는 구투를 완전히 탈각한 소설"로 극찬한다. 표절 시비와 문단의 악의 섞인 소문에도 불구하고 김명순은 「칠면조」(『개벽』, 1921.12～1922.1), 「도라다볼 때」(『조선일보』, 1924.3.31～4.19), 『외로운 사람들』(『조선일보』, 1924.4.20～5.31)을 연이어 발표하며, 1920년대 소설 장에서 활발하게 활동한다.[16] 김명순의 작품은 첩실의 자식으로 요약되는 자신의

---

15   이광수, 「현상소설고선여언」, 『청춘』 12호, 1918.3, 86면.
16   이태숙은 김명순 소설의 경향을 두 가지로 분류하면서 첫째, 실명을 쓰거나 가명을 쓰더라

부정한 피에 대한 세간의 통념을 뒤집는 것, 여성의 섹슈얼리티에 대한 고백적 담론이 주를 이룬다. 다시 말해 김명순의 작품은 자신에 대한 세간의 부정적 소문에 대한 알리바이이자, 1920년대 근대문학 장에서 지배적인 양식이었던 고백체 소설의 여성적 전유를 보여준다는 점에서 의미가 있다. 김명순의 작품활동과 관련하여 기억할 것은 그가 시, 소설, 희곡, 수필 등을 140여 편 발표[17]하고, 『생명의 과실』과 『애인의 선물』[18] 두 편의 작품집을 발간했다는 이력이다. 이 같은 작품 이력과 1924년 연이어 세 편의 소설을 발표할 정도의 역량에도 불구하고 김명순은 당시 문단의 소문에 의해 '타락한 여자'로 '분 내음새'가 나는 작품을 쓰는 작가로 낙인찍힌다. 1920년대 초반 시의 전반적 주조, 『폐허』, 『백조』 등 동인지 문학의 특성이 감상성, 퇴폐성이라는 점은 널리 알려진 사실이다. 그런데 1920년대 한국문학의 전반적 특성이라 할 수 있는 낭만주의는 김명순의 작품에 오면 여성 특유의 섹슈얼리티가 작품에 그대로 노출된 열등한 것으로 위계화 된다. 즉 1920년대 근대문학 장의 지배적 특성이라 할 수 있는 '낭만주의'는 글쓰기 주체의 성별에 따라 국권상실의 비애감을 드러낸 것으로, 즉 민족적 공공성을 띤

도 실제 사건이 작품에 등장하는 경우에 해당하는 작품으로 「처녀의 가는 길」, 「칠면조」, 「탄실이와 주영이」, 「꿈 묻는 날 밤에」를, 둘째, 소설적 장치를 사용하고 있지만 내적 고백을 통한 자기정당화의 방법으로 사용하는 경우에 해당하는 작품으로 「의심의 소녀」, 「도라다 볼 때」, 「외로운 사람들」, 「손님」, 「나는 사랑한다」, 「모르는 사람같이」를 든다. 두 경향 모두 근대소설이 고백체 양식을 활용하면서 남성중심사회에서 여성주체의 좌절과 갈등, 그리고 내적 저항을 그리고 있다. 이태숙, 「고백체 문학과 여성주체—김명순을 중심으로」, 『우리말글』 26호, 우리말글학회, 2006.

17   김명순의 작품에 대한 서지작업은 최근 남은혜, 「김명순 문학연구」, 서울대 석사논문, 2008; 신혜수, 「김명순 문학연구 : 작가의식의 변모 양상을 중심으로」, 이화여대 석사논문, 2009를 통해 이루어진 바 있다.

18   『애인의 선물』은 발간연도가 명확하지 않으나 1928년 4월 이후에 발간된 것으로 추정하고 있다. 남은혜, 위의 글, 152면, '부록1—작품연보' 참고.

것으로 의미화되거나 개인의 유전적 기질이나 욕망에 따른 사사화된
것으로 의미화된다. 후자가 여성의 글쓰기에 대한 당대 근대문학 장의
논리였음은 말할 것도 없다. 하지만 김명순의 소설은 개인의 유전적
기질이나 욕망에 기댄 감상성에 빠진 것으로 치부하기 어려운 사회적
맥락과 전복성을 지니고 있다. 가령 「도라다 볼 때」는 표면적으로는
김명순의 개인적 이력과 상당히 유사한 류소련이 한편으로는 부정한
혈통이라는 사회의 통념과 또 한편으로는 같은 여성이지만 근대적 교
육을 받지 않은 구여성 윤은순에 대한 연민과 같은 윤리적 감정과 싸
우면서 유부남인 송효순과 자유연애를 실현하려고 했으나 좌절되는
과정, 속물적인 최병서와 결혼, 가부장제 이데올로기와의 고투 등을 다
루고 있다. 자유연애의 추구와 좌절은 1920년대 소설에서 반복적으로
나타나는 모티프이고, 여성작가의 경우는 더욱 그러하다. 그런데 이
작품에서 주목할 부분은 소설의 결말이다. '유전'이다 '간음'이다 할 세
간의 평가에 매였던 소련은 '자유를 얻은 사람의 쾌활한 용감함'으로
신선하게 살아갈 것을 결심한다. 또한 「손님」은 동경 유학생인 신여성
을순과 삼순 자매가 직조공장의 여성노동자로 들어가겠다고 결심하는
상황을 설정하였다. 이처럼 김명순의 소설은 감상적인 사소설이라는
당시의 평가와는 달리 사적인 경험의 사회화, 즉 가부장제 이데올로기
에 복속되지 않는 신여성의 자기 개조 의지를 선명하게 드러냈다.

김일엽 역시 논설을 통해서는 일관되게 "사회를 개조하려면 먼저 사
회의 원소인 가정을 개조해야 하고, 가정을 개조하려면 먼저 가정의
주인 될 여성을 해방해야 한다"(『신여자』 창간호, 창간사)는 정론적 주장을
펴지만,[19] 소설에서는 고백적 목소리가 두드러지게 표출된다. 소설

「자각」(『동아일보』, 1926.1.31~2.8)은 자기고백적 글쓰기의 전형이다. 「자각」에서는 봉건적인 결혼제도의 모순을 감내하던 구여성이 유학 간 남편을 기다리다 남편으로부터 일본에서 새로운 애인이 생겼으니 헤어지자는 편지를 받고 난 후, 결혼제도로부터 뛰쳐나오는 과정을 그리고 있다. 「희생」(『조선일보』, 1929.1.1~4)에서도 옛 애인의 아이를 가진 채 다른 남자와 결혼하는 자유연애형 인물이 나온다. 즉 김일엽의 소설은 한편으로는 봉건적인 결혼제도와 구여성의 수난을, 또 다른 한편으로는 자유연애사상의 실현을 고백체의 형식에 담아낸다. 물론 김일엽의 경우 이와 같은 고백체의 형식은 여성의 자각을 드러내는 계몽적 언술과 결합되어 나타나 작품의 구조적 결함을 초래한 것으로 볼 수도 있다. 가령 「자각」의 마지막은 "이왕 사람이 아닌 노예의 생활에서 벗어났으니 인제는 한 개 완전한 사람이 되어 값있고 뜻있는 생활을 하여야겠나이다. 그리고 사람으로 알아주는 사람을 찾으려나이다"와 같은 선언적 진술로 끝난다. 모진 시집살이를 감내하며 남편의 귀환을 기다리던 이전의 순종적인 모습과는 상반되는 것이다. 하지만 다른 각도에서 보면 여성의 글쓰기에서 주체의 자각과 성장은 남성의 그것과는 달리 점진적으로 형성되는 것이 아니라 '순간'의 깨달음으로 이루어지는 경우가 많다. 더욱이 "사람으로 알아주는 사람을 찾으려" 한다는 진술

19　김일엽은 「우리 신여자의 요구와 주장」(2호), 「여자의 자각」(3호), 「먼저 현상을 타파하라」(4호) 등 『신여자』에 발표된 일련의 논설을 통해 여성해방을 일관되게 주장하였다. 『신여자』 2호(1920.4)에 실린 「우리 신여자의 요구와 주장」에서 김일엽은 "남녀의 성별에 제한되는 일이 없이 평등의 자유, 평등의 권리, 평등의 의무, 평등의 노작, 평등의 향락 중에서 자기 발전을 수행하여 최선한 생활을 營코자 함"을 목표로 하고 "우리는 신시대의 신여자로 모든 전설적, 인습적, 보수적, 반동적인 일체의 구사상을 벗어나지 아니하면 아니 되겠습니다. 이것이 실로 신여자의 의무요, 사명이요, 또 존재의 이유를 삼는 것이올시다"라고 대단히 급진적인 젠더의식을 표출한다.

은 봉건적인 결혼제도와는 다른 남녀관계를 꿈꾸는 것으로 읽을 수도 있다. 즉 김일엽의 소설은 근대 초기 문학 장에서 사적인 고백체와 공공성을 띤 계몽적 글쓰기가 동전의 양면을 이루고 있음을 보여주는 예이다.

1920년대 여성작가들의 글쓰기가 고백체와 사소설의 형식을 띠고 있었던 것은 당시 근대문학 장과 여성문학 장이 근대적 글쓰기의 실험이라는 면에서 서로 영향을 주고받았다는 것을 뜻한다. 가령 일본유학파 중심의 1910년대, 1920년대 초 글쓰기에서 뚜렷이 나타나는 고백체와 사소설은 전근대, 가부장적 질서, 민족으로 환원되지 않는 개인성의 추구를 양식적으로 실천한 결과이다. 여성작가들의 글쓰기는 이런 개인성과 근대성의 추구를 젠더적으로 전유했다는 점에서 동시대 남성작가들의 글쓰기와 '같으면서도 다른' 면이 있다. 또한 나혜석과 김일엽의 경우 논설과 시론에서는 페미니스트 의식을 정론적 글쓰기를 통해 실천하지만, 소설과 시에서는 계몽성을 탈각한 미적 글쓰기를 실천하였다. 하지만 정론적 글쓰기에서 표출된 여성의 근대적 자각이나 자유연애 사상은 소설이나 시를 통해 좀 더 구체성을 띤다. 양자는 상호보전적이라는 것이다. 나혜석과 김일엽에 비해 사회적 인정투쟁에서 더 주변부에 위치해 있던 김명순은 시종일관 문학적 글쓰기를 통해 자신의 존재를 증명하고자 했다. 그럼에도 불구하고 근대문학 장은 이 여성작가들의 글쓰기를 "작품 없는 작가생활"로 치부하며 문학 장의 바깥으로 축출한다. 지금까지의 근대문학사 서술에서 1기 여성작가들은 '존재하지 않은' 것으로 담론화되어 온 것이다.[20]

---

20 그런 배제와 축출이 1930년대 여성문학 장, 이후 여성문학 장에서 여성작가들의 글쓰기를 제약하고, 국가주의가 요구하는 여성성을 내면화하는 원인으로 작용했던 점은 다음 장에

　그렇다면 1기 여성작가들의 근대적인 여성적 글쓰기, 여성으로서의 글쓰기를 인정한다 하더라도 이들이 독자적인 여성문학 장을 형성했다고 볼 수 있을까? 지금까지 여성문학 연구에서 이 1기 여성작가들에 대한 연구는 (여성)문학사의 강고한 체계에서 의식적, 무의식적으로 지워져 온 이들의 글쓰기 활동, 근대적 여성성의 추구를 복원하고, 구제하고, 재구성하는 데 치중해 있었다.[21] 이런 연구성과들로 인해 근대 여성문학의 '기원'이 상향조정되고, 다양성을 포착할 수 있게 된 것이 사실이다. 만약 문학 장의 형성원리를 문학 장에 들어온 사람들이 힘의 장을 유지하거나 변형시키려는 경합과 투쟁의 장이라고 본다면, 이 여성작가들 역시 당대 남성중심의 문학 장에 의해 철저히 배제, 축출되었으며, 그것 자체가 근대문학 초기 여성문학 장의 특성으로 볼 여지도 있다. 하지만 장 형성원리의 다른 축을 문학 주체가 스스로 장을 형성하려는 욕망이라고 상정한다면 이들이 여성작가로서의 자의식을 가지고 자발적으로 문학 장을 구축하려는 면을 지녔다고 보기는 힘들다. 오히려 이들에게 문제가 되었던 지점은 김명순의 경우에서 극적으로 드러나듯이 당대 문학 장과의 지난한 싸움에서 자신의 글쓰기 욕망을 지속해 나가는 것이었다. 이들이 모종의 인정투쟁을 통해 '여성도 사람이다'라는 명제가 아닌 '여성도 작가이다'라는 명제를 실현하려 했던 것도 아니다. 즉 이들의 인정투쟁은 개별적인 형태를 띤 것이었다. 그럼에도 불구하고 근대 초기 이들의 다양한 글쓰기 실천은 여성-작가

　　서 밝힐 것이다.
21　최혜실, 『신여성은 무엇을 꿈꾸었는가』, 생각의나무, 2000; 이상경, 「여성의 근대적 자기표현의 역사와 의의」, 『민족문학사연구』 9호, 민족문학사학회, 1996; 이상경, 『나혜석 전집』, 태학사, 2000은 이런 연구의 물꼬를 트는 데 크게 영향을 미쳤다.

의 형성을 전형적으로 보여주었다는 점에서 문학사적 의미가 있다.

3. '여류문단'의 형성과 1930년대

그렇다면 나혜석, 김명순, 김일엽 이후 여성문학 장은 어떤 변모를 겪게 되었을까. 1920년대 중반에 접어들면 문학하는 여성들의 숫자는 조금씩 늘어나게 된다. 이는 당시 매체에서 여성들의 독자투고를 독려하는 분위기에서도 우회적으로 엿볼 수 있다. 박지영은 '독자투고'를 통해 본격적으로 매체에 여성의 글이 실리기 시작한 시기가 『신여성』 발간(1923, 1923.9~1926.10, 1931~1934.8) 이후라고 보고 있다.[22] 『신여성』의 '독자논단', '독자문예'는 독자가 글쓰기의 자율성을 경험하고 자기 생각을 공적 영역에서 개진할 수 있는 장을 마련해 주었다.

또한 『신여성』은 문학과 독서를 여학생들의 이상이자 과업으로 담론화하는 전략을 쓰기도 했다. 4권 6호(1926.6)에는 '독자문예모집' 광고

---

[22] 박지영, 앞의 글, 341면. 하지만 박지영은 독자투고의 집필 주체가 과연 일반 여성독자인지는 회의적이라고 말한다. "글은 반드시 언문으로, 한사람이라도 더 읽히기 위하여 될 수 있는대로 간단하게"라는 편집진의 말(1925.3, 3권 3호)은 이런 편집진의 개입을 반증한다는 것이다. 즉 일반 여성의 글이라 하더라도 일정 정도 편집 및 개입이 있었으리라는 추측이다. 위의 글, 347면.
『신여성』의 '독자투고'란 이전 '여성문학'이 독자적으로 호명되기 시작한 기원을 『조선문단』의 '여자부록'란에서 찾는 견해도 있다. 김경연은 1920년대 『조선문단』 4호와 5호 '여자부록호'가 문예 저널리즘이 여성을 독자로 끌어들이기 위한 매체 전략인 동시에 '여류문학'이라는 섹션을 게토화함으로써 여성들의 문학을 남성들의 그것과는 다른 범주로 동일화하는, 배제의 정치를 구사한 최초의 사례라고 파악한다. 참고로 4호의 경우 필자가 투고모집에 응모한 일반 여성독자 중심이며, 장르 역시 시, 소설, 수필, 일기 등으로 다양한 반면 15호는 나혜석 「원한」, 김명순 「손님」, 김일엽 「사랑」, 전유덕 「현대부부」와 같은 기존 여성문인의 소설 중심으로 되어 있음도 밝혔다. 김경연, 「1920년대 조선문단과 여성문학 섹션의 탄생」, 『우리문학연구』 33집, 우리문학회, 2011, 307면.

가 실려 있다. 1920·30년대 문예잡지에서 독자문예모집을 했던 점을 미루어 보면 특이한 현상은 아니지만, 여성지 단독으로 문예모집을 했다는 점은 이채롭다. 이것은 다른 말로 하면 여성독자의 글쓰기 욕망을 실현시켜 주기 위한 제도적 장치가 여성지라는 특화된 잡지를 통해 마련되기 시작했다는 말이 된다. 해방 후『여원』과『여상』등 여성잡지에서 독자 대상 문예모집이나 신인상제도를 지속적으로 실시했던 전사(前史)가 여기에 있다. 하지만『신여성』에 독자문예란이 자주 실렸던 것은 아니다. 독자문단은 4권 1호(1926.1), 6권 3호(1932.3), 독자문예란은 4권 8호(1926.8)의 특집 '처녀서정시첩'(7권 8호, 1933.8), '애독자란─시가 9편'(6권 2호, 1932.2)이 고작이다.

그렇다면 독자문예란이 활성화되지 못했던 이유는 무엇일까? 글을 읽고 쓰는 여성의 숫자가 적었던 점, 막상 자신의 글이 활자화되는 것에 대한 두려움이 막연하게 글을 쓰는 단계에서 나아가 공론장에서 글을 발표하는 단계로 나아가는 것을 제약했을 수 있다.[23] 여기서 우리가 주목할 점은 독자문예란의 특집으로 실린 '처녀서정시첩', '시가 9편'이 의미하는 바다. '처녀서정시'라는 말에서 알 수 있듯 시 장르를 '처녀'와 같은 섹슈얼한 호칭으로 명명하면서 여성독자의 글쓰기로 정형화하고 있다. 시나 수필 장르를 여성의 것으로, 혹은 여성적인 글쓰기로 특화하는 것은 양식 / 장르에 일종의 젠더정치학이 작용하고 있음을 의미한다. 그런데 이율배반적이게도『신여성』에 실린 독자들의 시작품은 감상적, 서정적이라기보다는 당시 현실을 비판한 내용이 주를 이루었

---

[23]　박지영, 앞의 글, 365면.

다.[24] 독자들의 현실인식과 글쓰기의 지향점, 여성의 글쓰기를 독려하면서도 그것을 '센티멘털리즘'에 가두려는 편집진의 관념이 서로 배리되었음을 보여주는 예이다.

그렇다면 1920년대 중·후반 여성작가들은 어떻게 작가가 되었고, 어떤 글쓰기를 지향했는가. 매체를 통해 공표되는 문학작품은, 근대 매체 일반이 지니고 있는 사회라는 개념을 유지하면서도 그 내용을 사적인 차원에서 전개할 수 있는 권리를 지닌 것이다. 문학은 사적인 것을 공공화할 수 있는 통로이다.[25] 매체에 글을 싣는 것은 자신을 사회적으로 인증 받는 절차였다고 할 수 있다. 때문에 잡지와 신문 등 근대 매체가 증가한 1920년대 중·후반은 여성들이 자신의 글쓰기 욕망, 이념, 정체성을 공공화할 수 있던 시기였다. 나혜석, 김명순, 김일엽 이후 작가들의 등단 시기와 등단 경로를 정리하면 다음과 같다.[26]

박화성 : 「추석전야」(『조선문단』, 1925)

백신애 : 「나의 어머니」(『조선일보』 신춘문예, 1929)

강경애 : 「파금」(『조선일보』 독자투고, 1931)[27]

모윤숙 : 「피로 새긴 당신의 얼굴을」(『동광』, 1931.12)

최정희 : 「정당한 스파이」(『삼천리』, 1931)

김말봉 : 「망명녀」(『중앙일보』 신춘문예, 1932)

---

24 위의 글, 368~370면.
25 박헌호, 「식민지 조선에서 작가가 된다는 것」, 『상허학보』 17호, 상허학회, 2006, 130면.
26 서지사항은 심진경, 「문단의 '여류'와 여류문단—식민지 시대 여성작가의 형성과정」(『상허학보』, 상허학회, 2004)을 참고하되 수정·작성한 것임을 밝혀 둔다.
27 그 전에 『금성』(1924.5)에 양주동 추천으로 시 「책 한 권」 발표, 『조선문단』(1925.11)에 시 「가을」 발표.

장덕조 : 「저회」(『제일선』, 1933)

이선희 : 「불야여인(不夜女人)-가등(街燈)」(『중앙』, 1934)

노천명 : 「밤의 찬미」, 「단상」(『신동아』, 1932)[28]

임순득 : 「일요일」(『조선문학』, 1937.2)

임옥인 : 「봉선화」(『문장』, 1939)

지하련 : 「결별」(『문장』, 1940)

송계월 : 「가두연락의 첫 날」(『삼천리』, 1933)

위 서지에서 알 수 있는 사실은 다음과 같다. 비교적 등단시기가 빠른 박화성을 제외하고는 등단시기가 1931년에서 1934·1935년에 이른다. 등단경로는 신춘문예, 문예지 추천이 주를 이루지만 독자투고(강경애), 관련이 있는 잡지에 수록과 같은 경우도 있다. 다수가 신문이나 잡지의 기자로서 근대 매체와 밀접한 관련성이 있었다.[29] "여기자가 되는 것은 이미 문단에 올라서는 것을 의미함은 조선문단의 통례요 이미 상식"[30] 이라는 말이 그다지 틀리지 않음은 김말봉(『중외일보』 기자), 이선희(『개벽』 기자), 노천명(『조선중앙일보』, 『매일신보』, 『서울신문』 기자), 최정희(『삼천리』, 『조선일보』 기자), 장덕조(『개벽』 기자), 송계월(『개벽』 기자), 김오남(『조선일보』 기자) 등의 이력에서도 확인된다. "저널리즘과의 유기적 관계"가 이들을 작가로 이끈, 혹은 작가되기로 만든 동인인 셈이다. 1930년대 여성작가

---

28 같은 잡지에 수필 「신록」, 소설 「닭 쫓던 개」를 함께 발표했다. 또한 같은 해 이미 교지 『이화』에 「고성허에서」 외 5편을 발표하기도 했다.

29 심진경은 이화여전 문과출신이라는 점을 또 다른 공통점으로 든다. 특히 모윤숙, 노천명, 장덕조, 이선희는 이화여전 출신으로서 1930년대 중반 이후 문학좌담회의 핵심 멤버이자 당시 문학 장이 명명한 '여류문단'의 핵심 인물들이었다. 심진경, 앞의 글, 287면.

30 이석훈, 「노천명 씨의 재기」, 『조광』, 1939.3.

들이 기자 출신이나 이화여전 출신이라는 일종의 신분적 특권을 이용하여 문학 장에 진입한 점을 무시할 수는 없지만 염상섭, 이태준, 김동환과 같은 동 시기 남성작가들 역시 출판사 편집인, 기자직을 겸하며 작품 활동을 했다는 점을 고려한다면, "저널리즘과의 유기적 관계"라는 이유로 이 여성작가들의 활동을 폄하한 당시 비평이나, 현재의 연구관점도 타당한 것은 아니다.

따라서 문학 장의 메커니즘[31]도 중요하지만 이 작가들이 여성작가가 되기 전 어떤 문학적 체험을 통해 작가되기를 욕망하고 실천했는지, 내적 동인을 살피는 작업이 필요하다. 가령 최정희처럼 기자로 활동하다 자연스럽게 작품을 발표하면서 작가가 된 경우도 있지만 다수의 작가들은 성장기, 혹은 습작기에 문학에 대한 열망을 키우고, 이를 글쓰기와 연관시키려 했다는 점에서 자발성을 띠고 있다.

S형. 나는 퍽 어릴 때 언문을 알게 되면서부터 웬일인지 소설을 밥보다 더 좋아했었답니다. 일갓집 할머니나 아주머니가 오시면 어느 자리에서든지 어느 때든지 꽉 틀어잡고 옛날 얘기를 해달라고 드리 졸랐고 소설책만 손에 들면 밥도 잠도 어머니 젖통도 다 잊어버리고 그저 그것만 들여다 보았드랍니

31　심진경은 "문학의 장이란 이 속에 들어온 모든 사람들에게 이들이 점유한 위치에 따라 차등적인 방법으로 작용하는 힘의 장이며, 동시에 이 힘의 장을 유지하거나 변형시키려는 경합과 투쟁의 장"이라는 점을 전제할 때, 1930년대 여성문학이 남성중심의 문학 장에 편입되기는 했으나 남성중심적 평가 기준에 의해 위계화, 하향 서열화될 수밖에 없었다고 본다. 여류문학의 평가기준은 두 가지로 나누어지는데 첫째, 문학 외적인 평가기준의 적용으로 '여류문학'을 비문학적인 것으로 가르는 것이고, 둘째, '여류문학'의 '문학성'을 평가한다 하더라도 대개 남성성을 기준점으로 삼아 그것과의 관계 속에서 부차적인 것으로 취급해 온 것이다. 필자는 이와 같은 심진경의 해석에 전적으로 동의하면서도, 여성작가들이 문학 장을 형성하려는 자발적인 의지 또한 고려해야 한다고 보는 입장이다. 심진경, 앞의 글, 299면.

다. 앓고 누웠을 때라도 머리맡에 놓인 약병과 과실 수효보다는 이불 밑에 감추고 읽어보는 소설책 수효가 더 많았거든요. (…중략…) S형. 그러니 그것을 누가 알았겠습니까? 그 안달발광이 오늘날 이 답답한 붓대에 전 생명을 걸고 붓지랄치는 소위 소설쟁이가 될 전조라는 것을……. S형. 그러나 세계적 문호의 명작과 이광수, 김동인 씨의 작품을 얼마큼한 비판적 머리로 읽게 되면서부터는 언감생심 소설을 써볼 풋용기를 가지지 못하였고, 학교 선생에게서 받는 "작문을 잘한다"는 말과 밖에 사람들에게서 듣는 "편지사연을 잘 짓는다"는 칭찬에서 자존심만 잔뜩 길러갔습니다.[32]

위 글에서 박화성은 어린 시절 자신의 독서체험과 학창 시절 글쓰기를 통해 자존감을 형성해 갔음을 고백한다. 박화성과 함께 식민지 시기 여성문학의 리얼리즘적 성향을 대표하는 작가로 평가받은 강경애도 여덟 살 나던 무렵 의붓아버지가 보다가 던져놓은 『춘향전』으로 한글을 깨치고, 동네 사람들에게 불려 다니며 소설을 읽어주어 '도토리 소설쟁이'란 별명을 얻게 되었다는 사실을 피력하였다. 즉 성장기의 독서를 비롯한 지적 체험은 이들을 작가되기로 이끈 동력이었던 셈이다.

식민지 시기 여성작가들의 작가되기와 관련된 이런 특성은 근대 초기 여성작가들의 작가되기와 변별되는 지점이기도 하다. 근대성, 자유연애, 여성해방과 같은 이념을 피력하기 위한 도구로서의 문학이 아닌 혹은 자기고백을 위한 알리바이로서의 글쓰기가 아닌 허구적 매체로서의 문학의 존재의의를 충분히 의식하였기 때문이다.

32　박화성, 「여류작가가 되기까지의 고심담」, 『신가정』, 1935.12, 35면.

1930년대 여성문단, 여성작가의 형성과정과 관련하여 또 하나 주목할 점은 여성작가들이 당시 문학 장의 지배적 흐름 중 하나였던 카프 계열의 계급문학, 리얼리즘 문학을 충분히 의식하고 있었다는 점이다. 1933년 1월 『신가정』 창간호에 실린 연작소설 『젊은 어머니』는 박화성, 송계월, 최정희, 강경애, 김자혜가 돌아가며 쓴 소설로 사회주의 사상과 연관이 있다. 문체나 이력이 상이한 다섯 작가들이 쓴 연작소설이라는 기획 자체가 여성작가의 희소성을 활용한 상업적 전략이라고 볼 수도 있지만 사회주의 경향의 작품이라는 주제의식이 뚜렷한 작품을 공동으로 창작했다는 것, 그것도 여성의 시각에서 그려냈다는 것은 문학사적으로 의미가 있다. 김연숙에 따르면 이 작품 이후 '여류문인', '여류문학'이라는 이름으로 여성의 작품을 묶은 기획이 유행했다고 한다.[33] 이 시기 여성작가들의 계급문학에 대한 관심은 여성독자들의 독서체험에서도 우회적으로 찾아볼 수 있다. 1934년 10월 『신가정』의 '독서특집' 중 '그들의 하휴 독서와 그 독후감'은 이화전문과 경성보육학교 여학생들의 독서체험에 대한 설문조사를 토대로 한 것이다. 이 조사에 따르면 여학생들은 교양·사상 분야에서 『신사상의 해결과 선도』, 『처세와 수양』, 『베벨의 부인론』, 『유물사관』을, 문학 분야에서는 이광수의 『흙』, 『노산시조집』, 『불여귀』, 외국작품으로 도스토예프스키의 『죄와 벌』을 읽었다고 답했다. 즉 여성독자들은 문단의 남성작가들이 개탄하듯 감상적인 연애소설에만 탐닉하는 존재가 아니라 『베벨의 부인론』, 『유물사관』과 같은 마르크시즘 계열 서적이나 유물사관의 입장에

33　김연숙, 「사회주의 사상의 수용과 여성작가의 정체성」, 『어문연구』 33(4), 한국어문교육연구회, 2005, 340면.

서 여성의 위치를 분석한 서적들을 통해 사회인식을 형성했다. 적어도 카프 해체 전 식민지 조선 사회에서 계급의 문제와 여성의 문제는 여성 독자와 여성작가에게 낯선 주제가 아닌 현실적 의제였음을 알 수 있다.

이 시기 계급성과 여성성에 대한 여성작가들의 고민은 강경애나 임순득의 작품에서 절정에 이른다. 즉 강경애와 임순득은 계급성의 문제를 어머니 노릇, 여성의 현실과 관련지어 서사화함으로써 일제 말기 국가주의에 편승, 포섭된 여성성을 보여준 최정희와는 다른 행보를 걷는다. 1930년대 중·후반 여성문학의 이 또 다른 풍경은 여성문학 장이 기존의 문학 장에 의해 대타적으로 형성된 타자적 범주가 아니라 여성문학 장 내부의 '다른' 목소리들을 함유한 형성 중인 범주임을 확인하게 해준다.

특히 임순득은 일제 말기 다른 여성지식인과 작가들이 국가주의에 편승하여 군국의 어머니를 찬양할 때, 이와는 다른 민족을 새롭게 발견하고 자율적 여성주체를 발견했다.[34] 임순득은 당시 형성되기 시작한 여성문학 장에 대한 비판을 통해 독자적인 여성문학의 경로를 모색했다는 점에서도 의미가 있다.[35]

34　이상경, 「1930년대 신여성과 여성작가의 계보연구」, 『여성문학연구』 12호, 한국여성문학학회, 2004, 242면.

35　임순득의 문학에 대한 서지작업과 분석은 이상경에 의해 체계적으로 이루어졌다. 이상경에 따르면 해방 전 임순득의 작품목록은 다음과 같다.
「일요일」(단편소설, 『조선문학』, 1937.2); 「여류작가의 지위─특히 작가이전에 관하야」(평론, 『조선일보』, 1937.6.30~7); 「창작과 태도─세계관의 재건을 위하여」(평론, 『조선일보』, 1937.10.15~10.20); 「여류자가 개인시론─여류문학 선집 중에서」(평론, 『조선일보』, 1938.1.28~2.3); 「높이 아라라풀에 부침」(일본어 수필, 『국민신보』, 1939.4.16); 「타부의 변」(수필, 『조선일보』, 1939.5.17); 「작은 페스탈로치」(수필, 『매일신보』, 1939.11.5); 「오하의 아몽(阿蒙)」(수필, 『매일신보』, 1940.1.17); 「불효기에 처한 조선여류작가론」(평론, 『여성』, 1940.9); 「대모(代母)」(단편소설, 『문화조선』, 1942.10); 「가을의 선물」(단편소설, 『메일사진순보』, 1942.12); 「달밤의 대화」(단편소설, 『춘추』, 1943.2).
이상경, 「임순득의 소설 「대모」와 일제 말기의 여성문학」, 『여성문학연구』 8호, 한국여성문학학회, 2002, 333~334면 참고. 이상경, 『임순득─대안적 여성주체를 향하여』(소명출판, 2009)는 임순득 문학세계에 대한 결정판이라 할 수 있다.

작가가 생과 정신의 조화적인 종합을 그 작품을 통하여 자기의 본질로 하는
가 안 하는가, 그 작품을 통하여 작가의 감수성이 독자에게 그의 환희, 그의 황
홀을 전달하는가 안 하는가, 또는 작가가 창조한 인간들을 통하여 내적인 소리
에 의하여 움직여지는 존재로서 개인을 발견할 수 있을 뿐 아니라 더 강력한 결
정적인 소리, 사회의 소리가 울려 나오는가 안하는가가 문제된다. (…중략…)

『여류작가선집』[36]을 들추어 볼 때 열다섯 사람의 작품은 모두가 미미한 것,
조그마한 것, 너무나 도도한 사회의 물결로부터 벗어난 어여쁜 조약돌만이 취
재되어 있기 때문에 그것이 한 사람 한사람에게 향하여 중요한 문젯거리가 되
는 것이다. 그것들은 왜소한 정신만이 노리는 세계의 것이요, 결코 부인작가
의 특징적인 세계의 것은 아니다.

그 지위로부터 역사적 현실적으로 유래하는 바의 부인의 정신적 온도 — 전
통에 의하여 전하여진 부인의 생활, 운명, 감정, 성격, 심리와 어느 신앙과 상상
의 양식, 도덕, 사물에 대하는 특정한 방법 및 사유의 방법 — 를 통하여 나온
아아(峨峨)한 바위, 한강의 탁류는, 조탁된 조그마한 구슬, 심곡에 조잘거리는
세류보다도 그들의 문학에 있어서 취재되기 바라는 바이다.[37]

임순득은 위의 평론에서 작가는 개인뿐만 아니라 사회의 발견에 주
목해야 한다고 말한다. 즉 사회현실에 대한 리얼리즘적 형상화를 중시
한다. "미미한 것, 조그마한 것, 도도한 사회의 물결로부터 벗어난 어여
쁜 조약돌"은 '여성적인 것', 사회현실과 유리된 개인적인 일상을 의미

---

36   1937년 조선일보사에서 발간된『현대조선여류문학선집(전경)』을 가리킨다.
37   임순득, 「여류작가의 지위—특히 작가 이전에 대하여」, 『조선일보』, 1937.7.4, 이상경, 『임
     순득, 대안적 여성주체를 향하여』, 소명출판, 2009, 392~393면에서 재인용.

하는 것으로, 이 같은 글쓰기에 천착했던 1930년대 주류 여성작가들의 세계관을 비판하는 것이다. 이 같은 태도는 『여류문학선집』을 재차 분석한 「여류작가재인식론」[38]에서도 확인된다. 임순득은 선집에 실린 여성작가 작품들 중 강경애의 「어둠」, 박화성의 「춘소(春宵)」, 이선희의 「계산서」를 선별해서 분석의 대상으로 삼는다. 이 작품들이 하층계급 여성들의 삶을 핍진하게 형상화하거나, '소형가정'에서 노라적 행동의 사회적, 경제적 의미와 파장을 그리고 있기 때문이다. 임순득은 "역사적 현실적으로 유래하는 바의 부인의 정신적 온도", 즉 부인의 생활, 운명, 감정, 성격, 심리와 같은 실제적인 국면에 관심을 기울여야 함을 강조하였는데, 이 세 작품은 세부적인 면에서는 형상화나 전망 제시에 결함이 있지만 부인의 현실성, 역사성을 담보하고 있다고 판단한 듯하다.

· 당대 지배적인 여성문학 장에 대한 임순득의 비판적인 입장은 「불효기에 처한 조선 여류작가론」에서 더욱 선명하게 드러난다.

　　이 땅에 있어서의 '부인문학'이란 어디까지나 미래를 위한 전망 속에 모셔놓은 우리의 끊임없는 이상에 불과했고, 그 명목에 상응할 부인문학의 근거는 최초부터 없었던 것이 아니었던가? 대부분 그 작가적 출발이란 철저히 저널리즘의 일각에 작문, 수필, 기타 잡문 등속인만치 계절의 화초적 존재로서 비롯하였던 것이다. (…중략…) '여류작가'의 어휘가 가져오는 천박한 허영심 같은 것은 개재할 수 없는 엄숙한 사실 — 수천 수백의 민중의 눈동자를, 청각을, 그리고 낱낱의 호흡의 심도를 전신적으로 느낄 수 있다면 그들은 그러한 무분별

38　　임순득, 「여류작가재인식론」, 『조선일보』, 1938.1.28~2.2.

을 감행할 수는 없는 것이 아닐까?[39]

임순득은 1930년대 여성문학 장의 작가들을 '여류작가', '여류문학'으로 칭하고, 이들과 구별되는 '부인문학'을 제안했다. 위 평론에서 임순득은 이선희의 작품을 사회와 유리되어 관념적인 고뇌를 기교를 부려가며 향락한 것, 최정희의 '삼맥' 연작을 "교묘히 '모성'이란 미명 아래 은둔소를 만"든 것, 모윤숙의 시를 미사여구에 질식당할 것 같은 것으로 비판하며, 부인문학계의 대표 작가로 강경애와 박화성을 거론하면서 이들의 부진을 안타까워한다.

임순득은 1930년대 말 일관되게 여성문학과 관련된 평론을 발표했다. 그의 평론은 여성문학 장에서 여성에 의해, 여성의 시각으로 쓰인 여성문학비평이라는 점에서 문학사적 의의가 있다. 뿐만 아니라 1930년대 말 최정희, 모윤숙, 이선희가 '여성성의 제도화' 전략을 통해 여성문학 장을 장악했음을 정확하게 파악하고 있다. 앞서도 언급했듯 임순득의 존재는 1930년대 중·후반 여성문학 장이 최정희적 경향과 강경애적(혹은 임순득적) 경향이 경합하면서 여성문학 내부의 작지만 주요한 차이를 노정했음을 입증한다.

---

39 임순득, 「불효기에 처한 조선 여류작가론」, 『여성』, 1940.9, 이상경, 『임순득, 대안적 여성 주체를 향하여』, 소명출판, 2009, 424~425면에서 재인용.

4. 결론

　이상의 논의를 통해 우리는 근대 초기부터 1930년대까지 여성작가들의 글쓰기가 당대 문학 장과 교호하면서 역동적으로 형성되어 왔음을 확인할 수 있다. 신문과 잡지 등 근대 매체, 여성독자의 존재는 여성문학의 기원을 탐색하고, 형성과정을 재구성하는 데 유효한 단서를 제공한다. 근대 매체가 출발 초기부터 여성 주체의 목소리를 담아낼 수 있는 기회를 제공하였음은 『제국신문』이나 『대한매일신보』 독자투고란에서 확인할 수 있다. 흔히 1기 여성작가로 일컬어지는 나혜석, 김일엽, 김명순의 초기 활동도 『여자계』와 『신여자』에서의 정론적 글쓰기와 문학적 글쓰기를 중심으로 이루어졌다. 1920년대 중·후반 여성작가들의 등단은 전 시기에 비해 수적으로 많아졌을 뿐만 아니라 독자투고, 신춘문예, 기자에서 작가로의 전환 등 다양한 양상을 띠게 된다.

　이 글에서 필자가 주목하려 했던 점은 여성문학 장의 형성과정이 기존 근대문학 장의 형성과 대립각을 세우면서 진행된 것이 아니라 일정 정도 유사점을 공유하고 있었다는 것이다. 근대 초기 여성작가들의 매체 활동과 고백적 글쓰기, 1920년대 기자에서 작가로의 전환, 사회주의 사상과의 조우 등은 근대문학 장의 형성과정과도 합치된다. 그럼에도 불구하고 다른 점은 여성문학 장은 젠더의식의 자장 안에서 기존 문학 장과 때로는 협상하고, 때로는 경합하면서 독자적인 문학 장을 형성해 갔다는 것이다.

근대 여성문학을 둘러싼 배제와 포섭의 동학

1920·1930년대 문학 장, 여성작가와 여성문학을 말하다

1. 서론

근대문학사에서 여성작가의 출현은 김명순의 「의심의 소녀」가 1917
년 『청춘』 현상소설 3등에 당선되고, 나혜석의 소설 「부부」가 같은 해
『여자계』 창간호에 실린 것을 기점으로 삼고 있다. 시나 소설 같은 기존
의 문학 장르 개념에 얽매이지 않고 독자투고 등 여성주체의 글쓰기 실
천에 주목한다면 여성문학의 기원은 더 상향 조정될 수 있다. 그로부터
2, 30여 년이 흐른 1930년대 중반 무렵 여성작가의 수는 10여 명을 넘기
에 이른다.[1] 앞 장에서 필자는 이 여성작가들이 저널리즘과의 연관성 속

---

[1] 앞 장에서 필자는 1930년대에 주로 활동했던 여성작가들의 등단시기와 작품을 소개하였다.
   여성작가들의 등단시점은 다음과 같다. 박화성(1925), 백신애(1929), 강경애(1931) 최정희
   (1931), 모윤숙(1931), 노천명(1932), 김말봉(1932), 장덕조(1933), 이선희(1934), 임옥인(1939),
   지하련(1940). 또한 모윤숙이 첫 시집 『빛나는 지역』을 1933년에, 노천명이 첫 시집 『산호림』

에서 여성문학 장을 형성했고, 민족주의, 근대성, 사회주의 사상과의 조우 등 근대 문학제도의 특성을 구현하고 있음을 밝혔다. 또한 이 여성작가들의 글쓰기가 근대문학 장의 특성을 공유하고 있음을 입증했다.

일본의 문화통치 이후, 1920년대 중반부터 1930년대에 문예지와 종합지 성격을 띤 잡지, 신문은 가히 폭발적이라 할 만큼 수적, 양적으로 많아지고, 저널리즘은 문단의 형성·유지에 강력한 영향력을 미치게 된다. 이 시기는 근대적 교양이자 자기표현의 수단으로서의 문학이 다른 글쓰기로부터 분화되고 특권화 된 때이기도 하다. 문학은 글쓰기 욕망을 지닌 독자들을 끌어들일 수 있는 대중적인 수단이기도 했다. 특히 여성작가들은 당시 잡지 매체의 섹션 중 하나였던 '공개장'이라는 공적 담론의 형식을 빈 글들에서 수신자(受信者)로 자주 등장하며, 1930년대 중반부터 활성화된 것으로 추측되는 '좌담회'의 출석자로도 빈번히 등장한다. 공개장과 좌담회는 본격적인 문학비평이라기보다는 인물의 인지도를 앞세운 글쓰기나 말하기 방식이기에 저널리즘이 일반 독자의 관심을 끌 수 있는 장으로 여기고 선호한 형식이었다. 작가들 입장에서는 자신들의 생각이나 이데올로기를 공적으로 표출할 수 있는 자리였고, 독자들 입장에서는 작가들의 사생활이나 사상을 엿볼 수 있는 장이었을 것으로 짐작된다.[2] 더욱이 공개장과 좌담회는 본격적인

을 1938년에 발간하였다. 서정자, 『한국 근대 여성소설 연구』, 국학자료원, 1999, 22면.

2   여성독자층의 증가에 따라 '여류문학'이라는 범주가 저널리즘 속에서 특정한 개념으로 정립되었던 것도 1930년대이다. 일본의 경우 1920년대 중반 무렵부터 여성독자층의 급격한 확대와 함께 여류문학이라는 범주가 마케팅 등과 관련된 저널리즘상의 특정한 범주 ─ 주로 여성작가가 쓴 문학을 가리키며 통속적, 대중이라는 의미가 담겨있는 ─ 로 형성되었다고 한다. 스즈키 토미, 「장르·젠더·문학사 서술─'여류 일기문학'의 구축을 중심으로」, 하루오 시라네·스즈키 토미 편, 왕숙영 역, 『창조된 고전』, 소명출판, 2002, 124면.

문학평에 가까운 작품총평이나 '○○년도 개관'류의 글보다는 비평적 성격이 약하고, 문단소식란이나 가십난, 인물단평과 같이 당대 저명인사군의 일부로 여겨졌던 문인들에 대한 소소하거나 센세이셔널한 개인사를 다룬 글보다는 객관성을 띤 것으로 여겨졌다. 때로는 작가들의 일상사나 사생활을 들춰내고, 또 때로는 당대 문학지형도 및 조류를 독자들이 이해하기 쉽게 전달하는 통로로 기능했던 것이 공개장과 좌담회이다. 따라서 다소 유동적인 경계 지점에 위치한 공개장과 좌담회는 당대 문학제도의 실상을 파악하는 데 유효하다. 여성작가는 그 희소성 때문에 독자들의 즉각적인 흥미를 유발할 수 있을 것이라는 합의가 암암리에 성립되면서 공개장과 좌담회의 대상으로 지속적으로 호명되었다.

여성작가들이 어떻게 '말해지기' 시작했는지는 이 여성작가들이 어떻게 '말하기' 시작했는가 만큼 중요하다. 여성작가와 그들의 문학에 대한 문학제도의 반응은 근대 여성작가들이 당대 문학제도와 어떻게 타협하고 저항했는지, 타협과 저항의 길항관계가 이들의 작품활동과 문단활동에 어떤 영향을 미쳤는지를 엄밀히 평가하는 데 전제가 되는 요소이기 때문이다. 또한 부차적으로는 당대 문학이 여성작가와 문학을 주변화하는 성별의 정치학을 구사함으로써 표면적으로는 비(非)성적인, 하지만 이면적으로는 남성중심적인 제도를 구축해가는 과정을 추적할 수 있다.

이 장에서는 1920 · 30년대 여성작가와 여성문학과 관련된 공개장과 좌담회를 집중적으로 살펴보고자 한다. 공개장의 형식을 빈 여성작가에 대한 말하기, 좌담회의 형식을 빈 여성작가와의 말하기는 소위 '여류'라 불린 여성작가들의 글쓰기 행위를 인정한 것이었는지, 이들의 글쓰기에 내포된 의미를 제대로 이해한 것이었는지, 아니면 글보다는 '여성'이라는 성적 차이를 부각시켜 모종의 결과를 얻기 위한 것이었는지 구체적인 자료 분석을 통해 규명할 것이다. 이는 궁극적으로 근대 문학제도가 여성작가와 여성문학에 대해 포섭과 배제의 양 날을 구사함으로써 어떻게 자기 영역을 구축해 갔는지를 규명하는 작업이기도 하다.

2. 공개장의 형식과 이념 : 남성이 여성작가에 대해 말하는 방식

'공개장'[3]이라는 형식의 글은 언제부터 나오게 됐고, 어떤 내용을 담고 있으며, 당시 공적 담론의 영역에서 어떤 위상을 점하고 있었을까. 우리는 다음 두 편의 글에서 '공개장'이 지닌 성격을 추론해 볼 수 있다.

(가) 조선문단에서 공개장을 모집한다. 이것이 自家의 한 영업정책인지, 또는 과연 문단의 是非를 알아 正道를 밟으려는 哀情에서 나온 것인지, 너머도 말성과 가면이 만흔 이때에 다소의 의심이 업지안타. 그러나 이글을 쓰는 나는 조곰도 속임업는 진정으로 쓴다는 것을 진정으로 말한다.

(「조선문단 공개장-春秋」(동경, 변용언), 『조선문단』, 1925.6)

---

3   사전적 정의에 의하면 '공개장'은 개인이나 단체에게 알리는 사실이나 의견을 신문이나 잡지에 실어서 공중에게 널리 알리는 글이다. 그런데 이 당시에는 문인들 사이에 주고받는 편지 형식의 글도 다수 신문이나 잡지에 실려 있어 공개장과 편지글의 경계를 나누기가 애매하다. 필자는 공개장의 범위를 ① 수신자를 명확히 밝힌 것, ② 집필 의도를 밝힌 것, ③ 쟁점이 될 만한 사안을 기술한 것, 그래서 공공성의 함의를 띤 것, ④ 앞서 내용에 미달한다 하더라도 공개장이라는 제목을 붙인 것 정도로 한정하고자 한다. 다만 본 장에서는 본격적인 공개장 외에 편지글 형식도 다룰 것인데, 그 이유는 공개장 및 편지글이라는 담론 양식이 저널리즘에 의해 활용되는 양상, 그 활용에 개입된 젠더의 의미, 주로 공개장을 쓰는 주체인 남성작가 및 남성 중심 문단의 의식을 살펴볼 수 있기 때문이다.

(나) 『산천리』사의 공개장모집 광고

김병로 씨, 이광수 씨, 송진우 씨, 안재○ 씨, 최린 씨

─ 본사는 오는 6월로 창사 일주년 기념을 맞게 되온바 이 기회에 뜻 잇는 일을 한 가지 더하기 위하야 이상 5씨의 공개장을 널리 세상에 모집하나이다. 이것은 대중의 소리란 하늘의 소리가 되어서 그 대담하고 총명하며 또 솔직한 비판이 한 번 나릴 때 그는 뇌운과 갓치 권위가 있고 일월과 갓치 파사하는 힘이 잇는 줄을 확실히 밋기 때문이외다. 그리하야 이 공개장은 대중의 이름으로써 퇴거(退去)를 구하야 조흘 인사에게 자리 내노키를 촉 하는 권고장이 되고 일단 약진하여 조흘 거인에겐 대중의 지지와 배경이 이러틋 두텁다는 통지의 글월이 되어 그 대세를 도와 드러야 할 줄 암니다. 이라야만 우리의 문화가 촉진될뿐더러 선구자와 민중 사이가 혼연일체가 되지 안켓슴니까 앞흐로도 계속하여 우리 사회에 도약하고 있는 다수인사의 비판의 기회를 만들고저 하거니와 우선 전기 5씨에 대하야 정당 준엄한 비판의 붓을 다수인사가 잡어주시기를 간절히 바라나이다.

(『삼천리』, 1930.6)

(나)의 공개장 모집 광고에서 볼 수 있듯 공개장은 '대중'의 목소리를 담고 있으며, 대중의 이름으로 대상이 되는 인물을 비판하거나 지지하는 글이다. 실상 (가)에서 볼 수 있듯 공개장은 독자의 관심을 끌기 위한 출판사의 영업정책의 일환으로 여겨지기도 했다. 하지만 (가)의 예문 뒤에 이어지는 글에서 필자는 '조선에도 신문예 운동이 있을 때'라고 진단하고, '금일의 문예는 전민중적의 진정한 문예'라야 한다고 주장한다. 또한 『조선문단』의 '조선문단합평회'가 지닌 의미를 짚으면서

도 동시에 합평자의 무성의한 자세나 "기교나 묘사에만 집착하야 평"
하는 것을 비판하고 있다. 문인 중심의 합평회가 지닌 문제점과 한계
를 타개하기 위해 공개장이 필요함을 역설하고 있는 것이다. 이처럼
공개장은 대중의 목소리를 담고, 공개장 집필자의 생각을 드러낼 수
있는 동시에 공개장의 대상에 대한 엄정한 평가 및 비판과 제언을 담
고 있다는 점에서 공적인 담론으로서의 위상을 갖고 있다.

그렇다면 여성작가에 대한 공개장[4]이 이와 같은 공개장의 본 의도에
부합하는지 일차적으로 따져 보아야 할 것이다. 먼저 여성작가에 대한
본격적인 공개장과 그 외 편지글 목록은 다음과 같다.

여성작가에 대한 공개장

이름	제목	출처
김기진	「김명순 씨에 대한 공개장」	『신여성』, 1924.11
김기진	「김원주 씨에 대한 공개장」	『신여성』, 1924.11
민병철	「여류문사에 대하야—동지 안함광 군에게 보내는 一片書信」	『비판』, 1933.3
한 효	「작가에게 보내는 편지—박화성 여사에게」	『신동아』, 1936.2
김문집	「여류작가의 성적귀환론—화성을 논평하면서」	『비평문학』, 청색지, 1938
김문집	「성생리의 예술론—무명여류작가 Y양에게」	『문장』 10호, 1939.11
김팔봉	「구각(舊殼)에서의 탈피—조선 여성작가 제 씨에게」	『신가정』, 1935.1
김문집	「박화성 님께 드리는 연서(戀書)」	『조광』, 1939.3
채만식	「장덕조 여사의 進境」	『조광』, 1939.3
김광섭	「인간 최정희 여사」	『조광』, 1939.3
이석훈	「노천명 씨의 才氣」	『조광』, 1939.3

---

4 논의의 완결성을 위해서는 여성작가들이 쓴 공개장도 같이 다루어야 할 것이다. 하지만 아쉽
게도 여성작가들이 쓴 공개장은 거의 찾을 수 없다. 박화성과 김말봉이 김문집의 공개장이나
작품평에 대해 공개장 형식의 글을 쓰긴 했지만 이는 독립되고 단일한 주장이라기보다 반론
에 가깝고, 상대편의 일방적인 공격에 대해 수세적인 입장이거나 억울하다는 식의 논조를 펴
고 있어 일단 논외로 한다.

「문인시객서한」(『삼천리』, 1940.6)
모윤숙, 「유진오 씨에게」
이태준, 「최정희 선생에게」
최정희, 「이태준 선생님께」
장덕조, 「이효석 씨께」
이효석, 「장덕조 씨에게」
박태원, 「이선희 씨에게」
이선희, 「구보 선생」

성별을 떠나서 당시 '공개장'[6] 형식의 글이 공개장의 대상이 되는 인물에 대한 정보제공이나 평가뿐만 아니라 공개장 집필자의 이념을 드러낼 수 있는 글의 양식으로서 일반화되었다는 점은 앞에서 살펴본 바와 같다. 이 중 작가와 비평가들이 여성작가에게 쓰는 공개장의 경우 여성작가 및 여성문학의 존재 여부를 둘러싼 의견 차이, 문단 내에서 여성작가가 차지하는 위상, 저널리즘이 여성작가를 활용하는 방식 등을 선명하게 보여준다.

특히 공개장과 유사하게 남녀 문인 사이에 주고받은 편지글의 경우 저널리즘이 여성작가를 어떻게 활용하는지를 단적으로 보여준다. 「문인시객서한」은 당대 '중견'으로 활발히 활동하던 남성작가와 여성작가가 서로 글을 주고받는 형식을 취하고 있다. 그런데 여기서 이들이 주

5　여성작가와 남성작가 간에 주고받은 글은 아니지만 문인서한집(『삼천리』, 1933.3) 역시 최정희, 박화성, 송계월, 모윤숙이 필자로 나서고 있다. 또한 『삼천리』(1938.10)에는 박화성, 「빛나는 시집에 감명」과 강경애, 「강경애 씨의 편지」와 같은 편지 형식을 빈 작품평이 실려있다.

6　이와 같은 공개장 형식(특히 여성작가와 남성작가 간의)은 해방기에는 몇 편 발견되지만 전후에는 거의 찾아볼 수 없다. 다른 말로 하면 '공개장'과 '편지글'과 같은 '사적인 감정'의 '공공 영역에서의 발화'라는 기이한 양식이 식민지 시대 매체의 고유한 대중화 전략이었다고 볼 수 있다.

고받는 서신의 내용이 균질적이지 않다. 최정희와 이태준 간에 주고받은 글은 최정희의 「인맥」에 대한 평과 이태준의 『청춘무성』에 대한 감상을 담고 있으며, 모윤숙 역시 유진오 씨에게 보내는 글에서 『화상보』가 신여성의 방황성을 밝고 명랑하게 잘 그리고 있다고 평한다. 편지의 형식을 빈 작품평이라 할 수 있다.[7]

하지만 이효석과 장덕조 간의 서신이나 이선희와 박태원 간의 서신은 개인적인 잡담이나 인상기에 그치고 있다. 가령 이효석은 장덕조를 만난 적도 작품을 본 적도 없으니 사진에서 본 인상만 가지고 이야기하겠다고 하고, 이선희와 박태원은 출산 축하, 집짓는 이야기와 같이 사적인 안부만 주고받는다. 상대방에 대한 기본적인 정보도 없는 상태에서 글을 쓰는 아이러니한 상황은 물론 출판 편집자 및 저널리즘의 상업성이 초래한 폐해이다. 내용의 충실성과는 무관하게 남성과 여성 문인 간의 서간이라는 성차에 근거한 집필자 선정 방식이 그 단적인 예이다. 이런 식의 저널리즘적 글쓰기가 횡행하면서 여성작가는 일종의 소구(appeals)로서 소비된다. 여성작가들 역시 이처럼 저널리즘적 글쓰기의 소비 대상이 되고 있다는 점을 알고 있었을 것이다. 그럼에도 불구하고 기존 남성중심적 문단에 편입되기 위해서, 나아가서는 자신의 존재를 증명할 수 있는 글쓰기의 장을 확보하기 위해서 기꺼이 소비 대상이 되기를 자처한 것이 아닌가 추측해 볼 수 있다.

한편 여성작가와 작품에 대한 공개장은 김기진이 쓴 「김명순 씨에 대한 공개장」, 「김원주 씨에 대한 공개장」으로부터 시작된다. 아마도

---

[7] 편지글 형식의 작품평은 대중들의 가독성을 높이기 위한 대중매체의 전략이기도 하지만, 작품에 대한 본격적이고 진지한 평가를 사적인 것으로 만든다는 점에서 바람직한 것만은 아니다.

여성작가에 대한 최초의 공개장이었을 이 두 편의 글은 소위 1세대 여성작가에 대한 배제가 어떻게 이루어졌는지를 단적으로 보여준다. 배제의 방식은 작품평의 형식을 빌려 '여성적'인 것을 폄하하는 것, 작가의 개인사 및 가족사를 작품과 무리하게 연결 짓고 작가의 도덕성을 폄하하는 것으로 나타난다. 먼저 「김명순 씨에 대한 공개장」에서 김기진은 김명순의 시가 "그의 시가 여성적이라고 말하는 이보다도 더한거름 지나처서 '분 내음새'가 난다"고 혹평한다. 김기진은 김명순 시의 특징을 '퇴폐', '황량'으로 규정하고 이를 여성의 외모에 빗대고 있다. "피부에 비한다면 남자를 그다지 만히 알지 못하는 기름기잇고 윤택하고 보드럽고 폭신폭신한 피부라고 하느니보다도 오히려 육욕에 거츠른 윤택하지 못한, 지방질은 거의 다 말러 업서진 퇴폐하고 청량한 피부가 겨오 화장분의 마술에 가리워서 나머지 생명을 붓도더가는 그러한 피부라고 말하는 것이 적합할 듯하다." "마찬가지로 그의 시도 한 겹의 가얇힌 화장이 있다. 그와 마찬가지로 그의 시에 볼만한 것이 있다면 그것은 이 화장한 피부와 가티 퇴폐의 미가 잇는 까닭이겟고 황량의 미가 잇는 까닭이겟다."

김명순이 『창조』를 통해 등단했고 카프 출범 이전 문단의 분위기가 낭만주의에 경도되어 있다는 문학사적 사실을 고려한다면 김명순의 시적 경향은 당대 문학의 주요 경향에서 크게 벗어나지 않았다. 그럼에도 불구하고 이런 경향을 '분 내음새', '화장한 피부'와 같은 어휘를 구사하여 여성적 자질로 규정하고, 그것을 다시 향락적이고 퇴폐적인 것으로 열등하게 취급한다.

김기진은 '조선제 데카단스', '감상적 퇴폐파'로 규정지은 김명순의 문학적 특성의 기원을 유전이나 기질에서 찾고 있다. "간단히 말하면 그는 평안도 사람의 기질인 굿고도 자기방호하는 성질이 만흔 천성에 여성통유의 감상주의를 가미하야갓고 그우에다 연애문학서류의 뻥키 칠을 더덕더덕 붓쳐놋코 어부자식이라는 환경으로 말미암아 조곰은 구부정하게 휘여저가지고 처녀때에 강제로 남성에게 정벌을 밧덧다는 이유가 잇기 때문에 더한층 히스테리가 되여가지고 문학중독으로 말미암아 방만(粉)하야젓다는 것이다. 그리고 이것들 제요소를 층층으로 싸아논 그 중간을 끼어들어 흐르는 것이 외가의 어머니편의 불순한 부정한 혈액이다"와 같은 주관적이고 공격적인 평가는 이후 김명순에 대한 악의 섞인 평가의 기준을 마련해 주었다는 점에서 문제적이다.[8] 앞장에서 밝혔듯이 1924년은 김명순이 집중적으로 작품을 발표했던 시기이다. '여성 특유의 감상주의', '히스테리', '문학중독'은 김명순의 문학에 대한 열정, 1930년대 최정희나 모윤숙과는 다른, 지배담론에 포섭되지 않는 전복적인 여성성으로 볼 여지가 충분하다. 그런데 같은 해에 발표된 김기진의 공개장은 그것을 '유전'이나 '기질'과 같은 생물학적 환원론으로 폄하하고 있다는 점에서 여성작가와 문학에 대한 당대 남성중심 문단의 불안을 드러내는 것이다.

김기진은 「김원주 씨에 대한 공개장」에서도 김명순에 비해 정도가 덜하기는 하지만 성격이나 사생활을 평가의 잣대로 이용한다.

그런데 이 두 편의 공개장에서 대상 작가의 작품에 대해 언급하면서

---

[8] 김명순의 작품보다는 비극적인 개인사에 초점을 맞춘 글은 1930년대에도 지속적으로 생산되었다. 편집부, 「호콩 행상하는 김명순 씨」, 『별건곤』, 1933.8; 기자(記者), 「女流作家의 此悲慘, 東京서 金明淳孃 遭難」, 『삼천리』, 1933.9; 청노새, 「세 번 실연한 유전의 여류시인 김명순」, 『삼천리』, 1935.9.

항상 전제조건으로 달고 있는 것이 있다. 가령 김기진은 김원주의 경우 다른 글은 읽지 못했으므로 「재혼 후 일주년 감상기」만 가지고 평가하겠다고 전제하고, 김명순의 경우 "정독할 것이라고는 각본 「어붓자식」밧게는 업고 「피를 뽑는 여자」라는 것은 그가 낭독해주어서 기억에 남아잇슬 뿐이요 그 외에는 눈에 띄일 때만 잠간 잠간 보아 넘긴 일밧게는 엄슴으로 자세한 이야기는 알 수 없스나 그것만 가지고서라도 그의 문학적 소양은 짐작할 수 있다"고 단언한다. 논의의 대상으로 삼고 있는 글들은 본격 문학작품이 아니라 수필 혹은 잡문에 가까운 감상기이거나 해당 작가의 경향을 대표하는 작품이 아니다. 이처럼 첫째, 해당 작가의 대표작을 제외한 채 주변적인 글들만 가지고 평가하는 것, 둘째, 대상 작가의 작품을 읽지 않았어도 평가는 가능하다는 발언을 공공연히 하는 것이 배제의 전략이다. 이 작가들의 작품이나 문학활동을 논할 가치가 없다는 점을 독자에게 암암리에 드러내는 것이다.

이와 같은 공개장 담론의 방식은 1930년대 공개장에서도 일종의 공식처럼 지속적으로 나타난다. 공개장의 필자들은 "여사의 작품을 읽은 적은 없으나", "여사의 작품을 드문드문 읽어 기억나는대로 인상을 이야기하겠다"는 식의 언술을 구사한다. 물론 공개장이 본격적인 비평문과는 거리가 있고, 당시 인상비평이 우려의 목소리에도 불구하고 횡행했던 점을 떠올린다면 이 같은 문제가 여성작가에게만 국한되지는 않았을 것으로 짐작된다. 그럼에도 불구하고 읽은 적도 없고 문단적 교류도 없는 작가에 대하여 평한다는 것은 이 여성작가들의 문학활동을 수필이나 잡문에 국한시키거나 읽을 만한 가치가 없는 것으로 평가절하함으로써 주변화하겠다는 의도로 해석된다.

한편 1930년대 들어 여성작가에 대한 공개장은 김기진류의 인신공격적 글쓰기를 벗어나 작품 자체에 대한 평가, 작가의 세계관에 대한 평가로 정향된다. 하지만 그 한 편에서는 여전히 '인상기'를 벗어나지 못한 공개장이 계속 발표되었다.

먼저 김팔봉, 「구각(舊殼)에서의 탈피—조선여성작가 제 씨에게」(『신가정』, 1935.1)는 공개장 형식을 취하고 있는 글로써 1기 여성작가와 2기 여성작가에 대한 차별화된 담론 전략을 구사하고 있는 점, '여류작가 제 씨에게'라고 했지만 실상 여성작가의 독자성을 부정하고 있는 점에서 주목을 요한다. 우선 그는 "김명순, 김일엽, 전유덕, 허영숙, 나혜석 등의 작품이라는 것은 현재 여류작가에 비하면 괴상한 물건"이며, "지금 제 씨(1930년대 여성작가 지칭—필자)는 과거의 작가들보다 연령이 적으나 사상적으로는 훨씬 성인에 가까우"므로 "이데올로기에 있어서는 견실하고 용감하고 투쟁적이면서 심리적으로는 박약하고 센티멘털하고 도피적이기 쉬운 과거의 여성적 구각에서 탈출하는 노력을 가져라"라고 주문하고 있다.

그는 박화성과 강경애를 "현재 가장 소중한 사람"으로 고평하면서 박화성은 "화성류의 테크닉을 가졌"고, "사상으로 보건대 사회적, 정치적으로 맑스주의에 가담"하고 있으며, 강경애는 "문제에 대해 돌진하려고 하는 자세"가 돋보인다고 평가하고 있다. 카프 계열 비평가답게 사회의식이 강한 여성작가를 선택적으로 뽑아 고평하고 있는 것이다. 이와 같은 점은 작품에 드러난 여성주의적 특성을 배제한 평가에서뿐만 아니라 작가의 성별이 아니라 계급이 문제라는 아래 진술에서도 확인된다.

문학을 전문하는 기술자의 유기적 집합체를 문단이라고 한다면 그리고 이

것이 이미 한 개의 사회적 형성인 한에서 '문단'은 결코 그 전문가들의 성적 구별에 의해서 대립되거나 분유될 성질의 물건이 아닌 것은 두 번 말할 필요도 없다. 왜그러냐하면 우리들의 역사적 현실적 사회의 전분야가 사회생활에 있어서의 물질적 생산관계의 대립 여하와 이 물질적 생활에 기인하는 이데올로기의 대립 여하에 의해서 계급적으로 분립하는 것이 역사적 원칙적 사실이오 결코 성적차별에 의거하지 아니하는 까닭이다. 그러므로 현재 우리의 문학사회내부에 여류문단이라는 특수한 문단은 존재하지 아니하고 뿌르조아 내지 소뿌르조아적 혹은 반동적 문단과 푸로레타리아적 혹은 진취적 신흥문단이 존재할 뿐이며 남성이거나 여성이거나 이 두 개의 문단의 어느 일방에 속하던지 혹은 가까운 관계에 처하였을 뿐이다.

(76면)

이처럼 '여류문학'이나 '여류문단'과 같은 성차에 근거한 구분이 필요한지 여부에 대한 의견은 당시 좌담회나 시평 등에서도 다양하게 논의된 바 있다. 특히 카프계열 비평가의 경우 위의 글에서처럼 부르주아와 프롤레타리아라는 계급적 입장이 우선되어야 한다는 관점을 견지하면서 여성문학의 독자성을 부정하거나 비판하였다.

민병철의 글 「여류문사에 대하야—동지 안함광 군에게 보내는 일편 서신」(『비판』, 1933.3)은 같은 잡지 과월호(1932.12)에 쓴 안함광의 '여류문학 시비론'[9]이 "맑키스트의 입장에 쓴 글이 아니어서 심히 유감"이라는

---

9   안함광, 「문예시평—두 가지 문제를 가지고」, 『비판』, 1932.12. 두 가지 문제란 '여류문사 시비론'과 '프로예술운동의 부정론'이다. 안함광은 '여류문사 시비론 비판' 장에서 "여류문사로서의 이름을 받는 대부분은 저널리즘과 유기적 관계를 맺은 자들이며 그들의 작품이란 아직 문사적 레벨에서 평가하기에는 너무나 미약하다는 것"을 인정하면서도 "조선문단

반론의 형식을 띠고 있다. 그의 논지는 '여류문사는 맑시스트여야 한다. 쩌너리즘 문사는 안 된다'로 요약될 수 있다. 계급적 입장 및 이데올로기적인 선명성을 우선시하는 것이다. 이 반박문 겸 공개장은 여성들이 문학 장에 등장하는 메커니즘 및 그에 대한 당대의 반응을 보여주고 있다. 그에 따르면 안함광이 "쩌너리즘과 유기적 관계를 갖고 문인들과 정실 관계를 가진 자에게만 여류문사란 칭호를 준다고 통탄하면서 강경애, 모윤숙 등과 여성잡지 독자 간에서도 문사로 끌어내일만한 인물이 만타고 하엿다. 군은 계급적 입장을 망각하지 안엇든가"라며 저널리즘의 상업성에 우려를 표하는 안함광의 의견에 공감하면서도 계급적 입장에 준해 여성작가의 존재 자체를 부정하고 있다.

> 발매부수를 증가시키려고 어여분 여성들을 커트로 넣기도 하고, 일화에 끄집어도 내며, 일개 신문사나 잡지사에 고용되어 있는 여성들이 시편이나 잡문 하나를 발표한다면 그를 곳 여류문인으로 등단시키며 그들 군의 말대로 높히 성좌에까지 올려놓는 것도 사실. 조선에도 송계월, 최정희, 최의순, 박화성, 김원주, 김원수 등의 일유의 여류문사(?)가 제작되엿고, 그들로 하야금 문단의 혜성이나 갓치 횡행하게 만드는 것, 동지 이갑기 군과 말성이 되든, 이경원 갓흔 분은 남편덕에 일약 여류문사까지 될 뻔하였다.
>
> (59면)

의 전체적 관망에 있어서도 과거에 저널리스트로서의 경력을 거쳐오지 아니한 문인이 몇 사람이나 되느냐'라고 반문한다. 즉 저널리즘과 문학과의 관련성은 조선문단의 보편적 현상이지 여성작가에게만 국한된 것이 아니라는 점을 지적하는 것이다.

위 예문에서 주목할 만한 구절은 여류문사가 '제작'되었다는 것이다. 저널리즘에 의해 여성작가가 '제작'되었다는 점은 일정 정도 공감이 가는 객관적 사실이다. 실제로 송계월, 최정희, 이선희, 김말봉, 모윤숙, 노천명 등 1930년대에 활동한 여성작가들은 대부분 신문사나 잡지사 기자로 활동하다가 등단했고, 문예지 추천, 신춘문예 등의 경로를 거쳐 등단한 작가는 박화성, 백신애 정도에 불과하기 때문이다. 하지만 김기진과 민병철의 공개장은 저널리즘을 비판하고 계급적 입장이 우선되어야 한다는 점만을 밝힐 뿐 이처럼 '여류작가 남조(濫造)시대'[10]가 낳은 공과를 분별해서 평가하지 못하고 있다. 이들이 그나마 작가적 역량을 인정하는 박화성과 강경애의 경우도 계급의 문제'만' 그리지 않고 계급의 문제, 민족의 문제가 어떻게 성의 문제와 결부되어 중층결정되는지를 탁월하게 드러냈다. 그럼에도 불구하고 이들은 여성문제와 계급문제를 분리해서 논의하고 심지어 배타적인 것으로 인식한다. 여성의 글쓰기는 '반계급적', 부르주아적인 것으로 이해되었다. 이는 당시 여성운동 자체의 한계 및 1기 여성작가들에 대한 반발에서 비롯된 것이다. 하지만 여성작가들의 다양한 경향을 인정하지 않았다는 점에서 문제가 있다.

박화성의 경우 『동아일보』에 여성작가 최초로 장편 『백화』를 연재하고, 선명한 계급적 입장을 견지한 작품을 주로 썼던 만큼 강경애와 더불어 '여성으로서는 드물게' 선이 굵은 '남성적' 필치를 구사한 작가로 평가받았다. 그녀에 대한 공개장은 한효, 「작가에게 보내는 편지—박화성 여사에게」(『신동아』, 1936.2)와 김문집, 「여류작가의 성적귀환론

---

10   홍구, 「여류작가의 군상」, 『삼천리』, 1933.1.

-화성을 논평하면서」(『비평문학』, 청색지사, 1938)와 김문집, 「여류작가에 대한 공개장-박화성 님께 드리는 연서」(『조광』, 1939.3) 세 편이 있는데 리얼리즘적 입장을 견지한 여성작가의 작품에 대한 당시 문단의 이중적 태도를 엿볼 수 있어 주목할 만하다.

먼저 한효는 카프 계열 비평가답게 리얼리즘적 창작방법론에 입각해 그녀의 작품을 평가하고 있다. 즉 "여사의 거대한 형상의 속에 언제나 찾아볼 수 있는 한 개의 이념"이 작가의 특성임을 지적하면서 『북국의 여명』은 "사건의 전형성과 형상의 개성과를 한 개의 연속된 전체의 속에서 파악하지 못하고 오직 사건의 전형성을 형상의 개성에 외면적으로 나열함에 그치고 말"아 부르주아적 공리성을 벗어나지 못했다고 지적한다. 작품이 리얼리즘에 그 뿌리를 두고 있다 하더라도 좀 더 세부적으로 들어가 성과 계급, 민족의 문제가 어떻게 서로 연관을 맺으면서 형상화되었는지를 엄밀하게 따져보아야 하는데 계급적 입장만 강조하는 도식적인 평가에 머물고 말았다.

한편 장혁조는 「강경애 여사께」에서 "조선문학에 있어서 지금은 꼭 '리얼리즘'이 필요"하다면서 민촌에 비길만한 여류작가로 박화성, 최정원, 강경애를 들고 있다. 하지만 강경애의 작품이 주관적인 점을 경계하며 "여류작품은 읽지 마시고, 고리키나 발자크"를 읽으라고 권고한다. 다른 말로 하면 여성작가의 작품은 리얼리즘과는 거리가 멀고 주관적·감상적이니 리얼리즘 계열의, 그것도 서구 남성작가의 작품을 읽는 것이 더 바람직하다는 것이다.

이처럼 계급적 입장을 견지한 카프 계열의 비평가들은 박화성, 강경애 정도를 작가로 인정하면서도 작품에 드러난 여성적 특성들은 배제하고 계급 문제의 형상화를 평가의 준거점으로 사용하고 있다.

이와는 정반대로 김문집은 박화성에 대한 공개장을 두 번에 걸쳐 쓰면서 여성의 생물학적 특성과 작품을 동일시하는 오류를 되풀이하고 있다. 먼저 「여류작가의 성적귀환론」은 '논평'이라 했지만 박화성에게 보내는 서간의 형식을 취하고 있어 공개장으로 분류해도 무방하다. 김문집은 "당신(박화성)을 '텍스트'로 삼아 조선의 다른 여류작가와 문학을 지원하는 일반 여성들에게 참고가 되면 하는 것이 이 글을 시작하는데 중요한 동기를 지은 것입니다"(356면)라고 글을 쓴 동기를 밝히고 있다. 이 공개장이 비단 박화성뿐만 아니라 여성작가와 문학에 대한 자신의 관점을 피력한 글임을 알 수 있다. 그는 작품 「춘소」를 논하면서 '센티멘털리즘'도 '아무런 종류의 델리커시(delicacy)'도 찾을 수 없으며, 이는 "여성성소설 혹은 여성성기피"에서 발생한 것이라고 본다. 그는 "성적 특수성을 무시하고 작가로서 남성에게 대항한다면 절대로 따르지 못한다"고 단언하고 "남성으로선 취급지 못할 면을 남성으로선 향유치 못한 '센스'로서 표현한 여성적 작품"을 지향해야 한다고 주장한다. 남성이 포착하지 못하는 세계를 그려야 한다는 주장은 여성문학의 독자성을 언급한 것인 만큼 타당한 면이 없지 않다. 하지만 우수한 여류작품의 근본적 요소를 "여성홀몬의 개성적 발로"로 파악하는 것은 생물학적 성차에 근거한 환원론에 기댄 것으로서 성별(gender)이 사회적으로 구성된다는 점을 고려하지 않은 것이다.[11] 「여류작가에 대한 공개장—박화성 님

---

11 김문집은 「성생리의 예술론—무명여류작가 Y양에게」(『문장』 10호)에서도 비슷한 주장을 펼치고 있다. 그는 "예술이란 결국 천분의 소산이요 천분은 결국 성의 발화"라고 정의한다. 여기서도 그는 "여성 홀몬의 정화! 이것이 예술에 윤색될 때 비로소 당신네들의 작품은 광채를 띠우게 됩니다"라고 하면서 습작기의 Y양에게 '여성에의 귀환'을 촉구한다.

께 드리는 연서」에서 김문집은 자신이 쓴 글 「여류작가의 성적 귀환
론」에서 박화성을 남성적 작가라고 평한데 대해 사과한다. 그런데 그녀
가 이성과 만나게 된 점을 근거로 "앞으로 또 여성으로 귀환된 그대의
예술작품을 새로운 면목으로 대망하는 비평가의 특권을 향락하겠다"고
말해 '여성으로 귀환'을 선결요건으로 들고 있다. '성적 귀환', '여성으로
귀환'이 여성작가는 여성다운 작품을 써야 한다는 식의 성차에 근거한
주장임은 물론이다. 공개장의 내용과는 상관없이 '연서(戀書)'라는 제목
을 앞세운 것 역시 남성비평가-여성작가라는 성적 차이를 부각시키고,
글의 공론적 성격을 사적인 것으로 치환하려는 의도로 보인다.

한편 『조광』(1939.3)도 '여류작가에 대한 공개장'을 특집으로 묶어 다
루면서 위 김문집의 공개장 외에 채만식, 김광섭, 이석훈과 같은 남성
작가가 장덕조, 최정희, 노천명과 같은 여성작가에게 공개장을 쓰는 형
식을 취하고 있어 다분히 흥미 위주이다. 채만식은 먼저 공개장 서두
에서 장덕조와 "공개장을 쓸 만한 결연을 가지고 있지 않다"고 고백한
다. 또한 "생각건대 여류작가들 중에서 재기있는 작가의 하나인 점, 거
기에 남자작가 — 중에서도 입이 험한 한사람을 내세워 편의상 공개장
이라는 명목으로 무어나 씨울 것 같으면 흥미있는 토픽이 될지도 모르
겠다는 저널리즘의 일종의 악취미에서 나온 것"이라고 해당 매체가 공
개장을 기획한 의도를 밝히고 있다.

채만식의 진술에서 드러나듯 여성작가에 대한 공개장 쓰기는 남성
작가들에게도 뜨거운 감자처럼 인식되었다. 작품을 읽지 않았지만 평
을 써야 하는 상황, 저널리즘의 악취미인 것을 알면서도 그 저널리즘
에 동조해야 하는 상황은 공개장의 내용에 모종의 영향을 미친다. 때

문에 여성작가에 대한 공개장은 작품과는 상관없는 신변잡기적인 이야기로 일관되거나,[12] 대상 작가에 대한 인상기, 즉 여성작가와 작품에 대한 논평이 아닌 여성작가에 대한 담론에 그친다.

이와 같은 공개장의 성격은 이어지는 두 편의 공개장, 김광섭의 「인간 최정희 여사」와 이석훈의 「노천명 씨의 才氣」에서도 나타난다. 김광섭은 "공개장이 아닌 우애의 記를 쓰고 싶다"고 전제하고 최정희의 문학소녀 시절과 첫 번째 결혼에 이르기까지의 인생을 허구적으로 각색해 기술하고 있다. 이석훈은 노천명의 문단출세가 빠른 연유를 "교문을 나서자마자 사회입문 겸 문단입문으로 『중앙일보』의 여기자가 되었다. 여기자가 되는 것은 이미 문단에 올라서는 것을 의미"한다는 점을 전제한 후 노천명이 시집 『산호림』 한 권으로 뚜렷한 시인의 지위를 획득했지만 "시인이기 전에 너무나 얌전한 한 여성"에 불과하다는 식으로 기술하고 있다. 다시 말해 이들은 여성작가의 작품이 아닌 작가에 대한 인상기를 주로 기술함으로써 남성작가와 여성작가를 구별짓는 방식을 취한다. 하지만 노천명의 시집 『산호림』(1938)에는 「이름 없는 여인이 되어」, 「자화상」, 「사슴」 등 지금까지도 이 시인의 대표작으로 일컬어지는 시들이 다수 수록되어 있으며,[13] 낭만성과 서정성, 향토성이라는 일련의 자질들을 여성화자의 존재탐구와 맞물려 깊이 있게 형상화하였다.

위에서 살펴본 바와 같이 공개장은 여성작가에 대한 기존 문단의 평

---

12   대표적인 예로 전술한 김문집의 공개장 후반부가 자신이 집필 중인 조선어학회 사전에 대한 신변잡기적인 이야기로 일관된 것을 들 수 있다.

13   『산호림』에 수록된 이 시들은 전후 문학교과서에 지속적으로 수록되어 여성문학의 특성을 대표하는 것으로 확정되었다. 오늘의 관점에서 보면 여성문학의 특성을 협애화하거나 정전 형성 과정에서 '여성성'이 취택되었다는 점을 비판할 수도 있다. 하지만 이와는 별개로 『산호림』에 대한 당대 평가가 정당하게 이루어지지 않았다는 점을 간과해서는 안 된다.

가 및 인식을 단적으로 보여준다. 먼저 공개장의 필자들은 대부분 여성작가의 등단이 저널리즘과 모종의 관계를 맺고 있다고 본다. 이 점 여성작가의 등단 경로에서도 확인되는 바이다. 두 번째, 이들은 여성작가들의 글쓰기에 내재된 성, 계급, 민족 간의 연관성을 포착하지 못한 채 한쪽에서는 성차를 지우려 하고, 다른 한쪽에서는 성차를 지나치게 부각한다. 카프 계열 작가나 평론가들이 여성성의 세계를 탈피하라고 주문했다면, 김문집과 같은 평론가는 여성성으로 귀환하라고 요구한다. 그러면서 또 한편으로는 '여성작가로서는 보기 드물게' 리얼리즘적(박화성, 강경애)이라든가, '지나치게 여성적(모윤숙, 노천명)'이라는 언술을 구사하면서 여성작가들의 생물학적 여성성을 작품 세계와 등치시키는 오류를 되풀이한다.[14] 박화성과 강경애의 작품을 평가할 때 활용되는 '남성적인', '남성에 비하여'라는 수식어, 최정희, 이선희, 장덕조, 모윤숙, 노천명 등의 작품을 평가할 때 사용되는 '여류답게 섬세한'과 같은 수식어는 남성성을 기준점으로 해서 그것과의 동질성과 차별성을 여성문학의 평가기준으로 삼는 방식이었다.

사실성 / 낭만성, 계급적 / 반계급적(부르주아적), 세계관 / 기질과 같은 이항대립적 잣대에 남성이 전자, 여성이 후자에 속하는 것으로 규정지어지고, 전자를 더 가치 있는 것으로 여기는 담론방식은 근대 문학제도의 형성에서 '젠더'가 하나의 규정적인 요소로 작용했음을 반증한다. 앞서 장혁조의 글에서 알 수 있듯 서구, 남성, 리얼리즘과 비서구, 여성, 반(反)리

14 　박정애, 「'여류'의 기원과 정체성—1950~60년대 여성문학을 중심으로」, 인하대 박사논문, 2003, 46면; 심진경, 「문단의 '여류'와 여류문단—식민지 시대 여성작가의 형성과정」, 『상허학보』, 상허학회, 2004 참고.

얼리즘이라는 경계를 설정하고 후자를 주관적이고 주변적인 것으로 폄하하는 시각은 근대적 문학 질서를 구축하는 한 축이다. 성별, 지배적인 문예사조 등이 서로 경합하는 과정에서 어떤 것은 선택되고 어떤 것은 배제되면서 근대적 문학 질서가 형성된 것이라는 추측이 가능하다.

세 번째, 공개장은 남성작가들이 문학 장 내에서 어떻게 자신들의 위상을 정립해 나갔는지를 보여준다. 여성작가에 대한 이들의 글쓰기는 여성작가의 글쓰기를 유전과 환경, 기질과 관련지어 폄하하는 것, 자신들의 독서 편력에 끼어들지 못하는 것을 짐짓 밝히는 것, 작품이 아니라 인물에 초점을 맞추는 것, 작품 평가시 젠더적 관점을 배제하거나 지나치게 내세우는 것 등 다양하게 전개된다. 이와 같은 배제의 전략을 통해서 여성작가 및 작품을 고립시킴으로써 남성작가들은 일종의 구별짓기를 통해 자신들의 위상을 정립해 나갔다고 볼 수 있다. 이 같은 점은 저널리즘과 여성작가 간의 '밀월'에 대한 이들의 반응에서도 포착된다. 저널리즘이 여성작가의 존재를 지나치게 부풀리는 것에 대해 비판하면서도 자신 역시 공개장의 필자로 저널리즘에 편승할 수밖에 없는 역설적 상황을 이들은 여성작가를 배제하거나 무시함으로써 무마하고자 했던 것으로 보인다.

3. 좌담회의 메커니즘: 여성이 문학에 대해 말하는 방식

『신여성』(1931.12)에 「내가 이상하는 남편」이라는 주제로 좌담회가 열린 것을 필두로 해서 좌담회는 1930년대 『신여성』, 『삼천리』, 『여성」,『문장』 등의 여성지와 종합지, 문예지에 고루 수록되었다. 여성작가가 참가하는 좌담회는 좌담회 성원, 좌담회의 주제 및 성격에 따라 크게 ① 문학관련 여성작가 좌담회, ② 문학과는 무관하게 문화 및 여성 생활과 관련된 여성명사 좌담회(여성작가만으로 이루어지는 경우, 여성명사 및 직업군의 일부로 여성작가가 참석하는 경우로 나누어진다),[15] ③ 남성작가 중심 문학 관련 좌담회에 여성작가가 일부 포함된 좌담회로 분류할 수 있다. 여성명사 좌담회에 여성작가가 지속적으로 참석한 것은 여성작가가 자기 분야에서 전문성을 지닌 '명사'로 취급받았음을 의미한다. 특히 좌담회의 주제가 문화, 여성 생활과 관련되었다는 것에서 여성작가가 여성 교양 담론의 생산자로서 인정받았음을 알 수 있다. 이 장에서는 문학제도가 여성작가 및 작품을 취급하는 양상에 초점을 맞춰 주로 첫 번째와 세 번째 성격의 좌담회를 살펴볼 것이다.

먼저 문학관련 여성작가 좌담회는『삼천리』(1934.9)의 「최근의 외국 문단 좌담회」(참석 : 노천명, 최정희, 이선희),『삼천리』(1936.2)의 「여류작가 좌담회」(참석 : 박화성, 장덕조, 모윤숙, 최정희, 노천명, 백신애, 이선희, 사회 : 김동환),『삼천리』(1938.10)의 「여류작가 회의」(참석 : 모윤숙, 노천명, 이선희, 최정희),『삼천리』(1939.7)의 「이광수 선생에게 문학, 연애, 종교를 묻는 여류 문

---

15 「내가 이상하는 남편」,『신여성』(1931.12)−최정희, 송계월 참석;「처녀 좌담회」,『신여성』(1933.1) 김지혜, 모윤숙 참석;「직업부인 좌담회」,『신여성』(1933.4)−최정희 참석;「晩婚 타개 좌담회」,『삼천리』(1933.12)−이광수, 나혜석, 김기진, 김안서, 김동환 참석;「여류문사의 연애문제 회의」,『삼천리』(1938.5)−노천명, 이선희, 최정희, 모윤숙 참석;「영화와 연극 협의회」,『삼천리』(1938.8)−최정희 참석;「여자의 일생을 말하는 佳人 회의」,『삼천리』(1939.1)−모윤숙, 이선희, 최정희 참석;「전쟁 장기화 가정생활 주부 좌담회」,『삼천리』(1940.3)−최정희 참석;「문예봉 등 당대 가인이 모여 '홍루, 정원'을 말하는 좌담회」,『삼천리』(1940.4)−최정희 참석;「베를린 올림픽 영화 '민족의 제전'평」,『삼천리』(1940.9)−모윤숙, 최정희 참석.

사의 모임」(참석 : 모윤숙, 최정희, 이선희), 『삼천리』(1940.9)의 「여류시인과 소설가의 '문학, 영화'를 말하는 좌담회」(참석 : 모윤숙, 최정희, 노천명, 이선희)가 있다. 좌담회는 주로 『삼천리』에 집중되었고, 좌담회 참석자는 최정희, 이선희, 노천명, 모윤숙으로 고정되어 있다.

『별건곤』과 함께 대중적인 종합지였던 『삼천리』가 1930년대 중반 무렵 여성작가들의 좌담회를 집중적으로 실었던 이유, 좌담회 참석자가 고정적이었던 이유는 여러 가지로 추측해 볼 수 있다. 먼저 발행인 겸 편집인이었던 김동환과 최정희 사이의 관계이다. 최정희는 1933년 『삼천리』에 기자로 입사해 1935년 『조선일보』로 자리를 옮겨 기자 생활을 계속한다. 이후에 최정희는 첫 남편인 김유영이 죽은 후 김동환과 동거한다. 이와 같은 정황으로 미루어 볼 때 좌담회는 사회―김동환, 참석자―최정희 및 그녀와 친분이 있던 작가들이라는 안정된 체제로 굳어졌을 것이라는 추측이 가능하다. 두 번째는 최정희, 이선희, 노천명, 모윤숙이 작가이기 전에 기자출신이었기에 매체의 생리를 잘 알고 있었다는 점을 들 수 있다. 게다가 이 작가들은 강경애, 박화성과는 달리 비록 주제 의식 및 층위는 다르다 할지라도 '여성적'인 세계에 경도되어 있었고 개인적인 친분도 유달랐다는 점을 다른 편지글이나 수필 등에서 확인할 수 있다. 세 번째는 강경애가 간도에서, 박화성이 결혼 후 목포에서 거주했고, 송계월, 백신애 등은 요절[16]했으며, 김오남, 장정심 등은 군소작가로 취급받았던 탓에 실질적으로 기자로서, 작가로서 글쓰기 작업을 행했던 이들이 이 네 작가였고, 문단이나 저널리

16　특히 송계월과 백신애의 요절은 이들이 지향했던 '사회주의' 이념이 여성문학 장에서 실현될 가능성이 사라졌음을 의미한다.

즘의 관심 역시 이 네 작가들에게 집중되었던 점을 들 수 있다. 이 여성 작가들의 좌담회는 이들의 세계관, 당대 문학제도 및 남성작가, 작품에 대한 이들의 인식을 알 수 있다는 점에서 주목을 요한다.

이 중 「여류작가 좌담회」와 「여류작가 회의」는 여성작가들의 생활 상 및 독서경험, 남성작가 및 문단을 바라보는 태도, 세계관을 잘 보여주고 있다. 1930년대 활동했던 대표적 여성작가들이 강경애를 제외하고 거의 참석했던 「여류작가 좌담회」의 좌담 주제는 최근 독서 경험에 서부터 여류문단의 진흥을 위하여, 신문잡지사와 이전(梨專) 문과와 남성사회에 보내고 싶은 말, 구상, 집필할 때의 고심담, 여류작가가 본 남성작가의 인상, 어느 작가를 사숙하는가. 여류작가로서 직업을 가지는 것, 원고료 수입 등 다양하다.

여기서 주목할 만한 점은 남성작가의 작품과 여성작가의 작품을 대하는 태도이다. 최정희의 경우 "개인적으로 스케일이 크고 어딘가 거칠면서도 한 모퉁이에서 비치 번져 발하는 그런 작품이 좋다"고 말하고 있는데, 그런 점에서 이기영의 『고향』을 고평하고 박화성은 필치가 '남성적'이라고 평가하고 있다. 박화성 역시 "여류문인은 여자다운 작품을 써라. 여자로만 쓸 수 있는 작품을 써라. 이따위 소리를 말아주셨으면 합니다. 글을 쓰는데 그다지 엄격하게 성별을 해서 말할 게 무엇입니까"고 주장한다. 이런 그의 발언은 여성들의 글쓰기를 '여자다움'으로 범주화하려는 주류 문학 질서에 대한 반발이라는 점에서 의미가 있지만, 내면적으로는 '여성'의 범주화를 뛰어 넘고자 하는 욕망을 내포한 것이다. 한편 장덕조와 모윤숙은 "남성작가들은 인텔리 여성을 그릴 줄 모르"며, "현대여성관이 경박"하다고 말하고, 노천명은 "우리

들은 남자가 그릴 수 있는 것 말고 여자만이 그릴 수 있는 경지를 개척
했으면 좋겠다"고 발언한다.

참석자 대부분이 남성작가들이 여성의 세계를 그릴 줄 모르며 여성
관에 문제가 있다는 점에 공감하면서도 박화성과 노천명의 발언에서
선명하게 대조를 이루듯 여성작가의 글쓰기 및 여성적이라는 것에 대
해서는 입장 차이가 있다. 노천명이 말하는 '여자만이 그릴 수 있는 경
지'가 무엇인지는 분명하지 않다. 하지만 당시 남성작가들이 노천명이
나 모윤숙의 작품을 놓고 호흡이 너무 '여성적'이라고 부정적으로 평하
거나 최정희조차도 「1933년 여류문단 총평」에서 모윤숙의 시를 '기교
가 천편일률적'이라고 평한 것으로 보아 적어도 그녀가 말한 '여자만이
그릴 수 있는 경지'가 협소하고 부정적인 것으로 여겨지는 분위기가 지
배적이었음을 알 수 있다. 박화성이 글쓰기의 성별을 애써 지우려 하
고 부정했던 근저에는 여성이 아닌 작가로서 인정받기 위해서는 기존
의 남성중심문단에 항의하면서도 동시에 그 항의의 내용에서 '성별'을
스스로 지워달라고 말할 수밖에 없는 강고한 중심이 존재했던 것이다.

「여류작가 회의」는 '빈민굴, 법정, 기녀생활에서 취재하여 본 적이
있는가', '중견이라 할 현역작가는 누구 누구인가요', '평론가를 작가비
평하여 보서요'와 같은 항목으로 구성되어 있어 이들의 현실 인식, 작
가와 비평가, 작품에 대한 인식 등 당대 문학현실에 대한 이들의 생각
을 엿볼 수 있다. 참석자들은 대부분 기자나 교원 등의 직종에 종사했
기 때문에 취재의 경험이 있거나 하층계급의 삶을 엿본 경험이 있다는
데 동의하지만 그것이 실제 창작활동에까지 연결되지는 않았다는 점
을 고백하고 있다. 흥미로운 것은 작가들이 조선의 현실을 파악하는

데에 편차가 있다는 점이다. 가령 이선희는 "작가가 한 작품을 취재하는 것은 아무리 추하더라도 그 속에서 미감(美感)을 발견"해야 하는데 외국과는 달리 "조선의 하층생활에서는 소설이 되고 희곡이 되고 시가 되고 노래가 될 미감을 찾아낼 수가 없다"고 한다. 이어서 그는 "서양작가들은 같은 빈민굴이나 창부가나 선술집 거리에서 제재를 주더래도 그네의 생활면은 훨씬 넓고 깊고 아름다우니까 마음대로 요리하지만 조선은 너무 단순하고 깊이가 없고 밤낮 천편일률"이라고 조선의 문화수준을 폄하하고 있다.[17] 이에 반해 최정희는 "우리가 조선적인 매력있는 제재를 붙잡지 못했다면 우리들 재조의 부족"이며, 여류작가층도 로맨스에만 살지 말고 "인생의 맨 밑바닥을 자주 다니며 작품에 올려야"한다고 반론을 제기하고 있다.

남성 중견작가에 대한 평가 항목은 당시 중견작가와 신진작가 간의 세대론이 한창 논쟁이 되었기 때문에 항목으로 채택된 것으로 보인다. 하지만 중견과 신진을 나누는 기준 등이 다른 좌담회나 비평에서처럼 본격적으로 논의되지 않고, 주로 작가 중심으로 이야기가 오가고 있다. 이 역시 다른 각도에서 보면 여성작가들이 당시 주도적인 논쟁에 대한 이해가 부족하거나 논쟁의 구도에서 배제되었던 데 기인한다.

비평가의 경우 박영희, 이원조, 최재서 등은 작품을 날카롭게 잘 본다는 점에서 긍정적으로 평가되지만, 김문집의 경우 "비평에 사감을 많이 섞고, 논조에 객설이 많"다고 지적한다. 앞서 공개장에서도 그와 같은 경향을 읽을 수 있거니와 김문집의 경우 「여류작가의 성적 귀환론」 외에

---

17 이선희가 지닌 서양에 대한 동경, 이국취향 등이 여성작가이기 때문에 빚어진 것은 아닐 터이지만 그녀의 작품 경향을 추론해 볼 단서를 제공한다는 점에서 의미가 있다.

도 「여류작가총평서설」(『조선문학』, 1937.3), 「여류작가총평」(『조선문학』, 1937.4), 「규방시인론」(『비평문학』, 청색지사, 1938) 등 여성작가를 대상으로 한 여러 편의 글에서 여성작가의 글을 '여성 호르몬의 개성적 발로', '여자에게 흐르기 쉬운 센티멘털리즘' 운운하며 여성의 생물학적 특성을 부각시키는 한편, 여성적이지 못한 작품을 쓴 작가들을 여성 홀몬이 결핍된 존재로 치부했기에 여성작가들의 반감을 자아낸 것으로 보인다.

여성작가들이 좌담회를 이끌고 있는 「여류작가 방담회」(『여성』, 1940.4) 역시 남성평론가가 이선희를 새삼 신인으로 취급하거나, 최정희의 작품을 평하지 않고 작가와 주인공을 동일시해서 남의 사생활을 건드린 점 등을 문제삼고 있다. 당시 문학 장이 여성들의 글쓰기가 아닌 여성의 사생활을 문제삼음으로써 배제하는 관행이 1세대 여성작가들이 활동했던 1920년대와 유사하게 되풀이되고 있음을 알 수 있다. 이와 같은 점은 "이 생활에서 얌전한 소리를 들으면 여류작가 소리를 들을 수 없다." "(박화성의 경우에서 알 수 있듯—필자 주) 가정생활과 병행하기 힘들다"는 모윤숙의 발언에서도 확인된다. 여성작가는 그 희소성 때문에 세간의 관심이 되는 동시에 가정생활과 병행할 경우 글쓰기에 어려움을 겪어야 하는 이중, 삼중의 곤경을 토로하고 있는 것이다.

위 여성작가들 중심의 문학, 문예 좌담회에서 알 수 있듯 여성작가들은 남성중심의 문단이 여성작가 및 작품을 다루는 방식에 대해 한결같이 반발하고 있다. 그만큼 남성중심의 기존 문단이 여러 통로를 통해 여성작가를 배제했음을 반증한다. 그런데 남성작가 중심 좌담회에 여성작가가 한두 명 참석한 경우 여성작가들의 발언은 크게 줄어들고, 별다르게 개성적인 의견을 내지 못하고 있다. 좌담회의 주제에서도 여성작가나 작품은 그저 구색을 맞추기 위한 것 정도로 취급되고 있다.

　먼저 남성작가가 주축이 되고 여성작가가 일부 포함된 좌담회는『신인문학』(1936.10)의「문예좌담회」(출석 : 최재서, 김환태, 정지용, 노천명, 이선희, 본사측 : 노자영, 조문덕),『여성』(1937.5)의「남녀대항좌담회」(출석 : 노천명, 이선희, 모윤숙, 김광섭, 김규택, 이원조, 박태원, 함대훈, 정현웅, 최정희),『문장』(1940.1)의「신춘좌담회─문학의 제 문제」(출석 : 김기림, 이병기, 이원조, 이선희, 임화, 양주동, 모윤숙, 박종화, 박태원, 유진오, 정지용, 최정희, 이태준, 정인택),『조선문단』(1935.8)의「문예좌담회」(출석 : 방인근, 정지용, 서항석, 김광섭, 이하윤, 김유정, 한인택, 유치진, 이헌구, 함대훈, 이석훈, 김남천, 이무영, 안회남, 김환태, 김희규, 박영호, 이선희, 임학인),『여성』(1940.4)의「여류작가 방담회」(출석 : 모윤숙, 최정희, 이헌구, 이석훈, 계용묵),『삼천리』(1940.9)의「관북, 만주 출신 작가의 '향토문화'를 말하는 좌담회」가 있다.

　이 중「문예좌담회」(『조선문단』)와「신춘좌담회」(『문장』)는 전체 조선의 문학현실을 진단하는 좌담회에서 여성문학이나 작가가 어떤 식으로 다뤄지는지를 단적으로 보여준다. 전자는 '여류문단에 대하야'라는 항목을 따로 설정하고 있는데 실상 내용은 박화성과 강경애의 것 정도만 작품으로 취급하고 있다. 심지어는 "지리한데 그만 두자"(임학수)거나 "근일엔 수필 한 편만 써도 여류문인이 되는가 보다"(정지용)라는 식의 언술을 구사하여 논의의 가치가 없는 것으로 배제하거나 여성작가의 작품성을 인정하지 않는 담론전략을 구사하고 있다. 임학인은 "강경애 씨한테 원고청탁을 했는데 아무 회답이 없다. 고료 안 드리면 편집회답도 않는다더라. 여자들이란 조금 이름이 나면 건방져진다"라는 직설적인 말로 그나마 작품성을 인정받은 작가의 인격을 폄하하고 있

다. 이와 같은 좌담회의 전반적인 분위기에서 여성작가가 제 목소리를
내기는 어려울 것이다. 때문에 유일한 여성 참석자인 이선희는 "수필
에 상당한 재질이 있다고 평들 한다"는 격려성 말에도 적절하게 대응
하지 못하고 있으며, 기타 다른 주제에 대해서는 침묵하고 있다. 소설
가인 이선희에게 "수필에 상당한 재질이 있다"는 평가는 수필＝여성적
인 장르이자 여성작가들의 영역이라는 당시 고정관념을 단적으로 보여
주는 것으로서 여성작가, 여성문학을 주변화하는 또 다른 방식이었다.

　후자의 좌담회에서는 당시 논쟁이 되었던 세대론을 화두로 삼아 중
견의 기준, 중견과 신인의 차이 등이 주로 논의되고 있다. 그 밖에 좌담
참석자의 다양성을 고려해서 고전의 해석과 비평, 한문고전 시비, 번역
피번역의 문제, 외국문학 번역과 그 영향, 시조의 시대정신, 전쟁과 문
학뿐만 아니라 문학상이나 『문장』의 추천제까지 자못 심도 깊게 논의
되고 있어 1930년대 말 문단의 쟁점이나 사상적 조류를 짐작할 수 있
다. 이 좌담회에서도 별도로 '여류작가의 부진' 문제가 다뤄지고 있지
만 "여류란 원래 침체"(정지용)해 있다거나 "남자 모양으로 문학에 대해
서 그만한 정열을 가졌는지가 의문"이며 일례로 "장덕조 씨의 신변소
설은 살림의 여기(餘技)같다"(임화)는 근거가 없는 판단이나 여성작가의
전문성 부재를 비판하는 발언이 오가고 있다. 이중 "작가가 적어 더 침
체한 것처럼 보인다"는 이선희의 항변은 불과 열 명 남짓한, 군소작가
를 포함하더라도 스물을 넘지 않는 여성작가의 수가 객관적 사실임에
도 불구하고 별다른 호응을 얻지 못하고 있다.

　『조광』 39집(1939.1)의 「신진작가 좌담회」는 『조광』 출판부에서 발
행한 『신인단편집』에 관계한 작가들을 청해 마련한 좌담회로 출석인

사는 박노갑, 허준, 김소엽, 계용묵, 정비석, 현덕, 본사측에서는 함대
훈, 김래성으로 되어 있다. 남성작가들로만 이루어진 이 좌담회에서
작가적 출발이나 처녀작뿐만 아니라 기성문단이나 평단에 대해 논하
는 와중에 '여류작가의 초(初)인상담'이라는 항목이 들어가 있다. 여기
서 계용묵은 "여류작가는 척 나오기만 하면 연방 기성이 된다"고 하는
가 하면, 허준은 이선희의 수필을 논하면서 "여자는 소설보다는 수필
이 좋지 않아요"라고 반문한다. 김소엽 역시 최정희의 수필이 낫다고
말한다. 이선희, 노천명, 최정희, 강경애가 화제에 오르나 글과 사람이
일치하느냐 여부가 인상 중심으로 논의되는 데 그친다.

　남성작가들만이 참석한 좌담회에서 여성작가가 그것도 첫 인상 중
심으로 이야기되는 것은 물론 여성작가의 위상이 높아졌다거나 문단
의 주류로 여겨졌기 때문은 아니다. 오히려 이 좌담회는 여성작가가
남성중심의 문단에서 취급되는 양상을 보여준다. 여성작가는 나오기
만 하면 금방 '기성'이 된다는 발언은 역설적으로 이 여성작가들이 새
롭지 않다는 뜻을 함축하고 있으며, '여성'이라는 성적 표지를 이용해
손쉽게 문단에 안착하는 게 아닌가라는 의심어린 시각을 담고 있다.
또한 최정희와 이선희가 1939년 즈음에는 소설가로서 제 역량을 발휘
하기 시작한 시기임에도 불구하고 이들의 글쓰기 역량이 잘 발휘되는
장르로 공통적으로 수필을 꼽는다. 수필이라는 장르를 여성화, 주변화
하는 시각이 당대 지배적이었음을 확인할 수 있다.[18]

---

[18] 스츠키 토미는 일본의 '여류일기문학'을 젠더화된 장르 개념으로 접근하면서 그것이 일본
　　문학사와 맺는 관계를 지적하고 있다. (근대)문학이라는 담론 편성을 저변에서부터 지탱
　　해 온 장르와 젠더, 즉 문화적으로 구축된 성차의 규범과 시스템이라는 관점은 우리 근대
　　문학과 젠더, 장르 간의 관계를 해명하는 데에 유용한 시각을 제공한다. 스츠키 토미, 앞의

위의 좌담회 결과는 공개장과 마찬가지로 여성작가가 당시 전체 문학 장 내에서 어떻게 취급되었는지를 선명하게 보여준다. 다양한 매체의 출현과 더불어 1930년대 활성화된 좌담회는 위의 제목에서 일별할 수 있듯 주제도 다양하고, 세분화되어 있었다. 여성작가들은 문학현상뿐만 아니라 '여류명사'로서 당대 사회 문화 현상에 대해 말하고 분석하는 역할을 맡았다. 매체 역시 여성작가라는 희귀성을 십분 활용해 좌담회에 여성작가를 동원하거나 '여류문단 / 작가'와 관련된 담론을 구색 맞추기 식으로 하나씩 끼워 넣었다.

여성작가들로만 구성된 좌담회에서 당대 조선문단의 쟁점이 주제로 논의되기는 하지만 심층적이거나 분석적이지는 않고 작가나 평론가에 대한 단평 위주로 진행되었다. 이 때문에 오히려 이 여성작가들의 인식의 폭이 넓지 않았음을 반증하는 결과를 낳기도 했다. 그보다는 각 주제들이 여성작가나 여성의 글쓰기에 대한 특화된 관점을 보여주지 않는다는 게 더 문제이다. 물론 기존문단이 여성작가 및 글쓰기를 취급하는 방식에 대한 비판이 제기되기도 했고, 여성작가들이 개인적, 공적으로 겪어야 하는 문제들이 논의되기도 했지만 정작 여성의 글쓰기에 대한 논의가 심도 있게 다루어지지는 못했다. '남성작가들과는 다른' 글쓰기를 해야 한다는 합의는 이루어졌지만 더 이상 논의가 진전되지는 못하고 있다. 더욱이 그 '다름'이 단지 '남성'과는 대립적인 함의를 지닐 경우 이는 오히려 또 다른 남성 / 여성의 성별이원론에 귀착되는 결과를 낳기도 했다.

위 좌담회들에서 공통적으로 추출할 수 있는 결론은 30년대 여성작

___

글, 96면, 133면 참고.

가들 중 작가적 역량이 어느 정도 수준에 도달한 작가로 남녀 모두 공통적으로 합의하는 작가는 박화성과 강경애 두 사람이라는 점, 그리고 이들이 평가받는 이유가 성별에 관계없이 사회현실을 반영했기 때문이라는 점이다. 그 밖에 최정희와 이선희는 소설보다는 수필을 더 잘 쓰는 작가, 모윤숙과 노천명은 '여성적,' 감상적 세계에 함몰된 작가로 평가받았다. 결론적으로 이들은 1기 여성작가들처럼 '작품은 없고 스캔들만 있는' 함량미달의 작가로 싸잡아 비판의 대상이 되지는 않았지만 장르에 따라 서로 차별적으로 위계화된 담론 질서 속에서 위치 지어졌다.[19]

하지만 여성작가들 자신이 부정했고, 남성작가들이 한결같이 비판했던 '여성성'과 '감상성'은 1930년대 후반, 일제 말기 국민문학이 부상하면서 여성문학 장의 정체성을 규정짓는 핵심적인 원리로 탈바꿈한다. 더욱이 최정희, 장덕조, 모윤숙, 노천명 등은 '여성성'과 '모성성', '감상성'을 남성작가와는 다른 방식으로 국가주의의 총동원 논리에 기여할 수 있는 젠더 전략으로 삼았다. 이에 대해서는 다음 장에서 구체적으로 논의할 것이다.

5. 결론

공개장과 좌담회라는 공적 담론을 중심으로 여성작가 및 여성문학에

---

19 심진경 역시 여성작가를 주변화된 장르인 수필과 동일시함으로써 여성작가의 작품을 주변화하는 방식을 문제삼고 있다. 앞에서 살펴본 공개장과 좌담회의 담론들은 그 실증적인 예들이라 할 수 있다. 심진경, 앞의 글, 349~350면.

대한 식민지 시기 문학 장의 포섭과 배제의 양상을 검토해 보았다. 그 결과 공개장의 형식을 빈 여성작가에 대한 말하기, 좌담회의 형식을 빈 여성작가들의 말하기는 공통적으로 당대 문학이 여성작가와 문학을 주변화하는 성별의 정치학을 구사함으로써 표면적으로는 비(非)성적인, 하지만 이면적으로는 남성중심적인 제도를 구축해갔음을 알 수 있었다.

먼저 공개장에 드러난 남성작가들의 글쓰기는 여성작가의 기질에 대한 폄하, 작품이 아닌 인물의 사생활에 대한 평가, 작품 평가시 젠더적 관점을 배제하거나 반대로 이를 지나치게 내세우는 것 등 다양하게 전개되었다. 이와 같은 배제의 전략을 통해서 남성작가들은 여성작가 및 작품을 고립시킴으로써, 그리고 '남성적', '리얼리즘적'인 것은 우월하고, '여성적', '감상적'인 것은 열등하다는 평가기준을 유포함으로써 자신들의 위상을 정립해 나갔다.

이 같은 사실은 좌담회에서도 확인된다. 여성작가들은 장르에 따라 혹은 작품 경향에 따라 서로 차별적으로 위계화된 담론 질서 속에 위치지어졌다. 여성문학으로서의 특성은 완전히 배제되거나 감상적인 것으로 평가절하된 것이다.

다양한 매체의 출현과 더불어 활성화된 공개장과 좌담회는 여성작가 및 문학에 대해 논하면서도 이들의 글쓰기에 대한 특화된 관점을 보여주지 못했다는 점에서 한계를 지닌다. 더욱이 여성작가는 독자적 존재로 논의되지 않고, 항상 저널리즘과의 관계 속에서, 남편과의 관계 속에서, 혹은 미혼이라면 사생활과 관련해서 담론화된다. 여성작가들은 등단과정에서부터 작품활동에 이르기까지 철저히 주변화되었던 것이다.[20]

여성작가들은 이와 같은 근대 문학제도에 몸으로, 말과 글로 저항했지만, 남성중심적 질서에 편입되고자 하는 욕망을 은밀히 드러내기도 했다. 박화성이 '여성'이자 '작가'로서 겪는 이중적 곤경을 토로하면서도 자신의 작품이 '여성적'인 것으로 호명되기를 거부한 것, 최정희와 이선희 등 여성성의 세계에 천착한 작가들이 저널리즘과 지배적인 담론 질서와 지속적인 공조 체계를 취한 것을 단적인 예로 들 수 있다.

이와 같은 맥락에서 최정희와 모윤숙, 노천명 등이 일제 말기 급속히 '친일'로 경사된 것 역시 돌출된 행위라기보다는 내적 일관성을 견지한 작가적 행보로 볼 수 있다. 이들은 여성, 민족, 계급 간의 상호연관성을 파악하고 이를 자기 성찰과 저항의 계기로 삼는 데에는 미흡했다. 민족과 계급을 지우고, 여성(성)을 중심의 질서에 편입시키려 했던 이들의 시도는 성적 '차이'를 통해 역설적으로 '평등'을 추구했던 경우라 할 수 있다. 이때 '평등'은 민족적·계급적 평등을 염두에 둔 것이 아니었고, '여성성', '모성'과 같은 여성적 차이를 탈역사화하는 것이었다. 이처럼 여성성이라든가 모성을 총동원체제에 용이하게 동원하려는 식민주의 지배 담론에 대한 비판적 성찰보다는 '여성'이자 '작가'로서 인정받기를 갈망했던 이들의 소위 인정투쟁은 '친일'로 귀착될 수밖에 없었다.[21]

----

20   물론 공개장과 좌담회가 1930년대 여성작가와 작품이 취급되는 방식을 보여주는 대표적인 담론 형식이라고 보기는 힘들다. 여성문학에 대한 다양한 평론들, 여성작가들이 쓴 작품론, 본격 문학평론, 여성 관련 담론 등이 함께 논의되어야 1930년대 여성문학 장의 전체상을 그릴 수 있다. 이에 대해서는 「근대문학의 기원, 여성문학의 기원」에서 부족하나마 다루었으니 참고하기 바란다.

21   이상경은 일제 말기 여성평론가 임순득이 계급 문제를 포괄하는 민족해방의 문제와 여성해방의 문제를 통합된 과제로 제기했다고 평가하면서, 이와는 정반대로 최정희는 민족적, 계급적 시각이 부재했기에 그의 '모성'과 '여성성'은 반여성적이고, 친일문학으로 귀결되었다고 본다. 이상경, 「임순득의 소설 「대모」와 일제 말기의 여성문학」, 『여성문학연구』 8호, 한국여성문학학회, 2002, 364~365면.

일제 말기 여성작가들의 친일담론 연구

여성문학 장의 형성과 식민주의 담론과의 유착을 중심으로

1. 서론

1930년대는 여성작가들이 기존의 남성중심적 문학제도에서 배제된 상황에서 독자적인 공간을 확보하기 위해 고투한 시기이자 그것이 일정정도 성과를 거둔 시기이다. 하지만 여성작가의 수가 많아졌을 뿐만 아니라 문학적 경향 역시 다양해졌음에도 불구하고 전체 문학 장(場) 속에서 여성작가와 문학은 일부는 배제되고 일부는 포섭되는 상황에 처해 있었다. 1930년대 중반 이후 군소작가군은 문학 장에서 사라지고, 여성문단은 소설의 경우 최정희, 박화성, 장덕조, 강경애, 이선희, 시의 경우 모윤숙, 노천명 등 몇몇 작가들 중심으로 안착되는 듯하다.

그런데 흥미로운 점은 1930년대 문학 장과 저널리즘에서 가장 빈번히 호명되는 작가[1]들인 최정희, 모윤숙, 노천명이 일제 말기 친일 담론

을 이끌었을 뿐만 아니라 실제로 조선문인협회(1943.4 조선문인보국회로 개칭)나 조선임전보국단부인대(朝鮮臨戰報國團婦人隊) 활동 등을 통해 일본의 총동원 체제에 적극 협력했다는 것이다. 이 세 작가는 사적으로도 절친한 사이였을 뿐만 아니라 1930년대 중반부터 좌담회에 여성작가들 중에서는 가장 빈번하게 출연하였다. 이들은 공통적으로 잡지나 신문사 기자로 활동하다 작품활동을 시작했으며, 김동환이 주도했던 『삼천리』가 그나마 여성작가들을 위해 열어놓은 담론 공간을 최정희가 이 잡지의 기자로 있으면서 독식하다시피 했다. 따라서 이들은 1930년대 중반 여성문학 및 작가들의 위상이나 활동을 정립하는 데 주요한 준거를 마련했다고 볼 수 있다. 이런 정황이 그들이 일제 말기 친일 담론을 주도하게 된 첫 번째 이유와 모종의 연관성이 있는 것으로 보인다. 다시 말해 이들은 저널리즘과 밀접한 유착관계에 있었고, 특유의 '여성적' 면모로 남성중심의 문단에서 일정정도 지분을 얻게 되면서 스스로 중심을 지향하는 속성을 가진 것으로 추측해 볼 수 있다.[2] 더욱이 김동환의 적극적인 친일 행위는 최정희의 친일에도 영향을 미쳤을 것이며, 그녀와 친밀한 관계에 있던 모윤숙과 노천명에게로 전이된 것으로 추측된다. 요컨대 이들의 친일은 사적인 관계망을 공적인 담론의 장에까

---

1   물론 박화성, 강경애가 여성작가로서는 '보기 드물게' 사회적 시각을 확보한 작가로 고평되는가 하면, 백신애, 이선희의 작품들에 대한 평가 역시 심심치 않게 눈에 띈다. 흥미로운 점은 앞장에서 살펴보았듯이 최정희, 모윤숙, 노천명의 경우 '여성적', '감상적', '낭만적'인 경향의 작가들로 평가받았고, 동시에 작가적 역량이 다소 부족한 것으로 평가절하되곤 했다는 것이다.

2   이상경은 1930년대 후반 여류문학 논의에서 여류를 긍정하든 부정하든 그 잣대는 최정희 작품의 특성을 염두에 둔 것이라고 하면서 그가 논의의 중심에 서게 된 것은 그의 작품이 구축한 '여성적' 세계가 여성적인 작가의 등장을 기대하는 문단의 분위기와 맞아떨어졌고, 『삼천리』 기자로서 여성문인들을 계속 지면에 등장시키면서 스스로 일종의 여성문단의 권력이 되었던 측면도 있다고 보았다. 이상경, 「식민지에서의 여성과 민족의 문제—일제 파시즘하의 최정희와 임순득」, 『실천문학』 69호, 실천문학사, 2003, 60면.

지 이어나간 예라 할 수 있다. 하지만 과연 이런 개인적인 사유만이었을까? 필자는 이 작가들이 중심에의 열망이라든가 모종의 신념을 가지고 친일에 이른 측면도 배제할 수 없다고 본다.

이들은 실제 작품에서 친일의 논리를 어떻게 형상화했는가. 이들 사이의 차이는 없었는가, 논설, 잡문, 수필 및 시, 소설 등 장르에 따른 변별성은 없었는가. 이와 같은 의문점들에 답하기 위해 이 장에서는 우선 수필과 잡문을 포함한 친일논설, 소설, 시 등의 전모를 살핀다는 의미에서 객관적인 서지사항을 제시하고, 이 작품들에 명시적, 혹은 암시적으로 드러난 친일의 내적 논리들을 분석할 것이다. 특히 여성작가들의 친일소설에 주목하고자 한다. 이들의 친일소설은 남성작가들의 그것과 내용이나 주제 면에서는 유사하다고 하더라도 형상화하는 방식은 다르다. 이 점에 유념하여 최정희와 장덕조의 친일소설에 드러난 여성성의 전유 양상과 여성의 영역이라 여겨져 온 일상생활을 어떻게 총동원 체제에 맞게 서사화하는지 살펴보고자 한다. 이런 접근을 통해 여성작가들의 친일담론이 근대 여성문학사에서 국가주의로 흡수된 '여성성의 제도화'를 보여주는 최초의 사례였다는 점이 드러날 것이다.

2. 여성작가들의 친일담론에 대한 서지적 고찰

친일 여성작가들은 시나 소설, 희곡 외에 일본의 지배논리를 명시적으로 드러내는 논설, 잡문, 수필 등을 두루 발표했다. 발표 시기는 대체로 1940년 이후에 집중되어 있다. 작품활동 외에 특별히 친일여성단체

나 친일문인단체에서 활동한 기록이 없는 장덕조의 경우 친일소설과
희곡을 1943년과 1944년에 걸쳐 집중적으로 발표하였다. 먼저 여성작
가들의 친일담론 서지 목록은 아래와 같다.[3]

노천명(盧天命)

시	「젊은이들에게」	『삼천리』(1942.1)
시	「희망」	『매일신보』(1942.1.1)
시	「각오」	『매일신보』(1942.1.3)
시	「기원」	『조광』(1942.2)
시	「싱가포울 陷落」	『매일신보』(1942.2.19)
시	「鎭魂歌」	『매일신보』(1942.2.28)
시	「노래하자 이날을」	『春秋』(1942.3)
시	「勝戰의 날」	『朝光』(1942.3)
시	「婦人勤勞隊」	『每日新報』(1942.3.4)
시	「흰 비둘기를 날려라」	『매일신보』(1942.12.8)
시	「滿洲文學代表 오영 女史에게」	『春秋』(1942.12)
시	「出征하는 동생에게」	『매일신보』(1943.11.10)
시	「님의 부르심을 받들고서」	『매일신보』(1943.8.5), 문인들과 함께 발표
시	「병정」	『조광』(1944.5)
시	「천인침」	『춘추』(1944.10)
시	「神翼」	『매일신보』(1944.12.6)
시	「군신송」	『매일신보』 사진판(1944.12)
시	「학병」	시집『창변』(매일신보사출판부)
시	「창공에 빛나는」	시집『창변』(매일신보사출판부)
단상	「時局과 銷夏法」	『매일신보』(1941.7.8)
잡문	「전쟁은 이제부터 본격―동양의 평화를 지키자」	『매일신보』(1941.12.12)

---

3 해당 목록은 임종국의 『친일문학론』(평화출판사,1966)과 이선옥의 「여성 해방의 기대와 전
쟁 동원의 논리―여성의 친일작품과 논설」(『친일문학의 내적 논리』, 역락, 2004) 뒤에 실린
목록, 그리고『실천문학』73호(실천문학사, 2004)에 실린 김재용의 「발굴―최정희의 친일작
품」, 박수연의 「노천명 시의 서정적 내면과 파시즘―노천명의 일제 말기 시에 대해」(『비교한
국학』17권, 비교한국학회, 2009)를 기본으로 하고, 그 외에 필자가 몇 편을 발견하여 추가한
것이다.

단상	「나의 新生活 計劃」	『매일신보』(1942.2.3)
수필	「職業女性과 趣味」	『新時代』(1943.3)
잡문	「여인연성(女人鍊成)―함남여자훈련소 참관기(參觀記)」	『國民文學』(1943.6)
수필	「싸이판에 보답하는 진심」	『신여성』(1944.11)

모윤숙(毛允淑)

시	「東方의 女人들」	『新時代』(1942.1)
시	「어린 날개」	『新時代』(1943.12)
시	「호산나, 소남도」	『매일신보』(1942.2.21)
시	「白衣勇士」	『新時代』(1941.6)
논설	「讀書와 敎養美」	『매일신보』(1940.8.1)
논설	「新生活運動과 娛樂趣味의 淨化」	『매일신보』(1940.9.10)
논설	「創造的인 生活」	『매일신보』(1940.9.17)
시	「海軍特別攻擊隊의 어머니에게 바치는 詩篇―어머니의 힘」	『매일신보』(1942.3.9)
시	「아가야 너는」	『매일신보』(1943.5)
시	「내 어머니 한 말씀에」	『매일신보』(1943.11.12)
시	「오시지 않았는데」	『新時代』(1943.12)
시	「新年頌」	『매일신보』(1945.1.3)
잡문	「『國民文學』지 설문에 답한 단문」	『國民文學』(1942.5)
논설	「女性도 戰士다」	『大東亞』(1942.5)
논설	「태양 아래 빛나는 몸」	『三千里』(1940.12)

최정희(崔貞熙)

소설	「薔薇의 집」	『大東亞』(1942.7)
소설	「野菊草」	『國民文學』(1942.11)
소설	「밤차」	『家庭之友』(1940.4)
콩트	「2월 15일의 밤」	『新時代』(1942.4)
일문 수필	「어머니의 마음」	『國民新報』(1939.5.14)
일문 수필	「친애하는 내지 작가에게」	『모던일본』(1940.8)
일문 수필	「作家島木健作」	『大東亞』(1942.5)
수필	「꿈은 南域으로」	『大東亞』(1942.5)
수필	「圓形」	『매일신보』(1942.1.3)
수필	「東亞의 새 아침」	『매일신보』(1942.2.21)
산문	「시국과 소하법」	『매일신보』(1941.7.15)

논설	「軍國의 어머니」	『대동아』(1942.5)
소설	「幻影 속의 兵士」	『國民總力』(1941.2)
산문	「5월 9일」	『半島之光』(1942.7)
산문	「軍國의 어머님들」	『半島之光』(1944.2~4)
산문	「軍國母性讚」	『半島之光』(1944.6~7)
소설	「徵用列車」	『半島之光』(1945.2)
잡문	「『國民文學』지 설문에 답한 단문」	『國民文學』(1942.5)
소설	「黎明」	『野談』(1942.5)

장덕조(張德祚)

방송소설	「蓮花村」, 「雨後晴天」	『放送小說名作選』(朝鮮出版社, 1943)
방송소설	「再生」	『放送之友』(1944.2)
방송소설	「銃後의 꽃」	『放送之友』(1945.1)
수필	「出發하는 날」	『매일신보』(1943.3.7~10)
소설	「새로운 群像」	『매일신보』(1944.1.12~16)
소설	「行路」	『半島作家短篇集』(조선도서출판, 1944.5)
희곡	「노처녀」	『朝光』(1944.2)

김재용은 친일문학이란 "대동아공영권의 전쟁 동원과 내선일체의 황국신민화라는 두 가지 입장을 글에 담아내면서 선전한 문학"[4]이라고 규정한다. 이 두 가지 입장을 근거로 제시하는 것은 전쟁 동원 논리는 태평양 전쟁 직전인 1941년부터, 내선일체 논리는 중일 전쟁 후인 1938년부터 가시화되고 있기 때문이라고 하였다. 그렇다면 위 서지에서 드러나듯 여성작가들의 경우 몇 편을 제외하고는 중일 전쟁 직후가 아닌 태평양 전쟁 발발 즈음인 1941년 이후 친일담론을 적극적으로 발표한 것은 무슨 이유에서일까. 태평양 전쟁이 본격화되면서 일본의 파시즘 논리가 물리적으로 식민지 조선에 관철되는 것을 목격한 것이 직접적인

---

4   김재용, 「친일문학의 성격 규명을 위한 시론」, 『실천문학』 65호, 실천문학사, 2002, 170면.

원인일 것이다. 더욱이 서론에서 살펴보았듯이 이 작가들이 사적 관계
망에 기초해 공적 문학 장을 형성한 탓에 친일문학의 논리 역시 별다른
성찰 없이 공유했을 것으로 보인다.

　우선 모윤숙, 노천명의 친일시들은 싱가폴 함락, 가미카제 특공대로
나간 청년의 죽음과 같은 시사적 사건을 그대로 시화한 것에서부터 동
양 여성의 자질을 부각하거나 어머니 / 누이를 시적 화자나 청자로 호
명하는 방식을 통해 여성성을 전유하는 경우에 이르기까지 그 유형이
다양하다.　주로 『매일신보(每日新報)』에 발표된 이들의 시들은 서양 /
동양, 남성 / 여성 간의 배타적 자질을 적극적으로 활용하고 있으며, 신
체제의 논리에 부합하는 '새 날', '아침'과 같은 시어를 자주 사용한다.

새 날이라서

상 차려 즐기지 않겠습니다.

입던 옷 그대로

먹던 밥 그대로

달가워 새 아침을 맞이하렵니다.

(…중략…)

비단치마 모르고

연지분도 다아 버린 채

동아의 새 언덕을 쌓으리라.

(…중략…)

우리는 새날의 딸

동방의 여인입니다.

(모윤숙, 「동방의 여인들」)

　모윤숙의 대표적인 친일시인 위 작품에서 '비단치마', '연지분'은 퇴폐와 사치의 상징으로 버려야 할 자질을 의미하며, '새 아침', '새 언덕', '새 날'의 딸로 여성을 호명한다. 이 새로움은 '동아', '동방'이 중심이 되는 일본의 대동아사상과 신체제 논리를 뜻하는 것임은 자명하다. '동방의 여인'이란 이처럼 신체제의 논리에 내포된 젠더정치학을 함축하는 시어이다. 노천명 역시 "여성의 섬세한 서정을 절제된 언어로 담아냈다"는 초기 시의 특성과는 달리 '여성'을 전쟁에 나간 남성을 위해 총후에서 지원하는 '누나'와 '어머니'로 호명한다.[5] 가령 청년들의 전쟁참여를 공공연하게 독려하는 시에서 전쟁과 대동아건설의 주체는 "나의 젊은이여 / 남아답게 달려가지 않으려나"(「젊은이들에게」)라는 시구에서 드러나듯 남성으로 언표화된다. 반면 여성의 역할은 "고운 처녀들아 꽃을 꺾어라 / 남양 형제들에게 꽃다발을 보내자 / 비둘기를 날리자"(「승전의 날」)라는 시구에서 드러나듯 후방에서 이 남성들을 정서적으로 위무하는 것이었다.

　장덕조의 수필 「출발하는 날」에도 "막연했던 사람들의 마음 속에서 새로운 시대에 대한 결의와 결심, 그리고 새로운 생활을 건설하려는 희구가 차츰차츰 자리를 잡기 시작했다"는 구절이 있다. '새로운 시대'라는 진보적인 시간관념은 일본의 총동원 시기에 긍정적 가치를 부여

5　박수연은 노천명의 친일시를 첫째, 남방 유토피아의 이념과 승리의 기원을 표현한 시, 대동아공영을 위한 전쟁과 청춘의 역할을 표현한 시, 총후부인의 역할을 노래한 시와 산문으로 그 경향을 나누고 있다. 박수연, 앞의 글, 241~242면.

한다. "부분 부분을 뜯어고쳐도 완전해지지 않을 때는 원형을 파괴해서라도 새로운 건설을 단행해야 한다"는 진술에서 알 수 있듯 이와 같은 새로움의 이면에는 '파괴'의 국면이 내포되어 있다. 이 수필은 '파괴'와 '멸사봉공'의 죽음을 국가주의에 복속시킴으로써 파괴 뒤의 신생이란 총동원 체제에 걸맞은 국민으로 재탄생하는 것을 일컫는 것이라는 점을 강조한다.

논설이나 잡문의 경우 식민지인의 일상생활을 통제하는 규율원리에 대한 구체적 지침에서부터 노골적인 전쟁옹호론에 이르기까지 주제가 다양하다. 3장에서 구체적인 분석을 통해 재론할 터이지만 여성작가들의 논설 및 잡문은 여성의 역할 및 '여성성'을 총동원체제의 논리에 맞게 재규정하고 있다. 따라서 이처럼 재규정된 여성성은 이들이 어떻게 친일논리를 자발적으로 내면화했는지를 해명하는 데 중요한 단서가 된다.

또 하나 주목할 만한 것은 장덕조의 경우 이 시기에 국책의 일환으로 조성된 장르인 방송소설[6]을 여러 편 발표하였고, 최정희의 「장미의 집」 역시 작품 말미에 '방송소설'이라는 문구가 들어있다는 점이다. 방송소설의 속성은 대중적인 교화를 목적으로 한다. 특히 장덕조와 최정희의 방송소설들은 애국반 활동, 생활개조, 군국의 어머니를 특정 가족

---

6 방송소설은 대동아 전쟁 시기에 '방송소설'이라는 명칭으로 조선방송협회(JODK) 경성방송국 산하 라디오에서 낭독되었던 방송의 소설판이다. 1938년 이후 일본은 전시동원의 도구로 방송소설을 적극 이용하였다. 따라서 방송소설의 내용은 총후(銃後)에 있는 국민들이 갖추어야 할 바람직한 태도나 지향해야 할 인간성을 드러낸 것이 대부분이다. 이는 크게 지원병, 징병, 징용, 근로보국, 저축보국 등과 같이 총동원 체제에 협력하는 내용을 담은 것과 황국신민으로서 갖추어야 할 자세나 바람직한 인간상을 그린 것으로 나눌 수 있다. 우리가 확인할 수 있는 일제하 방송소설 자료로는 단행본으로 묶여 나온 『放送小說名作選』과 1943년에 창간되어 1945년 초까지 발간된 잡지 『放送之友』가 있다. 서재길, 「『방송지우』와 일제 말기 방송소설」, 『민족문학사연구』 22호, 민족문학사학회, 2003; 송민경, 「일제하 방송소설 연구」, 연세대 석사논문, 2003 참고.

이라든가 마을에 한정해 그림으로써 일상생활에까지 침투한 식민화의 논리가 젠더와 관련이 있음을 잘 보여주고 있어 주목을 요한다.

3. 친일의 내적 논리로서의 여성성

태평양 전쟁 발발 직후 경성 부민관에서 벌어진 여성들의 시국강연회(1941.12.7)에는 모윤숙과 최정희 두 사람이 문학인측 대표로 나와 연설을 한다. 그런데 두 사람의 연설[7]은 여성작가들이 친일을 수용하는 상반된 논리를 보여주고 있어 흥미롭다.[8]

모윤숙은 「여성도 전사다」에서 "얌전하고 사양심 많고 수집어서 아름다웠든 우리의 전통이 깨어지게 되었"는데 그 때문에 "반도부인은 산 가치를 발휘"할 수 있게 되었다고 주장한다. 그 논리는 '새 세기'를 창조할 임무가 반도부인에게 있기 때문이라는 것이다. 이어서 그는 "전쟁은 새로운 생명의 계단에 오르랴는 한 국민들은 껍질을 버서던지고 새 세계를 창조하려는 과정에 있어서 피치 못할 진통"이라며 전쟁의 당위성을 주장한다. 전통의 파괴와 새 세기, 새 세계의 창조, 새로운 생명이라는 논리는 언뜻 진보적이고 혁신적인 세계관에 기초해 있는 듯 보이지만 결과적으로는 일본 중심의 대동아 공영권과 파시즘의 시

---

7   두 사람의 연설은 『대동아』(1942.5)에 실려 있다.
8   김재용 역시 이 같은 측면에 주목하고 있다. 필자의 견해도 김재용의 견해와 크게 다르지 않다. 다만 이와 같은 두 가지 방향이 실은 여성문제를 바라보는 두 시각과 관련이 있을 뿐만 아니라 오랜 세월동안 남성중심의 이데올로기, 체제가 여성에게 이중적으로 부과했던 자질들과도 관련이 있다는 데 주목해야 한다는 점을 강조하고 싶다. 김재용, 「여성성과 국가주의의 결합으로서의 친일문학」, 『실천문학』 73호, 실천문학사, 2004, 229~230면 참고.

대를 옹호하는 것으로 귀결된다. 특징적인 것은 이런 새 세기, 새 세계의 주체로 '반도부인'을 위치지음으로써 여성들을 공적 영역으로 소환한다는 점이다. 아래 예문을 보자.

> 지금은 여자나 아씨나 마님이나 양반이나 상인이나 가문문벌 가릴 것 없이 모두가 대일본제국의 평등한 국민이면 그만입니다. 가문에서 쫓겨나드라도 나라에서 쫓겨나지 않는 안해, 며느리가 됩시다. 전쟁에 나간 남자들을 대신하여 공장이 비었으면 공장으로 회사가 비었으면 회사로 드러가서 일합시다. (…중략…) 오늘 우리의 전쟁에는 한 사람의 잔따크, 한사람의 나이징겔만 가지고는 너머 부족합니다. 여기안진 여러분이 아니 반도 일천이백만이 모두가 오루레안 소녀의 뜨거운 조국애에 울어야겠고, 나이징겔의 뜨거운 여성혼을 담아가지고 전쟁마당에 나가야겠읍니다.

모윤숙은 남성과 동등하게 혹은 남성의 자리를 대신해 여성이 전쟁 수행의 주체가 되어야 함을 역설하고 있다. 성차뿐만 아니라 가문문벌로 지칭되는 전근대적인 가부장적 질서도 부정의 대상이 되는데, 그 이유는 여성이 '대일본 제국의 평등한 국민'의 일원이 되면 그만이기 때문이다. 이때의 평등은 모두가 균질적으로 국민의 일원으로 봉사해야 한다는 원리를 내포한 것이다. 또한 여성이 전쟁에 나간 남자들을 대신하여 '공장'과 '회사'에서 일을 해야 한다는 것은 공적 영역에의 진출을 통해 남성들과 동등한 위치를 점할 수 있다는 평등에의 환상을 유포한다. 그러나 이때의 조국애, 국민됨이란 제국 일본의 제2국민 / 신민이 되는 것이다. 표면적으로는 평등을 내세우지만 이면적으로는 식민지인 뒤에 자발적으로 복속하라는 전언을 담고 있다. 한 명의 애국자가 아니라 반도인 전부가 여성혼을 지녀야 한다는 것 역시 총동원 체제의 논리를 답습하는 것에 지나지 않는다. 그런데 모윤숙의 친일 논리가 허약하다는 점은 반도 여성이 모방해야 할 여성상으로 잔다르크(의 조국애)와 나이팅게일(의 여성혼)이라는 서양 여성을 호명하고 있다는 것이다. 당시 일본의 대동아공영권 논리가 서양, 서양적인 것을 철저히 부정하였던 것과는 거리가 있다.

반면 최정희는 여성이 남성의 자리를 대신하는 것이 아니라 여성 고유의 영역인 아내이자 어머니 노릇을 잘 수행함으로써 전쟁에 기여할 수 있다고 주장한다. 그녀가 생각하는 고유의 영역이란 모성성의 자질로 압축되며, 이것이 '군국의 어머니'라는 일본이 여성에게 부과했던 식민통치 이데올로기와 합치하게 되는 것이다.

최정희가 친일의 논리를 풀어나가는 글쓰기 방식은 모윤숙과 대비된다. 그녀는 글의 앞에 개인적 체험을 서술하고, 본인이 강해지려는 이유가 '제 아이'에게 있다고 고백함으로써 청자의 공감을 끌어내려 한다. 모윤숙이 여성은 공적 영역에서 남성과 동등하게 헌신해야 함을 강한 어조로 말하고 있는데 반해 최정희는 자신의 개인적 체험을 먼저 드러내고 이를 일반화하는 방식을 택한다.

우리는 모든 것을 다 잊어버리고 귀하고도 높은 오직 우리의 아들들의 뜻을 받드는 어머니가 되십시다. 그래야만 우리도 남과 같은 여자 구실을 할 것이요, 그래야만 우리도 남과 같은 어머니의 구실을 할 것입니다. (…중략…) 여성은 약하다지만 어머니는 강하다 하지 않습니까.

위 인용문에서 알 수 있듯 최정희의 논리는 모성성, 여성성의 원리에 있다. 이미 여러 연구자들에 의해 지적된 바처럼 최정희는 기존에 자신의 글쓰기를 통해 줄곧 견지했던 여성성의 심화와 동일한 맥락과 논리로 여성이 '군국의 어머니'로 다시 태어나야 함을 역설하고 있는 것이다.

최정희는 위의 글뿐만 아니라 「군국의 어머님들」, 「군국모성찬」 등의 산문에서 '군국의 어머니'를 실천하는 일본(내지)의 여성들을 차례로 소개하고 있다. 일종의 인물 열전의 형식을 취하고 있는 이 글들에서 일본(내지)의 여성은 '군국의 어머니'로 동질화된다. 그런데 형식적으로 이들의 인생 역정을 전기적으로 풀어쓰는 일종의 '서사적' 양식을 취함으로써 극적인 효과를 자아내고 있다. 또한 열전의 인물들은 일본에서도 주변부에 살고 있는 하층민이며, 어려운 환경에서 자식들을 잘 키워서 근대적 교육까지 받게 하지만 종국에는 전장에 보내는 강인한 어머니들이다. 우리는 여기서 역설적으로 일본의 전시 정책이 여성을 동원하는 과정에서 계층별, 지역별 위계질서를 승인하고, 오히려 이를 공고히 하는 전략을 구사했음을 알 수 있다. 즉 전장에 나간 자식을 잃고도 꿋꿋하게 일상사를 수행하는 이 여성들은 일본 내지에서도 주변인, 하층민으로서 국가의 동원논리에 아무런 비판 없이 흡수되고 만다. 그런데 식민지 여성 지식인인 최정희는 이 인물들을 전시에 필요한 여성상으로 또 한 번 비판적 거리 없이 전유한다. 스피박식으로 말하면 하위주체는 침묵하고, 자기 식의 언어를 가지지 못했다. 그런데 지식인 여성인 최정희는 하위주체의 말을 대신하기는커녕 계층적으로 하층민이자 지리적으로 주변부에 속한 내지 여성들의 표상을 전범으로 하여, 식민지 하층민, 주변부 여성들이 이들을 '모방'하기를 암묵적으로 조장한다. 겹으로 식민지 여성들을 타자화하는 셈이다.

모윤숙과 최정희, 두 작가의 발언은 당시 여성들이 택했던 친일의 내적 논리를 단적으로 보여준다. 모윤숙은 여성이 전근대적이고 낡은 가치관을 버리고 근대국가—일본의 국민이 되어야 하며, 공적 영역에서 남성의 역할을 수행해야 한다는 '평등'의 원리를 내세운다. 반면에 최정희는 아들의 뜻을 받드는 어머니라는 전통적인 어머니 노릇을 총동원체제에 맞게 전유하는 '차이'의 전략을 구사한다. 이들의 논리는 언뜻 보기에는 상반되는 듯하지만 여성(성)을 국가주의, 제국주의 이념에 귀속시킨다는 점에서는 동일하다. 하지만 여성성이란 하나로 일원화될 수 있는 것도 아니며, 여성의 정체성 역시 여러 다양한 경로를 거쳐 구성된다. 그런 만큼 신여성 / 구여성, 아내 / 미혼여성, 욕망하는 여성 등 여성을 구성하는 여러 자질들을 소거한 채 여성성을 모성성으로 단일화하거나 전사형 여성으로 동질화하는 것은 전국민을 총동원 체제에 맞게 소환했던 일본의 통치정책과 상동성을 지니는 것이다. 그런 점에서 모윤숙과 최정희의 내적 논리는 내밀하게 맞닿아 있다.

4. 총동원의 논리와 여성 / 일상의 정치화 : 친일소설의 양상

최정희는 「환영 속의 병사」, 「여명」, 「야국초」, 「2월 15일의 밤」(이를 조선어로 다시 쓰고, 내용을 추가한 작품이 「장미의 집」이다), 「징용열차」 등 당시 여성작가들 중에서는 장덕조와 더불어 친일소설을 가장 많이 발표했다. 작품의 인물이나 주제를 얼핏 보더라도 「징용열차」를 제외하고는

젊은 여성이 주인공이며, 이들이 여성 고유의 영역과 자질을 온전히
유지하면서[9] 일본의 지배 논리를 내면화하는 과정을 섬세하게 그리고
있다. 최정희의 친일소설들은 다루는 내용이 다소 다르다 하더라도 주
제는 일관성이 있다.

먼저 조선적인 것, 나아가 동양적인 것에서 미적 자질을 찾고 서구적
인 것에 부정적 의미를 부여하는 동화와 배제의 논리를 들 수 있다. 이와
같은 논리는 「환영 속의 병사」, 「장미의 집」에서 작품의 표면적 주제 뒤
에 숨겨진 이면적 주제라 할 수 있다. 「환영 속의 병사」는 일본인 병사
와 조선인 여성 간의 로맨스라는 서사적 구도를 취하면서, 일본인 남성
이 조선인 여성과의 관계를 통해 '조선적인 것'에 매혹을 느끼고 동화되
어 가는 과정을 그리고 있다. 하지만 심층적인 논리를 따져 보면 조선적
인 것에 동화되어 가는 데 초점이 맞춰져 있지 않다. 일본인 남성 야마모
토는 조선의 가옥 구조와 조선의 언문이 닮았다고 생각하며, 그 유사성
속에서 조선인 전체를 느끼는 데까지 나아간다. 그는 여기에서 한걸음
더 나아가 "조선의 가옥 구조와 지나의 가옥 구조가 닮았다는 것을 생각
하며 지나와 조선과 일본은 아주 오래 전의 신대(神代)로부터 연결되어
있다"는 신념을 편지를 통해 피력한다. '신대(神代)'란 말에서 간파할 수
있듯이 이 일본인 남성은 지나-조선-일본의 역사를 일본 중심으로 다
시 쓰는 주체이다. 결국 동양평화-신동아 건설을 목표로 하는 일본정신

---

9   김재용과 이상경은 이미 최정희가 三脈(天脈, 地脈, 人脈) 연작을 통해 여성성을 지속적으
     로 탐색해 온 것에 주목하면서 모성의 문제를 중심으로 일본의 지배논리를 내면화시켜가는
     일명 군국 모성론이 주어진 여성을 인정하는 한에서 이루어진 소극적 행위였다고 지적한
     다. 필자 역시 이 같은 의견에 동의한다. 김재용, 앞의 글; 이상경, 「식민지에서의 여성과 민
     족의 문제—일제 파시즘하의 최정희와 임순득」, 『실천문학』 69호, 실천문학사, 2003 참고.

의 구현이 작품의 숨겨진 주제이며, 이 일본인 남성이 발견한 조선의 언문, 영순이라는 여성의 미 등은 거기에 도달하기 위한 장치인 것이다.

「장미의 집」은 여성의 애국반 활동을 고취시키고, 전 국민, 전 가정을 군사화하려는 목적을 서사화한 작품이다. 이 작품은 이와 같은 목적을 위해 배제되는 것이 무엇인지, 그리고 그 배제의 논리에 젠더 위계질서가 어떻게 개입하는지를 잘 보여준다. 「장미의 집」의 전반부는 가정주부로서의 역할을 자발적으로 열성을 다해 수행하는 성례의 일상과 노동을 상세하게 서술하는 데 할애된다. 이와 같은 서사의 전반부는 집안의 천사 역할을 충실히 수행하는 여성이 어떻게 가정의 확대격인 국가의 지배논리에도 잘 부응하는지를 보여줌으로써 후반부의 친일과 동화의 논리를 설득력 있게 서술하기 위한 서브(sub)플롯으로 기능한다. 성례는 사적 영역에서 행해지는 여성의 일상적 노동을 자신이 받은 근대 교육의 지식을 활용해서 합리적으로 해나가며, 동시에 성실하고 여성적인 순종의 미덕을 갖추고 있다. 이 현대여성[10]의 정반대편에서는 공적인 영역을 떠도는 불성실하고, 체제에 잠재적 위협이 되는 위험한 여성, 신여성에 대한 배제의 논리가 작동한다. 배제의 논리는 소설에서 영세의 친구 남식의 아내와 그 친구들에 대한 남식 자신의 부정적 진술에서 직접적으로 드러난다.

10　필사는 다른 글에서 일제 말기에 근대적 여성과 여성성이 전면적으로 재수정되는 과정에서 등장한 '현대여성'이라는 용어에 내포된 이데올로기를 검토한 바 있다. 현대여성이라는 개념은 교육받은 여성이면서도 그 지식을 가사를 효율적으로 잘 운용하고 자녀를 양육하는 데 활용하는 근대적 현모양처를 일컫는다. 집 밖으로 나갔던 여성을 다시 가정성(domesticity)의 범주로 소환함으로써 전시동원 체제하에서 국가와 전쟁 수행을 위한 2세의 양육이라는 모성애의 논리를 예비하는 것이다. 그 과정에서 신여성은 자본주의, 그리고 서구 근대의 부정성을 집약한 물신주의의 화신으로 타자화되었다. 졸고, 「식민주의 담론과 여성주체의 구성」, 『여성문학연구』 3호, 한국여성문학학회, 2000, 268~273면.

아츰느께 이러나선 식모가 해준밥을 먹군 미용원이다, 백화점이다, 영화관이
지. 백화점에 다니며 옷감을 어떻게 떳는지 죽을때까지 입어두 반두 못입을거야.
거둘줄두 모르면서 집이 작다니 마당이 좁다니, 트집이지 하인은 두셋씩이라두
모자란다지. 그러구도 신문이나 책을 보람 시간이 없다지. 라디오두 시간 없어
서 못듣는대. 영화관 갈 시간은 있어두⋯⋯. 이러니 이거 견대날 수 있어요.[11]

위의 예문에서 알 수 있듯 신여성, 혹은 중산층 여성의 사치, 퇴폐,
거리를 떠도는 욕망하는 여성으로서의 자질을 부정적으로 부각시킴으
로써 역으로 여성의 역할에 충실할 뿐만 아니라 공적 영역에서 활동한
다 하더라도 "무언으로 실행으루 남을 감동시킬" 수 있는 여성적 자질
을 지닌 여성을 옹호하는 것이다. 이처럼 군국주의 체제 속에서 여성
에게 강조되던 애국부인의 역할은 여성의 공적 영역으로의 진출에 대
한 환상을 불러일으키지만 실은 기존의 가부장제하에서 여성에게 강
요되던 가정주부의 역할을 확대한 것에 불과하다.[12] 이제 여성의 일상
은 총동원 체제의 논리에 맞게 정치화된다.

신여성을 배제하고, 교육받은 현대여성이자 양처현모로서 아이를
낳고, 양육하고 국가 시책에 동조하는 여성을 포섭하는 배제와 포섭의
원리는 장덕조의 소설 「행로」에서 좀 더 분명히 드러난다. '나'는 여학
교를 졸업하자마자 교사인 남편과 결혼하여 7명의 아이 엄마로 살아간
다. 반면 여학교 동창생인 애라는 내지의 상급학교, 전문학교를 나오
면서 여류문인으로 이름을 떨치고, 대담한 여권론을 주장하지만 지금

---

11   최정희, 「장미의 집」, 『대동아』, 삼천리, 1942.7, 719면.
12   심진경, 「여성작가 친일소설 연구」, 『배달말』 32권, 배달말학회, 2003.

은 몰락하여 비구니가 되어 있다. 애라는 한때 "우리 여자들은 자기자신을 우선으로 살아가지 않으면 안돼"라고 부르짖을 만큼 서구의 자유주의 여성해방론이랄지 개인주의에 침윤되었던 인물이다. 이 타락한 신여성, 자신이 낳은 아들을 버릴 만큼 모성애가 희박했던 그녀는 그 아들이 소년이 되어 '소년항공병'으로 지원하게 된 것을 계기로 개조의 길을 걷게 된다. 여성에게 가장 중요한 일은 '가정을 잘 지키고 아이들을 훌륭하게 키우는 것'이라는 자각이 그것인데, 이는 신여성이 전통적, 전근대적인 여성성으로 회귀하게 되는 과정, 모성의 이름으로 호명되는 과정이기도 하다. 또한 자신의 '개인주의, 자유주의'가 '서양식 사상'이었다는 그녀의 자각에는 서구를 적으로 규정하고 배척함으로써 동양의 우월성을 내세웠던 일본의 대동아공영 논리가 스며들어 있다.

서구를 배척하고 전통적인 모성의 원리를 수용한 이 신여성이 구원받고 말 그대로 '다시 태어나'는 재생의 의지를 다지는 이유는 "그 아이가 몸 바친 나라를 위해서 다시 태어나는 것을 보여줄 생각" 때문이다. 아이가 아니라 '아이가 몸 바친 나라'를 위해서 헌신하겠다는 논리적 비약은 모성이 국가주의에 포섭되었음을 반증한다. 실제로 이 작품은 개심한 애라의 진술을 통해 여성을 전시 체제에 맞게 훈육하는데 동원되는 동일성의 논리를 논리적 비약을 감행하며 제시하고 있다. "인간이란 마음 속 문제만 해결하면 몸은 어떤 경우에도 자신의 신념대로 나아가는 것이 가능하다고 생각해. 요즘 많이들 말하는 총후봉공도 제일선의 동에 지지 않는다는 말, 이런 의미 아닐까"라는 애라의 진술은 제일선과 총후, 즉 전방과 후방이 같은 신념을 향해 나아가는 이상 동일하다는 주장을 담고 있다.

　최정희의 「야국초」는 식민주의 논리가 젠더 정치 및 여성적 글쓰기
와 결합하는 양상을 전형적으로 보여준다. 이 작품의 심층 텍스트는
두 가지 점에서 친일 논리를 감성적으로 전달하는 효과를 자아낸다.
첫째, 표층 / 중심 텍스트가 일본의 제국주의 담론이 유포했던 군국의
어머니 담론을 프로파간다식으로 직설적으로 충실하게 모방하고 있다
면 심층 텍스트는 이와 같은 공적 담론을 사적 담론의 장으로 끌고 들
어와 자연화하는 효과가 있다. 둘째, 이 작품의 표층 텍스트가 식민지
의 여성과 아동을 국민화하는 논리를 설파하고 있다면, 심층 텍스트는
이를 지식인 여성의 자기 갱생의 서사와 맞물리도록 한다. 자기 갱생
의 서사에는 지식인 남성에 대한 원한과 복수만 있는 것이 아니다. 과
거 자유연애를 추구했던 신여성이 맹목적인 모성을 반성하고 군국의
어머니로 거듭나는 과정은 회고조의 언술에 기대 감상적으로 전개된
다. 일종의 여성화된 전략이라 할 수 있는 감성에 기댄 서술방식은 '여
성의 국민화'를 효과적으로 드러내는 데 기여한다. 감성에 기댄 서사전
략, 일종의 연성화 전략은 모성성과 여성성을 특화하면서 전개된다는
점에서 최정희의 논설과 내적 논리가 동일하다. 즉 이 작가는 '여성성'
과 '모성성'을 일관되게 친일담론의 논리로 구사하였다. 이 점 다른 여
성작가들의 친일담론과도 차별화된다. '국가주의'에 맞게 재규정된 '여
성성'과 '모성성'은 지배 담론이 여성에게 할당한 영역을 그대로 추인
하고 있다는 점에서, 그 외 계급, 민족과 같은 요소들을 암묵적으로 배
제한다는 점에서 문제가 있다. 따라서 「야국초」에서 개진된 여성화된
서사 전략은 남성작가들과는 다른 차원에서 전개된 여성작가들의 친
일 담론의 양상을 보여주는 것으로 파악할 수 있다.[13]

최정희의 「장미의 집」, 장덕조의 방송소설 「우후청천(雨後晴天)」, 「연화촌(蓮花村)」은 이른바 '후방소설'[14]의 전형이다. 애국반 활동이라든가 군국의 어머니 역할을 찬양, 강조함으로써 전시에 걸맞은 여성의 역할을 규정하고 있기 때문이다. 장덕조의 소설들에서 흥미로운 점은 이와 같은 주제를 미시적인 일상에 대한 재현의 영역에서 풀어나가고 있다는 것이다. 「우후청천」에서 서사의 주 플롯과는 상관없이 이목을 끄는 것은 한 가족, 부부의 일상에 스며들어 있는 전시적 용어들이다. '세 마리 개와 한 사람의 여인 사이의 전투, 우리 편과 적병을 전혀 구별할 수 없는 격렬한 백병전, 긴급한 후속응원부대, 적군은 퇴산'과 같은 어휘들이 난무한다. 개 한 마리 기르는 일도 떳떳하지 않은 '비상시국'임을 이와 같은 전시적 용어를 통해 암시적으로 드러내는 것이다.

하지만 서사의 본의는 이 부부가 속해있는 애국반의 일원인 단 하나 '내지인 세대' '미나미 부인'이 군국의 어머니로서 지닌 위엄을 강조하는 데 있다.

---

13 최경희의 「야국초」 분석에 따르면 조선의 엘리트 남성들은 근대성의 기획을 끝까지 추구하지 못했고, 성적 책임이 부재했다. 때문에 신여성들은 이들에 대한 비판의 맥락에서 친일에 이르게 되었다고 본다. 최경희는 작품에서 '나'와 '당신'의 관계가 조선의 남성 지도자들과 조선 여성들과의 관계를 빗댄 것이라고 본다. 옛 애인인 당신에 대한 나의 환멸을 "엘리트 남성들에 대한 조선민중의, 특히 여성들의 깊은 배신감이 은유적으로 드러난 것"으로 파악한다. 하지만 이런 분석은 여성작가의 친일행위가 지닌 자발적인 측면을 간과하고 나아가 당시 실재했던 엘리트 여성들의 친일행위를 역으로 정당화할 위험성마저 있다. 당시 조선의 젊은 남성, 여성을 일본 제국의 신민으로 호명하는 담론을 유포하고, 이들을 전쟁에 동원하는 데 적극 협력한 층에는 남성지식인뿐만 아니라 여성지식인들도 다수 포함되어 있었다. 필자는 텍스트를 결정짓는 여러 요소 중 성을 최종심급으로 파악하였기 때문에 이와 같은 역사적 사실을 간과하였다. 최경희, 「친일문학의 또 다른 층위—젠더와 「야국초」」, 박지향·김일영·이영훈 외, 『해방 전후사의 재인식』 2권, 책세상, 2006.

14 후방소설은 첫째 애국반의 활동이나 사람들의 일상생활 모습에 시국색을 가미한 것, 둘째 지원병을 내게 된 가정을 그리거나 지원병이 되라고 결의를 촉구하는 이른바 '군국의 어머니'류의 두 가지로 나뉘어진다. 호테이 토시히로, 「일제 말기 일본어 소설 연구」, 서울대 석사논문, 1996, 98~99면.

바로 수개월 전 히로시 소년의 형 다까시 伍長의 영령을 이 애국반원일동이 경성역두에서 마지하든 감격을 어찌 잊어버리겠읍니까.

그때 이 몹시 마르고 항상 겸손한 미나미 여사의 태연한 자태는 감탈이라보담 오히려 하나의 놀라움이었읍니다.

그의 조그만 몸 속 어느 곳에 그와 같은 용기 그와 같은 기품이 감추어져있었든지요.

그는 물론 울지 않았읍니다.

도모지 자랑스러워보이지도 않았읍니다.

일부러 지어서 하는 듯한 표정이라곤 조금도 없었읍니다.

당연한 일을 당연하게 당한 듯 그는 엄연하게 서 있었읍니다.[15]

첫 아들을 나라에 바쳐 잃고도 이를 당연하게 여기는 담대함은 내지 여성들의 군국의 어머니상을 서술할 때 흔히 보이는 것이다. 소설은 '놀라운 미담'이 자신의 '애국반'에서 벌어지고 있다는 일상성을 강조한다. 이는 이어서 주체의 반성을 유발한다.

자식이거나 짐승이거나 사랑하는 것을 내 옆에 두고 돌봐주고 싶은 것은 인정일 것이다. 그러나 세상에는-더군다나 요새 같은 소위 결전시에는 이 같은 인정을 꺽지 않으면 안 되는 경우가 얼마든지 있다. 참사랑-참사랑, 가장 경계해야 할 것은 맹목적인 사랑이다.

(217면)

---

15   장덕조, 「우후청천」, 『방송소설명작선』, 조선출판사, 1943, 213~214면.

당시 일본의 강제 동원령이 본격화되던 시기에 내지부인에 비해 조선부인의 맹목적 모성이 비판의 대상이 되었음은 최정희의 「야국초」에서도 잘 드러나는 바이다. 다른 작품들이 이와 같은 조선부인의 잘못된 모성론을 비판적으로 서술하는 데 비해 이 작품은 맹목적 모성에 대한 직접적인 비판보다는 아내의 채소 기르기―남편의 개 기르기―미나미 부인의 아들 키우기를 차례로 병렬적으로 서사에 배치하고 이에 대한 정보를 제공함으로써 남편과 아내의 행위가 타기해야 할 '맹목적인 사랑'에 불과함을 강조하는 전략을 택한다. 참사랑 / 맹목적인 사랑, 조선인(부인) / 내지부인이라는 이 이항대립항이 의미하는 바는 텍스트가 공공연하게 전달하려는 것과는 또 다른 이면의 진실을 전달하기도 한다. 요컨대 일본이 강조했던 군국의 어머니 논리가 조선의 현실에서는 제대로 통용되지 않았다는 사실이다. 그렇기에 상층 엘리트에 해당하는 지식인 여성작가들은 군국의 어머니 류의 이념을 연설로, 논설이나 소설로 계속해서 형상화함으로써 식민지 여성들을 교화하려 했던 것이다.

장덕조의 「연화촌(蓮花村)」 역시 서사의 주 플롯과는 상관없이 연화촌을 이루는 두 계급의 사람들이 "한 집안 식구같이" 구순하게 지내고, "서로 사괴는 태도에 있어서는 조고마한 차별이나 간격이 없는" 상황임을 강조한다. 이 두 계급의 화합은 식민 본국과 식민지, 내지인과 조선인 간의 갈등과 차별을 무화하는 내선일체의 동화 논리와 상동성을 지닌다. 그런데 작품은 이와 같은 동화가 여성들이 총후부인으로서의 역할에 충실함으로써 가능하다는 논리를 전개한다. 총후부인으로서 귀감이 되는 영희 어머니는 행색은 초라하나 "조곰도 제 행색을 부끄러워하는 빛이 없이 겸손하나 굳세였고 온유하면서도 힘이 있"는 등

고결한 도덕적 자질을 지닌 여성으로 재현된다. 하지만 사소할지언정 다른 사람을 위하여 헌신하는 그녀의 자질이 실은 애국반 활동을 선전 하기 위한 국책의 일환임은 그녀가 국민총력 연맹으로부터 상을 받는 데서도 드러난다.

그런데 그녀 역시 갱생의 자취를 밟아온 인물이다. 결혼 후 남편의 구 박을 이기지 못해 자살을 결심했으나 나뭇가지에 옷이 걸려 살아났고, 이후에 회심을 하고 새 생활을 하게 되는 이야기는 여성수난사 이야기 에서 흔히 볼 수 있는 상투적인 스토리 전개이다. 이 상투적인 서사가 국민을 총동원체제에 동원하는 데 적절한 인물로 개조하기 위한 논리 로, 비천한 여성에서 국가의 영웅으로 재탄생하는 과정을 설득력 있게 보여주기 위한 논리로 전용되고 있다. "그의 입에서 나오는 진실한 말은 듣는 많은 사람의 생활에 영향을 주었으며 그들의 생활을 교정하였고 그가 살고 있는 주위는 하로하로 복되게 되여갔다"와 같은 구절에서 명 백히 알 수 있는 바와 같이 평범한 그녀는 영웅으로 재탄생, 다른 사람 들의 생활까지 '교정'한다.

이상에서 살펴본 바와 같이 장덕조의 친일소설들은 공통적으로 애 국반 활동, 총후부인으로서의 역할, 군국의 어머니 역할 등 일제 말기 여성에게 부과된 역할을 개인의 일상사에 밀착해 노골적으로 설파하 고 있다. 이상경에 따르면 여성들은 경제전의 전사로 호명되어 노동과 내핍을 통해 전쟁을 후방에서 지원하고, 생활을 개선하고 가사노동을 합리화하는 여러 방안들을 모색하는 역할을 부여받는다. 그런데 이 역할 들은 이전부터 근대 여성의 교육에서 중요하게 다루어졌기 때문에 당시 여성지식인들이나 작가들에게 별 무리 없이 수용되었을 수도 있다.[16]

하지만 최정희의 「장미의 집」과 장덕조의 「연화촌」을 보면 이 역시 작가에 따라 조금 다른 맥락에서 수용되었음을 알 수 있다. 「장미의 집」에서 애국반 활동에 열성적인 아내는 가사노동의 합리화를 실천하는 이른바 근대적인 교육의 수혜자이다. 반면에 「연화촌」의 영희 어머니는 구여성에 가깝다. 다시 말해 신여성과 구여성 모두 부지런하고 순종적이라는, 일본의 지배 이념이 요구하는 여성성의 자질을 수행한다는 공통점이 있지만 계층적 기반과 삶의 경로는 각각 다르다. 근대 교육을 받은 지식인 여성이 자발적으로 일본의 논리에 동화되어 가는 것도 문제이겠지만, 하층계급이자 구여성이 일본의 정책에 동조함으로써 중상층 여성들의 귀감이 되는 위치에 오른다는 것도 문제이다. 이는 자칫하면 실제 현실에서 다수를 차지했던 하층계급 구여성들에게 국책에 동조함으로써 우월한 사회적 지위를 획득할 수 있다는 식의 환상을 불러일으킬 수 있기 때문이다. 계층과 지역, 지적 능력에 따른 여성 '내부'의 차이는 제국의 동화논리 앞에서 '여성성'과 '모성성'이라는 단일한 논리로 환원됨으로써 결과적으로는 무화되고 만다.

5. 결론

여성작가들의 친일소설은 총동원체제 국가의 동원논리에 맞게 재규정한 '여성성'을 핵심주제로 삼고 있다. 여성작가들의 후방소설들은 애국반 활동, 생활개선과 합리화, 아들을 기꺼이 전장에 바치는 군국의

16 　이상경, 앞의 글, 221~222면.

어머니 등을 주로 서사화한다. 기존에 여성의 역할이 전시 체제에 맞게 재규정된 것이다. 남성작가들의 친일소설들이 비록 계몽적 언술이긴 하지만 다양한 스펙트럼을 통해 친일의 내적 논리를 공고히 했던 것에 비교한다면 소재나 주제의 폭이 넓지 않다. 특히 일제 말기 만주 개척서사와 같은 이주와 이산의 상상력에 근거한 '다른 장소'에 대한 상상력은 찾아볼 수 없다. 왜냐하면 여성의 장소는 가정 혹은 애국반 활동 등으로 제한되었기 때문이다. 이처럼 대조적인 면모를 통해 우리는 일제 말기 여성작가들의 친일소설이 민족이나 국가의 지배 논리에 의해 전유되는 여성성을 재생산함으로써 여성의 위치를 한층 고착시켰음을 확인할 수 있다.

둘째, 여성작가들의 친일소설 및 논설에 작동하는 논리에서 주목되는 것은 신여성의 배제와 서구적 가치, 제도의 배제이다. 이 작가들은 이전에 새롭게 여겨졌던, 그리고 자신들이 삶의 모델로 삼았던 신여성, 서구적인 것 등을 축출한 뒤에 또 다른 새 시대, 새로운 가치를 내세운다. 여기서 '새로움'과 신생에의 희구가 대동아공영권으로 새롭게 재편된 신질서라는 점은 명백하다. 하지만 대동아공영 논리와 같은 거대담론은 이 여성작가들의 소설에서 직접적으로 드러나지 않는다. 대신 서사의 전면에 배치되는 것은 미시적인 일상이며, 일상을 살아가는 여성들이다. 이 여성들 중 일부는 이전의 삶을 반성 내지 개심하고, 또 일부는 신질서를 아무런 무리 없이 수용한다는 이야기를 통해 대동아공영 논리를 내적으로 추인한다.

셋째, 당시 여성작가들은 일본의 동원논리에 자발적으로 협력했으며, 이는 중심을 향한 이들의 동경이랄지 욕망과 내밀하게 연관이 있다. 서론에서 잠시 밝힌 바와 같이 모윤숙, 노천명, 최정희의 행적을 보면 이들이 글쓰기 행위뿐만 아니라 조직 가입, 연설회나 강연 참여 등을 통해 적극적인 친일 행위를 했음을 알 수 있다.[17] 이들은 1기 여성들과는 차별화 된 2기 여성들로 자신들을 정의한 바 있다. 글쓰기 집단이자 여성엘리트 집단으로서의 자부심은 한편으로는 당대 지배적인 남성집단에게 느끼는 상대적 열패감을 상쇄하기 위해서는 어찌됐건 공적인 담론의 장에서 그들과 똑같이 발언을 해야 할 필요가 있고, 자신들은 그럴 수 있다고 여기면서 비롯된 것이기도 하다. 요컨대 이들은 당시 지배적인 남성-문인 집단과는 동일성을 확보해야 했고, 그런 방편의 일환으로 남성작가들과 똑같이 조직에 가입해 전쟁을 옹호하는 각종 집회에 참여하고 글을 썼다. 한편 이들은 전 세대 여성작가들 및 같은 세대 여성작가들과 자신을 구별 짓기 위해 배제의 전략을 구사하는 동시에 대다수 여성 민중들을 타자화함으로써 자기 자리를 구축해 갔다. 이른바 동일성과 배제라는 양면적인 전략을 구사한 것이다.

17　친일 단체 활동 경력이 밝혀지지 않은 장덕조의 경우 친일소설과 희곡을 특정 시기(1943~1944)에 집중적으로 발표한 이유가 무엇일까. 이를 필자는 장덕조의 작품들이 (여성) 주체의 내면을 탈각한 채 대중성과 거대담론을 준거점으로 생산되었기 때문이리고 본다. 해방 후 소설인 「함성」이나 「삼십 년」의 반일 민족주의로의 급격한 선회, 한국전쟁기 반공 국가주의, 전후 대중적인 풍속소설이나 역사소설 등 표면적으로 이질적으로 보이는 작품세계를 일관되게 관통하는 것이 이 대중성과 거대담론을 별다른 갈등 없이 수용하는 것이다. 글쓰기나 기자 노릇을 통해 사실상 집안의 생계를 책임져야 했던 작가 개인의 사정과 관련이 되었든, 글쓰기를 공적인 자아를 지탱하는 소명으로 인식했든, 친일 국가주의에서 반일 민족주의, 반공 국가주의로의 선회는 거대담론에 기대 이 작가가 글쓰기를 계속 할 수 있었던 내적 동력으로 작용했다.

여성문학 장의 형성과 여성문단의 정착

3
부

해방 직후 여성문화/문학 담론의 양상

한국전쟁기 여성문학 장의 형성
: 반공주의의 젠더화를 중심으로

전후 여성문단의 형성과 그 의미
: 여성잡지와 '한국여류문학인회'를 중심으로

전후 문학제도와 젠더
: 여성작가와 작품에 대한 비평을 중심으로

해방 직후 여성문화 / 문학 담론의 양상

1. 서론

식민지 시기 '여류'로 불리며, 남성중심 문학 장에서 자신들만의 고유한 입지점을 구축했던 여성작가들은 해방 후 어떤 행보를 취했으며, 어떤 글쓰기 실천을 했을까. 이 장에서는 해방기 여성작가들이 좌우익의 선명한 이념적 구도와 급속히 재편된 문단질서 속에서 어떻게 식민지 시기에 구축했던 여성문학 장을 공고히 하고 기존 문학 장에 응전했는지 그 양상을 규명하고자 한다. 단정 수립 전 해방기는 여러 이념들이 각축을 벌이며 격정적으로 개진되었던 이채로운, 그러나 섬광처럼 짧은 기간이었고 이와 같은 열정 혹은 혼돈의 시대에 여성작가들이 어떻게 시대에 반응했는지는 여성문학(사) 연구에서 흥미로운 주제가 아닐 수 없다.

한 연구결과에 따르면 1945년부터 1950년까지 여성작가들의 작품은 잡문을 제외하면, 대략 130여 편에 이른다.[1] 이 시기 새로 문학 장에 등장한 여성작가는 손소희,[2] 강신재,[3] 한무숙[4]이 대표적이다. 또한 일제 말기 문단에서 '여류'로서 기존 문학 장의 승인을 받았던 모윤숙, 노천명, 장덕조, 최정희, 이선희 외에 갓 문단에 등장했던 임옥인,[5] 지하련[6]이 본격적인 작품활동을 전개하였다. 이들은 해방기 좌우익 문학 장의 이데올로기가 첨예하게 대립하는 구도 속에서 이 이데올로기를 '젠더화'하는 전략을 다양하게 구사함으로써 해방 후 여성문학 장의 성격을 구축하게 된다.

이 장에서는 해방기[7] 여성문학 장의 정황을 이야기하기 위해서 우선 잡지, 신문 등 매체에서 여성 관련 담론 및 여성과 문학 / 문화 담론, 여

---

1   류진희, 「해방기 '여류'의 입지와 '탈―자기서사'의 전략」, 『2011년 구보학회 상반기 학술대회 발표집』, 구보학회, 2011 참고.

2   1946년 『백민』에 「맥(貘)에의 몌별(袂別)」을 발표하면서 소설가로서의 본격적인 활동을 시작했다.

3   1949년 김동리(金東里)의 추천으로 「얼굴」, 「정순이」를 『문예』에 발표한 후 작품활동을 시작했다.

4   1942년 『신시대(新時代)』 장편소설 공모에 『등불 드는 여인(女人)』이 당선되었지만, 부산의 『국제신보』 장편소설 공모에 『역사(歷史)는 흐른다』(1948)가 당선되면서 본격적인 작품활동을 시작했다.

5   1940년 『문장』에 「봉선화」, 「고영(孤影)」, 「후처기」 등을 추천받으면서 등단하였다.

6   1940년 12월 단편소설 「결별(訣別)」이 평론가 백철(白鐵)에 의해 『문장』에 추천받으면서 등단하였다. 해방 후 발표한 「도정(道程)」(『문학』, 1946.8)은 해방 후 문인들의 자기비판과 삶의 자세를 다룬 수작으로 평가받아 '조선문학가동맹'의 제1회 조선문학상을 수상했다. 하지만 여성문학의 관점에서 오히려 주목할 만한 작품들은 자의식 강한 지식인 여성의 내적 심리를 섬세하게 그린 해방 전 소설들이다. 「체향초(滯鄕抄)」(『문장』, 1941.3); 「가을」(『조광』, 1941.11); 「산길」(『춘추』, 1942.3) 등이 이 계열에 해당한다. 일제 말기에 발표된 이 소설들은 앞서 최정희, 장덕조, 모윤숙의 친일문학, 임순득의 계급―민족문학과는 다른 제3의 경향을 보여주었다는 점에서 의미가 있다.

7   해방기를 시기 구획하는 관점은 첫째, 남한의 단독정부 수립을 기점으로 보는 1945년 8월부터 1948년 8월까지 3년에 주목하는 경우, 둘째, 한국전쟁 발발 전까지를 포괄하여 5년으로 보는 경우로 나뉜다. 이 장에서는 해방 후 여성문학 장을 주도한 여성작가들의 문단활동이나 작품활동이 단정 이후 오히려 본격화된 점을 고려하여 후자의 시기 구분을 따르기로 한다.

성작가들의 글쓰기를 대상으로 삼을 것이다.

주지하다시피 해방기는 기왕에 갖추어진 터전에 문단이라는 이질적인 무엇이 이식된 시기가 아니라 국가 세우기와 문단 만들기가 동시에 진행된 때이다.[8] 민족국가와 민족문화 건설이라는 공통의 과제를 기획했으되 좌익과 우익의 방향성이 사뭇 달랐으며, 각 진영은 문학단체와 기관지 성격을 띤 잡지를 매개로 국가 건설과 민족문화와 관련된 담론들을 폭발적으로 생산해 냈다. 해방 이후 문학 단체와 글을 쓸 수 있는 잡지[9]가 문학의 제도화를 이끈 두 축이라 할 수 있는 이유도 여기에 있다. 구체적으로 살펴보면 『문화전선』(1945.11, 조선문학건설본부(약칭 문건)의 기관지), 『예술운동』(1945.12, 조선문학(가)동맹(약칭 문맹)의 기관지), 『문학』(문맹의 기관지, 1946) 외에 『우리문학』, 『문학평론』, 『적성』, 『예술』, 『인민』 등이 좌익쪽 입장을 대변하거나 기관지 역할을 했다. 해방기 대표적인 우익 잡지로는 『신천지』(1946.2~1954.11, 서울신문사 발행), 『백민』[10](1945.12~1949.6, 발행인 김송)이, 문예지로는 『문예』(1949.8 창간, 발행인 모윤숙, 편집인 김동리)가 있다.

이 장에서는 문학운동론과 정론적인 성격의 계급문학론, 민족문학론이 주류를 이루었던 당대 문학 장의 흐름 속에서 여성작가와 여성문학의 존립 양상을 규명하고자 한다. 먼저 '비평의 시대'라 불릴 만큼 실제 작품보다는 비평과 논설이 주류를 이루었던 해방기 문학 장의 성격이 여성문학과 여성문화 비평에 어떻게 투사되는지를 살펴보고, 여성작가들의 문단활동과 작품 전반을 실증적으로 규명하고자 한다. 이 과

---

8   김한식, 「『백민』과 민족문학」, 『상허학보』 20호, 상허학회, 2007, 233면.
9   위의 글, 236면.
10   『백민』은 좌우 문인들의 대결이 치열하게 전개되었던 1945~1948년까지 우익 문학을 대표하는 잡지였고, '청문협'을 비롯한 우익 문인들이 집중적으로 글을 게재했던 잡지였다.

정에서 해방 직후 여성문학 / 문화비평론의 운동적, 계급적 성격이 약화되고, 여성문학 장 내에서도 우익 진영의 민족주의적 성격이 강화된 점, 일제 말기 여성문학 장의 핵심이었던 일군의 여성작가들이 젠더화된 민족주의를 고수함으로써 친일의 흔적을 지우고 여성문학 장을 지속적으로 운용할 수 있었다는 점이 드러날 것이다.

2. 작품과 주체가 배제된 여성문학 / 문화 비평

여성문학 / 문화에 관한 비평적 논의가 갑작스레 활기를 띤 시점은 8 · 15직후이다.[11] 해방기 여성문학론은 좌익비평가에서부터 시작되었다. 좌익 기관지『여성문화』는 "조선 여성은 팔월 십오일에 해방된 것이 아니라 금후 문화적 자아건설에서만 비로소 해방될 것이다"라고 진단한다. 해방 후 신국가 건설, 신문화 수립을 목표로 했던 좌익으로서는 "여성의 해방, 완전한 해방은 실로 근로계급의 경제적 해방에 의해서만 비로소 얻을 수 있는 것이고, 여성은 이 질곡으로부터 벗어나는 때에 한해 남자와 평등한 자격으로 인류문화창조에 공적인 건설을 할 수 있는 것이오. 인류의 문화는 여성이 자유로운 입장에 서서 그 지능의 수준을 남성의 수준에 이끌어 올리고 똑같은 지위에 서서 협동할 때 비로소 절름바리 아닌 문화를 창조해 나갈 수 있는 것이다"[12]라고 선언할 수밖에 없었다. 여성해방을 이루기 위한 선결요건으로 근로계

---

11   송희복, 『해방기 문학비평 연구』, 문학과지성사, 1993, 48면.
12   이동주, 「여성과 문화」, 『여성공론』 창간호, 1946. 1.

급의 경제적 해방을 내세우고 있으며, 그런 전제하에 남성과 여성의 '평등'과 '협동'을 요구한다. 즉 성 모순보다는 계급 모순을, 남성과 여성의 차이보다는 평등을 여성해방의 원리로 제시하고 있는 것이다.

우선 이원조는 좋은 문학이란 새롭고 완미한 인간성의 발견과 창조의 전위에 서 있는 것이어서 여성의 인간성을 획득하고 창조하는 일이 바람직하다고 주장한다.[13] 이원조는 '여성'을 '인민'이라는 건국의 주체로 창조해야 한다는 점을 강조한다. 과거 문학이 여성을 "연애의 대상" 아니면 "남성의 완롱(玩弄)물"로 묘사해 온 "가면의 말"에 불과했다면 앞으로의 문학은 여성을 "정당한 의미에서 문학의 대상"으로 삼아 "사회적 경제적 문화적 정치적 지위향상을 통해 여성의 인간성을 발견하고 창조"해야 한다는 것이 그의 주장이다. 한편 한효는 해방 후 여성문인의 많은 등장은 여성해방운동에 있어서 그 의의가 결코 적지 않다고 환영하면서 여성문인이 굳은 사상적 신념을 가져야 한다고 강조한다. 여성문학이 투쟁의 대열에서 초연하다면 이는 여성해방운동에 대한 모독이기 때문에, 여성문인은 먼저 여성운동가가 되라[14]고 강조한다. 여기서 여성문인 이전에 여성운동가가 되라는 말은 문학의 사회성, 정치적 실천성이 급선무라는 현실적 요구에서 나온 것이다. 이원조와 한효의 주장은 여성해방이 계급해방, 민족해방과 함께 하거나 후자가 선결되어야 한다는 관점을 견지한 마르크스주의적 페미니즘의 입장에 가깝다. 하지만 뒤에서 상론할 터이지만 한효가 말한 "해방 후 많은 여성문인"의 등장은 실제 작품생산으로 이어지지 못했기에 그 실체가 없

---

13   이원조, 「여성과 문학」, 『여성문화』, 1945.12, 22~23면.
14   한효, 「여성과 문학」, 『여성공론』, 1946.1, 40면.

는 이상태에 가깝다.

구체적인 작품론을 전개한 김동석은 이광수의 『사랑』과 모윤숙의 『렌의 애가』에 드러난 연애관이 조선 문학을 병들게 하고 선남선녀들의 피를 불순하게 한 부자연한 봉건관을 지녔다고 비판한다. 또한 주요섭의 「사랑 손님과 어머니」는 육체 없는 정신이 현실과 유리된 경우, 이효석의 『화분』은 정신없는 육체가 현실과 야합한 경우로 비판한다. 그는 봉건적 굴레를 벗어난 자유로운 연애를 강조한다. 그러면서도 민족의 완전한 해방을 이룩한 인민의 나라를 건설하기 전에 연애의 자유는 있을 수 없고, 근로하는 인민 속에서 자유로운 연애가 움터 나올 때 비로소 조선에 순결한 생명이 싹틀 수 있다[15]고 본다. '근로하는 인민'을 연애의 주체로 놓는다는 점에서 김동석 역시 연애와 같은 사적인 감정에서조차 계급을 우선한다는 것을 알 수 있다. 하지만 이 글은 대상작품을 선정한 기준이 모호하고, '연애'가 왜 호명되는지가 명확하게 드러나지 않는다. 추측건대 반봉건, 반제국, 반자본의 과제 중 여성과 관련해서 중요하게 취급된 과제가 반봉건이었던 것으로 보인다. "부자연한 봉건관", "봉건적 굴레"를 벗어날 대안으로 "자유로운 연애"가 제기되었다는 것은 근대의식의 획득과 그것의 여성적 구현으로서의 연애가 해방 후에도 주요한 의제로 취급되었음을 뜻한다.

김남천은 '조선부녀자 총연맹'의 결성 결과 조선의 여성운동이 자연발생적이고 분산적인 상태로부터 벗어나 강력한 집합체를 갖게 되었다면서 여성조직의 결성을 중요하게 여긴다. 그는 "여성의 지위향상과

---

[15]   김동석, 「신연애론」, 『신천지』, 1946.6, 38면.

더불어 여성의 완전의 인간으로서의 창조가 우리문학의 근본 과제가 되어야 한다는 것을 제의한 따름이나 이것으로서 여성의 지금 정치적 활동도 정당한 노선으로 진행되리라고 믿는 것입니다"[16]라고 역설한다. 김남천에게 '완전한 인간'이란 '문화적 자아건설'을 이루어 '민주주의 국가의 한 성원'으로서의 자격을 갖춘 인간을 말한다. 하지만 이들의 논의는 여성문제의 특수성을 파악하거나 여성문학의 과제를 구체적으로 제시하기보다는 계급주의적 세계관을 여성들에게 기계적으로 적용한 데 그친다.

한편 이 좌익 주도의 여성문학론에 대해 조연현은 노골적인 반대 입장을 취한다. 그는 철없이 돌아다니는 극진파(極進波)의 여성들을 과도기적 현상으로 치부한다. "해방 이후 수많은 여성들이 코론타이의 '붉은 연애'를 실천하여 오랫동안 심청이와 춘향이를 만들어놓은 사회와 가정과 싸우고 있어도 그 이상으로 현대의 춘향이와 심청은 완고하게 남아 있는 것이다"[17]라고 말한다. 그가 언급하는 춘향과 심청이 식의 사고는 "하나의 역사적 숙명"으로서 해방 이후에도 이어져 콜론타이식의 급진적, 근대적 여성의식을 압도하고 있다는 것이다. 따라서 그는 춘향과 심청의 사고방식에서 벗어나 "현대 여성으로서의 성격"을 갖추어야 한다는 점을 과제로 제시한다. 이 현대여성은 자기를 반성하고, "완전히 독립한 하나의 개성"으로 설 때 잔존한 봉건성에서 탈피할 수 있다는 것이다. 그렇다고 조연현이 콜론타이식의 급진적인 사회주의 여성해방론을 내세운 것은 아니다. 앞서 좌익측과 마찬가지로 여성해

---

16 김남천, 「여성해방운동관견 : 부총의 결성과 그 향방」, 『적성』, 1946.3.
17 조연현, 「조선여성론」, 『부인』, 1946.5, 26면.

방의 과제로서 반봉건을 내세우면서도, 집단이나 계급이 아닌 '개성'이라는 주체 개인의 자각을 중시한다.

김동리는 당대 좌익비평가들로부터 좋은 평가를 받았던 지하련의 「도정」을 "리얼리즘을 닮으려다 알뜰한 인생을 잃었다"고 비판한다. 그는 "잡힐 듯 말 듯 아슬아슬한 시적 정서와 감상적 분위기"[18]를 알뜰한 인생이라고 정의한다. 리얼리즘에 대한 반감과 '시적', '감상적'인 것에 대한 옹호는 식민지 시기 여성작가들의 고유한 세계를 '감상적', '여성적'인 것으로 범주화했던 것을 상기시킨다. 한편 백철은 여성에게 부여된 한계를 운명적인 것으로 묘사한 기존 작품의 한계를 뛰어 넘은 작품으로 입센의 「인형의 집」을 꼽았다. 이 작품은 "그 여자의 입장이 되어 근대의 여성의 지위에 대한 사회적, 역사적인 의미를 근본적으로 해명"했다는 것이다. 백철은 지금의 조선에서는 "참된 고전적 노라가 등장"할 필요가 있다고 지적한다. "나는 여성운동이 전체적으로 일반 정도에 대한 정확한 파악을 한 뒤에는 그 출발의 기점도 노라와 같이 가정에서부터 시작되는 것이 당연하다고 생각한다. 왜 그러냐 하면 여성의 모든 문제는 역시 그 가정제도 가정 위에 집중적으로 표시된 것을 보기 때문이다."[19] 그는 남성과는 달리 여성의 건국활동은 "새나라 요람지라고 할 수 있는 가정을 보다 더 조흔 가정으로 새 건설"하는데 모아져야 한다며, 여성-가정을 하나의 신체로 보는 유기체적 성격을 강조한다. 식민지 시기 노라가 긍정적으로든, 부정적으로든 '근대적' 의식을 성취한 여성주체를 상징했다면, 해방기 백철이 호출하는 노라

---

18   김동리, 「여류작가의 회고와 전망」, 『문화』, 1947.9, 49~50면.

19   백철, 「여성과 정치」, 『협동』, 1946.8.

는 '새나라 건설'이라는 민족 국가의 과업을 수행하기 위해 '가정'으로 돌아가는 여성상을 지칭한다.

해방기 여성문학론은 주도적인 이념이었던 '반봉건'의 과제와 연결되어 있었기에 적시에 의제화될 수 있었다. 그러나 이 시기 여성문학론은 비평이나 운동사적 의미에도 불구하고, 실제 여성문학적 실천으로 연결되지 못했다는 점에서 한계가 있다. 여성작가 자신의 목소리보다는 이념적 좌표가 다른 두 집단 간의 논쟁의 양상을 띠었다는 것도 한계이다. 좌익의 여성문학 담론이 여성을 새국가 건설을 위한 주체로 호명함으로써 여성을 정치적으로 호명했다면, 우익의 여성문학 담론은 여성과 문학을 가정과 연관시키는, 즉 여성성과 문학을 연결 짓는 전략을 구사했다. 그런데 우익의 여성문학 / 문화 담론 역시 "여성과 가정은 한 몸이오, 또 가정과 사회가, 사회와 국가가, 국가와 민족이 한 맘 한 몸"이라는 여성-가정-사회-국가의 유기체적 입장을 고수했다. 즉 좌익과 우익의 여성담론의 내적 논리는 여성성, 가정성을 국가주의, 민족주의 이념에 복속시켰다는 점에서 결과적으로 동일한 셈이다.

3. 여성, 말하기 시작하다 : 여성작가들의 문학관련 담론

그렇다면 여성작가들은 당대 민족문학, 계급문학의 첨예한 대립이나 1948년 이후 남한문단의 독자적 분립 과정에 대해 어떻게 파악했으며, 어떤 입장을 취했을까. 여성작가와 여성문학에 대한 여성작가 자신의 목소리가 미흡하기는 하지만 아예 없었던 것은 아니다.

김말봉의 「여성과 문예」 상·중·하(『서울신문』, 1949.8.6~8.9)는 문학을 지망하는 젊은 여성독자를 염두에 두고 쓴 글이다. 그는 "요사이 흔히들 여류문인하면 윤리적으로 어느 정도 해방을 한 듯이" 여기는 풍조가 있음을 개탄한다. 흥미로운 점은 '사루지니 나이두 여사'나 '펄벅 여사'를 바람직한 모델로 제시하고 있다는 것이다. 김말봉이 역할모델로 삼고 있는 이 여성작가들은 민족주의적 성격이 강하거나, 노벨상 등으로 세계적으로 이름이 알려진 작가들이다. '민족성', '세계성'이 이 시기 여성작가들에게 식민지 시기와는 다른 인식의 지평으로 대두했다는 증거이다. 그런데 김말봉은 나이두와 펄벅과 한국의 여성(작가) 간의 낙차를 부각함으로써 오히려 여성을 어머니의 역할과 같은 가정성의 영역에 한정한다. "사랑하는 딸들아. 불행의 역사는 막이 걷히었다. 이제 우리 손으로 우리나라가 잘될 수도 있고, 소설만 쓰고 있을려고 앞가슴 쑥 내밀고 하고 싶은 말을 하고 걸어갈 때는 똑바로 걷고 어찌한 참된 의미의 좋은 어머니가 되어 씩씩한 자손을 낳아 기르는 것이 우리 젊은 여인에게 주어진 가장 큰 과제라고 생각한다." 이 구절은 해방 후 여성이 공적 영역에서 작가가 되는 것이 윤리적으로 문란한 행위를 정당화할 수 있음을 경계하는 맥락에서 나온 것이다. '나이두'나 '펄벅 여사' 같은 재능이 없을 바에야 여성에게는 "씩씩한 자손을 낳아 기르는" 어머니로서의 역할이 문학하는 여자로서의 역할보다 더 가치 있다는 입장은 예의 단정 이후 여성의 영역이 다시 가정 내로 귀속되고 있음을 보여준다.

여기서 우리는 일제 말기 친일로 인해 해방 후 잠시 침묵했던 최정희의 발화에 주목할 필요가 있다. 최정희는 해방 후 수필이나 소설을 꾸준히 발표했을 뿐만 아니라 여성과 문학과 관련된 자전적 글부터 정론적 글에 이르기까지 전방위적 글쓰기를 했다. 임순득과 지하련, 이선희가 개인적 사정에 의해서든, 사상적 이유에서든 북으로 간 상황에서 남한의 여성문단은 기존의 문학 장과 유사하게 탈이념적·탈계급적 순수문학, 민족주의 문학으로 급속히 경도된다. 단정 이후 발표된 최정희의 글은 탈정치적 문학주의가 여성성, 가정성과 같은 젠더정치학과 결합하면서 해방 이후 여성문학 장의 성격을 확정지었음을 전형적으로 보여준다. 「여성과 문학—참된 생활에의 정서」(『부인경향』, 1950. 1)에서 최정희는 "원고지 우에 펜을 들어 소설이나 시나 또 이외의 다른 것을 쓰는 것만이 문학이 아닙니다. 좋고 아름다운 것을 느끼는 것이 곧 문학입니다", "맑은 하늘과 태양과 꽃과 별과—이런 것이 모두 좋고 아름다운 것이란 말씀입니다. 이것을 알고서 느끼는 것이 문학이란 말씀입니다"라고 피력한다. 창작 행위로서의 문학이 아니라 교양으로서의 문학 감상 행위가 여성의 문학 실천임을 강조한다. 하지만 "생활이 바쁘고 가난하고 고초롭드래도 마음은 항상 멋지고 아름답고 높고 참된 것을 찾아 삶의 보람이 어디 있는 것을 알아가며 살아야 쓰겠습니다. 우리네 가정이 윤택해지고 따라서 우리의 사회 우리 국가가 평화하고 복되어서 우리가 쌀이니 밥이니 돈이니 하고 안달을 하지 않고 살 수 있게 될 것입니다"는 말에서 알 수 있듯 현실로부터 절연된 '좋고 아름다운 것을 느끼는' 문학은 역설적으로 현실의 영역인 가정, 사회, 국가의 안정으로 확대된다. 요컨대 이 글은 표면적으로는 문학을 '좋고 아름다운 것을 느끼는 것'이라고 정의함으로써 탈정치화하고 독자적인 영역을 구축하는 듯하지만, 이면적으로는 여성과 문학을 일상과 생활의 영역으로 고립시킨다. 여기서 우리 가정—우리 사회—우리나라라는 어휘의 계열체는 '나'가 아닌 '우리'라는 집단을 호명하고, 가정이 사회와 나라를 안정적으로 유지하는 유기체라는 관념에 기반이 된다. 그런 점에서 해방기 최정희의 문학론, 그리고 그 문학론에 내재한 젠더정치는 국가/민족을 위해 여성성을 주조해야 한다는 일제 말기 최정희의 문학론과 연속선상에 있다.

한편 「문단교우록(文壇交友錄)」(『민성』 5(9), 1949.5)은 해방기 여성문학 장의 네트워크가 어떻게 만들어졌는지 추측해 볼 수 있는 단서를 제공한다. 최정희는 교우록 첫 머리에 등장할 인물로 이선희, 모윤숙, 노천명을 들고 있다. 앞 장에서 이미 밝힌 바와 같이 이 작가들은 일제 말기 김동환이 주관한 『삼천리』에 필자이자 좌담회 참석자로 자주 등장할 뿐만 아니라 매체를 통해 공개편지를 주고받을 만큼 친밀한 관계를 유지했다. 또한 이들은 사적인 네트워크를 바탕으로 1930년대 후반 여성문학 장을 형성했으며, 친일협력이라는 정치적 공분모도 가지고 있다. 교우록은 이선희가 일시적으로 월남했다가 다시 월북했으며, 원산에 있다가 요절했다는 소문을 들었다는 것, 노천명은 여성문화협회일로 바쁘고, 모윤숙은 UN운영위원으로 해외여행 중이라는 것을 알려 준다. 일제 말기의 네트워크가 더 이상 유지되지는 않았지만 단정 후 노천명, 모윤숙이 공적 영역에서 문학인으로서의 위치를 지속적으로 강화해 갔음을 미루어 짐작할 수 있다.

최정희는 위의 두 글에 앞서 쓴 「여류작가군상」[20](『예술조선』, 1948.2),

20 　「여류작가군상」에서는 강경애, 백신애, 김말봉, 박화성, 모윤숙, 노천명, 이선희, 장덕조, 임옥인, 지하련, 손소희에 대한 간략한 생각이나 자신과의 친분을 쓰고 있다. 특히 신진작

「나의 문학생활 자서」(『백민』, 1948.3)에서도 문학과 관련된 자전적 사실이나 사적인 네트워크를 언급한 바 있다. 「나의 문학생활 자서」에서 최정희는 자신이 사실상의 첫 작품이라고 주장해 왔던 「흉가」 이후의 작품세계에 대해서 다음과 같이 말한다. "「흉가」 이후로 겨우 열두 서너 편의 단편을 써왔다. 언제나 외롭고 슬프고 약한 — 밤낮 세상에 저(負)만 가는 — 여자들을 써왔다. 참정권 한번 부르짖는 일도, 남녀투쟁을 한번 말해보는 일도 못하는 지질이 못난, 여자들을 써왔다. 하지만, 나의 여자들은 세상의 어느 여자보다 '사랑'이 무엇이며 아름다운 것이 무엇인 것을 알고 있는 총명한 여자들이다."(47쪽) 즉 최정희는 참정권이나 남녀투쟁과 같은 해방기 여성운동의 장에서 전개된 여성해방론과 거리를 두고, 사랑과 아름다운 것을 지향하는 '여성성'이 자신의 작품세계의 핵을 이루어 왔음을 고백한다.

최정희의 「문단교우록」과 「여성과 문학」, 김말봉의 「여성과 문예」는 해방직후 침묵했던 여성작가들이 남북한 단독정부수립 이후 문단이 급속히 우경화됨에 따라 다시 여성문학 장을 주도적으로 이끌게 되었으며, 여성의 역할을 가정 내 어머니의 역할로 한정 짓고, 문학을 탈정치화함으로써 역설적으로 여성성과 문학을 정치화하고 있음을 보여준다.

여성성을 민족 국가의 이념으로 수렴하는 김말봉과 최정희의 글쓰기는 당시 우익문단의 지배적 이념과도 조응하는 것이어서 손쉽게 문단권력의 인정을 받을 수 있었다. 『백민』[21]의 발행인이었던 김송은 백

가인 손소희에 대해 지면을 더 할애해 언급하지만, 많은 부분은 '글 쓰는 여자'를 하찮게 여기는 당대 풍토에 대한 불만을 토로한 것이다.

21 1947년 3월 『백민』은 민족문학 특집호를 발간하는데, 당시 계급문학에 대비되는 순수문학(민족문학으로 표방되는) 지향이라는 잡지의 성격을 분명하게 보여준다. 이후 김광섭, 이헌

철, 이헌구, 김동리, 김광주, 최태응, 조연현, 조지훈, 정비석, 최정희, 임옥인, 김광섭, 손소희, 서정주, 곽종원 등을 동인으로 회고한다.[22] 여기서 언급되는 여성작가는 최정희, 임옥인, 손소희이다. 김동리 역시 「정치주의와 인간주의—해방 후 우리 문단의 이대 조류를 개관함」(『협동』, 1949.5)에서 김동인, 박종화, 변영로, 오상순, 유치환, 서정주, 김광섭, 김영랑, 계용묵, 조지훈, 박두진, 박목월, 이헌구, 유치진, 조연현, 김달진, 김송, 모윤숙 등을 인간주의 계열의 작가로 거론한다. 또한 이헌구는 「해방 4년 문화사」(『민족문화』, 1949.9)에서 유치환, 최태응, 허윤석, 정비석, 구상, 조향, 이경순 외에 모윤숙, 최정희, 임옥인 등을 "민족문학을 위해 활약한 문학인"으로 거론한다. 모윤숙, 최정희, 임옥인, 손소희 등은 민족문학 계열의 여성작가로 호명됨으로써 해방기 여성문학 장, 그리고 향후 전후 여성문학 장의 중심으로 확고히 자리 잡게 된다. 특히 손소희, 임옥인이 최정희, 모윤숙의 뒤를 잇는 대표작가군으로 부상하고 있음을 알 수 있다.

김동리의 「여류작가의 회고와 전망 : 주로 현역 여류작가의 작품세계에 관하야」(『문화』 1(2), 1947.7) 역시 해방 후 여성문학 장에 대한 기존 문단의 인식을 엿볼 수 있는 글이다. 김동리는 최정희를 "10년 여류문단을 지키고 있는 대표적 인물"로 서술하고 있는데, 이유는 해방 이전과 이후를 아우를 수 있는 유일한 현역이기 때문이다. 최정희는 당시 우익문단에서 해방 전과 후 여성문학 장의 중심인물로서의 권위를 승인받게 된

구 등은 '자유문학가협회'와 『자유문학』으로, 조연현과 김동리는 '한국문인협회'와 『현대문학』으로 우익문단이 이원화된다.

22   김송, 「백민시대」, 『한국문단이면사』, 깊은샘, 1999, 333면.

다. 또한 김동리는 최정희는 불행함, 괴로움, 피동성을 구현하고, 장덕조는 정열적, 생활적, 적극적으로 표현하고 있다며, 양 자를 대비시킨다. 최정희의 피동성과 장덕조의 적극성은 두 작가의 문체나 작품세계의 차이와 관련된 것이지만 좀 더 확장해 보자면, (김동리의 서술 자체는 젠더적 관점이 결여된 것임에도 불구하고) 여성성 그리고 여성적 글쓰기의 두 측면을 최정희와 장덕조를 통해서 조망해 보고자 한 시도로 평가할 수 있다.

같은 글에서 김동리는 조선의 여류작가로 박화성, 강경애, 손소희, 최정희, 김말봉, 장덕조, 이선희, 백신애, 임옥인, 지하련을 꼽고, 전자 3인 정도가 리얼리즘이며, 나머지는 휴머니즘, 그것도 인간주의라기보다 인생주의라고 특징을 서술한다.[23] 박화성, 강경애, 최정희, 김말봉, 장덕조, 이선희, 백신애가 식민지 여성작가군에 해당하고, 손소희, 임옥인, 지하련은 해방기 여성작가군에 해당한다. 이 작가군이 함께 '조선의 여류작가'로 묶이면서 식민지 시기 여성문학 장과 해방기 여성문학 장의 연속성과 비연속성이 드러난다. 비록 작가들의 이름을 나열하고 이들의 작품세계의 특성을 단편적으로 서술한 것이지만 여성문학 장 주체의 이동이 급격한 단절보다는 완만한 이행 쪽에 가깝다는 것을 추론할 수 있는 단서가 된다.

『백민』에서 『문예』로 문단의 주축이 이동되는 과정은 해방 후 여성문학 장의 변화 및 정착과정과 관련해서도 주목할 만한 사안이다. 『문예』는 모윤숙이 자금을 대고 김동리, 조연현이 차례로 편집을 맡으면

---

23   김동리는 '인간주의'와 '인생주의'의 차이가 무엇인지 분명히 밝히고 있지 않다. 다만 맥락상 인간주의가 서구의 휴머니즘 개념에 가깝다면 인생주의는 인간 삶의 단편적인 면모를 그리는 경향을 가리키는 것으로 볼 수 있다.

서 순문예지를 표방했다.[24] 『문예』는 신인작가 추천제를 도입함으로써 해방 후 순수문학 장을 독점적으로 형성한다. 흥미로운 점은 『문예』에서 소설의 배타적 권력을 행사했던 김동리가 고평한 신인작가가 강신재라는 사실이다. 그는 "문장은 미숙하나 확호한 문학의식, 범상치 않은 주제의 고도성을 가지고 있어 조만간 문단의 유니크한 존재가 될 것"(『문예』 4호, 선후평)이라고 확신한다. 강신재의 등단작인 「얼굴」(『문예』 2호, 1949.9)의 여주인공 경옥은 '나'의 구혼을 무시하고 K씨와 결혼한다. 그녀는 "이 쓰레기통 같은 세상에서 학과 같이 깨끗하고 백합같이 향기로워야지요"라고 자신의 여성성을 모든 미와 덕과 일치시키면서 고고하게 살아가는 인물이다. 하지만 그녀의 이 고고한 세계는 K씨가 죽었을 때 젊은 여성이 나타나면서 쉽게 무너진다. 「정순이」의 정순이는 젊은 사내의 연애편지에 답장을 못 쓸 정도로 소극적이고 여성적인 성격의 소유자이다. 이 남자를 적극적인 성격의 소유자인 동생 정옥이에게 빼앗기지만, 정순이는 이런 상황을 담담하게 받아들인다. 당시 문단에서 '유니크한 존재'로 고평받았던 강신재의 이 두 작품은 해방 후 이념 대립이나 가치관의 혼란과는 전혀 관련이 없다. 대신에 순전히 여성적인 감정과 세계가 부각된다. 이런 특성이 『문예』의 고도로 탈정치화된 이념적 지향과 맞아 떨어진 것일 수도 있다. 실제로 강신재는 리얼리즘이나 민족(주의)로 환원되지 않는 여성의 욕망과 독자적인 여성성의 세계를 주조하는 한편, 대중성과 여성성의 결합이라는 영역을 개척함으로써 전후부터 1960년대까지 여성문학 장의 특성을 전형적으

---

[24]　김한식, 앞의 글, 261면.

로 보여주게 된다.

4. 시와 소설의 정치성과 여성성 : 해방기 여성작가들의 시와 소설

해방기 여성작가들의 작품에서 정치성은 항상 여성들의 삶과 정서, 여성성이라는 프리즘을 통해 그려졌다. 이 같은 특성을 규명할 수 있는 단서를 해방기 시 전집과 이선희, 지하련, 최정희, 장덕조 등의 소설을 통해 찾아보고자 한다.

해방기에 발간된 선집 중 임학수가 편찬한 『시집』[25]에는 여성시인으로는 모윤숙과 노천명의 시가 나란히 실려 있다. 모윤숙의 시로는 「조선의 딸」, 「밀밭에 선 여자」, 노천명의 시로는 「푸른 5월」, 「여인부」, 「남사당」, 「길」이 있다. 작가들이 직접 자선한 이 시들의 경향은 '여성성'으로 수렴되며, 친일 흔적을 지운 시들이 선택되었다는 공통점이 있다. 서정주가 발간한 『현대조선명시선』(온문사, 1950.2)에는 모윤숙의 「문을 여소서」, 「밀밭에 선 여자」, 노천명 「사슴」, 「광마차」가 수록되어 있다.[26] 하지만 「조선의 딸」의 여성성과 「여인부」의 여성성을 동일

25　이 시선집은 한성도서주식회사에서 발간한 『조선문학전집』 10권 중의 완결본이다. 좌익과 우익 시인들의 시를 균등히게 수록함으로써 근대문학사가 '우익' 중심의 '민족문학'으로 획일화되기 전 근대시의 전체상을 조감하는 역할을 했다는 점에서 의미가 있다고 평가받는다. 심선옥, 「해방기 시의 정전화 양상」, 『현대문학의 연구』 40호, 한국문학연구학회, 2010, 128면.

26　심선옥은 두 선집의 편집원칙과 수록대상의 공통점으로 임학수와 서정주의 시 개념이 '서정성'을 본질로 하면서 서정의 타자인 '정치성'을 배제하는 방식을 택했다고 분석한다. 모윤숙과 노천명의 시는 여성성과 서정성의 결합양상을 보여주는 예라고 말한다. 심선옥, 위의 글, 141면. 하지만 필자는 모윤숙의 경우 예의 「조선의 딸」에서 보듯 정치성이 배제되지는 않았으며, 오히려 정치성-여성성-서정성의 결합 양상을 띤다고 생각한다.

한 것으로 볼 수는 없다. 기록에 의하면 「조선의 딸」은 항일적 색채로 인해 작가가 경기도 경찰국에 구류되기도 했을 만큼 '조선의 딸'은 사랑보다는 민족을 위해 호명되는 여성이다.

> 헤어진 치마보고 가난을 슬퍼할 때 / 어데선지 그 얼굴은 가만히 나타나 / 깨어진 창틈으로 속삭입니다. / "너는 조선의 딸이 아니냐"고. // 그리운 사람 있어 눈물질 때면 / 내 어깨 가만히 흔드는 이 있어 / 자비한 목소리로 들려 줍니다. / "인생의 전부는 사랑이 아니라"고.
>
> (「조선의 딸」, 임학수 편, 『시집』, 한성도서주식회사, 1949)

'그리운 사람'으로 지칭되는 시적 대상은 시적 화자 '나'의 슬픔을 한편으로는 위로하면서 나를 '조선의 딸'로 호명하는 절대적 존재이다. 민족 / 국가가 남성성의 형식을 띠고 있다면 그로 인해 각성하게 되는 시적 화자는 여성성의 형식을 띠는 것이다. 하지만 모윤숙은 이후 '조선의 딸'의 자리에 '동방의 여인'을 놓음으로써 적극적인 친일로 나선다. 즉 조선의 딸 = 동방의 여인은 국가주의에 의해 호명되는 '동원된' 여성성을 표상한다.

반면 노천명의 「사슴」과 「여인부」의 여성은 현실이나 이념과는 거리가 먼 고고하고 고독한, 지극히 섬세하고 여성적인 자아를 표상한다. "총명한 데에 女人은 가끔 불행을 지녔다", "네 생각이 높고 맑기 / 저 九月의 하늘같고 / 가슴에 지닌 좁보다 / 너는 언제고 마음이 향기로워라"라는 시구에서 알 수 있는 바와 같이 노천명 시의 여성은 높고 맑고, 향기로운 존재로서 '너'라는 이인칭으로 호명되지만 근원적으로 불행하고 고독한 나르시시즘적 자아에 가깝다. '동원된' 여성성은 중심을 지향하는 시인의 내적 욕망에 따라, 그리고 동원의 주체가 누구냐에 따라 민족적 주체에서 식민화된 주체로 변할 수도 있는 정치적 함의를 지닌다. 탈이념적인 여성성 역시 당시 현실과는 유리된 토속적, 서정적 공간을 전경화한다는 점에서 역설적으로 정치적이다.[27] 즉 동원된 여성성과 탈이념적인 여성성은 동전의 양면을 이루는 것이다.

남성시인 중심의 시선집에 실려 있는 두 시인의 시는 여성문학 장과 관련하여 몇 가지 의미가 있다. 먼저 식민주의에 자발적으로 복속함으로써 일제 말기 여성문학 장 형성에 주도적 역할을 했던 모윤숙과 노천명이 해방 후 유일하게 '선집(혹은 전집)'이라는 정전 수록 절차를 거쳐 기존 문학 장의 승인을 받은 여성시인이라는 점이다. 두 번째, 정전에 수록된 이들의 작품은 '서정성', '감상성'을 핵심자질로 삼으면서도 여성화자, 여성 표상을 통해 남성작가들과의 차이를 확보한다. 물론 노천명과 모윤숙은 해방기와 한국전쟁기 동안 다른 정치적 노선을 걸었고, 그것이 향후 이들의 문학적 입지점에 영향을 미쳤다는 점을 고려해야 한다. 여기서는 해방기에 기존 문학 장 내지 정전에 기재된 이 작가들의 시적 특성들이 이후에 문학사 서술이나 교과서 편재에도 지속

27　최근 노천명의 자의식 강한 시세계와 식민지 시기 친일시, 한국전쟁기 애국시 간의 내적 일관성에 주목한 연구성과들이 나온 바 있다. 고독의 정서를 향수로, 이국정서로 전환하여 시화하였던 작가가 일제 말기 친일시를 통해 전쟁을 통한 유토피아적 이국정서 지향을 실현하고, 자아 부정의 심리가 총후부인 담론에서처럼 남성지향을 통한 여성(성) 죽이기로 나타났다는 입장(박수연), 노천명의 폐쇄적이고 고립된 자의식이 대동아 전쟁이나 한국전쟁과 같은 초극적 상황 앞에서 쉽게 붕괴되어 대타자의 지배 논리를 따르는 결과를 낳았다는 입장(곽효환)이 그것이다. 박수연, 「노천명 시의 서정적 내면과 파시즘—노천명의 일제 말기 시에 대해」, 『비교한국학』 17권, 비교한국학회, 2009; 곽효환, 「노천명의 자의식과 친일, 애국시 연구」, 『한국근대문학연구』 24호, 한국근대문학회, 2011.

적으로 반복되고 있다는 점만 지적하고 넘어가기로 한다. 해방기 모윤숙의 「옥비녀」는 해방 정국의 혼란스러운 사회상에 대한 작가의 인식을 엿볼 수 있는 작품인데, 여기서 테러, 삐라, 혁명, 반역, 정당 등은 부정적인 어휘 계열체를 구성한다. '비웃는 웅변들', '자만의 애국심', '비밀의 연회'는 정치적 열기에 대한 혐오감을 직설적으로 드러낸다. 반면 임이 나에게 준 '옥비녀'는 선조의 넋, 진실한 조선의 마음을 간직한 상징물로 의미화된다.

　　　　임이여 손잡아 서로 겸손하소서

　　　　비웃는 웅변들

　　　　자만의 애국심

　　　　비밀의 연회

　　　　우리의 앞날은 여기 있지 않습니다

　　　　오늘도 남몰래

　　　　임이 주신 옥비녀 만져 봅니다

　　　　천년(千年) 고운 이 나라의 짝

　　　　나의 옥비녀

　　　　조을던 이 마을이 임의 손에 깨는 날

　　　　나는 사뿐히 임이 주신 이 비녀를

　　　　머리에 꽂아 새날 맞이하오리다

　　위 시구에서 알 수 있듯 시인은 '옥비녀'로 상징되는 민족적인 것이

해방 후 '새날'로 지칭되는 나라세우기의 핵심이념임을 명시적으로 드러낸다.[28] 여기서 해방 후 '졸던 마을(국가)를 깨우는' '임'을 기다리는 시적 화자 '나'는 여성 화자로 표상된다. 한편 노천명의 「임 오시던 날」은 똑같이 시적 대상인 임을 기다리지만 모윤숙의 시적 화자와는 사뭇 다른 대응방식을 보인다.

> 임 오시던 날 / 버선발로 달려가 맞으련만 / 굳이 문 닫고 죽죽 울었습니다. / 기다리다 지쳤음이 오리까 / 늦으셨다 노여움이오리까 / 그도 저도 아니오이다. / 그저 자꾸만 눈물이 나 / 문 닫고 죽죽 울었습니다.
>
> (노천명, 「임 오시던 날」)

시적 화자 '나'는 "임이 주신 이 비녀를 / 머리에 꽂아 새날 맞이"를 하는 모윤숙의 여성 화자 '나'의 적극성과는 달리 "문 닫고 죽죽 울었습니다"라는 폐쇄적이고 수동적인 자세를 취한다. 이 두 편의 시만으로 해방기 노천명과 모윤숙의 시가 이전 시기의 시적 경향과 지속성을 유지하는지 예단하기는 힘들다. 하지만 '임'으로 지칭되는 '민족 / 국가'에 대한 그리움과 기대의 정서를 특유의 여성성의 전략을 통해 구사했으며, 그것이 모윤숙과 노천명의 친일시와 내적 일관성이 있다는 점은 짚고 넘어가야겠다.

장덕조, 최정희의 해방 후 작품세계 역시 위 두 시인과 유사하게 일

---

28 김진희는 해방 후 모윤숙의 문학활동의 핵심이 '민족'에 있으며, 이때의 민족은 '반공주의와 결합된 민족주의'라고 주장한다. 김진희에 따르면 모윤숙의 시적 주체는 '민족'으로서 시에서 '임, 아가, 군인' 등의 인물로 형상화된다. 김진희, 「모윤숙과 노천명 시에 나타난 해방과 전쟁」, 『한국시학연구』 28호, 한국시학회, 265~268면.

제 말기의 친일 흔적 지우기와 모종의 연관이 있어 보인다.

장덕조의 「함성」(『백민』, 1947.6~7)은 일제 말기에 소작인 여성인 점순 어미가 딸이 일본군 위안부로 끌려가는 상황에 처하자 "진정한 생활, 참다운 '힘'"의 중요성을 깨닫고 딸을 구출한다는 이야기이다. 이 작가가 일제 말기 여러 편의 친일 방송소설을 통해 내선일체와 군국주의 모성론을 서사화했다는 점을 떠올린다면, 이 영웅적인 항일 서사는 일제 말기 친일의 흔적 지우기를 적극적으로 시도한 작품으로 볼 수 있다. 그런데 일제 말기부터 한국전쟁기까지 장덕조의 소설에는 내적 일관성이 있다. 일제 말기 군국주의 모성에서 해방기 항일 모성, 한국 전쟁기 국가를 위해 아들을 전쟁터에 내보내는 애국적인 어머니의 형상에 이르기까지 제국주의, 민족주의, 국가주의에 적극 협력하는 여성을 주로 모성성의 변전을 통해 지속적으로 형상화한 것이다. 이 작가가 일제 말기, 해방기, 한국전쟁기에 지속적으로 작품활동을 하면서 여성문학 장의 일원으로 자리할 수 있었던 것은 이처럼 여성성의 제도화를 적극적으로 수용했기 때문이다.

최정희 역시 해방 이후 「점례」(『문화』, 1947.7), 「풍류잡히는 마을」(『백민』, 1947.8~9) 등에서 당대 핵심 사안인 토지개혁이나 농촌의 빈궁문제를 형상화하였다. 특히 「점례」는 민족주의 서사에서 흔히 발견되는 수난받는 민족/민중의 대표자로서 '여성'이자 '어린이'의 수난을 재현하고 있다. 소설은 14살 소녀 점례가 "죽음보다 두려운 굶주림"을 해결하고자 어린 나이에 같은 하층계급 복이와 정혼을 했으나 지주 허승구의 딸과 혼사일이 같은 탓에 날짜를 연기한 사정, "호화찬란한 패물과 치장과 세간"을 자랑하는 지주의 혼인과 다섯 달 월급을 모아서야 겨우 숙고사 치마와 적삼, 거울 등 최소한의 것을 마련할 수 있는 소작인의 혼인을 대립적으로 보여줌으로써 해방 후에도 온존하는 계급 격차를 문제 삼는다. 더욱이 점례가 혼인날 입을 옷을 마련할 요량으로 기르던 닭이 지주 허승구의 땅에 들어가 잡히자 그것을 몰래 구하려고 하다가 허승구가 던진 돌에 맞아 죽게 된다는 비극적 결말은 소작인의 삶의 조건이 짐승의 그것과 같다는 작가의 주제의식을 공공연하게 드러낸다는 점에서 식민지 시기 경향소설의 유형과 유사하다.

이 소설의 플롯은 두 축으로 이원화되어 있다. 해방 직후 '삼분병작제'로 인해 고조된 지주와 소작인 간의 갈등을 보고적, 설명적으로 전달하는 한 축과 '점례'의 일상을 감성적으로 서사화하는 또 다른 축이 그것이다. 해방정국과 농촌 현실에 대한 객관적, 보고적 서술과 소작인들의 일상적인 궁핍과 무지에 대한 미시적 서술 간의 간극은 해방 직후 좌우익 대립으로 급격히 변화된 현실에서 이 작가의 고유한 특징이라 할 수 있는 여성성과 사회성, 여성성과 국가주의 혹은 민족주의 간의 결합이 순조롭게 이루어지지 않았음을 시사한다. 하지만 이 소설을 좀 더 적극적으로 읽는다면 여전히 최정희가 미시적인 일상과 여성성의 재현을 통해 현실 변화에 대응하려 했음을 알 수 있다. 소설의 결말은 "아무도 점례의 분홍 숙고사 교직 치마와 흰숙고사 교직 적삼은 이야기하지 않았다. 그 치마와 적삼이 복이의 다섯 달 월급을 모은 돈 이천 오백 원으로 사 온 것이라는 것도 이야기하지 않고, 또 점례가 닭을 잘 길러서 팔아서 버선 같은 것은 그만두고 작년에 시집간 순이처럼 인조 관사 적삼을 해 입으려 들었다는 것을 이야기하는 자도 없었다."와 같은 감상적인 어조로 끝나기 때문이다.[29] 이를 해방 직후 현실에 대한 젠더화된 접근 전략으로 볼 수 있다.

최정희와 장덕조의 소설들이 반봉건, 반제국주의를 적극적으로 의제화 한 것은 친일의 흔적 지우기의 일환이라 할 수 있다. 이들은 해방 이후 '새 국가', '새 날'이라는 나라세우기의 과제에 (일제 말기와 유사하게) 젠더 정체성을 내세워 적극적으로 동참한다. 제국의 입장에서 반(反)제국의 입장으로의 급격한 선회는 하층계급 여성의 목소리로 여성성 및 모성성이라는 필터를 거쳐 이루어진다. 식민지 시기 여성문학 장과 해방기 여성문학 장 간의 연속성은 정치와 이념의 향방에 따라 여성성을 제도화함으로써 이루어진 것이다.

5. 결론 : 친일의 흔적 지우기와 이데올로기의 젠더화

박지영은 해방 후에도 진보적인 목소리를 낼 자격이 있는 작가로 강경애, 임순득, 지하련, 이선희 정도를 든다.[30] 이 중 임순득은 재북작가이고, 지하련, 이선희는 월북을 한 탓에 남한의 여성문학 장은 최정희, 모윤숙 등 보수 성향의 여성작가들에 의해 재편되었다는 입장이다.[31]

---

29 이병순은 최정희의 해방기 소설의 경향을 첫째, 좌익 이념이 주도했던 1947년 중반 전후 작품에서는 삼분병작제로 인한 지주와 소작인 간의 갈등을 다루었고, 둘째, 좌익 이념이 퇴조하고 우익 이념이 부상하는 1948년 이후부터는 낭만적 서정의 세계에 안착하는 것으로 보았다. 최정희의 해방 후 작품이 당대 지배 이념의 변전에 따라 리얼리즘적 경향과 낭만주의적 경향으로 나누어진다는 이 입장은 최정희의 작품세계가 해방 후에도 여전히 지배적인 이념이나 문학 장을 의식하면서 형성되었다는 단서를 제공한다. 이병순, 「현실추수와 낭만적 서정의 세계—해방기 최정희 소설 연구」, 『현대소설연구』 26호, 한국현대소설학회, 2005.

30 박지영, 「혁명가를 바라보는 여성작가의 시선」, 『반교어문연구』 30집, 반교어문학회, 2011, 179~180면.

31 박지영은 위의 글에서 노천명만이 예외적인 길을 갔다고 평가한다. 노천명은 해방기와 한

필자 역시 본문에서 해방기 여성문학 장의 형성에 내재한 메커니즘이 좌우익문단대립, 단정 수립 후 남한이 우익문단 중심으로 재편된 것과 관련이 있다고 밝혔다. 하지만 최정희, 장덕조, 모윤숙, 노천명 등이 일제 말기의 친일 행위와 남성 / 우익 중심의 강고한 문단 질서에도 불구하고 여성문단을 대표하는 작가들로 기존 문학 장의 승인을 받을 수 있었던 까닭은 이들이 여성성과 국가주의의 결합이라는 남성작가와 차별화되는 전략을 구사했기 때문이다. 계급, 민족, 탈이념 등 다양한 담론들이 각축하는 가운데 여성작가들은 이 담론들을 여성성의 구현을 통해 젠더화한다. 게다가 해방 직후 폭발적으로 증가했던 여성문학 / 문화 담론은 이에 걸맞은 작품을 생산하지 못 하고, 담론의 주도권을 위의 기존 여성작가들에게 넘겨주게 된다.

<hr>

국전쟁기 여성신문 중 좌익적 성향이 강했던 『부녀신문』의 편집국 차장을 역임했으며, '조선문학가동맹'의 회원으로 활동했다고 알려져 있다. 한국전쟁기에는 부역활동으로 인해 고초를 겪기도 했다. 하지만 노천명의 애국 전쟁시편들은 그녀의 시가 표면적으로는 탈이념적이고 고독한 내면을 지향하면서두 이면적으로는 끊임없이 시대 정치적 정황에 따라 요동했음을 보여준다. 노천명의 애국 전쟁시편은 애국심을 고취하거나 국군의 진군을 공공연하게 격려하는 계열(「무명전사의 무덤 앞에」, 「북으로 북으로」, 「조국은 피흘린다」 등), 전쟁 과정에서 자신이 겪은 고통과 자유에 대한 갈망을 토로한 감옥 시편 계열로 나뉜다. 자신의 부역활동을 상쇄하려는 절박한 의도에서 쓴 것임을 전제하더라도 일제 말기부터 한국전쟁기에 이르기까지 노천명의 시세계가 성찰과 반성을 수반하지 않은 '허약한 내면'으로 인해 언제든지 지배담론에 흡수될 수 있었음을 보여준다. 한국전쟁기 노천명의 활동과 시에 대해서는 곽효환, 앞의 글, 3-2장을 참고할 것.

한국전쟁기 여성문학 장의 형성

반공주의의 젠더화를 중심으로

1. 서론

이 장에서는 한국전쟁기를 대상으로 여성작가들이 대 사회활동이나 작품 창작을 통해 어떻게 전쟁에 반응하고 개입했는지를 실증적으로 규명하고자 한다. 전쟁은 모든 일상을 전시 체제에 맞게 재편하며, 국가의 구성원들을 전쟁을 수행하기 위해 동원되는 존재로 호명한다. 문학, 그리고 문학인 역시 예외일 수 없다. 한국전쟁기에 다수의 문학인들은 종군작가로 활동하며 전쟁 현장을 취재하거나 반공적인 색채의 작품, 전쟁을 독려하는 작품을 썼다. 잡지 등 매체의 경우 육군 종군작가단에서 발행한 『전선문학』과 『문예』 전시판, 『신천지』 전시 속간호 정도가 명맥을 유지했다. 기존의 문학 장과 제도가 시국에 동조하는 쪽으로 빠르게 재편되면서 여성작가와 여성문단 역시 이와 같은 시대적 흐름에 조응하게 된다. 하지만 여성작가와 여성문단이 전쟁에 반응하고 이를 형상화하는 방식은 남성의 그것과 '같으면서도 다른' 측면이 있다. 전쟁을 일으킨 이른바 적을 악의 축으로 규정하고 시국에 동조한다는 측면에서는 같을지 모르지만 이와 같은 시국에서 주로 여성의 역할이나 경험을 의미화한다는 점에서는 차이가 있다. 이와 같은 차이를 규명하기 위해서는 당대 지배 이데올로기라 할 수 있는 반공주의[1]를 어떻게 성별에 따라 다르게 수용하고 전유했는지를 규명해야 한다.

여기서 언급되는 작가들은 전후 남한의 여성문학 장 형성과 관련이 있다. 앞 장에서 살펴본 바와 같이 해방과 1948년 남북한 단독정부 수립을 기점으로 월북한 지하련과 이선희, 재북작가 임순득을 제외하면 남한에 잔류한 여성작가들은 손에 꼽을 정도로 줄어든다. 한편 최정희, 모윤숙, 장덕조 등은 남성작가들과는 달리 친일행위에 대한 별다른 단죄 없이 해방 후 우익문단 진영에 합류한다. 이들은 한국전쟁 당시 '종군작가'로 활동하면서 모종의 인정투쟁에서 살아남게 된다. 해방 후 등단하였거나 일제 말기에 등단했다 하더라도 별다른 친일 부역활동을 하지 않았던 손소희, 임옥인, 강신재 등도 한국전쟁 동안 종군작가 활동을 통해 전후 여성문학 장에 안착할 입지를 구축하게 된다.

이 장에서는 한국전쟁기 여성작가의 존재 양상 및 여성문학의 특성

---

1   반공주의는 공산주의에 대하여 적대적이고 배타적인 논리와 징시를 뜻한다. 특히 북한 공산주의 체제 및 정권을 절대적인 '악'과 위협으로 규정하고 그것을 철저히 제거하거나 붕괴시켜야 한다는 논리를 전개한다. 강진호, 「한국 반공주의의 소설 사회학적 기능」, 『한국언어문학』 52집, 한국언어문학회, 2004, 2면. 최근에는 반공주의가 개인을 국민으로 통합하는 규율장치로 기능했다는 점에 주목하면서 특히 전쟁기와 전후 문학 장 형성에 미친 영향을 규명하는 논의들, 반공주의의 내적 논리인 국가주의와 민족주의의 특성을 밝히는 논의들이 주를 이루고 있다. 대표적인 연구 성과로 아래 논저들이 있다. 상허학회 편, 『반공주의와 한국문학』, 깊은샘, 2005; 김진기, 『반공주의와 한국문학의 근대적 동학』, 한울아카데미, 2008.

을 '반공주의의 젠더화'라는 맥락에서 살펴볼 것이다. 구체적으로는 첫째, 종군작가단 활동을 실증적으로 제시함으로써 여성작가들이 해방 후 재편된 문학제도 안에서 수행한 역할과 위상을 살펴보고, 그것이 근·현대 여성문학 제도의 성격과 모종의 관련이 있는지를 해명할 것이다. 둘째, 여성작가들의 전쟁기 담론과 작품들에 나타난 특성을 반공 이데올로기의 젠더적 수용이라는 측면에서 분석할 것이다. 이 과정에서 일제 말기 여성문학 장의 형성에 주도적인 역할을 했던 여성작가들이 해방 이후, 그리고 한국전쟁기에 국가주의와 반공주의에 동조했고, 이들의 행보가 일종의 내적 일관성이 있음이 드러날 것이다. 또한 장덕조, 최정희, 모윤숙 등 여성문학사의 2기 작가들과 해방 후 본격적인 작품활동을 한 손소희, 강신재, 한무숙 등 신진 여성작가들 간에 한국전쟁을 그리는 방식이나 양상에서 차이가 있는지도 규명하고자 한다.

실제로 반공주의의 수용과 그것이 전쟁기와 그 이후 여성문학 장의 형성에 미친 영향을 좀 더 역동적으로 해석하기 위해서는 전후 여성문학의 특성까지 염두에 두어야 할 것이다. 하지만 '전후'라는 시기를 언제부터 언제까지로 설정할 것인지, 전쟁을 다루고 있으면 그것을 광범위한 의미의 전후문학으로 볼 수 있는지는 개념 여부를 둘러싸고 논의의 난맥상이 벌어질 수 있으므로 일단 거리를 취하고자 한다. 하여 이 글은 한국전쟁기 동안 여성작가들의 활동 및 작품을 주로 다룰 것이다.

2. 여성과 종군 : 자발적 참여인가, 동원인가

한국전쟁기 종군작가단 조직은 1951년 3월 9일에 공식적으로 결성되었다. 이 당시 문인들의 종군활동은 국방부 정훈감실의 지원과 문인 자신의 자발성으로 이루어졌다.[2] 이 중 여성작가들의 종군작가 활동을 정리하면 다음과 같다. 최정희는 '공군 종군문인단(창공구락부로 불림)' 단원으로, 장덕조와 손소희는 '육군 종군작가단' 단원으로 활동하였다.[3] 1951년 8월 14일 '제1회 종군보고강연회'에서 장덕조는 연사로, 최정희는 소설 낭독을 한 것으로 기록되어 있다. 1953년 5월 26일 작가단 창립 2주년 기념회 '문학과 음악의 밤'에서 장덕조는 소설을, 전숙희는 산문을 낭독하였다. 1954년 1월 15~16일 공연된 육군 종군작가단 주최 문인극 〈돌아온 사람〉에 최정희와 장덕조가 배우 역할을 맡아 출연하기도 했다. 여성작가들 중 종군작가단 활동이 두드러진 이는 장덕조이다. 장덕조는 1950년 대구로 피난가서 『영남일보』 문화부장 겸 여성작가 최초로 육군 소속 종군작가로 활동했다. 『전선문학』과 같은 잡지에 반공 소설과 수필을 발표했으며, 강연회에서 소설을 낭독하고, 문인극을 공연하는 등 전시 기간 적극적으로 활동했다.[4]

당시 종군보고강연회의 목적은 후방 국민들에게 일선장병들의 활약

---

2   신영덕, 「한국전쟁기 종군작가 연구」, 고려대 박사논문, 1993, 16면.

3   손소희, 윤금숙은 해군 종군작가단에 소속되었으나 여자는 군함을 타지 못한다는 금기사항 때문에 교체되었다고 한다. 손소희는 이후 육군 종군작가단에 소속되어 활동했다. 모윤숙은 종군작가로 활동하지는 않았지만 반공주의, 민족주의 여성단체인 대한여자청년단의 총 본부장으로 활동했다. 박정애, 「동원되는 여성작가—한국전과 베트남전의 경우」, 『여성문학연구』 10호, 한국여성문학학회, 2003, 72~79면.

4   1951~1952년까지 『대구매일신문』 문화부장 및 논설위원, 『평화신문』 문화부장직을 맡으면서 여기자로는 유일하게 휴전협정을 취재했다. 그 공로로 후에 문화훈장보관장을 받았다.

상을 알려 국민총력을 전쟁에 집결시켜 승리로 이끌자는 데 있었다.[5] 신문이나 기타 잡지에 소개되지 않았던 일선 장병들의 생생한 무용담과 미담은 청중들에게 색다른 감명과 흥미를 주었다고 한다. 한국전쟁기는 일제 말기와 마찬가지로 온 국민이 전쟁에 동참해야만 하는 총력전 체제였다. 문학인들은 이와 같은 총력전 체제에 글과 연설, 연극 등의 문화활동을 통해 국민들의 애국심과 전쟁 참여를 이끌어내는 역할을 했고, 여성작가들 역시 일조했다. 종군작가단에 소속된 여성작가들은 강연회 연사, 배우, 작가로서 시국에 적극 참여했다. 그 동기는 남성작가들과 마찬가지로 생계를 위한 것일 수도 있고, 최정희, 손소희의 경우처럼 미처 피난을 가지 못해 적 치하에서 부역활동을 한 사상적 전력을 만회하기 위한 것일 수도 있다. 어쨌든 이들의 활동이 당시 남성 중심으로 구성, 운영된 종군작가단 내에서 희소성을 띠면서도 나름의 젠더적 특성을 띤 것은 아닌지 조심스레 추측해 볼 수 있다. 강연회 연사나 시국적 색채가 짙은 연극의 배우는 반공 이념을 알리는 프로파간다로서의 역할을 한다. 여성작가들의 경우 성차에 근거해서 특정한 역할을 수행한 것으로 보인다. 여성작가들은 "문학과 음악의 밤"에서 문예물을 낭독하거나 연극의 여성주인공 역을 맡는 등 주로 감성적인 영역을 담당했다. 즉 여성적 자질이라는 젠더적 특성을 활용한 것이다.

둘째 장덕조, 최정희 등 종군작가로 활동했던 여성작가들은 일제 말기 총동원 체제에서도 연설이나 작품을 통해 일본의 총동원 논리에 적극 협력한 바 있다.[6] 또한 이들은 전후 여성문단의 중심으로 자리했

---

5   신영덕, 앞의 글, 20면.
6   1946년 등단한 손소희는 논외로 한다.

다.[7] 요컨대 이 여성작가들은 국가주의와 지배 담론에 동조하고 협력함으로써 기존 문학제도에서 자기 위상을 정립해 왔고, 그것이 여성문학 장 및 제도 내에서 중심에 서는 데 모종의 영향을 끼쳤다고 볼 수 있다. 기존 문단제도를 놓고 보더라도 한국전쟁기에 종군작가들을 중심으로 구축된 반공주의와 국가주의는 전후 한국문학의 문학 장을 확장하고 심화하는 역할[8]을 했다. 이 점을 고려한다면 종군 여성작가들 역시 반공이라는 선명한 이념적 입지점을 확보함으로써 기존 문학제도와 동일한 목소리를 내는 동시에 별다른 활동을 하지 않았던 다른 여성작가들과 차이를 확보했다고 볼 수 있다. 그렇다면 이들의 종군 활동은 전후 남한문학 장의 일원으로서 자격을 획득하기 위한 자발적 동기에 기인한 것이다.

이들이 글쓰기 행위를 통해 전쟁을 어떻게 인식하고 반영했으며, 남한정부의 반공 이데올로기를 젠더적으로 전유했는지 살펴보자.

3. 전쟁 담론과 여성 : 수난자 혹은 민족의 어머니

한국전쟁기 작가들은 『문예』,[9] 『신천지』, 『전선문학』, 『코메트』[10]

---

7   이에 대해서는 「전후 여성문단의 형성과 그 의미—여성잡지와 '한국여류문학인회'를 중심으로」에서 다룰 것이다.

8   김진기, 「반공호국문학의 구조」, 『상허학보』 20호, 상허학회, 2007, 353면.

9   『문예』의 발행인은 모윤숙이었다. 물론 모윤숙과 잡지와의 관련성이 희박하다는 견해도 있지만 실제로 이 잡지에는 모윤숙뿐만 아니라 최정희, 손소희, 강신재, 한무숙, 전숙희 등의 작품이 여러 편 실려 있다.

10   공군의 기관지로서 1952년 11월 처음 발행되었다. 신영덕에 따르면 44명의 작가가 발표한 76편의 소설이 게재되어 있다. 이 중 여성작가의 작품으로는 최정희 2편, 장덕조 2편, 임옥인 1편(장편), 강신재 1편, 손소희 2편이 실려 있다. 신영덕의 글에서 임옥인과 최정희의 작품이 논의되고 있으나 여성작가 작품들의 전반적인 특성을 추출하기는 힘들다. 필자 역시

등의 문예지와 『전시문학독본』(김송 편, 계몽사, 1951), 『적화삼삭구인집(赤禍三朔九人集)』(오제도 편, 국제보도연맹, 1951)[11], 『고난의 90일』(유진오·모윤숙 외, 수도문화사, 1950), 『전쟁과 소설―현역작가 오인집』(계몽사, 1951), 『사병문고』 1～4권[12](육군본부정훈감실, 1951～1953) 등의 단행본을 통해 체험기, 종군기, 수필, 단편소설, 시 등을 발표함으로써 전쟁 관련 담론을 생산했다. 이 중 종군기, 체험기, 수필은 작가의 체험에 근거한 증언문학으로서 이들의 사상을 직접적으로 드러내고 있어 주목을 요한다. 물론 열거된 문예지와 단행본들은 『문예』와 『신천지』를 제외하고는 전시기에 군(軍)이 주체가 되어 정훈교육용으로 발간된 것들이다. 때문에 이 텍스트들이 대중에게 널리 유포되었다고 판단하기 힘든 면이 있다. 하지만 실제로 전시기에 여성작가들의 작품활동이 주로 전술한 발간물들을 통해 이루어졌다는 점, 여성작가들뿐만 아니라 남성작가들도 반공주의에 포획된 여성(성)을 통해 이념적 입지점을 확보하려 했다는 점을 간과해서는 안 된다. 더불어서 왜 여성들이 전시기에도 종군작가로서의 정체

<hr>

자료를 구득하지 못한 관계로 이 글에서는 본격적으로 다루지 않을 것이다. 신영덕, 「190년대 공군 기관지 소설의 담론 양상」, 『한중인문학연구』 19호, 한중인문학회, 2006, 323면.

11 부역문인 색출을 전담했던 오제도 검사 편으로 간행된 이 책은 서울 수복 전 적치하 3개월을 체험한 문인들의 글을 엮은 것이다. 필자는 양주동, 백철, 최정희, 송지영, 장덕조, 박계주, 손소희, 김용호, 오제도이다. 이들은 주로 서울에 남았던 소위 잔류파 문인들로서 자신들의 부역행위를 상쇄하기 위해 자신들이 목격한 공산주의를 체험기, 견문기의 형식을 빌려 쓰고 있다. 이 책이 반공텍스트로서 지닌 성격과 의미에 대해서는 다음의 글을 참고할 것. 서동수, 「한국전쟁기 반공텍스트와 고백의 정치학」, 『한국현대문학연구』 20호, 한국현대문학회, 2006.

12 '발간사'에 "在邱(재 대구) 작가 10인의 소설로써 사병문고 제1집을 발간한 지 월여(月餘)에 다시 在釜(재 부산) 작가들의 집필로써 제2집을 발간케" 되었으며, 발간 목적은 "마음의 반려를 희구하는 병사들의 마음을 짐작하여 사병문고를 연속 발간"하는 것이라고 밝혔다. 『사병문고』는 4집까지 발간되었으며, 1～3권까지는 '단편소설집'이라는 부제가 붙어 있다. 4집 머리말에 따르면 "일선용사들의 흥미를 좀 더 높이"기 위하여 "시, 종군기, 편지, 소설 네 종류별로 구별하여 많은 작가의 글을" 실었다고 한다. 4집은 시, 종군기, 소설 외에 '전쟁에 보내는 여류작가의 글' 란을 독자적으로 설정하여 장덕조, 윤금숙, 전숙희의 수필을 실은 점이 눈에 띤다.

성을 지니려 했고, 공공연한 반공주의에 입각한 글쓰기를 지속하려 했는지를 이들의 현실적인 존재조건과 관련하여 볼 필요도 있다.

『전시문학독본(戰時文學讀本)』(김송 편, 계몽사, 1951)은 문화인 30여 명의 수필, 시, 단편소설, 평론, 종군기 등 여러 장르의 글들을 모아놓은 책이다. 여기에는 여성작가들의 글이 몇 편 실려 있다. '수난 급 종군기(受難及 從軍記)'에 모윤숙의 「천지가 지옥화(地獄化)」, 윤금숙의 「대구의 하루」가 실려 있으며, '단편소설'에는 장덕조의 「어머니」가 실려 있다. 또한 『적화삼삭구인집』에는 최정희의 수필 「난중일기에서」, 장덕조의 수필 「내가 본 공산주의」, 손소희의 수필 「결심」이 실려 있다.

장덕조의 「내가 본 공산주의」는 즉자적인 반공주의적 언술로 이루어져 있다. 적 치하 삼 개월은 "공포와 기만과 살상으로 가득 찬 생지옥"의 세계, '압박, 굴욕, 수난'과 같은 단어들의 계열체로 기억된다. 이처럼 수필은 작가의 체험에 근거해서 허구화의 과정을 거치지도 않은 채 불안정의 시기, 노예의 생활과 같은 추상적인 어휘로 적 치하를 담론화하고 있다. 또한 공산주의자들은 '악귀'이며, 무지하고 포악하다는 적대적인 감정에 근거해 "중간파도 없고 회색분자도 있을 수 없다"는 식으로 아(我)와 피아(彼我)의 경계를 명확하게 설정함으로써 "반공이 아니라 타공(打共)의 길로 멸공(滅共)의 길로 내달릴" 것을 선전하고 있다. 분노와 열정의 글쓰기는 전시라는 급박한 상황과 직접적인 관련이 있겠지만 장덕조의 글쓰기 특성이라 할 수 있는 직설적, 계몽적 글쓰기가 이 상황에서도 견지되었음을 의미한다.

이와 같은 '타공'과 '멸공'의 길에서 여성이 해야 할 역할은 무엇인가. 장덕조의 다른 수필 「군인과 여성」(『전선문학』 2호, 1952)은 남편이나 아들을 전쟁터에 내보낸 여성들의 처지와 역할을 제시하고 있다. 수필에 따르면 전시 체제하 여성에게는 세 가지 길이 있다. 남성이 군인정신으로 무장한 채 죽음의 길로 들어섰다면 여성은 죽음을 체관하는 것이 첫 번째 길이다. 두 번째 길은 상이군인과의 결혼을 자원함으로써 희생과 불행을 긍정하는 것이다. 작가는 이들을 "순수한 인간성과 그렇게 하는 것이 진실로 나라를 위하는 길이라는 신념이 있는 사람"이라고 보았다. 이들의 선택은 수난의 길이면서 자신의 몸을 산화하는 것과 동일한 맥락에 놓이는 것으로 격상된다. 젊은 여성이 자신의 육체적 욕망을 희생한 채 정신적 법열의 경지에 도달하는 것으로 담론화하기 때문이다. 세 번째 길은 전쟁미망인인데 이들이 생활상의 문제나 고독감을 이기지 못해 전락하는 것을 문제 삼는다. "전란이 모든 여성들을 역경으로 몰아넣는 괴물"이라면 여성들은 사회의 지도를 받아 이 고난을 이겨내야 한다. 요컨대 여성의 역할은 국가에 봉사하는 남성을 위해 어머니이자 아내의 자리를 지키는 것으로 한정된다. 이 세 가지 길의 공통점은 여성이 자신의 욕망을 억제해야 한다는 것으로서 전후에 본격화된 전후미망인 담론이나 가정성 담론을 예비한다는 점에서 주목할 만하다.

장덕조는 전선에 지원한 청년에게 보내는 편지 형식으로 되어 있는 「후방(後方)에서 전선(戰線)으로」(『전선문학』 1호, 1952)에서도 '후방'에서의 여성을 육체적인 욕망이나 금전에 현혹된 부류와 상이군인을 보살피는 정신적으로 성숙한 부류로 이분화하고, 후자에게서 '참된 인생'을 발견한다. 이처럼 장덕조의 수필은 전방—남성의 영역 / 후방—여성의 영역으로 나누고, 여성의 역할을 남성을 기꺼이 전방에 보내거나 상이군인이 된 남성에게 정서적 위안을 주는 것으로 한정한다. 성적 욕망을 포기하고 남성을 위해 감정노동에 종사하는 여성들을 '참된 인생', '정신적 유열(愉悅)'과 같은 어휘를 써서 도덕적 존재로 유표화하는 것은 전시 체제하에서 여성성을 규정하고 배치하는 방식이었다.

한편 모윤숙, 최정희, 손소희의 수필[13]은 체험에 근거해 있거나 특정 인물을 모델로 하여 허구에 가깝게 기술한다. 모윤숙의 「천지가 지옥화」는 "역도, 반동, 국제스파이"로 몰려 피난을 다니다가 절체절명의 위기에 처한 자신의 절박했던 상황을 회고한 글이다. 전쟁 전 한국문학의 중심에 있던 작가의 입장에서는 "해진 수건을 머리에 가리고 신도 없이 몽당발로 나서야"하는 전락을 받아들이기 힘들었을 터이고 그래서 천지가 '지옥의 움직임'으로 인식된다.[14]

이와 같은 작가 개인의 수난사는 최정희의 「난중일기에서」처럼 일기체의 사적 고백의 양식으로 기술되기도 하였다. 수필은 1950년 6월 27일부터 10월 21일까지 자신과 남편 파인 김동환이 겪은 전쟁을 일기 형식으로 기록하고 있다. 부부는 "인민의 피를 빨아먹는 문학을 했다"

---

13 최정희, 장덕조, 손소희는 도강을 하지 못해 서울에 남아 있던 잔류파 문인들로서 적 치하 삼개월 동안 '조선문학가동맹'에 가입해서 활동한 전력이 부역활동으로 간주되어 고초를 겪었다. 본문의 담론 분석에서 드러나듯 이들이 수난의 상황을 극적으로 서사화하고, 반공주의를 서사적 비약을 감수하면서까지 강하게 표출하는 것은 부역행위를 상쇄하기 위한 것이었다.

14 모윤숙의 다른 수필인 「육군중위(陸軍中尉) C에게」도 전쟁 중 다리에 부상을 입어 병원에 입원을 한 육군중위에게 건네는 편지라는 사적인 형식을 빌려 공적인 반공 이념을 담론화하였다. 이 수필 역시 「천지가 지옥화」와 마찬가지로 적치하 100일이 "완전한 지옥의 일부"이고 이를 "공포, 암흑, 비겁, 쫓김, 주검"과 같은 어휘의 세열체를 사용해 설명하고 있다. 수필은 사적인 체험에 더해 '반공'과 '멸공'이라는 공적 이념을 공공연하게 설파한다. "공산당이라는 어떤 정치적인 적보다도 인간생활을 지옥하려는 이 악의 무리를 없애기 위해서 손을 잡고 이러서야겠소", "어서 수술한 데가 아물어서 다시 일어나서 저 남은 원수를 물리치기 바라오"와 같은 언술이 그것이다. 그리고 이와 같은 '멸공'이념은 "살아서 아름다운 젊음의 용사로 이 땅을 다시 재건해야 되오"라는 '재건' 이념으로 확장된다. 젊은 세대를 주체로 한 재건 이념은 전후 우리 문학의 향방을 예시하는 지표라 할 수 있다. 모윤숙, 「육군중위 C에게」, 『문예』, 1950.7.

는 이유로 잡혀간다. 수필은 적 치하에서 살아남기 위해 문학가 동맹에 가입하려 했으나 그마저도 맹원이 아니라면서 거절당해 삼천리사 사원인 모 씨의 도움으로 겨우 가맹했던 일, 도망간 파인을 찾아내라는 위협에 지속적으로 시달린 일들이 주를 이룬다. 이처럼 수필은 일기라는 자기-진술(self confession / self narration) 방식으로 자신의 부역행위가 이념보다는 살기 위한 방책이었음을 드러내는 데 주력하고 있다. 자기-진술을 통한 행위의 정당화는 최정희의 다른 소설에서도 쓰인 바 있는 여성화된 서술전략의 일종이다. "벽보를 부친다든지, 가두행렬을 한다든지 하는 일은 딱 질색"이면서도 어쩔 수 없이 거리에 나서야 하는 "자신에 대한 반발"의 정서는 부역행위가 자의에 의한 것이 아니라는 점을 드러내기 위한 것이다. 파인에 대한 기억 역시 "떨어진 구두 뒤축"이라든가 국밥을 나누어 먹는 등 일상의 세부적 사항을 중심으로 기술된다. 이와 같은 사적인 체험은 수필 말미에서 급작스럽게 공적인 담론으로 전환된다. 수필의 마지막에서 '나'는 아들인 익조가 돌아온 것을 보고 "네가 몸 바쳐 피 흘리는 국가를 위하여 엄마도 몸 바쳐 피를 흘리겠다"고 다짐한다. 전체주의, 국가주의가 비상시국에 구성원들을 호명할 때 흔히 쓰는 방식이 국가를 위해 자신의 몸을 바치는 것이다. 아들을 위해 '몸 바쳐 피 흘리는' 모성은 젠더에 따라 달리 구성되는 몸의 호명방식을 보여준다. 이와 같은 서술전략은 최정희의 일제 말기 친일 논설이나 수필에서도 유사하게 나타난다. 사적인 체험이 수난사로 이루어져 있다면 공적인 담론은 국가주의에 협조하겠다는 비장한 수사학으로 이루어져 있다. 이와 같은 사실은 다음의 진술에서도 확인된다. "나는 이때까지 민족은 사랑했어도 국가는 사랑해 보지 못한 것 같다. 이제 나는 익조와 함께 익조가 피흘려 바치는 국가를 위해 나도 바치기를 맹세한다"는 비장한 결심은 이전의 부역행위를 상쇄하기 위한 알리바이이자 모성성의 전유를 통해 국가주의에 자발적으로 복속하겠다는 강한 의지로 읽힌다.

개인이 당하는 수난사에서 국가를 위해 나를 바치겠다는 공적 담론에로의 급격한 전환은 여성(성)의 양가적 특성, 그리고 시국에 따라 여성(성)을 전략적으로 전유했던 작가의 특성과 관련이 있다. 남편을 기억하고 아이를 지키는 아내이자 어머니로서의 사적 자아는 전통적인 여성성, 모성성을 내면화하고 있다. 국가를 위해 어머니의 몸을 바치겠다는 전언은 국가주의 모성에서 상투적으로 쓰이는 것이다.[15] 사적인 체험에서 반공주의라는 공적인 담론으로의 급격한 선회라는 담론적 특성은 '콩트'로 명명된 「낙화(落花)」(『문예』 15호, 1953)에서도 드러난다. 주인공 선주는 아랫집에 살면서 살구꽃을 일부러 떨어뜨리는 장난꾸러기였던 '재민'이가 세월이 흘러 전선에서 사촌오빠와 함께 근무하는 이등병이 된 것을 알고 "경건한 자세를 갖추어 '꽃이 떨어지고 열매가 익을 무렵엔 이기고 돌아오소서'"라고 기원한다는 내용이다. 이 짧은 수필 역시 사적인 기억에서 '이기고 돌아오라'는 승공의 공적 메시지로 전환된다. 이처럼 사적인 것, 감성적인 것과 공적 계몽성의 결합, 혹은 전자에서

---

15 최정희의 친일 담론에서 여성성이 전략적으로 활용되는 측면에 대해서는 여러 연구자들이 지적한 바 있다. 최정희의 친일소설들은 모성성이나 여성성을 고수하면서 일본의 전쟁 논리에 협력하는 양상을 띠고 있어 "여성성과 국가주의의 결합"(김재용)으로 평가받는다. 한국전쟁기에 나온 이 수필 역시 국가주의에 협력하기 위한 전략으로 여성성이 활용되었다는 점에서 이 작가의 지속적인 측면을 보여준다. 이 지속성과 내적 일관성은 작가가 1960년대 말까지 기존 문단 내에서 젠더 차이에 근거해 자기 정체성을 확보하고 나아가 여성문학 장을 주도했던 기제라고 할 수 있다. 이상경, 「일제 말기의 여성동원과 군국의 어머니」, 『페미니즘연구』 2호, 한국여성연구소, 2002.

후자로의 전환은 최정희의 반공주의 담론에서 지속적으로 나타난다.

손소희의 「결심」은 서울에 공산군이 입성하는 장면으로 시작된다. 공산군들을 맞이하는 것은 미처 피난을 떠나지 못한 아이들, 아주머니들과 같은 사회적 약자들이다. 여류화가인 정숙과 영희는 "해방 직후 영문도 모르고 미술동맹에 가입했다가 그 뒤 잘못을 깨닫고 보련(보국연맹)에 가입했던" 관계로 적 치하에서 살아남기 위해 협력을 해야 하는 상황이다. 그녀들은 다시 미맹에 가입해서 스탈린과 김일성의 초상화를 그리도록 강요받는다. 이들은 "예술가로서의 자존심과 양심을 헌신짝같이 던져야 하"는 상황에서 '자유'와 '민주주의'의 고귀함을 깨닫는다. 자유주의와 민주주의 이념의 옹호는 여성성을 매개로 이루어진다. 이들은 "나의 엷은 손바닥과 가느다란 손가락을 바치리라"라고 결심한다. "엷은 손바닥과 가느다란 손가락"으로 유표화되는 여성성은 "자기의 예술적 생명을 대한민국의 품에 품어 주었으면 하는 진실로 간절한 기원"으로 수렴된다. 이는 여성성이 국가주의와 결합되는 전형적인 방식이다.

이처럼 종군 여성작가들의 수필이나 체험기는 반공주의, 국가주의를 여성화된 방식으로 전유하는 몇 가지 양상을 보여준다. 첫째, 내용 면에서는 전방이 아닌 후방을 배경으로 여성의 역할을 규정하고 있다는 것, 둘째, 형식이나 담론 전략 면에서는 편지나 체험기와 같은 사적인 고백의 형식을 취하면서도 결말은 급작스럽게 공적인 반공 이념이나 국가주의로 끝난다는 것이다. 개연성이 결여된 담론적 결함으로 볼 수도 있는 이와 같은 특성은 다른 측면에서 보면 반공주의를 여성화된 방식으로 드러내는 방법일 수 있다. 즉 직관과 정서에 근거한 글쓰기는 사적 체험과 공적 이념 사이의 빈틈을 메워줄 수 있는 여성적 글쓰기의 양식이며, 여성적 글쓰기가 반드시 전복과 위반의 의미를 지니는 것이 아니라 기존 체제나 이념에 동원될 수 있다는 역사적 실례를 보여주는 것이다.

4. 반공 국가주의와 모성성의 전유 : 소설의 경우

조사에 따르면 한국전쟁기에 발표된 작품 수는 207편 정도라고 한다.[16] 이 중 여성작가들의 작품 수는 그리 많지 않다.[17] 여성작가들의

---

[16] 신영덕, 앞의 글, 228~250면, '한국전쟁기 종군 작가단 소설 목록' 참고. 전시 상황에 대한 거리화가 되어 있지 않은 상태에서 주로 '반공'을 주제로 한 계몽적인 작품이 많았다.

[17] 전체적인 동향을 파악하기 위해 한국전쟁기 대표적인 여성작가들의 작품 목록을 제시하면 아래와 같다. 아래 작품목록에서 종군여성작가인 장덕조, 최정희, 손소희, 전숙희의 것은 신영덕의 글 뒤에 실린 부록을 참고하고, 그 외 필자가 새로 찾은 자료를 토대로 작성하였다. 나머지 작가들은 『전선문학』, 『사병문고』, 『문예』, 『신천지』, 『학원』 등을 중심으로 작성한 것이어서 완전한 서지가 되지는 못 한다. 제시한 작품들이 모두 반공 국가주의 색채를 띠는 것은 아니며, 한국전쟁기에 발표한 것을 기준으로 했음도 부수적으로 밝혀둔다.

장덕조	손소희
「어머니」, 『전시문학독본』, 계몽사, 1951; 「젊은 힘」, 『전쟁과 소설』, 계몽사, 1951(『사병문고 3 : 단편소설집』, 육군본부정훈감실, 1952에 재수록); 수필 「어떤 여인」, 『시문학』 3호 전시판(戰時版), 1951.6; 체험기 「내가 본 공산주의」, 『적화삼삭구인집』, 국제보도연맹, 1951; 수필 「후방(後方)에서 전선(戰線)으로」, 『전선문학』 1호, 1952; 수필 「군인과 여성」, 『전선문학』 2호, 1952; 소설 「향화(香花)」, 『걸작소설선집』, 현암사, 1952; 「매춘부」, 『코메트』 2호, 1953.1; 「영예의 귀환을」, 『코메트』 3호, 1953.2; 「선물」, 『전선문학』 4호, 1953.4; 「소년과 앙의(工依)」, 『학원』 2(4), 1953.4, 장편 『십자로』, 문성당, 1953; 「내가 뺏은 고지」, 『사병문고 4집』, 육군본부정훈감실, 1953.1; 수필 「빽과 S소장」, 『전선문학』 4호, 1953.4.	「결심」, 『적화삼삭구인집』, 국제보도연맹, 1951; 「사변과 소녀」, 『사병문고 2 : 단편소설집』, 육군본부정훈감실, 1951; 「그 날에 있은 일」, 『협동』 32, 1951.11 (『전선문학』 2호, 1952.12에 재수록); 「향연(饗宴)」, 『신천지』 전시판 2호 7권, 1951.12; 「쥐」, 『문예』 13호, 1952.1; 「반기(反旗)」, 『협동』 34, 1952.4; 「제모와 위신과」, 『연합신문』, 1953.1.24~28; 수필 「4월 일기」, 『학원』 2(4), 1953.4; 「거리(距離)」, 『전선문학』 5호, 1953.5; 「닳아진 나사」, 『문예』 17호, 1953.6.
최정희	전숙희
체험기 「난중일기에서」, 『적화삼삭구인집』, 국제보도연맹, 1951; 수필 「애증교착기(愛憎交錯記)」, 『시문학』 3호 전시판(戰時版), 1951.6; 「바람 속에서」, 『신천	「망향기」, 『시문학』 3호 전시판(戰時版), 1951.6; 「제사(祭司)」, 『신천지』 속간 전시판, 1951.12; 「골든벨」, 『신천지』 7(3), 1952.5; 「그리운 나의 아들아」, 『사병

수가 많지 않은데다가 당시 전시 체제 문단이 종군 남성작가, 월남 작가, 피난으로 남하한 작가 중심으로 움직였기 때문이다. 가령 『문예』 전시판 첫 장에 기재된 '문단은 다시 움직인다'라는 기사는 9·28수복 전 문단, 문인들의 면모를 '부역혐의로 수감 중에 있는 자, 괴뢰군 치하에 완전히 지하로 잠적했던 문인, 괴뢰군 침공 당시 남하했던 문인'으로 분류하고 있다. 그 외 월북문인도 분류대상에 포함되지만 여성작가는 한 명도 없다. 이 분류에서 여성작가들만 추려 보면 부역혐의로 수감 중에 있는 자는 노천명, 괴뢰군 치하에 완전히 지하 잠적했던 문인은 모윤숙, 강신재, 임옥인, 한무숙, 괴뢰군 침공 당시 남하했던 문인은 김말봉이었다. 최정희, 장덕조, 손소희는 2장에서 밝혔듯 미처 도강 및 남하를 하지 못해 서울에 남아있던 잔류파 문인들이었다. 잔류파 문인들과 지하잠적 및 남하 문인들의 수를 합쳐도 열 명 내외이다. 이 여성작가들은 수복 후 기존 문단에 다시 합류하여 작품활동을 하게 되며,

지」 50호, 1952.3; 「산모롱이 쪽으로」, 『공군순보』 17~18호, 1952.6; 「유가족」, 『코메트』 1호, 1952.11; 「임하사와 그 어머니」, 『협동』 37호, 1952.12; 「낙엽지는 날」, 『학원』 2(1), 1953.1; 「낙화」, 『문예』 15호, 1953.2; 장편 『녹색의 문』, 1953.2.25~7.8; 「라일락」, 『학원』 2(4), 1953.4.	문고 4집」, 육군본부정훈감실, 1953.1; 「사치(奢侈)」, 『문예』 15호, 1953.2; 「여자의 마음」, 『코메트』 3호, 1953.2; 「어떤 상이군인」 『전선문학』 4호, 1953.4; 「숙녀가 되기까지」, 『문화세계』, 1953.7.
강신재	**윤금숙**
「눈물」, 『문예』 13호, 1952.1; 「그 모녀」, 『문예』 15호, 1953.2; 「동화(凍花)」, 『문예』, 1953.12(작품 끝에 쓴 날짜는 1952.1.25이라 되어 있음)	「바다가에서」, 『사병문고 2 : 단편소설집』, 육군본부정훈감실, 1951; 「후방의 이모저모」, 『사병문고 4집』, 육군본부정훈감실, 1953.1.
김말봉	**한무숙**
「망령(亡靈)」, 『문예』 13호, 1952.1; 「눈동자같이」, 『사병문고 2 : 단편소설집』, 육군본부정훈감실, 1951; 수필 「하와이의 야화」, 『신천지』 전시판 7(3), 1952.5; 수필 「멀리 떠나있는 남편」, 『신천지』 7(3), 1952.5; 수필 「베니스 기행」, 『신천지』 8(1), 1953.4; 「합장(合掌)」, 『사병문고 4집』, 육군본부정훈감실, 1953.1; 「바퀴소리」, 『문예』 15호, 1953.2; 「전락(轉落)의 기록」, 『신천지』 8(3), 1953.7~8; 수필 「내 아들 영이」, 『문예』 17호, 1953.9.	「정의사(鄭醫師)」, 『문예』 2(6), 1950.6(『전선문학』 6호, 1953 에 재수록); 「군복」, 『사병문고 2 : 단편소설집』, 육군본부정훈감실, 1951; 「아버지」, 『문예』 13호, 1952.1; 「허무러진 환상」, 『신천지』 8(2), 1953.6; 「노인」, 『문예』 17호, 1953.6.

결국 이들이 전후 여성문단에서도 주도적 역할을 하게 된다. 이 여성 작가들 내부에서도 세대[18]에 따라, 잔류 문인과 도강 및 남하 문인 간의 도덕성 논란 여부에 따라 작품 주제나 서사 전략에서 차이가 있을 수 있다. 전시기 작품들이 모두 한국전쟁의 체험을 다루고 있지는 않으며, 다룬다 하더라도 형상화 방식에서 차이가 난다. 전쟁 체험의 당사자를 여성으로 국한한다 하더라도 마찬가지이다. 여기서 필자가 주목하는 것은 '반공'이라는 당시 지배적인 이념에 부응하기 위해 국가주의와 여성성이 결합하는 양상이며, 이를 여성작가들이 어떻게 형상화했느냐다. 종군 여성작가였던 장덕조와 최정희의 작품은 이와 같은 양상을 단적으로 보여준다.

전쟁은 가족을 파괴하지만 한편으로는 전쟁의 승리와 재건을 위해 가족을 일차적으로 호명한다. 전쟁으로 인해 가장을 잃은 가족의 생계와 미래를 책임지는 것은 여성-어머니이다. 전시 체제하에서 국가주의가 요구하는 것은 전쟁 동원에 필요한 남성의 육체이고, 후방의 여성-어머니는 사적인 욕망을 제어하고 아들 혹은 남편을 전쟁에 기꺼이 내보내는 역할을 맡아야 한다. 아와 피아, 적과 동지가 명백하게 갈라지는 상황에서 시국에 협력하지 않는 것은 곧 적을 이롭게 하는 행위가 된다. 때문에 전쟁에 대한 최소한의 거리화가 가능한 전후소설과는 달리 전시소설들은 적을 물리치기 위해 남성이 총력전에 나설 것을, 후방의 여

18　식민지 시기에 등단하여 일제 말기에도 친일작품을 발표했던 모윤숙, 최정희, 장덕조를 그 앞 시기에 활동했던 나혜석, 김명순 등과 구별하여 '2기 여성작가'라 칭하는 것이 통설이다. 김말봉 역시 2기 여성작가에 해당된다. 일제 말기에 등단한 임옥인과 해방 이후에 등단한 손소희, 강신재, 한무숙을 3기 여성작가라 칭하는데 여기에서는 잠정적으로 신진 여성작가로 명명할 것이다.

성은 이 남성들을 보조할 것을 요구하는 내용이 대부분이다. 여성작가들의 전시소설들은 직접적인 전투장면이나 전선의 상황을 서사화하기보다는 대부분 후방에서 여성-어머니의 역할을 극적으로 서사화하였다.[19] 요컨대 전시소설 역시 성차에 따라 그리는 세계가 다르다는 것이다. 특히 대표적인 여성 종군작가였던 장덕조의 소설들은 반공 국가주의 하에서 여성-어머니의 역할을 주로 그렸다는 점에서 일관성이 있다.

장덕조의 「어머니」(『전시문학독본』, 계몽사, 1951)는 여고녀 공민 선생인 박진순여사가 아버지 없이 키운 외아들 종한이가 학도의용군을 지원해 출정을 앞둔 상황에서 갈등하는 내용을 담고 있다. 아들은 적령기가 아니므로 굳이 군대에 나가지 않아도 된다. 하지만 그녀는 "이번 사변의 성격이며 민족의 항로"가 "최후의 총력을 집결할 때"라는 것을 잘 알고 있다. 개인적 모성과 애국심 사이에서 갈등하던 그녀는 자신보다 처지가 더 열악한 학교 급사 혁이가 제2국민병으로 군인을 나간다는 것을 알게 되면서 "맹목적 사랑"을 반성하게 된다. "민족이 다 죽는 판인데 개인사정 돌볼 수 있어요?"라는 혁이의 말을 듣고 "그러니까 자식을 바쳐야 한다"는 깨달음에 도달한다는 일련의 스토리 전개는 개인적인 가족 보존의 욕망을 희생하고 민족이라는 대의에 복무해야 한다는 당시 지배 담론을 형상화의 과정을 거치지 않은 채 노출시킨 것에 가깝다. 이처럼 개인보다는 민족-국가를 위해 모성을 실천해야 한다는 논리는 총력전 체제하에서 항용 등장하는 것이다. 이 작품에서 아래 구절의 경우 장덕조의 일제 말기 방송소설인 「우후청천(雨後晴天)」[20]에

19 　총동원 체제하에서 여성의 역할을 후방으로 국한하면서 여성-어머니의 역할을 강조하는 것은 일제 말기 친일소설에서도 항용 사용되었던 전략이다.

서 이미 나온 바 있다.

　　(가) 그는 이곳에서도 역시 처절한 의무를 가슴에 안고 용감한 싸움을 계속하고 있는 사람을 발견하지 않을 수 없었다.

　　미담은 언제나 신문지상이나 방송 같은 선전기관 가운데만 있는 것이 아니었다. 전시하 눈이 번쩍 떼일 만큼 놀라운 미담이 바로 옆에 태연히 놓여 있지 않은가. (100면)

　　(나) 김 씨도 여태까지 신문이나 잡지나 혹은 방송 같은 것을 통하야 많은 미담과 훌륭한 군국모성의 결심 같은 것을 듣고는 있었으나 그것은 손 가까운 곳에 있는 것이 아니라 웬일인지 먼 곳에 있는 이야기 같은 그런 느낌이 흔히 나군 했습니다.

　　그러나 지금 미나미 부인을 바라보며 그는 이 같은 관념을 떼버리지 않을 수 없었습니다.

　　놀라운 미담이 신문이나 잡지지상에 있는 것이 아니라 한 애국반에 그리고 바로 눈 앞에 예사로히 놓여 있지 않습니까.[21]

　　예문 (가)는 전시기 소설인 「어머니」에서 어머니 박 선생이 학교 급

20　「우후청천(雨後晴天)」은 애국반의 단 하나 '내지인 세대'인 '미나미 부인'이 군국의 어머니로서 지닌 자질을 찬양한 소설이다. 미나미 부인은 첫째 아들인 다까시를 나라에 바쳐 잃은 데다 둘째 아들마저 소년항공병으로 보내면서도 이를 당연하게 여기는 용기 있는 어머니로 그려진다. 반면 일본의 강제 동원령이 본격화되던 시기에 아들을 지원병으로 내보내기 꺼려하는 조선부인들의 태도는 '맹목적 모성'으로 신문, 잡지, 방송 등 각종 미디어를 통해 비판과 교화의 대상이 되었다. 이 소설은 맹목적인 모성을 우회적으로 비판하면서 '군국의 어머니'를 실천하는 '내지 부인'을 전범으로 제시한다.
21　장덕조, 「우후청천(雨後晴天)」, 『방송소설명작선』, 조선출판사, 1943, 216면.

사의 제2국민병 출정 이야기를 듣고 자신의 이기적 모성을 반성하는 대목이고, 예문 (나)는 일제 말기 친일 방송소설에 나오는 대목으로 아들 둘을 출정시킨 일본인 어머니 미나미 부인의 미담을 소개하고 있다.

'미담'이 신문이나 방송 같은 매체에서나 나올 법한 특수한 것이 아니라 '바로 옆'에 있다는 진술은 나날의 일상에서 애국을 실천할 수 있음을 강조하는 것이다. 사실상 훨씬 더 미시적이고 억압적으로 국가주의에 청년 남성과 어머니를 동원하는 것으로 볼 수 있다. 더욱이 밑줄 친 부분에서 드러나듯 일제 말기 친일 담론과 한국전쟁기 반공담론은 동일한 논리구조를 구사하고 있다. '미담'이라는 이름으로 국가주의에 동조·포섭된 모성을 찬양하고 있는 것이다. 국가주의, 반공주의로 여성(성), 모성(성)을 전유함으로써 전시기 그리고 전후 여성작가들은 정체성을 보장받을 수 있었다. 반공주의 담론은 일제 말기 친일담론에 이어 여성성의 제도화가 극적으로 드러난 두 번째 국면에 해당된다.

전시체제하 여성의 역할을 모성성에 한정지을 때 일차적인 비판의 대상이 되는 것은 앞서 말한 맹목적 사랑이다.

참사랑. 가장 경계해야 할 것은 맹목적 사랑이다.

박 선생의 결심은 차차 흔들리지 않는 확실한 것이 되었다.

—대한의 아들들아. 모두 마음 놓고 나가거라. 뒤에는 우리들이 대기하고 있다.

갑자기 어떤 장면이 영화의 한 토막처럼 눈 앞을 지나갔다.

수천수만의 병사가 행군을 하고 있었다. 그리고 그 뒤에는 또 어데까지든지 군대를 따라가는 여인의 무리. (107~108면)

맹목적 사랑은 국가적 위기 상황에도 자기 자식의 안위만을 챙기는 모성을 일컫는다. 이와 같은 맹목적 사랑을 극복하고 그녀는 자식을 기꺼이 나라에 바치는 적극적 모성을 실천하고자 한다. 위 예문에서 눈에 띄는 것은 전방-남성 / 후방-여성의 경계가 명확하다는 것이다. 앞으로 나아가는 존재는 아들-남성이고, 뒤에서 따라가는 존재는 어머니-여성이라는 이 이분법은 총력전 체제하에서 국민 총동원 전략 역시 성별에 따라 달리 적용된다는 것을 뜻한다. 이처럼 반공주의는 여성성, 모성성의 젠더적 특성을 전략적으로 수용하여 전쟁동원 논리를 극화하였고, 그 극화의 중심에 여성작가가 있었던 것이다.

「선물」(『전선문학』 4집, 1953.4) 역시 약혼자를 전장에 내보내야 하는 젊은 여성, 남편을 일찍 여의고 어렵게 키운 아들을 전장에 보내야 하는 어머니가 각성하는 과정을 다루고 있다. "격렬한 시대에 태어난 여인으로 애인이나 자식을 나라에 바칠 것은 그리고 그것이 당연한 의무요 책임이라는 것은 이미 각오한 일"이지만 막상 자기가 그런 상황에 놓이게 되자 갈등하지 않을 수 없다. 젊은 여성 은희와 어머니 박 부장은 서로의 처지에 대한 공감에 근거해 약혼자와 아들을 위한 '선물'을 마련한다. 간호원으로 전선에 종군하는 것이다. 이들의 종군 결심은 "따뜻한 어머니 손길", "괴로운 투쟁 끝에 승리를 얻은 엄숙한 영혼"으로 지칭된다. "자식을 죽이는 부모의 마음, 그러나 자식은 내놔야한다"는 개인적인 결단은 "조국! 그것은 단순한 감정이나 이론으로는 어떻게 할 수 없는 큰 힘"이라는 국가주의 논리에 의해 정당화된다. 그런 점에서 이 작품 역시 「어머니」와 마찬가지로 남성은 물론 여성까지도 여성성, 모성성이라는 이름으로 총동원 체제에 복속되고 있음을 보여준다.

더욱이 이 여성들이 간호원의 신분으로나마 '종군'에 나선 것은 전쟁 말기에 전방과 후방의 경계마저도 허물어졌고, 그만큼 상황이 급박했음을 간접적으로 시사한다.

여성작가 전시소설의 또 다른 양상은 연애 서사의 멜로드라마적 특성을 전시 체제에 맞게 구성하는 것이다. 장덕조의 「젊은 힘」(『전쟁과 소설』, 1951)은 전시기 국민의 역할을 연애담과 세대 간 갈등이라는 낯익은 양식으로 제시한다. T직물회사 사장 딸인 미혜와 부모 없이 할머니 여동생과 함께 사는 정훈은 계층 차이가 있다. 전쟁을 계기로 미혜 집안이 몰락하자 정략결혼이 진행되는 등 전형적인 혼사장애 서사의 형식을 띤다. 이전의 혼사장애 서사가 권선징악 이데올로기에 근거해 해피엔딩으로 끝났다면 이들의 혼사장애는 여주인공 미혜가 집안의 반대와 정략결혼의 유혹을 물리치고 국가에 봉사하는 길, 즉 '의용군'을 지원하는 구국의 결단을 내리면서 해소된다.

전쟁을 바라보는 구세대와 젊은 세대의 인식 차는 구세대를 대표하는 미혜의 아버지와 젊은 세대를 대표하는 정훈을 통해 드러난다. 전쟁 전 기업가였던 미혜의 아버지는 대아보다는 소아를 생각하는 봉건적인 인물이며 전쟁으로 인해 몰락하자 "딸을 이용해서 금전을 획득하려 희망하는" 속물적 인간이기도 하다. "이 격렬한 시대에 옛 생각과 옛 생활에 대한 미련을 버리지 못하는" 구세대의 그는 청산과 쇄신의 대상이다. 반면 군인인 정훈은 민족의 장래를 걱정하고, '한국청년의 책무를 고조하는' 인물로 나온다. 젊은 세대가 윤리적인 측면에서도 우위에 있음은 미혜가 "집안 식구 앞에 나오면 부친의 무능한 부속물"이 되지만 "정훈이나 정숙이 앞에 있을 때는 한 사람의 인간 대접"을 받는다고 느끼는 데서도 확인된다.

소설은 전쟁 수행과 재건을 통한 신질서 수립의 주체가 젊은 세대임을 간접적으로 제시하고 있다. 소설에서 전쟁은 "부자가 몰락하여 거지가 되고 모든 체면이나 질서가 일시에 문란해지"는 혼란과 무질서, 공포심으로 서사화된다. 남북 간의 이데올로기 싸움이 문제되는 것이 아니라 전쟁은 기존의 낡은 것이 파괴되고 새로운 가치와 질서가 들어설 여지를 제공한다. 파국과 신생이 공존하는 이 전쟁의 장에서 새로움은 세대적으로는 젊은이가, 사상적으로는 한층 강화된 국가주의와 반공주의가 담당하게 된다. 정훈이 애국심으로 가득한 군인으로 형상화되고, 미혜가 정훈에 동화되어 의용군으로 나서는 것은 이러한 신질서의 윤리적, 이념적 우월성을 뜻하는 것이다.

장덕조의 전시소설들은 어머니나 젊은 여성들이 후방과 전방에서 전쟁 체제에 적극 협력하고 참여해야 한다는 논리를 편다. 젠더 차이에 근거한 이 같은 국가주의와 반공주의의 서사화는 총동원 체제하 여성작가들의 존립방식이었던 셈이다.

최정희의 「임 하사와 어머니」 역시 국가주의가 '모성(성)'을 호명하는 방식을 보여준다. 이 작품에서 임영하 하사는 편모슬하에서 자라다가 6·25전쟁이 나자 숨어 지낸다. 그는 국군 소집 영장이 나오자 할머니와 어머니의 반대에도 불구하고 나라와 민족을 위해 몰래 입대하고, 이듬해 첫 휴가를 얻어 어머니를 만난다는 단순한 내용이다. 그는 "내 나라 내 민족이 위기에 있는데 그래 남아루 나서 비슬비슬 숨어 살란 말이에요? (…중략…) 내 나라 내 민족을 위해 싸우다 죽는 건 비슬비슬 값없이 사는 것 몇 배 이상이에요"라는 논리를 펴고 입대한다. 아들의 종군을 말리는 할머니와 어머니는 전시라는 총력전 체제에 협조하지 않는 이기적인 모성을 상징한다. 또한 종군을 통한 애국은 남아로서의 역할을 다할 때, 즉 남성성을 확보할 때 가능하다. 얼핏 이 작품은 주인공 임하사의 애국심과 남성성에 초점이 맞춰져 있어 지속적으로 여성성을 추구했던 최정희 문학세계의 본령에서 벗어난 것 같이 보인다. 하지만 텍스트의 이면적 의미는 그렇지 않다. 최정희의 친일소설이나 담론에서 보이는 '군국의 어머니' 담론과 유사하게 아들을 전장에 내보내는 강한 어머니를 지향하고, 나라보다는 아들 개인의 안위를 걱정하는 이기적인 모성을 질타하고 있기 때문이다. 가령 「군국의 어머니」(『대동아』, 1942.5)는 "모든 여성들이 다 일어나서 자기의 아들들을 나라에 바치는데 우리라고 못 바칠게 무업니까"라며 아들을 나라에 바치는 강한 모성을 지닌 군국의 어머니 역할을 강조한다. 남성-아들은 전방, 여성-어머니는 후방이라는 성별 분리에 기초해 전시 체제하 여성의 역할을 규정했다는 점에서 일제 말기와 한국전쟁기의 두 작품은 동일하다.

　　장덕조와 최정희의 소설이 반공이념 및 국가주의가 여성성을 전유하는 일종의 정형을 보여주었다면, 손소희나 강신재의 소설들은 노골적으로 반공이념을 서사화하지는 않았다. 전시 체험이나 반공 이념은 대부분 여성인물의 체험이나 발화를 통해 간접화된 방식으로 서사화된다. 가령 손소희는 한국전쟁기에 다른 여성작가들에 비해 꾸준히 작품을 발표한 편에 속하는데 작품에서 다루는 내용들이 대체로 피난지에서 여성들이 겪는 소소한 일상(「향연」, 「쥐」)이나 한국전쟁 발발 당일 전쟁과는 무관하게 여성이 겪은 사건(「그날에 있은 일」)들이다. 전시하 피난지에서 이 여성들의 일상은 생활고와 관련이 있을 뿐이고, 그 생활고의

근인이 남편이 납북됐거나 사망하는 등 모종의 결핍상황에 있다는 점
정도만 제시된다. 그런 점에서 손소희의 소설은 여성을 어머니 내지 연
인으로서 수난의 삶을 살거나 국가주의 모성을 선취하는 존재로 제시
하면서 반공주의를 극화하는 장덕조나 최정희의 소설과 차이가 있다.[22]

강신재의 소설들은 대체로 9·28수복 전후 적 치하 서울을 배경으로
여성들이 겪는 수난을 감성적으로 그리고 있다. 전쟁으로 인해 남편을
잃고 경제적으로 몰락한 미망인(「그 모녀」), 자기 존재를 인정받았다고
여기고 공산주의 체제에 적극 협력했으나 후퇴 직전 총살당하는 하층
계급 여성(「눈물」), 연인의 이기심 때문에 상처받고 폐허가 된 서울을
배회하는 젊은 여성(「동화」) 등 강신재 전시 소설에 등장하는 여성들은
전쟁의 직·간접적 피해자들이다. 하지만 소설은 이 여성들이 전시 체
제에 맞게 반공 이념으로 무장되어야 한다거나 국가와 민족을 위해 봉
사해야 한다고 주장하지 않는다. 공산주의에 협력했으면서도 착오로
인해 총살당하는 여성의 운명을 냉정하게 보여주거나 여성인물이 서
울 거리에서 사변 전에 알고 지내던 남자에게서 성적 매력을 느끼면서
"이렇게 아름다운 젊은이들이 왜 자꾸 죽어가야 하는 일인걸까"라며
안타까워하는 감정을 통해 전쟁과 공산주의 체제의 비합리성을 간접
적으로 비판하고 있다. 여성의 궁핍한 생활이나 남편이 죽거나 연인이
떠나거나 자신이 총살당하는 운명에 처하는 것은 전쟁 때문이다. 그러
나 여성은 반공과 국가주의에 헌신하고 호명되는 존재는 아니다. 전쟁

---

[22] 엄미옥은 이들의 소설이 전쟁을 반공주의나 민족의 수난으로만 보지 않고 여성의 관점에
서 전쟁의 의미를 새롭게 조명한 것으로 평가한다. 엄미옥, 「한국전쟁기 여성 종군작가소
설 연구」, 『한국근대문학연구』 21호, 한국근대문학회, 2010, 280면.

과 이 전쟁을 야기한 체제에 대한 비판이 계몽적인 담론의 성격을 띠지 않는다는 점은 손소희의 소설과 유사하다. 하지만 이 일종의 '여성화된' 방식은 반공주의의 또 다른 국면, 반공주의가 젠더정치학을 활용하는 전략으로 볼 여지도 있다.

이와 같은 차이는 한국전쟁기 여성작가들의 존재 방식과 관련이 있는 것으로 보인다. 최정희와 장덕조는 일제 말기와 해방 후 '여성'으로서는 드물게 기존 문단에서 자기 위상을 안정적으로 확보한 작가들이다. 이들은 한국전쟁기에 '종군작가'로서 반공주의와 국가주의에 부응하는 여성성의 창조에 주력했다. 반공주의의 서사화, 문학화라는 측면에서는 남성작가들과 다를 바 없었지만 여성성을 통해 그러한 이념을 그렸다는 점에서는 차이가 있다. 그리고 이와 같은 '같으면서도 다른' 방식은 전시 체제에서도 변하지 않았던, 아니 오히려 더 강화된 남성 중심의 문학제도에서 여성작가들이 자기 정체성을 확보할 수 있는 길이었는지도 모른다.

반면 손소희, 강신재 등 해방 후 작품활동을 시작한 신진 여성작가들은 남성 중심의 기존 문학제도에서 이른바 여성작가로서의 '희소성'을 발휘하면서 혜택을 받은 경험도 없거니와 정체성 투쟁을 벌이기에는 경력이 짧았다. 때문에 역설적으로 기존 문학제도가 추구하는 이념으로부터 자유로운 측면도 있었을 것이다. 이들은 거대담론에 부응하기보다는 자기가 경험한 일상의 영역, 여성의 영역을 그리는 길을 택했다. 신진 여성작가들이 택한 이 새로운 전략은 식민 시기에서부터 전후까지 이어지는 여성문학의 주류 내지 중심의 전략과는 다르다. 하지만 이 중심과 경합하면서 여성문단 내지 여성문학 장의 새로운 질서

를 주도하는 세력의 부상을 예시한다는 점에서 의미가 있다. 또한 새
로운 여성문학 세력의 등장이 전시기에 시작되었다는 것은 한국전쟁
이라는 공적·물리적 사건이 여성문학 장에서도 작가들 내부의 '차이'를
견인하는 원동력이 되었음을 보여주는 것이기도 하다.

5. 결론

한국전쟁기 여성작가들은 종군작가활동을 통해, 그리고 여성의 역
할 및 여성성을 재규정함으로써 전시하 총동원 체제에 부응했다. 전시
기는 모든 국민이 반공으로 무장해서 국가를 수호해야 하는 총동원 체
제 시기이다. 어머니–여성은 아들을 국가에 바치고, 젊은 여성은 간호
원이나 의용군으로 자신의 몸을 국가에 바친다. 이와 같은 희생을 통
해서만 여성은 국민으로 (재)탄생할 수 있었다.

이들의 작품은 반공주의 국가 기획에서 여성이 어떻게 국민으로 호
명되면서 전쟁에 동원되는지를 여실히 보여준다. 즉 국가가 반공주의
로 재편되는 과정에서 젠더정치를 적극적으로 활용했음을 알 수 있다.
여성작가들의 경우에도 '살아남기'라는 생존의 갈급한 요구에서든, 부
역행위를 상쇄하기 위한 동기에서든, 아니라면 남성과 동등한 '전시 국
민'으로 호명되기 위해서든 자발적으로 반공주의 담론의 창출에 기여
했다. 즉 이들의 반공주의 담론은 전쟁에 대한 국가의 공식적 기억, 집
단 기억의 생산에 동조한 것으로 평가할 수 있다.[23]

---

[23] 엄미옥은 특히 최정희와 장덕조의 경우 식민지 총동원 체제하에서 국민으로서의 경험과

이와 같은 '여성의 국민화' 전략은 여성 특유의 체험적, 고백적 말하기 방식이라든가 일상성의 서사화를 통해 드러난다. 특히 종군작가였던 최정희와 장덕조는 해방 이전과 이후에 지속적으로 활동했으며, 나름의 내적 일관성을 가지고 여성성과 국가주의를 결합함으로써 여성작가로서의 존립 근거를 확보했고, 나아가 여성문학 장의 중심을 차지했다.[24]

물론 한국전쟁기 작품에 드러난 '여성성'을 국가주의에 동원되거나 전유되는 것으로 획일화해서 파악하는 것은 경계해야 한다. 동일한 작

기억이 한국전쟁기에 환기되고 투영된 것으로 본다. 필자 역시 본문에서 장덕조와 최정희의 반공주의 담론이 이들의 일제 말기 친일담론과 텍스트 표층적으로나 심층적으로 동일하다는 점을 밝혔다. 엄미옥, 앞의 글, 284~285면.

24 이 글은 소설, 수필, 체험기, 종군기 중심으로 논의를 전개한 까닭에 한국전쟁기 여성작가들의 시세계의 전모를 다루지 못 했다. 최근 발간된 『한국전쟁기 여성문학 자료집』(구명숙 편, 역락, 2012)을 토대로 목록만 소개하면 아래와 같다.

김남조	환호(歡呼) / 목숨 / 다시 한 번 너의 목가(牧歌) / 내 그리운 요람(搖籃)의 노래를 / 낙엽(落葉) / 월백(月魄)
노영란	진주(眞珠)의 주검 / 푸른 맥(脈)
노천명	불덩어리 되어 / 무명전사(無名戰士)의 무덤앞에 / 그리운 마을 / 산염불(山念佛) / 송년부(送年賦) / 북(北)으로 북(北)으로 / 조국(祖國)은 피를 흘린다 / 상이군인(傷痍軍人) / 이산(離散) / 별은 창(窓)에 / 누가 알아주는 투사(鬪士)냐 / 아내 / 고향(故鄕) / 꽃길을 걸어서 / 희(姬)야 돌아가라
모윤숙	기다리든 그날 / 모쓰코바에서 온 사람들 / 논두렁길 / 수수밭에서 / 깨여진 서울 / 오양간의 하루밤 / 무덤에 나리는 소낙비 / 국회원 방송 / 숨어 오르는 길 / 달밤 / 끌려간 사람들(희복에게) / 어머니의 기도 / 비밀전쟁 / 서울 나오던 밤 / 경주ㅅ 길 / 수용소의 밤 / 대숲 / 낙동강물 / 밀항의 밤 / 당신의 신부로(상이군인 혼인식에서) / 선봉자(先鋒者) / 국군은 죽어서 말한다 / 장행(壯行)의 날 / 웰캄 아이젠하워 / 또한번 기원(祈願) / 매화주(梅花酒) / 창경원 온실(溫室)에서
이영도	하늘
조애실	고지(高地)의 장송곡(葬送曲)
홍윤숙	백양(白陽)에 부치는 노래

위 목록에서 알 수 있는 바와 같이 모윤숙과 노천명의 시가 압도적으로 많다. 노천명의 「꽃길을 걸어서」, 「추풍에 부치는 노래」, 모윤숙의 「매화주」, 「유혹」이 『1953년 연간시집』에 수록되었고, 『애국시삼십삼인집』(대한군사원호문화사, 1952)에 모윤숙의 「낙동강물」, 시집 『청룡』(해군사령부 정훈감실, 1953)에 모윤숙의 「국군은 죽어서 말한다」가 수록되었다. 전시기에 민간 혹은 정부 주도 선집에 여성시인들로서는 이 두 작가의 시가 주로 선택되었다는 것은 전후 여성문학 장이 국가주의와의 협력을 통해 형성되었음을 반증한다. 이 시들이 반공주의와 연관이 있음은 물론이다.

가의 작품이라 하더라도 한편으로는 국가주의와 반공주의에 동원되는 여성성과 또 한편으로는 이념과는 무관한 듯한 본질적인 속성으로서의 여성성이 공존할 수 있다. 본고는 신진 여성작가들의 작품에서 이와 같은 징후를 발견하고자 했다. 그리고 이와 같은 모순과 균열은 여성작가들의 존립근거, 해방기와 한국전쟁기를 거치면서 재편된 여성문학 장의 형성원리를 해명하는 단서가 될 수 있다.

전후 여성문단의 형성과 그 의미

여성잡지와 '한국여류문학인회'를 중심으로

1. 서론

'여류작가' 그리고 '여류문학'을 부차적이고 비문학적인 것으로 주변화하고 차별화하는 논리에도 불구하고 1930년대는 여성작가가 문단 내에서 독자적으로 인정받기 시작한 시대였다는 점에는 이론의 여지가 없다.[1] 근대 여성작가들은 기존 문학 장 내에서 끊임없이 자기 존재를 증명하기 위한 인정투쟁을 벌여야 했고, 그 과정에서 '여성성'은 기존 문학 장의 승인과 동시에 독자적인 여성문학 장 형성을 위한 차별화된 전략으로 활용되기도 했다. 1930년대 후반 기존 문학 장뿐만 아

---

[1] 심진경은 1932년부터 잡지에서 사용되기 시작한 '여류문단'이라는 용어가 부정적 함의를 내포한 것이라 하더라도 여성문학이 '문단'으로 지칭될 만큼의 집단적 정체성을 확보했다는 증거라고 말한다. 심진경, 「문단의 '여류'와 '여류문단'—식민지 시대 여성작가의 형성과정」, 『상허학보』 13집, 상허학회, 2004, 301면.

니라 국가주의 이데올로기에 특유의 여성성을 내세워 적극적으로 참여했던 일군의 여성작가들은 이른바 여성문단 내에서 확고한 위치를 다지게 되고, 해방과 1950년대 한국전쟁기와 전후 시기에 이르면 이들의 위상은 더 공고해진다.

그런데 이 여성문학 장은 1950년대 중반 이후 여성작가들의 등단 경로가 신춘문예, 여성잡지, 문학잡지 현상공모 등으로 다양해지고, 그에 따라 다양한 작가군들이 등장하면서 변화하게 된다. 특히 전후 발간된 여성지인 『여원』[2]을 비롯한 『여성계』, 『여상』, 『주부생활』, 『여성동아』 등은 여성의 문화 교양 함양의 일환으로 문학 섹션을 강화하고, 여성작가들을 주요 필진으로 끌어들임으로써 전후 여성문단의 형성과 여성문학의 제도화에 기여하였다. 특히 『여원』, 『여성동아』는 각각 여원신인문학상, 여성동아 장편소설 공모 등의 제도를 통해 신춘문예나 문학지 추천 중심의 기존 등단제도에 변화를 가져왔을 뿐만 아니라 독자문예란을 만들어 여성(작가)들의 글쓰기 영역을 확장했다. 따라서 『여원』을 비롯한 전후 여성잡지들은 여성작가군의 확대, 여성작가들의 글쓰기 장 확보, 여원신인문학상 제정을 통한 여성작가 발굴, 연재소설을 통한 여성문학의 대중성 확보에 크게 기여했다. 또한 여성작가들은 문학작품 외에 시론, 탐방기, 고민해결 상담난 등의 여러 글쓰기를 통해 자기 위상을 확고히 하고 당대 여성들이 지녀야 할 교양이나 지켜야 할 규율을 제시하는 역할을 했다. 전후 문학제도와 여성문단의

---

2 1955년 10월 창간되어 1970년 4월 종간된 1950·60년대 대표적인 여성종합교양지이다. 신태양사에서 발간한 『여상』과 함께 독자들의 대중적인 호응이 높았으며, 식민지 시기 여성지와는 달리 교양함양뿐만 아니라 상업적 성격을 띠고 있었다.

형성과정에서 여성잡지가 끼친 영향력은 무시할 수 없을 정도이다.

이 장에서는 근·현대 문학 장, 문학제도의 구성물인 매체로서의 잡지와 문인단체에 주목할 것인데, 특히 여성잡지 『여원』과 1965년 결성된 '한국여류문학인회'를 중심으로 살펴보고자 한다.[3] 『여원』은 비슷한 시기에 발간된 다른 여성잡지들에 비해 발행기간이 길어(1955.10~1970.4, 통권 175호) 1950년대 중반부터 1960년대까지 여성문학 장의 형성과 변화, 여성문학 장과 긴밀한 연관이 있는 여성 담론의 추이를 총람할 수 있기 때문이고, '한국여류문학인회'는 여성작가들이 자발적으로 결성한 '최초의' 여성문학인 단체로서 독자적인 전집발간 등으로 여성문학 정전 창출과 여성작가군의 세대별 추이를 파악하는 데 용이하기 때문이다.

주지하다시피 전후는 전쟁으로 인한 파괴와 남성성의 상실이라는 위기를 극복하기 위해 국가 주도의 재건과 개발 프로젝트가 진행되고, 공적 영역에 진출한 여성들에 대한 위기감과 이들에 대한 규율 담론이 광범위하게 확산된 시기였다. 여성잡지는 여성교양의 증진이라는 목적하에 전후가 요구하는 여성성을 교육 정도, 세대, 계층별로 비균질적인 여성독자에게 순치된 형태로 전달하는 역할을 했다. '문학'은 여성의 문화교양에서 주요한 비중을 차지했다.[4] 문제는 이런 잡지의 성격

---

3 전후 여성문학 장의 전모를 이해하기 위해서는 여성문학과 관련된 비평의 지형도, 여성 잡지 외에 다른 종합지나 문예지 등도 두루 살펴야 한다. 다음 장 「전후 문학제도와 젠더」를 참고하기 바란다.

4 『여원』의 여성교양 담론을 담론 생산자의 젠더, 시기별 차이에 따라 세밀하게 고구한 김복순에 따르면 1950년대 교양의 주류를 이루었던 분야가 문학이었다. 잡지에는 세계문학 동향, 한국 현대문학사, 여성들의 독서경향 검토 등이 꾸준히 소개되었다. 김복순, 「전후 여성교양의 재배치와 젠더정치」, 『여성문학연구』 18호, 한국여성문학학회, 2007, 26면. 또 노지승은 『여원』이 여대생, 주부, 직장여성, 그리고 그 외 계층이나 지역, 세대가 다른 여성들에게 두루 읽힐 수 있었던 것은 순수 문예작품과 대중소설을 모두 실어 서로 다른 층위의 여성들의 독서경향을 고려했기 때문이라고 본다. 또한 독자투고란이나 독자좌담회를 통

이 여성문학 장에도 모종의 영향을 끼쳤는가이다.

2. 전후 여성문단의 형성과 여성잡지 『여원』의 전략

1950년대 중반 이후 여성작가들의 수는 대폭 늘어난다. 등단경로 역시 잡지 / 문예지 추천(박경리, 구혜영, 송원희, 한말숙, 손장순, 이정호, 최미나, 송숙영 등), 신문사 장편소설 현상공모(이석봉, 이규희, 김의정, 전병순 등), 신춘문예(정연희, 이세기, 박순녀 등) 등으로 다양해졌다.[5] 이처럼 전후에 여성작가군이 기하급수적으로 늘어난 이유는 여러 가지 측면에서 생각해 볼 수 있다. 첫째, 1950년대 한국전쟁 이후 문예지, 종합잡지 등 출판물들이 늘어났고 이 출판물들이 여러 다양한 작가들을 원했기 때문이다. 둘째, 글쓰기 욕망 및 역량을 지닌 고등교육을 받은 여성들의 수가 늘었기 때문이다. 이 같은 점은 '여원 신인문학상'에 응모하거나 당선된 예비

해 소설과 영화에 대한 관심을 지속적으로 견인했다고 주장한다. 노지승, 「1950년대 후반 여성독자와 문학 장의 재편」, 『한국현대문학연구』 30호, 한국현대문학회, 2010, 359·362면.

5　이선옥은 1950·60년대 등단 여성소설가 목록을 체계 있게 정리하고 있어, 필자의 연구에 많은 영감을 주었다. 이선옥, 「'여성현상문예'와 주부담론의 균열」, 『여원 연구—여성, 교양, 매체』, 국학자료원, 2008, 309~310면 참고.

1950·60년대 등단 여성소설가 목록
구혜영, 「안개는 걷히고」, 『사상계』 신인문학상, 1955.7 / 김영희, 「수평의 서단(西端)」, 『현대문학』, 1961.11 / 김의정, 「인간에의 길」, 『경향신문』 장편소설현상모집, 1961.3 / 김지연, 「천태산 울녀」, 『매일신문』 신춘문예, 1967.4 / 김지옥, 「우주의 심곡」, 『월간문학』, 1969.9 / 박경리, 「계산」, 『현대문학』, 1955.8 / 박기원, 「귀향」, 『여원』, 1956.1 / 박순녀, 「케이스 워커」, 『조선일보』 신춘문예, 1960.1 / 박시정, 「초대」, 『현대문학』, 1969.3 / 손장순, 「입상」, 『현대문학』, 1958.1 / 송숙영, 「원근법」, 『현대문학』, 1959.3 / 송원희, 「화사」, 『문학예술』, 1956 / 송정숙, 「사생아」, 『현대문학』, 1963.3 / 안영, 「월요 오후에」, 『현대문학』, 1965.3 / 이규희 「속솔이뜸의 냉이」, 『동아일보』 장편현상문예, 1963 / 이석봉, 「빛이 쌓이는 해구」, 『동아일보』 장편모집, 1963 / 이세기, 「화자」, 『현대문학』, 1967.10 / 이정호, 「인과」, 『현대문학』, 1961.2 / 전병순, 「뉘누리」, 『여원』, 1960.1 / 정연희, 「파류상」, 『동아일보』 신춘문예, 1957.1 / 최미나, 「등반」, 『여원』, 1958.1 / 한말숙, 「별빛 속의 계절」, 『현대문학』, 1956.12 / 허근욱, 「내가 설 땅은 어디냐」, 『여원』, 1959.9.

작가들의 이력에서도 확인되는 바인데 교사, 기자 등이 많으며 전업주부라 하더라도 여학교(고등학교) 이상을 졸업한 것으로 기재되어 있다.[6] 여성잡지는 문화나 교양에 관심 있는 고학력 여성독자를 흡수하게 되는데 이 여성독자들이 자신들에게 친숙한 매체인 여성잡지를 통해 작가되기를 실현한 경우라 할 수 있다.

『여원』을 비롯한 이 시기 여성지들은 이상적 주부를 고등학교 또는 대학교육을 받은 교양세력이라고 보았는데, 이들의 자기실현 욕구가 표현된 출구가 바로 문학이었다. 여성작가들은 각종 좌담회나 에세이를 통해 가정생활과 문학활동을 양립하기 어렵다고 고충을 토로했다. 하지만 가정주부들이 주부라는 역할과 병행해서 자기표현 욕망을 표출할 수 있는 주요한 방식이 '문인지망생'이었던 것도 사실이다.[7]

여원 수필, 여원 수기, 독자문예, 여류현상문예, 수기현상모집, 여상의 수기, 독자문예, 독자편지(편집자에게 보내는 소리), 생활주변의 잡기를 담은 '해바라기의 마음'[8] 등은 독자들이 수동적인 독자의 위치에서 벗

---

6   가령 『여원』 창간기념 '여류현상문예' 당선자의 프로필을 보면 단편소설 1석 당선자 박정자(경남 고성여자중학교 근무), 2석 박기원(『서울신문』, 『경향신문』 기자를 거쳐 현재 가정생활), 수필 1석 진소희(사범학교 졸, 교편생활)로 되어 있다. 여원 1주년 기념 '여류현상문예' 당선자 프로필에는 단편소설 2석 당선자 최예순(전직교원), 시 1석 박정희(서라벌예대 문창과 2년 휴학 중), 2석 김선영(서울 사범학교 본과 3학년 재학 중), 수필 1석 최미나(서라벌예대 중퇴)라고 되어 있다. 당선자 대부분이 고등학교 이상 졸업자이며, 교원이나 신문기자 경력이 있거나 여대생이다.

7   이선옥, 앞의 글, 308~310면.

8   "'해바라기의 마음'에 꾸준히 응모해 주신 전국 애독자 여러분께 감사드립니다. 매달 제한된 지면 사정으로 모두 게재치 못하였음을 아울러 사과합니다. 이번 『여상』에서는 돌아오는 8월호에 '해바라기의 마음' 특집을 계획하고 매달 실리지 못한 우수한 작품과 그동안 응모작품을 모아 전국 애독자 여러분의 성원에 보답코저 하오니 많은 투고를 기대합니다. (여상편집부)"
우리는 위 '알림' 문구에서 독자문예의 산문란 외에도 따로 생활 주변의 잡기를 담은 수필류가 지면으로 할당되었고, 상당히 많은 수의 독자가 응모하였음을 알 수 있다. 여성지의 독자가 적극적으로 작가됨을 모색했다는 징표, 자기표현의 욕구를 지녔다는 징표이다. 한

어나 작가로서 다양한 문학적 글쓰기를 할 수 있는 장을 마련해 주었다. 한편으로 수필, 수기, 독자문예는 대중 잡지가 판매부수를 올리는 전략으로 적극 활용되었다.

'여원 여류현상문예'는 1956년 1회부터 1970년 15회까지 매년 1월 당선작을 발표하였는데, 전체 등단작가 수는 소설 당선자 30명, 시 당선자 32명, 수필 18명, 시조 7명 등 87명에 이른다.[9] 물론 모든 등단 작가들이 이후 지속적으로 문학 장에서 활동을 한 것은 아니지만, 단일 잡지, 그것도 문예지가 아닌 대중적 여성지에서 배출해 낸 작가의 숫자치고는 많은 편이다.

『여원』은 창간호에 '여류문예작품현상모집' 공고를 내고, 단편소설, 시, 수필 분야로 나누어 작품을 모집하였다.[10] 『여원』은 여성지 단독으로 진행한 여류현상문예에 권위를 부여하기 위해 심사위원에 전전, 전후 남한의 주류 문학인들을 고루 배치한다. 소설 분야의 심사위원으로는 백철, 최정희, 조연현, 정비석, 김동리, 박영준, 장덕조, 박화성, 황순원, 손소희, 곽종원, 강신재, 안수길, 박경리, 한무숙, 시 분야의 심사위원으로는 서정주, 모윤숙, 조지훈, 김용호, 박기원, 김남조, 박목월, 신석초, 김종문, 김현승, 박두진이, 수필 분야의 심사위원으로는 마해

편 1966년 6월에는 '나의 대학생활' 수기 입선자도 발표되었다. 이처럼 1950 · 60년대에는 여성지를 중심으로 수기류, 수필류가 적극적으로 소비되었다. 특이한 점은 『여원』이 비슷한 시기 가정주부를 대상으로 절약 관련 수기를 모집했던 데 반해, 여대생 독자를 대상으로 한 잡지 『여상』에서는 대학생활을 소재로 한 수기를 모집해서 차이를 드러냈다는 점이다. 두 여성잡지는 비슷한 필진, 비슷한 잡지 구성방식을 택했으면서도, 독자층에서는 약간의 차이를 두고자 했다.

9   이선옥, 앞의 글, 317면.

10   『여원』(1956.1)은 '여원 창간기념 여류현상문예'에 소설 64편, 시 206편, 수필 39편이 응모되었다고 밝히고 있다. 여성독자들의 '작가되기' 열망이 그만큼 컸음을 보여주는 징표이다. 특히 단편소설 분야에 2석으로 당선된 박기원은 이후 1960년대 여성문학 장에서 활동하게 된다.

송, 조풍연, 송지영, 이명온, 전숙희, 조경희가 활동했다. 특히 수필분야에서는 조경희, 전숙희 두 여성수필가만으로 심사위원이 구성되기도 했고, 소설 분야에서는 1961년 6회부터 1963년 8회까지 박화성, 장덕조, 손소희, 세 여성작가들이 단독으로 심사위원을 역임하기도 했다. 강신재, 박경리, 한무숙 등 전후 등단 여성작가들이 1965년 이후 심사위원으로 등장한다는 점도 주목할 만한 사실이다. 왜냐하면 이 심사위원 명단이 지닌 고정성과 그럼에도 불구하고 빚어진 미묘한 변동은 해방과 전후 남한 문학 장의 특징 및 세대변화를 압축해서 보여주기 때문이다. 가령 소설 분야의 최정희, 박화성, 장덕조, 시 분야의 모윤숙은 전전 세대 여성문학 장을 이끌었고, 이들은 식민지 시기뿐만 아니라 해방과 한국전쟁 후에도 지속적으로 여성문학 장을 대표한 인물이다. 이 같은 점은 이 작가들이 1965년 '한국여류문학인회' 결성을 주도한 데서도 알 수 있다. 한편 강신재, 박경리, 한무숙, 김남조는 전후 등단한 작가로서 문단의 '신진'에 속하지만 월평, 단평, 비평의 영역에 자주 오르내릴 정도로 문단 내에서 인정을 받은 상태였다. 요컨대 1965년을 기점으로 한 심사위원들의 세대교체는 여성문학 장의 세대 변화, 지속성과 변이를 압축적으로 보여준다.

작가 지망생을 위한 현상문예 제도가 일회성에 그치지 않은 것은 첫째, 『여원』이 폐간되기까지 총 14회[11]에 걸쳐 지속적으로 운영된 점, 둘째, 박기원(1956.1), 최미나(1958.1), 전병순(1961.1), 허근욱(1959.9) 등 『여원』으로 등단한 작가들이 1960년대 여성문학 장에 안정적으로 편입되

---

11   분야는 시, 소설, 수필 장르로 동일하며, 1956년 1월호부터 1969년 1월호까지 매년 1월호에 발표되었다.

었던 데서도 알 수 있다. 즉 『여원』은 여성-신인들이 등단할 수 있는 장을 독자적으로 운영함으로써 기존 문학제도가 미처 포섭하지 못 한 문학 지망생과 문학에 관심 있는 여성독자를 확보하는 방식을 택했다.

여성작가들은 좌담회, 회고록[12] 등의 필자로 등장하여 자신들의 글 쓰기 행위에 대한 이야기를 함으로써 여성독자들의 호기심을 충족시켜 주기도 했다. 가령 1956년 1월 호 기사에는 최정희의 「여류작가가 되려는 분에게」와 노천명의 「여류시인이 되려는 분에게」가 나란히 실려 있다. 내용은 여성작가로서의 성적 특성보다는 세상살이의 어려움, 사람됨, 개성 등을 언급하는 일반론에 머무르고 있다. 1956년 7월호에는 「나는 이렇게 해서 작가가 되었다」라는 제명하에 손소희, 임옥인, 최정희가 자신의 등단 동기와 과정을 밝히고 있다. 내용은 이 작가들이 다른 지면에서 등단 경위를 밝힌 것과 중복되어 별다른 것은 없다. 다시 말해 『여원』에 실린 작가들의 문학론과 작가론은 본격 문학론으로서의 성격을 띠기보다는 문학에 관심 있는 여성독자들을 교양 함양 차원에서 흡수하는 정도의 수준에 머무르고 있다.

여성작가들의 좌담회는 식민지 시기 종합지나 문예지에서의 좌담회와 비슷한 면모를 띤다. 1960년 10월호 「좌담회-문학하는 여성에게」(사회 손소희, 참석자 박화성, 김남조, 박기원)를 보면 "제6회 여류 신인상 모집에 제하여 여성과 문학이라는 제목으로 좌담회를 개최한다"고 되어 있다. 내용은 '문학을 시작한 동기, 나의 문학수업과 감명 깊었던 명작

---

12 '화성문학 40년의 적나라한 자서전기'라는 문구가 붙은 박화성의 『눈보라의 운하』와 모윤숙의 회고록 『회상의 창가에서』가 대표적인 예이다. 더욱이 박화성과 모윤숙이 식민지 시기 소설과 시 장르를 대표하는 작가로서 전후 여성문단에서 차지했던 위상을 생각해 보면 『여원』이 여성문학 장의 창출에 영향을 끼쳤음을 미루어 짐작할 수 있다.

들, 작가의 체험, 문학과 가정은 양립될 수 있는가, 문학소녀에게 주는 어드바이스' 등으로 구성되어 있다. 이 좌담회는 여성지에서 여성작가와 여성문학을 여성독자를 포섭하기 위한 주요 전략으로 삼으면서도 소위 '문학적'인 것을 가볍게 다루는 전형적인 면모를 보여준다.

1965년 4월호 「르뽀특집―여성의 사회견학(부제목 신예 여류작가들의 보고)」는 저널리즘이 신진 여성작가들의 새로움과 여성작가로서의 희귀성을 활용하는 예를 보여준다. 한말숙, 홍성자, 구혜영, 박기원, 김아란, 전병순 등의 필자가 경찰백차, 가정법원, 영화촬영소, 교도소, 윤락여성선도소 등을 체험하고 쓴 글을 게재하였다. 또한 1968년 9월호에는 '여류작가'들이 논산훈련소를 체험한 체험기가 실려 있다. 여류소설가로는 최정희, 임옥인, 손소희, 구혜영, 박순녀, 송원희, 최미나, 허근욱, 전병순이, 여류시인으로는 홍윤숙, 조애실, 추은희, 김윤희가, 수필가로는 조경희, 전숙희가 참가했다. 1960년대 여성문학 장의 대표격인 인물들이 총망라되어 있는 것이다. 또한 이 기획은 당대 여성문학 장이 국책에 동조함으로써 체제내화 되어가는 면모를 단적으로 보여준다. 실제로 전병순이 대표 집필한 글에서는 "한국군대는 문명군"이며, 우리는 "대한민국에 충성을 다하겠다고 다짐"하는 내용이 나오는데 이는 국가 담론에 대한 무비판적인 동일시를 보여주는 예이다.

『여원』은 문학을 제외한 다른 기사에서도 여성작가들을 필자로 적극 활용하면서 전후 여성문단의 형성에 모종의 영향을 끼쳤다.[13] 『여원』이

---

13 『여원』의 시기별 변화 추이를 보면 1950년대에는 여성문학과 여성작가 관련 담론들이 많은 데 반해, 1960년대 중반 이후 잡지의 체재가 의식주를 비롯한 일상적이고 소비적인 문화에 대한 정보 중심으로 바뀌면서 문학 관련 꼭지는 크게 줄어든다.

여성작가들을 주 필진으로 삼아 중산층 여성이나 여대생 독자들을 대상으로 사회적 문제나 여성 교양을 의제화 했음은 1963년 12월호 '100호 기념 특집'에서 그간 필자에 대한 통계를 제시하는 데에서도 잘 드러난다. 통계에 따르면 남성필자 73%, 여성필자 27%이며, 직업별로는 소설가, 교수, 삽화만화가, 시인 순이라고 되어 있다. 여성지임에도 불구하고 남성필자가 여성필자에 비해 비중이 월등하게 많은 것은 이 잡지가 '교양함양'에 목적을 두고 일정 정도의 지식을 갖춘 계층을 주 독자로 상정하고, 남성필자들이 지닌 담론의 권위에 의존했기 때문인 것으로 보인다. 여성필자의 경우에도 소설가, 시인, 수필가의 비율이 높다. 여성문학인들은 작품활동을 통해서뿐만 아니라 좌담회, 탐방기, 독자상담란, 권두언 등 다양한 코너에서 여성-교양 담론을 주도하였다. 따라서 여성작가가 지식인으로서 여성 교양 담론의 권위자로 인정받았다는 점은 여성문학 제도를 확립하는 데 모종의 영향을 끼쳤을 것으로 추측된다.

이상에서 살펴본 바와 같이 『여원』은 문학내적으로는 '여원신인문학상('여류현상문예'와 동일한 것임)' 제도를 통해 신진 여성작가를 배출하고, 기존의 2기 여성작가들을 심사위원으로 활용함으로써 여성문단의 형성에 기여했다. 문학외적으로는 여성작가들을 좌담회, 강연회, 시론, 독자상담난의 주요 필자로 포섭함으로써 여성독자들의 지적 요구에 부응하였다. 이처럼 『여원』이 여성작가를 활용하는 양상은 당시 『사상계』, 『신동아』 등의 종합교양지, 『현대문학』, 『문예』, 『자유문학』 등의 문예지가 여성작가와 여성문학을 배치하는 데 소극적이거나 여성작가들이 대중성과 상업성에 영합하였다고 비판하는 것과 대비된다.[14]

3. 기원과 계보 창출에의 욕망

『여원』은 전후 여성작가들이 작품을 발표하는 지면을 제공하였을 뿐만 아니라 이들을 여성문학 장의 주역으로 적극 호명하면서 포섭과 배제의 전략을 구사하였다. 가령 좌담회 「여류예술계의 전망」(1956.1) 중 '각 계의 최초는?'이라는 항목에서는 여성작가 중 최초에 해당하는 인물들, 현재 활동 중인 작가들의 목록을 제시하고 있다. 이 목록은 여성문학 장이 포섭한 작가들이 누구인지, 현재 활동 중인 여성작가에 대해 어떻게 파악하는지 현황을 파악하는 데 도움이 된다. 가령 "시는 김일엽, 김탄실, 장정심, 김우남(김오남), 모윤숙 씨 등이 처음에 나왔고, 작고한 백국희라고 있다. 소설로는 김말봉, 박화성 씨가 등장했고, 이들보다 먼저 강경애 씨가 있다. 현재 중견으로 활약하는 이들로는 모윤숙 씨 뒤에 이선희, 최정희 씨가 나오고, 장정심, 주수원, 김오남. 그 다음 대가 장덕조, 임옥인, 손소희, 한무숙, 강신재, 전숙희 씨가 있고, 시에서는 김남조, 이봉순 씨를 들 수 있다"고 정리하고 있는데 대체로 1930년대 여성작가군을 포괄하고 있으며(나혜석, 백신애 제외), 당대 활동 중인 여성작가들의 계보를 요령 있게 정리하고 있다. 또한 '각 분야 신인들과 앞으로의 전망'이라는 항목에서는 김남조 씨가 전도가 유망하다는 것, 소설은 "사변 전에 강신재가 나온 후 6, 7년간 소설가가 안 나왔다가 박경리가 나왔다"는 점에 이례적으로 주목하고 있다. 1955년 12월 호에서는 한 해를 총결산하면서 소설에서 임옥인, 손소희, 강신

---

14   당시 문예지와 종합지에 드러난 여성문학 관련 비평의 양상은 다음 장에서 다룰 「전후 문학제도와 젠더」를 참고할 것.

재가 많은 활약을 했고, 『현대문학』에 박경리가 추천을 받은 사실을 밝히고 있다. 박경리의 등단이 강신재 이후 여성문학 장에 의미 있는 사건이었음을 보여주는 대목이다. 또한 '전후'라는 인식에 토대를 둔 소설들이 본격적으로 생산되면서 신진 여성작가들의 존재가 자명해 졌음을 알 수 있다.

『여원』이 신진 여성작가 중에서도 박경리[15]에 대해 호의적이었다는 징표는 몇 가지 더 있다. 1958년 4월호에는 「문학을 하며 산다는 것」이 라는 제목으로 한무숙과 박경리 두 '여류' 수상 작가의 대담이 실려 있 다. 한무숙은 「감정이 있는 심연」으로 아세아재단의 아세아문학상을, 박경리는 「불신시대」, 「영주와 고양이」로 현대문학사의 신인문학상을 수상하였는데 "여류작가 둘이 동시에 문학상을 받은 일은 유례없는 일"이기에 다룬다고 밝히고 있다. 같은 해 7월호에서는 제1회 여원 현 상문예 입선자인 박기원의 「애련」과 2회 입선자인 허남이의 「산록」을 싣고 있다. 이처럼 『여원』은 등단제도와 문학상을 통해 신진문인들을 관리했던 기존 문학제도의 시스템을 수용하면서 식민지 시기로부터 한국전쟁기까지로 이어지는 여성문학 장의 계보를 이을 새로운 여성 문단 창출을 시도했다.

『여원』은 당대 활동 중인 여성작가들뿐만 아니라 여성문학 장의 형 성에 기여한 식민지 시기 여성작가들의 존재를 부각하는 담론들을 배치

---

15 박경리는 『여원』에 장편 『성녀와 마녀』(1960)를 연재했으며, 『시장과 전장』(1964)으로 여 원주최 제2회 '한국여류문학상'을 수상하였다. 『여원』이 강신재 이후 새로운 여성작가의 동향에 대응했음을 보여주는 또 다른 증거라 할 수 있다. 강신재도 『청춘의 불문율』, 『그대 의 찬손』, 『오늘은 선녀』 등 장편소설을 꾸준히 연재했으며, 중편 「찬란한 이 슬픔을」으로 제3회 '한국여류문학상'을 수상했다.

함으로써 여성문학의 계보작성에 관심을 보였다. 「특집 : 남성 눈으로 본 여성평전 20인」(1962.10)에서는 김일엽, 박화성, 모윤숙, 최정희가 여성문학인의 대표격으로 소개되었고, 「특집 : 한국 최초의 여성들」(1966.10)에서는 여성작가들 중 '문단의 신여성, 시인 김명순'과 '『신여자』의 주간, 잡지 편집, 김일엽'을 소개하였다. 특이할 만한 점은 작품보다는 사생활로 인해 남성필자들의 악의 섞인 비평의 대상이 되었던 김명순을 비교적 객관적인 시각에서 다루었다는 점이다. 가령 "자만심은 강할망정 선량하고 절대로 경박한 창부 타입의 여자가 아니요, 성적인 면에서는 지극히 담백했다고 하는 분이 많다", "쓰라린 개척자의 생활을 신기한 장난기로만 바라볼 뿐 이해하고 이끌어갈 빛을 내게 해줄 아량이 없었던 그 시대의 남성들에게 책임이 있지 않을까?"라는 평은 식민지 시기 여성작가들이 정당한 평가 없이 남성적 시각에 의해 배제되었던 것과는 대조를 이룬다. 이처럼 『여원』은 문단의 '최초'를 반복적으로 밝힘으로써 이른바 '기원에의 욕망'을 드러낸다. 그동안 여성문학사에서도 배제되었던 1기 여성작가들을 호명하는 것, 왜곡된 평가를 교정하려는 것, 식민지 시기 여성작가들의 존재를 언급하고, 이들의 작품을 재수록하는 것 등은 이 잡지가 여성문학 장 내지 계보 형성에 관심을 기울였음을 뜻한다.

『여원』은 여성작가들의 장편소설을 꾸준히 연재함으로써 1950·60년대 문단의 또 다른 지배적 경향이라 할 수 있는 소설의 대중화에 기여했다. 『여원』 수록 여성작가 장편소설들의 목록을 제시하면 다음과 같다. 최정희 『흑의의 여인』, 김말봉 『방초탑』, 장덕조 『현가』, 『연지』, 박경리 『성녀와 마녀』, 강신재 『청춘의 불문율』, 『그대의 찬손』, 『오늘은 선녀』, 박화성 『바람뉘』, 『눈보라의 운하』, 허근욱 『내가 설 땅은 어디냐』, 김일순『애원은 비취처럼』, 정연희『목마른 나무들』, 이규희『꿈의 배반』, 박순녀『숲속에 가슴속에』, 최미나『흐느끼는 백조』.

언뜻 보아도 박화성, 김말봉, 장덕조, 최정희, 임옥인, 손소희로 이어지는 식민지 시기, 해방 이후 여성문학 장의 중심에 있던 작가들이 망라되어 있다. 신진 여성작가들인 박경리, 정연희, 이규희, 박순녀, 최미나는 이후 1960년대 여성문학 장의 주요한 인물로 자리한다. 1950·60년대는 『현대문학』, 『사상계』 주도의 순문학적 경향과는 별개로 신문과 잡지 연재소설이 흥성했던 시기이다. 『여원』 연재소설은 신구 여성작가군을 대거 필진으로 끌어들여 당대 문학 장의 한 축을 이루었던 대중적인 장편소설 붐을 이끌었다.

연재된 장편소설 중 일부는 1960년대 여성문학사를 재조명하는 데 주요한 위치를 차지한다. 가령 최정희의 『흑의의 여인』[16]은 전후 낭만적 사랑을 통해 자기정체성을 확립해 가는 여성주체의 형상을 반공주의와 결합하여 그렸으며, 김말봉의 『방초탑』은 당시로는 보기 드물게 미국유학생 남성과 여성의 연애를 주서사로 하면서도, 미국적인 것과 민족적인 것의 경합을 부서사로 다룸으로써 서양에 대한 독자대중의 동경과 전후 민족주의/국가주의의 구현을 두루 충족시키고 있다. 기존 여성문학사에서 별로 논의되지 않은 두 작품은 식민지 시기와 해방, 전후 여성지식인의 성장과정을 형상화했다는 점에서 문화사적 의미가 있다. 특히 식민지 시기 사회주의 사상의 유행과 전향, 자유연애의 추구와 그 폐해, 반공주의의 여성적 전유, 전후 미국문화와 미국식 사고방식

---

16 이 작품에 대한 자세한 분석은 다음 논문을 참고할 것. 김복순, 「소녀의 탄생과 반공주의 서사의 계보—최정희의 『녹색의 문』」, 『한국근대문학연구』 18호, 한국근대문학회, 2008.

을 근대적 여성주체의 경험을 통해 보여줌으로써 현대사에 대한 젠더적 접근의 단서를 제공한다. 요컨대 이 두 작품은 전후 여성독자에게 풍속사, 문화사, 사회사적 텍스트의 역할을 수행했다. 한편 박경리의 『성녀와 마녀』는 작가의 대중적 인지도를 높이면서, 전후 여성들의 두 가지 대응방식, 즉 아프레걸의 욕망추구와 전후 강화된 가정성 담론에 의해 주조된 현모양처 담론 간의 경합을 소설화했다는 점에서 의미가 있다. 선정적 대중소설이라 하더라도 여성의 시각에서 재독해했을 때 사회적 함의를 띨 수 있다는 사례이다. 박화성의 『눈보라의 운하』는 자전적 소설로서 식민지 시기 여성작가의 성장을 가늠하는 자료 역할을 한다.

연재소설들이 끼친 영향은 여성문학 제도의 한 축을 이루는 여성독자들의 반응[17]에서도 감지된다. 1957년 10월호 '독자의 편지' 중에는 "연재소설이 독자에게 주는 독서열의 앙양을 참작하시와 질적으로 우수한 연재소설을 한 두 개 더 실어주십시오"라는 내용이 있다. 같은 해 12월 호에도 연재소설을 셋 이상 실어달라는 독자의 요구가 실렸다. 여성지가 장편연재소설을 한 호당 2~3개 실었던 것은 장기적으로 독자를 확보하기 위한 전략이었을 것이며, 여성작가 또한 높은 원고료, 집필 기회 확보 등 경제적인 이유에서 장편소설 집필을 선호했을 것으로 추정된다.

---

17 여성독자들은 문학시장의 소비자이자 글쓰기 욕망을 지닌 주체이기도 했다. 1963년 10월 '편집자에게 보내는 편지'에는 '문학소녀'에 대한 흥미로운 글이 실려 있다. 독자문예란에 입선되는 사람이 항상 같으며, 이들의 시는 『여상』, 『가정생활』에도 실리므로 문예란을 늘려 일반인에게도 공개하라는 내용이다. 문학에 관심있는 여성독자들이 자신들의 작품을 싣고 다른 사람들의 작품을 평가하는 주요 수단이 여성지였음을 보여주는 것이다.

4. 한국여류문학상과 여성문학전집, 여성문학 정전의 형성 원리

전후 여성문학 장은 1965년 9월 8일 '한국여류문학인회'가 결성되고 이들이 『한국여류문학전집』, 『현대여류문학33인집』(편집위원 강신재, 김남조, 손소희, 전숙희, 조경희, 홍윤숙, 신구문화사, 1964) 등 이른바 독자적인 정전만들기[18]를 하면서 공고해진다.

『현대여류문학33인집』은 "현대 여류문인 33인의 자선(自選) 앤솔로지"로서 "박화성 여사의 회갑을 기념하는 모임에서 이 날을 기념하기 위해서"[19] 출간되었다. 여성문학과 관련된 선집, 전집은 식민지 시기에 발간된 『현대조선여류문학선집』(조선일보출판부, 1937), 『여류단편걸작집』(조선일보사, 1939)이 최초라 할 수 있다. 전자는 시, 소설, 수필 장르를 망라하고 있고, 후자는 소설 작품만을 묶은 것이다. '여류'라는 이름으로 비슷한 시기에 전집 내지 선집이 두 번 간행된 것은 당시 근대 문학제도에서 '여류'가 근대문학 장의 일부로 편입되었음을 알리는 징표라 할 수 있다. 하지

---

18 정전이란 학교 교과과정 속에서 공인된 텍스트, 모방할 만한 가치가 있다고 인정받은 텍스트를 뜻한다. 정전 형성의 문제는 작가뿐만 아니라 텍스트의 가치를 생산 또는 재생산하고 그 가치를 소유하려는 독자나 학교, 출판사와 같은 제도와 밀접한 관련이 있다. 정전에 해당하는 텍스트는 사회 역사적 맥락, 당대 지배 이데올로기에 따라 '재' 평가되면서 선택, 배제된다. 정전을 구성하는 지배적인 이데올로기 중 하나가 젠더정치학이라 할 수 있다. 정전과 여성문학 간의 배타적인 관계에 주목하는 일군의 페미니스트들은 '정전' 자체가 남성중심적인 이데올로기에 따라 구성된 것이므로 여성문학은 정전을 만들기보다는 정전 자체를 해체해야 한다는 주장을 펴기도 한다. 다시 말해 여성주의의 관점에서 정전을 바라볼 경우 남성중심적인 정전에 대응하는 여성중심적인 대안적 정전의 확립을 주장할 수도 있고, 정전 자체를 해체하자고 주장할 수도 있다. 하지만 우리 근대문학사와 문학제도에서 여성문학이 자기정체성을 확립해가는 과정을 탐사하고, 궁극적으로는 여성문학사의 형성 원리를 파악하기 위해서는 정전의 해체나 대안적인 정전 이전에 근대문학의 정전 확립 과정에서 여성문학은 어떻게 선택 / 배제되었는지, 여성문학이 자체 정전을 확립하면서 채택한 원리는 무엇인지를 먼저 규명해야 할 것이다.

19 1964년 7월호 「여원도서실」 기사 내용을 참고할 것

만 그와 같은 편입이 불안정한 것임은 동일한 작가라도 수록된 작품이 다소 다른 점, 소설이나 시처럼 작가의 본령에 해당하는 장르보다는 수필 장르의 수록 편수가 훨씬 많다는 점에서도 확인된다. 물론 작가에 따라서는 작품의 질이나 편수가 기대에 못 미치기 때문이기도 하지만 여성작가에게 적합한 장르로 수필이 선호된 것은 식민지 시기에 여성작가들의 문학제도나 정전에의 편입이 순조롭지 않았음을 반증한다.[20]

전후 여성문학 선집 / 전집에 해당하는 『현대여류문학33인집』과 『한국여류문학전집』은 '한국여류문학상'과 더불어 여성작가들의 정전 형성 욕망을 드러냈다는 점에서 의미가 있다. 식민지 시기 여성문학 선집 / 전집의 경우 출판사와 편집자에 의해 작가와 작품이 수동적으로 취택되어 발간되었다면, 전후 선집 / 전집은 여성작가들이 편집자로 참여하여 자발적으로 만든 것이며, 장르에 대한 개념도 식민지 시기에 비해 좀 더 명확하다.

『현대여류문학33인집』에 실린 작가와 작품의 목록은 전후, 1960년대 여성문학의 지형도를 단적으로 보여준다.[21] 작가와 작품 목록에서 확인할 수 있듯이 식민지 시기에 비해 작가군이 크게 늘었으며, 시나 수필 장르에 비해 소설 장르에 작가와 작품들이 다수 배치되어 있다. 식

---

[20]　『현대조선여류문학선집』(조선일보출판부, 1937), 『여류단편걸작집』(조선일보사, 1939)에 실린 작가와 작품의 자세한 목록은 4부 「근·현대 여성문학 정전의 형성과정 연구」를 참고할 것.

[21]　각 장르별 작가와 작품 목록은 아래와 같다.

소설	강신재, 「황량한 날의 동화」 / 김의정, 「발판」 / 박기원, 「황혼」 / 박화성, 「부덕」 / 손소희, 「감이 익는 오후」 / 손장순, 「배리(背理)의 심연(深淵)」 / 송숙영, 「언챙이」 / 윤금숙, 「정」 / 임옥인, 「후처기」 / 장덕조, 「저돌(猪突)」 / 전병순, 「박포씨(博圃氏)」 / 정연희, 「어느 하늘 밑」 / 최미나, 「매화틀」 / 최정희, 「귀뚜라미」 / 한말숙, 「방관자」 / 한무숙, 「유수암」
시	김남조, 「겨울바다」 외 / 김선영, 「설아에」 외 / 김숙자, 「항아리의 변」 외 / 김지향, 「자유」 외 / 김혜숙, 「3월」 외 / 김후란, 「비익」 외 / 모윤숙, 「5월 넥타이 씨」 외 / 박영숙, 「실명시인」 외 / 추은희, 「가을의 시」 외 / 허영숙, 「관음보살 님」 외 / 홍윤숙, 「풍차」 외
수필	김일순, 「혼자 남은 쨍아」 외 / 김향안, 「카페와 참종이」 외 / 전숙희, 「슬픈 여인들끼리」 외 / 정충량, 「바다의 추억」 외 / 조경희, 「비」 외 / 천경자, 「서커스의 향수」 외

민지 시기와 연속성을 가진 작가는 박화성, 최정희, 장덕조(이상 소설)와 모윤숙(시)인데 이들은 식민지 시기에서 전후로 이어지는 여성문학 장의 형성과 정착에 주도적인 역할을 한 인물들이다. 이 선집 자체가 박화성의 회갑을 기념하여 만들어졌다는 점, 1년 뒤인 1965년에 '한국여류문학인회'라는 여성작가 집단 최초의 모임이 결성되었고 1대 회장이 박화성이었다는 점에 미루어볼 때 전후 여성문학 장은 식민지 시기 여성문학 장과의 연속성 속에서 자기 정체성을 확보했다고 볼 수 있다.

『한국여류문학전집』(1967)[22]은 이와 같은 특성을 좀 더 분명히 드러낸다. 전집에 실린 서문은 다음과 같다.

> 여류문학의 개척기에서부터 오늘에 이르기까지의 사십여 년이라는 오랜 세월에서 줄기차게 뻗어 내려온 남존여비의 완강한 관습과 지극히 인색한 사회의 모든 여건에도 꺾임이 없이 꾸준히 자기의 문학을 키우고 확대시켜 온 우리 여성문학인들의 창작 활동은 자기미화의 향기로운 개화라기보다는 차라리 자기연소로 이루어진 피와 땀의 결정인 바로 그것이었다.
>
> 이제야 우리는 그 최초의 결정체로서 『한국여류문학전집』을 내게 되었다. 여성만의 작품으로 이렇게 알찬 전집 여섯 권이 간행된 것은 우리 문학사상 처음 일일 뿐만 아니라 현대 문학의 태동기에서부터 오늘까지에 여성작가들이 창작해 온 작품 수록의 집약이란 점에서도 가히 기념비적인 일이라고 자부하고 싶은 것이다.

---

[22] 이 문학전집 체제에서 확연히 드러나는 것은 시 장르의 축소와 소설 장르의 대폭 확대이다. 전후 여성작가들의 수가 대거 늘어난 것과도 관련이 있을 것이다. 또한 이전 시기와는 달리 장르별 경계를 명확히 하고 있음은 시인이나 소설가의 수필작품은 싣지 않은 데서 드러난다.

즉 서문은 '여성만의 작품으로' 전집 간행, '현대문학의 태동기에서부터 오늘까지에 여성작가들이 창작해 온 작품 수록의 집약'이라는 점을 강조하고 있다. 다른 말로 하면 근대 여성문학의 기원을 설정하고 정전을 형성하고자 하는 욕망을 강하게 드러낸 것이다. 그런 만큼 어떤 작가와 작품이 수록되었는지 살펴보는 것은 의미가 있다.

특히 『한국여류문학전집』 1권은 식민지 시기 여성작가들의 작품만을 수록하고 있다.[23] 따라서 여성문학 정전의 확립이라는 측면에서 어떤 작가, 어떤 경향의 작품들이 선택되었는지, 그것이 식민지 시기 정전들과 모종의 관련성이 있는지를 파악할 수 있다. 작가와 작품들의 목록은 아래와 같다.

『한국여류문학전집』 1권―중단편소설(1)

박화성	「하수도 공사」, 「비탈」, 「한귀」, 「홍수전후」, 「고향없는 사람들」, 「증언」
강경애	「지하촌」
백신애	「적빈」
최정희	「정적일순」, 「지맥」, 「찬란한 대낮」
장덕조	「정청궁 한야월」, 「곡성」, 「창백한 안개」, 「30년」
김말봉	「망령」, 「바퀴소리」, 「여심」

1권에 실려 있는 작가들은 박화성, 강경애, 최정희, 백신애, 장덕조, 김말봉이다. 박정애의 지적처럼 나혜석, 김일엽, 김명순 등 1기 여성작

23　식민지 시기 여성작가 작품들의 정전화와 관련하여 또 하나 흥미로운 점은 『여원』이 1967년 6월 '한국의 명작'란에 이선희 「계산서」, 8월 백신애의 「적빈」, 9월 강경애의 「모자」를 연속해서 소개하고 있는 것이다. 특정 시기에 1930년대 여성작가들의 작품들이 집중적으로 소개된 것 역시 여성독자들의 문학적 교양함양과 여성문학사의 정전에 대한 관심을 반증한다. 해당 작품들이 주로 '빈곤의 여성화'라는 리얼리즘적 특성을 공유한 것도 특징적인데, 이는 식민지 시기 문학 장에서 여성작가와 작품을 취택하여 정전화한 것을 답습한 것으로 보인다.

가들의 존재는 배제되었으며,[24] 2기 여성작가들 중에서도 작고한 강경애와 백신애를 제외하고는 해방과 전후에도 지속적으로 활동했던 작가들의 작품이 전집에 수록되어 있다. 2권부터는 일제 말기나 해방 후 등단한 작가들의 작품이 실려 있다. 박화성의 작품이 가장 많은 것은 '한국여류문학인회' 회장이라는 박화성의 입지 때문이기도 하고, 여전히 리얼리즘적 특성이 식민지 시기 작품 선정의 기준으로 작용하였기 때문이다.

『한국여류문학전집』 2권 ─ 중단편소설(2)

임옥인	「월남전후」
손소희	「창포 필 무렵」, 「닳아진 나사」, 「감이 익는 오후」, 「그날의 햇빛은」, 「암피둘기」, 「지단에서」, 「어느 휴일」, 「정·동(대결2)」
한무숙	「돌」, 「감정이 있는 심연」, 「천사」, 「그대로의 잠을」, 「유수암」
윤금숙	「허망」, 「단짝」

『한국여류문학전집』 3권 ─ 중단편소설(3)

강신재	「파도」, 「젊은 느티나무」
박경리	「전도」, 「불신시대」, 「풍경(A)」, 「풍경(B)」, 「환상의 시기」, 「평면도」
정연희	「정점」, 「창구있는 묘지」
한말숙	「장마」, 「노파와 고양이」, 「상처」, 「방관자」
손장순	「깍두기 씨」, 「미세스 마야」

1~4권 소설, 5권 아동문학, 희곡, 수필 모음,[25] 6권 시에서도 알 수

24　박정애는 1950~1960년대 여성작가들이 1기 여성작가들인 나혜석, 김명순, 김일엽과의 동일시를 거부하고, 박화성, 최정희, 모윤숙으로 대표되는 2기 여성작가들을 인정함으로써 '여류'의 아비투스를 공유했다고 본다. 본고의 기본적인 문제의식이나 논지 역시 박정애의 주장에서 크게 벗어나지 않는다. 박정애, 「'여류'의 기원과 정체성─50~60년대 여성문학을 중심으로」, 인하대 박사논문, 2003, 144~145면.

25　각 권 수록 작가들의 명단을 보면 1960년대 여성문학의 지형도가 넓어졌고, 그만큼 글 쓰는 여성집단이 늘어났다는 점을 알 수 있다.

있듯이 전집의 전체 체재는 소설 장르에 표 나게 치우쳐 있다. 2~3권은 일제 말기나 해방 후, 전후 바로 등단한 작가들의 작품을 주로 수록하였으며, 4권은 1960년대에 막 등단해서 작품활동을 시작한 작가들의 작품을 대개 1편정도 수록하는 체재를 취하고 있다. 한편 시만 수록된 전집 6권에는 해방 전 여성시인들 중에서 모윤숙과 노천명의 작품만 수록되어 있다. 해방 전 선집에는 수록되었던 군소 여성시인들은 배제되었다. 또한 특이하게도 이 권에만 모윤숙이 쓴 '서문'이 수록되어 있다. 다른 권에는 없는 서문이 시집에만 배치된 것은 해방 이후 여성문학 장에서 모윤숙이 지닌 위상을 간접적으로 보여준다. 그가 쓴 서문에 따르면 시란 "민족과 시대를 떠나서 존재할 수 없다." 시는 곧 민족의 정서라는 그의 발언은 일제 말기, 해방 후, 한국전쟁 동안의 지배담론, 국가 주도의 담론에 적극 동조했던 행보와 맞닿아 있다. 이처럼 모윤숙은 시의 공공성을 내세우면서도 한편으로는 여성성을 특유의 자질로 규정하고 있다. 가령 "신사임당이나 허난설헌, 황진이 들에게서 볼 수 있는 저 여성적이며 모성적인 언어를 오늘의 시인들에게 전적으로 요구할 수 없게 되었다"는 발언은 여성성과 모성성을 현실적 맥락에서 파악하기보다는 언급한 전근대적인 여성에게서 찾고 있음을 보여준다. 모윤숙의 여성성에 대한 인식은 지배적인 담론에서 강조하는 여성성, 여성의 역할에서 벗어나지 못한 것이다.

『한국여류문학전집』은 여성문단의 원로부터 신진에 이르기까지 작가,

4권		구혜영, 박기원, 송원희, 최미나, 김의정, 전병순, 박순녀, 김녕희, 이정호, 이규희, 이석봉, 안영, 오지영
5권	아동문학	신지식, 이영희, 남미영
	희곡	김자림, 박현숙, 송숙영
	수필	이명온, 조경희, 전숙희, 정충량, 김일순, 천경자, 전혜린

작품을 골고루 실었다는 점, 가능하면 많은 작가들을 섭렵하였다는 점이 특징이다. 이와 같은 전집의 체재에서 알 수 있는 것은 발간을 주도한 '한국여류문학인회'가 문학집단으로서의 정체성을 확보하기 위한 일환으로 이른바 선택과 취사의 원칙보다는 포섭과 종합의 원칙을 취했다는 것이다.[26] 물론 1960년대부터 문학전집과 선집의 간행이 빈번해지기는 했지만 『한국여류문학전집』의 경우 출판사를 바꿔가며, 여성작가들이 늘어남에 따라 권수를 늘려가며 여러 차례 간행되었다는 점이 다르다.[27] 그만큼 출판 시장과 독자의 요구가 있었다는 것이고, '한국여류문학인회'가 전집 발간 사업을 지속적으로 주도함으로써 여성작가들을 결속시키고 여성문학을 제도화하는 데 영향력을 행사했다는 이야기가 된다.

독자적인 전집 발간과 더불어 '한국여류문학상'은 여성문학 장을 공고히 하고, 여성문학 정전을 창출하려는 욕구를 보여주는 지표가 되는데, 그 주체가 바로 잡지 『여원』이다. 『여원』은 발간 100호 기념으로 '한국여류문학상'을 창설한다. "여류문학의 전통을 계승하고 여류문단의 난만한 개화를 위하여" 기획했고, 심사원칙은 "한국여류기성작가로 해당기간에 신문, 잡지, 단행본으로 발표된 소설 중 심사위원회가 선정한 1편에 수상한다는 것, 심사위원은 5인 이상으로 구성한다"는 것이

---

[26] '한국여류문학인회'는 창립회원의 자격을 데뷔 이후 3년 이상의 활동 경력을 가진 여류문인으로 제한하여 시인 29명, 소설가 22명, 수필가 7명, 아동문학가 2명, 희곡작가 2명 등 모두 62명이 참가했다고 한다. 『한국여류문학전집』은 사실상 이 회원들의 작품들을 거의 모두 수록하고 있다고 봐야 할 것이다. 때문에 등단 3년 차 이상이라 하더라도 1~3권까지의 작가들을 제외하고는 작품 이력이 짧기에 4권의 경우 한 작가 당 한 작품씩만 수록된 모양새를 하고 있다. 정규웅, 『글동네에서 생긴 일─60년대 문단이야기』, 문학세계사, 1999, 165~167면, 박정애, 앞의 글, 23~24면에서 재인용.

[27] 필자가 확인한 바에 따르면 『한국여류문학전집』은 '한국여류문학인회'편으로 해서 3회에 걸쳐 발간되었다. 1967년 전6권(삼성출판사), 1979년 전10권(한국교양문화원), 1983년 전5권(여원출판국)이 발간된 것으로 보인다.

다. 이미 '여류신인문학상'을 통해 대중잡지 그것도 여성독자 대상 잡지로서는 희귀하게 여성작가들이 문학 장에 진출하는 통로 역할을 했던『여원』은 이제 이미 여성문학 제도에 안착한 작가군을 대상으로 문학상을 만듦으로써 정전 형성의 욕망, 여성문학 장 창출의 욕망을 강하게 드러낸다. 이 여류문학상은 잡지가 폐간되던 때까지 6회에 걸쳐 수상되었으며, 그 목록은 아래와 같다.

제1회(1964.10) : 최정희『인간사』

제2회(1965.10) : 박경리『시장과 전장』

제3회(1966.11) : 강신재「이 찬란한 슬픔을」

제4회(1967.10) : 손장순『한국인』

제5회(1968.11) : 전병순『또 하나의 고독』

제6회(1969.11) : 임옥인『일상의 모험』

위 작가와 작품 목록에서 알 수 있는 사실은 '한국여류문학상'이 전후 여성문학 장을 대표하는 작가들을 확정짓는 역할을 했다는 것이다. 1회 수상자인 최정희는 이미 박화성과 함께 여성문단의 좌장으로 대접받았으며, 임옥인, 강신재, 박경리, 손장순, 전병순은 이미 여성문학 선집, 전집에 채택된 작가들로서 1960·70년대 여성문단을 주도적으로 이끈 인물들이다. 또한 소설 중에서도 장·단편 구분을 명시적으로 하지 않았음에도 불구하고 결과적으로는 장편소설만 선정되었다. 가령 4회 수상작가인 손장순의 경우 장편『한국인』과 단편「상처」가 물망에 올랐는데,「상처」가 작품으로서는 완결성이 있지만,『한국인』은 "작가의 의

욕과 노력은 높이 사나 작가의식이 미약"(황순원), "평면적인 구성, 순화
되지 않은 체험적 요소 등 미흡한 점이 많으"(조연현)나 장편이고 스케일
이 크고 작가의 의욕을 높이 사 당선작으로 뽑았다는 평이 나와 있다.
즉 형식이나 내용상의 결함에도 불구하고 장편소설이 선호[28]되었다는
것을 알 수 있다. 당시 비평계 일각에서 '여류작가'들이 인기소설, 연재
소설을 양산하고 있다는 입장이 개진되었던 것도 이와 같은 여성문학
장의 움직임과 관련이 있을 것이다.

　물론 이처럼 '여성문학전집'과 '여성문학상'이라는 두 가지 경로를 통
해 여성작가들이 권위를 인정받게 되고 여성문학 장이 형성되는 과정
이 기존 문학제도와는 다른 양상을 띠었다는 점을 명확히 밝히기 위해
서는 이 작가들의 작품에 나타나는 모종의 경향성을 추출해낼 수 있어
야 한다. 잠정적으로 다음과 같은 결론을 내릴 수 있다. 첫째, 작품이
담지한 시대적 배경과 이념이 한국의 근·현대사와 밀접한 관련이 있
다는 것이다. 즉 수상작들은 대개 식민지 시기, 해방 전후, 한국전쟁기,
전후부터 4·19혁명까지를 연대기적으로 다루거나 전후와 4·19혁명
후 가치관의 혼란 상태를 다루고 있다. 둘째, 사회 정치 상황에 따라 변
전을 거듭하는 여성의 운명을 다루거나 여성의 욕망을 적극적으로 형
상화하는 등 여성적 글쓰기의 다양한 면모를 제시하였다. 셋째, 젊은
세대의 이야기를 다루고 있다는 것, 넷째, '한국적인 것'의 정체성을 의
제화함으로써 1960년대 중반 이후 가속화된 국가 이데올로기와 공모

28　가설이기는 하나 『여원』의 장편연재소설이 거둔 성과, '한국여류문학상'의 장편 편중 현상
　　은 1970년대 『여성동아』가 장편소설 현상공모제를 만들어 여성작가군을 배출하는 역할을
　　했던 데에도 영향을 미쳤을 것이다.

하고 있다는 점[29]이다.

물론 '한국여류문학상' 수상작은 『여원』이 내건 '여류문학 계승'이라는 명분보다는 신문/잡지 연재→한국 여류문학상 수상→단행본 출간(제○회 한국여류문학상 수상작이라는 레떼르와 함께)→관련 작품평 수록의 순서를 밟으면서 상업적인 성공의 길을 걸었다는 점도 무시할 수 없다. 여성문학 장이 기존 문학제도와는 독립적인 '문학상' 제정을 하는 과정에서 소설편중 현상, 장편화, 상업성과 같은 일정한 경향을 띠었다는 점은 1960년대 문단 내부에서 '여성작가'와 '여성문학'이 소비되는 양상을 보여주는 예라 하겠다.

5. 결론

전후, 그리고 1960년대는 여성작가에 대한 편견이 계속 재생산된 시기였다. 여성작가군의 급격한 증가에도 불구하고 이 시기에 비평의 영역에서 여성문학은 제대로 다루어지지 않았으며,[30] 다른 문예지나 종합지에서도 본격적인 여성문학, 여성작가 관련 글은 찾아보기 힘들다. 한 해의 문학계 동향을 정리하면서 간단하게 언급하거나 그나마 여성

---

29 이는 잡지 『여원』의 이념이랄지 성격과 어느 정도 관련이 있다. 『여원』은 전후 한국사회가 급격히 서구화, 물질화되어가는 것에 대해, 그리고 여성이 그런 서구화 담론에 포섭되는 것에 대해 경계를 하였다. 이는 전통적인 여성성을 호명함으로써 여성을 훈육하고 서구화된 여성을 배제하는 것으로 드러난다. 하지만 다른 한편으로는 의식주 전반의 합리화, 서구화를 패션, 음식, 미용, 영화 등 대중문화 기사를 통해 유포하기도 했다. 이와 같은 양가성은 5·16군사혁명과 박정희 정권 수립 이후 급격히 여성성, 모성성을 체제내화하는 쪽으로 바뀌게 된다. 가정생활의 합리화, 과소비 규제, 출산 통제 등이 훈육의 대표적인 예들이다.

30 전후 여성문학 관련 담론에 대해서는 다음 장을 참고할 것.

문학을 다룬다 하더라도 대중성이나 상업성과 관련하여 부정적으로 담론화 되었다.

그렇지만 전후 여성문학은 기존 문학제도에 대해 나름의 응전력을 구사했던 것으로 보인다. 식민지 시기부터 활동하기 시작해 해방 이후까지 지속적으로 활동했던 일군의 여성작가들은 여성문학 장 내에서는 1기 여성작가들과 군소 여성작가군들을 배제하고, 독자적인 여성작가 집단을 결성함으로써 여성문학 내부의 위계화와 서열화를 주도했다. 『한국여류문학전집』은 남성이 주도하는 정전이 아닌 여성 주도의 독자적인 정전이라는 점에서 의미가 있다. 또한 식민지 시기 전집에 수록된 여성작가들의 작품 목록이 해방 이후 정전화 과정을 거친 작품 목록과 크게 다르지 않다는 점 역시 지속성이라는 측면에서 눈여겨 볼 대목이다.

또한 여성문학 장은 여성지라는 대중적인 매체를 통해 남성문학 장과는 다른 영역을 확보했다. 여성의 시각과 욕망, 경험에 충실한 장편소설을 통해 여성 대중독자와 공감대를 형성하고, 비단 문학뿐만 아니라 여성교양 담론의 주체로 나섬으로써 순문학 중심의 기존 문학 장과는 다른 취향을 주조한 것이다. 이처럼 『여원』을 비롯한 여성지는 여성작가와 작품을 적극 활용하고 스스로 여성문학 장의 제도화를 꾀함으로써 다른 매체와의 차별성을 꾀했다. 여성지와 여성문학, 여성작가의 공생은 전후 여성문학이 새롭게 성취한 영역이다.

전후 문학제도와 젠더

여성작가와 작품에 대한 비평을 중심으로

1. 서론

전후 순수 문예지로는 『문예』, 『현대문학』, 『문학예술』, 『자유문학』, 『문학』, 『문학춘추』 등을 꼽을 수 있다. 그러나 조연현, 김동리, 서정주 주도로 운영되었던 『현대문학』 이외에는 다 단명했다. 종합지 중에는 『사상계』만 살아남았다.

조연현은 우리문학이 본격적인 방향에 접어든 시기를 1955년 『현대문학』 창간을 전후로 잡고 있으며, 그 성격으로 ① 1955년 이후 신인 5,600명 등장, ② 장편소설의 등장, ③ 시의 변질과 다양성, 종전의 주정적 성격에서 다른 여러 성질로 변질되면서 표현 분야가 확대된 것, ④ 본격적인 평론의 등장과 문학사와 체계적이며 학문적인 특수연구 논문이 나타나기 시작한 것, ⑤ 전통적인 가치의 추구를 들고 있다.[1] 다시 말해 '전후'는 문학 장의 세대 변화, 소설과 시 장르의 양적, 질적 증가, 본격 평론의 등장이 가속화된 시기라 할 수 있다.

1950년대 문학 장의 특이할 만한 사항은 일간신문의 신춘문예[2]와 문예지의 추천제, 대중지의 독자현상문예가 동시다발적으로 등장하여 상호 경합하면서 등단제도가 복원되고 정착되었다는 점이다.[3] 1950년대 문예지의 추천제는 문단 내부의 분열과 갈등, 문단의 권력화과정을 여실하게 보여준다. 『현대문학』, 『자유문학』, 『문학예술』은 각각 추천제를 통해 성향이 비슷한 작가들을 결집하고 추천제를 통해 신인들을 배출함으로써 세력 장을 형성하게 된다. 특히 1920년대 『조선문단』, 1930년대 『문장』, 해방 후 『문예』 등 보수적인 순수문학의 계보는 1950년대 『현대문학』으로 이어진다. 또한 『사상계』 역시 문예지는 아니지만 신인상 제도를 통해 『현대문학』과는 다른 노선에서 신인들을 배출하였다.

이 장에서는 전후 1950 · 60년대 여성문학 장의 형성과정을 『사상계』와 『현대문학』에 수록된 여성작가와 작품, 여성문학 관련 담론을 중심으로 규명하고자 한다. 주지하다시피 1950 · 60년대는 문학 장 전반에 걸쳐 세대교체가 단행되면서 다양한 경향의 신진작가군이 등장한 시대였다. 여성문학 장도 예외는 아니어서 최정희, 박화성, 장덕조,

---

1   조연현, 「불모의 문학풍토 20년」, 『사상계』, 1968.8. 같은 글에서 조연현은 1955년 이후 20
여 년 동안 500여 편 내외의 장편소설, 5,000편 내외의 단편소설, 20,000편 내외의 시, 10,000
편 내외의 평론, 희곡 기타의 작품들이 생산되었으며, 10권 이상의 저서를 낸 작가가 50명
이나 되었다고 구체적인 수치를 제시한다.

2   1954년 『조선일보』가 소설만을 대상으로 신춘문예 제도를 재개한 이래, 신춘문예와 독자
현상문예를 통해 일반 독자 문학지망생을 포섭해 들이는 한편 단편과 장편 연재를 통해 기
존 작가도 끌어들임으로써 문학의 헤게모니를 잡고자 했다. 이봉범, 「1950년대 등단제도
연구」, 『한국문학연구』 36집, 동국대 한국문학연구소, 2009, 374면.

3   위의 글, 367면.

모윤숙, 노천명, 임옥인 등 일제말기 여성작가군을 잇는 새로운 여성작가들이 대거 등장하게 된다. 이들은 근대 여성문학의 탄생 이후 항상 수적 열세에 처해 있었을 뿐만 아니라 작가로서의 정체성을 의심받았던 전 세대 여성작가들과는 달리 각기 뚜렷한 작품세계를 확보하면서 전후, 그리고 1960년대 문학에서 남성작가들과는 다른 경향성을 드러냈다. 고등교육의 장에서 문학수업을 받은 여성들의 수가 늘어나고, 신춘문예, 문학지나 여성지, 종합잡지의 신인추천제도 등 등단경로가 다양해진 것[4]이 이들이 문학 장에 진출하도록 추동하는 일차적 계기가 됐다고 볼 수 있다. 그럼에도 불구하고 "50년대 후반부터 60년대 초,중반까지 문단에 진출한 여성들의 숫자가 백 단위를 넘어서게 되"[5]었으나 여전히 남성에 비해서는 소수였다. 이 소수의 주변적 존재인 여성작가들이 '한국여류문학인회'라는 독자적인 여성문학 장을 결성하였고, 별도의 문학전집 발간, 여성 문화교양의 창출, 소설의 대중성이라는 1960년대 문학 장의 또 다른 특성을 주조하였음은 앞 장에서 밝힌 바 있다.

이 장에서는 1950·60년대 여성문학 장의 형성계기를 『사상계』와 『현대문학』을 중심으로 살펴보고자 하는데 그 이유는 다음과 같다. 전후(1950년대 중반)에 발간된 문예지와 종합지로는 『문예』(1953), 『문학예술』(1954), 『사상계』(1953), 『새벽』(1954), 『현대문학』(1955), 『자유문학』(1956) 등이 있다. 이 중 『사상계』와 『현대문학』은 1960년대 말까지 지속적으

---

4   신진 여성작가들의 등단시기와 등단경로에 대해서는 앞의 「전후 여성문단의 형성과 그 의미」를 참고할 것

5   정규웅, 『글동네에서 생긴 일―60년대 문단 이야기』, 문학세계사, 1999, 165면, 박정애, 「'여류'의 기원과 정체성―50~60년대 여성문학을 중심으로」, 인하대 박사논문, 2003, 3~4면에서 재인용.

로 발간되었다는 점, 신인추천제라는 독자적인 제도를 통해 소위 새로
운 세대의 작가군을 배출했다는 점, 각각 동인문학상, 현대문학상을 통
해 구세대 작가 및 신진작가군의 배출과 재생산에 기여했다는 점에서
공통점이 있다. 요컨대 전후 1950·60년대 문학 장의 형성에 가장 강
력한 영향을 미친 매체가 두 잡지였다고 할 수 있다. 물론『사상계』의
경우 종합교양잡지이며,『현대문학』은 순문학지이기 때문에 이 둘이
문학 장에 미친 영향력을 단순 비교하는 것은 문제가 있을 수 있다. 하
지만 전술한 몇 가지 이유 때문에, 그리고 그 외 다른 잡지들이 대체로
단명하면서 우리 지성계나 문학계에 미친 영향력이 미약하기에 문학
제도와 문학 장의 형성계기를 압축적으로 파악하는 데에는 큰 무리가
없다. 더욱이 두 잡지는 각각 진보적 민족주의(『사상계』), 보수적 민족주
의 및 범문학주의(『현대문학』)를 지향하여 사상적 입지점에서 차이가 있
으며, 지식인 독자 중심(『사상계』), 대중 독자 중심(『현대문학』)으로 대상
독자층이 상이하다. 따라서 이와 같은 차이가 '여성'의 시각이라는 또
다른 준거점을 가지고 볼 때에도 해당되는지를 살피는 것은 유의미한
작업이 될 수 있다.

세 번째, 1950·60년대 여성문학 장의 형성과정을 총체적으로 살피
기 위해서 또 다른 비교점으로 삼을 수 있는 매체는『여원』이나『여
상』등 이 시기에 발간된 여성지이다. 특히『여원』은 앞 장에서 살펴
보았듯이 신인상 제정, 여류문학상 제정, 여성작가 전집발간, 여성작가
들의 장편소설 연재 등 다양한 방식으로 이 시기 여성문학 장의 형성
에 기여했다. 하지만 기존 문학 장이나 여성작가 본인들은 여성지를
통한 등단을 본격적인 문학 장으로의 진입으로 보지 않았던 듯하다.

이 점은 여성작가들이 여성지를 통해 작품활동을 시작했더라도 신춘문예나 문예지 신인추천 제도를 통해 재등단을 함으로써 권위있는 기존 문학제도의 인정을 받으려 했던 데서도 확인된다.[6] 여성문학 장의 형성이 기존의 남성중심 문학 장과의 협상과 경합 과정을 통해 형성되었다는 점을 역설적으로 확인할 수 있는 것이다. 더욱이 필자는 앞 장에서『여원』과『여상』등 이 시기 여성지와 여성문학 간의 동학관계, 여성문학 장의 형성과정, 여성작가들의 정체성 투쟁과정을 규명한 바 있다. 따라서『사상계』와『현대문학』이라는 해당 시기 대표적인 교양잡지와 문예지를 '여성'의 시각에서 본격적으로 분석하는 이 글은 앞 장의 글과 보족관계에 있다.

2. 전후 여성작가와 작품에 대한 담론

1950년대 중반부터 1960년대는 여성문학사의 전개에서 의미심장한 시기이다. 세대교체, 작가수의 폭발적 증가, '한국여류문학인회'라는 독자적인 여성문학집단의 결성 등은 이 시기 여성문학이 독자적인 자기정체성을 확보할 수 있는 물적 토대를 갖추었음을 입증하는 사례이다. 그런데 여성문학사적 서술에 토대가 되는 여성문학 장의 형성을 객관적으로 입증하기 위해서는 기존 문학 장과 여성문학 장 간의 역학

---

6   가령 최미나(「등반」, 1958.1)는 1959년『현대문학』에서 신인추천을 받으면서, 전병순(「뉘누리」, 1960.1)은 1961년『한국일보』장편소설현상모집에『절망 뒤에 오는 것』이 입선되면서 재등단하였다.

관계 내지 동학을 동시에 고려하는 태도가 합당하다. 『사상계』와 『현
대문학』이라는 이 시기 문학 장의 형성에 강력한 영향력을 발휘했던
매체에서 여성작가를 추인하는 방식, 여성문학을 담론화하는 방식을
분석하려는 것도 이 때문이다.

이런 분석에 전제가 되어야 할 사항은 여성작가들의 작품, 그리고
여성문학 관련 담론에 대한 일차적인 서지작업이다. 이 시기 여성작가
들의 작품은 개별 작품집에 산재해 있거나 문학전집이나 선집에 수록
되어 읽히고 있어 일차적인 서지작업이 미흡한 상태이다. 게다가 본격
적인 여성문학비평론이 나오기 전이라 단편적으로 진행된 여성문학
관련 담론에 대한 서지작업도 부실하다. 때문에 이 시기 여성문학의
양상을 조망하기 위해서는 서지작업이라는 실증적 방법을 거쳐 이 자
료들이 제시하는 몇 가지 단서를 여성의 시각에서 적극적으로 해석하
는 방식을 취할 수밖에 없다.

우리 문학계에서 여성문학비평이 본격적으로 출현한 시기는 1980년
대 중반이고, 그 이전까지 여성작가들의 문학을 여성의 시각에서 재해
석하는 작업은 미미했다. 『사상계』와 『현대문학』에 수록된 여성문학
관련 담론 역시 그 수를 헤아릴 정도로 적다. 따라서 본격적인 평론 외
에도 월평, 좌담회, 작가론, 인물평 등을 포괄하여 여성문학 및 여성작
가를 바라보는 당대의 시각을 재구성하는 방식을 취해야 한다. 『현대
문학』과 『사상계』에 실린 포스트(post) 최정희, 모윤숙 세대 여성작가
들은 일제 말기와 해방기에 등단한 손소희, 임옥인, 강신재, 한무숙부
터 전후에 등단한 박경리, 한말숙, 구혜영, 손장순, 김후란, 허영자, 홍
윤숙에 이르기까지 그 층이 두터워졌을 뿐만 아니라 경향도 다양해졌

다. 이 신진 여성작가들이 어떻게 그들의 '새로움'을 통해 여성문학 장의 변화를 이끌어냈는지, 기존 문학 장은 이들을 어떻게 다루었는지를 파악하기 위해서 두 잡지에 게재된 여성문학과 여성작가 관련 담론들을 정리하면 다음과 같다.

「사상계」 수록 여성작가, 문학 관련 담론

1955년 9월	손우성, 「여류와 신인작품의 비중」
1960년 5월	홍사중, 「강신재 저, '여정(旅情)'」(서평)
1960년 10월	좌담회, 「소설가의 '애(哀)'와 '환(歡)'」, 참석자: 김팔봉, 안수길, 오영수, 강신재, 여석기
1961년 3월	고원, 「사상보다 생활을 소재로—현저한 여류작가들의 진출」
1965년 4월	정한모, 「인고와 아픔의 계보—문학작품에서 본 한국의 여인상」
1966년 3월	정명환, 「폐쇄된 사회의 문학—박경리론」

「현대문학」 수록 여성작가, 문학 관련 담론

1957년 10월	KBO, 「여장부 김말봉」
1960년 1월	조연현, 「태양의 계곡'과 '표류도'」
1961년 3월	홍사중, 「무난한 여류」
1962년 9월	조연현, 「손소희 편모」
1962년 11월	고은, 「김약국의 딸들」
1964년 9월	신설평론 5인집—강인숙, 「자연주의의 한국적」(추천)
1965년 2월	강인숙, 「춘원과 동인의 거리」(추천완료)
1965년 5월	김우종, 「반역과 긍정의 의미—『하얀 도정』을 읽고」
1965년 11월	조병무, 「자의식의 문학-박경리의 단편을 중심으로」(추천)
1965년 12월	강인숙, 「에로티시즘의 저변」
1966년 7월	좌담회, '여류작가의 애환' 참석자: 박경리, 한말숙, 김남조, 홍윤숙, 임옥인, 손소희, 강신재
1966년 8월	최일수, 「박경리의 비판의식」, 김양수, 「문단 여인천하시대」
1967년 1월	김종출, 「자아에 눈뜬 한국여인상」
1967년 9월	윤병로, 「문제작가 문제작품—손장순의 『한국인』론」
1967년 10월	정태용, 「현대시인연구1—노천명론」
1968년 1월	김주연·강인숙, 「신문학 60년 기념 특집—한국현대여류작가론」

1968년 11월	김교선, 「성묘사와 그 질적차원」
1969년 5월	정창범, 「여류작가의 경우」
1969년 7월	윤병로, 「여류문학이 가는 길」
1969년 10월	김현, 「여성주의의 승리」

위 목록을 보면 『현대문학』이 『사상계』에 비해 여성문학 관련 담론
이 수적으로 현저히 많지만, 이는 『현대문학』이 문예지이기 때문에 나
타난 당연한 결과이다. 먼저 『현대문학』은 월평, 연간평 등을 통해 여
성작가들의 작품을 꾸준히 다루고 있다. 홍사중은 월평 「무난한 여
류」(1961.3)에서 전 달인 2월에 나온 '신진여류창작특집' 소설들[7]을 집중
적으로 분석하면서 "여류작가들은 대개가 모험을 하지 않는다"라고 하
면서 새로운 인간형을 창조하지도 않고, 흔한 소재, 낯익은 인물 등 여
성들 주변에서 스토리를 그려나간다고 말한다. 대상 작품들이 특집으
로 '기획'된 탓에 범작에 그치기도 했지만, '여성들 주변'의 스토리라는
말은 이 여성작가들이 여성의 일상을 주로 그렸음을 의미한다.

월평 필자들은 비교적 여성작가들의 작품을 작가 개인의 이력이나
성별 차이로 환원하지 않고, 있는 그대로 평가하는 객관적 시각을 유
지하고 있다. 1962년의 소설을 전체적으로 진단하는 글에서 정창범[8]은
여성작가들의 장편 중 강신재의 『임진강의 민들레』, 박경리의 『김약
국의 딸들』을 고평하였으며, 김우종[9]은 『임진강의 민들레』를 성격소
설, 혹은 선생을 이념적, 도식적으로 그리지 않고 사적인 각도에서 그

---

7   특집 수록 작가와 작품 목록은 다음과 같다. 박경리 「귀족(貴族)」, 송원희 「낙엽기(落葉期)」,
     김성원 「반추」, 손장순 「궤도(軌道)」, 송숙영 「잔조(殘照)」, 이정호 「인과(因果)」. 신진 여성
     작가들로 박경리, 송원희, 손장순, 송숙영, 김성원, 이정호 등이 꼽히고 있다.
8   정창범, 「장편의 풍작, 기타」, 『현대문학』 97, 현대문학, 1963.1.
9   김우종, 「황무지에 뿌린 씨」, 『현대문학』 97, 현대문학, 1963.1.

린 소설로 평가한다. 이 같은 태도는 개별적인 작품평에서도 유지된다. 고은은 『김약국의 딸들』에 대한 감상평에서 박경리의 『김약국의 딸들』이 단숨에 읽힐 정도로 가독성이 있을 뿐만 아니라 앞으로 한국문학사의 걸작으로 남을 것이라고 상찬했으며, 조연현은 강신재의 단편집 『여정』에 대한 평론[10]에서 강신재를 "가장 여류작가적인 여류작가"라고 평한다. 1960년대 남성문인들이 작품성을 지닌 여성작가로 추인한 두 작가가 강신재와 박경리였음을 위 월평들을 통해 알 수 있다.

홍사중은 텍스트 분석에 근거해서 좀 더 구체적으로 논의를 전개하고 있다.[11] 그는 창작집 『여정』의 세계를 분석하면서 주인공이나 스토리 전개보다는 '강렬한 정서'에 정향되어 있다고 본다. 작가가 주로 다루는 감정은 '정체모를 깊은 우수'이며, 즐겨 다루는 주인공들은 고독과 비애를 씹고 있는 인물들이다. 하지만 홍사중은 강신재 작품의 특성을 작가 개인으로도 한계가 있는 것으로 본다. 즉 "죽음이니 고독이니 또는 허무니 하는 화려한 이메이지에 도취되기 쉬운 여자의 특수 생리가 어느 작품에나 일관되어 흐르"는데, 이런 수법이 "인간의 파악과 사상의 표현을 처음부터 포기한 수법으로, 현실과의 아슬아슬한 접점에서 이끼에 덮인 아름다움을 표현하려 하였던 때문"이라고 비판한다. 비록 "여류작가에 드물게 보는 차디찬 지성과 교양"이 감정의 과잉을 제어하고는 있지만 문학적 한정성이 느껴진다는 것이다. 강렬한 정서, 우수, 고독, 비애, 죽음, 허무와 같은 강신재 소설을 해석하는 키워드는 기실 당대 문학 장이 선호했던 여성작가인 강신재 소설을 해석하

---

10   조연현, 「강신재 단상」, 『현대문학』 62, 현대문학, 1960.2.
11   홍사중, 「서평—강신재 저, '여정(旅情)'」, 『사상계』, 1960.5.

는 비평에서 반복적으로 언급되었다. 센티멘털리즘, 허무주의는 전후 문학에서 공통적으로 나타나는 경향이었다. 하지만 강신재의 경우 일관되게 이와 같은 정서를 세련되고 감각적인 문체, 자의식 강한 여성 인물을 통해 드러냄으로써 자기만의 영역을 개척한 작가이다. 평단의 반응은 이런 작가의 일관된 작품경향을 '여류다운' 특성으로 범주화하면서 한계로 지적하는 것, 강신재의 작품세계에 대한 일종의 정형을 만드는 것이었다.

윤병로[12]는 손장순을 '아쁘레 게에르의 인간형을 그리는 작가'로서 "한국의 젊은 세대에게 탈출구와 도덕을 제시해보려는 노력"을 작품을 통해 꾸준히 표출하였다고 평가한다. 『한국인』은 감상주의를 배격하고 관념적인 표현을 구사한 것이 강점이자 난점이라며, 이 작품을 여류작가로서는 보기 드물게 거둔 수확이라고도 평한다. 윤병로의 서평은 해당 문예지에 연재된 작품에 대한 전문가의 비평→문학 장에서의 인준→해당 작가의 관리와 매체의 상업성 창출이라는 당시 문예지의 관례를 보여준다. 사실 『현대문학』의 '월평', '단평'은 추천제로 등단한 작가들의 승인, 추인이라는 의미를 담고 있다. 월평에는 선택／배제의 원리가 작용하게 마련인데 『현대문학』은 자기 잡지로 등단한 작가들을 월평, 반연간평, 평론 등을 통해서 호명함으로써 지속적으로 관리하는 한편, 문단의 권위와 영향력을 확장해 갔던 것이다.[13]

『현대문학』을 통해 등단한 여성소설가는 박경리(「계산」, 1955.8; 「흑흑백백」, 1956.8), 한말숙(「별빛 속의 계절」, 1956.11~12; 「신화의 단애」, 1957.6), 최미나(「고갯

---

12   윤병로, 「문제작가 문제작품—손장순의 『한국인』론」, 『현대문학』, 1967.9.
13   이봉범, 앞의 글, 407~408면.

길」, 1959.3), 송숙영(「타인들」, 1960.1), 김영희(「우기의 문」, 1961.7; 「수평의 서단」, 1961.11), 이정호(「잔양」, 1962.4), 오지영(1963년 10월 「분기점」), 김지연(1968년 6월, 「산영」) 등이다. 여성시인으로는 김후란(「오늘을 위한 노래」, 1959.11; 「달팽이」, 1960.12), 허영자(「도정연가」, 1961.2; 「연가삼수」, 1961.9; 「사모곡」, 1962.4), 이향아(「찻길」, 1966; 「가을은」, 1966), 김초혜(1963, 「사월」, 「길」), 천양희(「화음」, 1965; 「아침」, 1965), 유안진(「달」, 1965; 「별」, 1965; 「위로」, 1965) 등이 있다.

특히 박경리는 「군식구」, 「불신시대」, 「영주와 고양이」, 「벽지」, 「암흑시대」, 「귀족」, 「전도」, 「외곽지대」 등 문제작으로 꼽히는 단편소설들을 『현대문학』에 다수 게재하였으며, 1959년 2월부터 장편 『표류도』를, 1969년 9월부터 장편 『토지』를 연재하였다. 『표류도』는 전후 전쟁미망인의 생존방식과 전후 한국현실에 대한 지적 통찰을 연애와 살인과 같은 대중적인 소재에 녹여낸 작품이다. 작가 자신이 자신의 작품활동을 『표류도』 이전과 이후로 나눌 정도로, 이 작가의 존재를 대중에게 각인시킨 대표작 중 하나이다. 『토지』는 두말할 것도 없이 현대문학을 대표하는 정전 중 하나이다. 한말숙 역시 「노파와 고양이」, 「방관자」, 「순자네」, 「피선자」, 「한잔의 커피」, 「어느 여인의 하루」, 「상처」 등의 단편을, 1960년 4월부터 장편 『하얀 도정』을 연재했다. 즉 등단→단편 게재→장편 연재→관련 월평, 단평의 생산과 같은 일련의 메커니즘은 상대적으로 작품성을 인정받은 여성작가들이 전후 문학 장 내에서 존립할 가능성을 열어줌으로써, 1960년대 여성문학 장의 형성에 일조하였다. 덧붙여서 한국 여류문학상 4회 수상작인 손장순의 『한국인』(1966년 1월부터 연재), 6회 수상작인 임옥인의 『일상의 모험』(1968년 1월부터 연재)도 『현대문학』에 연재되었다. 남성작가들에 비해 적은 수이기는 하나, 『현대문학』에 연재된 여성작가들의 장편소설은 여성문학 장의 승인을 순조롭게 받았을 뿐만 아니라 결과적으로 신진 여성작가들의 작가적 위치를 공고히 하는 데 기여했다. 『현대문학』으로 대표되는 현대문학 장의 중심과 여성문학 장이 상호 교섭을 통해 외연을 확장해 갔음을 보여주는 사례이다.

　『현대문학』은 1961년 2월 '신진여류작가특집(박경리, 송원희, 김성원, 손장순, 송숙영, 이정호, 이상 소설)', 1962년 3월 '여류신인특집(김혜숙, 박정희, 김후란, 추영수, 옥수영, 김정숙, 김선영, 이상 시)'과 1962년 11월 '여성작가특집(박화성, 한무숙, 한말숙, 이정호, 송숙영)', 1966년 12월 '여류작가 소설특집(최정희, 임옥인, 손소희, 박경리, 김의정, 최미나, 이정호, 김영희, 이석봉, 안영)', 총 4회에 걸쳐 여성작가들의 작품을 특집란에 집중 배치하고, 그다음 호에 이들의 작품에 대한 단평을 수록하는 편집전략을 구사했다.[14] 앞에서 살펴본 1961년 3월 홍사중 「무난한 여류」가 이에 해당한다. 1967년 1월에 실린 김종출의 「자아에 눈뜬 한국여인상」 역시 전 해 12월 '여류작가 소설특집'에 대한 평이다. 김종출은 여성작가 소설들이 공통적으로 '고독한 인간상의 추구'를 꾀하며, 이런 인간상이 '자아에 눈뜬 (그래서 한결같이 외롭고 행복하지 않은) 한국여인상'에 기초해 있다고 평한다. 이런 평가는 1960년대 여성문학의 유사한 주제의식을 '고독'과 '자아에 눈뜬' 여성으로 대표되는 여성의 내면, 개인성의 탐구로 포착했다. 그러나 여성작가들의 불행한 의식이 전후 가치관의 변화나 사적인 세계에 갇힌

---

[14]　『사상계』는 여성작가들만 묶어 하는 편집전략을 취하지는 않았다. 하지만 두 번에 걸친 '문예특별증간호'(1961.11, 1962.11)에 한무숙 「대열 속에서」, 구혜영 「메기의 추억」, 강신재 「황량한 날의 동화」, 박순녀 「아이러브유」를 수록하여 신진 여성작가에게 주요 지면을 안배하는 전략을 취하였다.

부르주아 여성의 한계에서 비롯되었다는 통찰에까지는 이르지 못 했다.

한편 김성욱의 월평(1968.4)은 1966년도『한국단편소설선집』에 실린 강신재, 이석봉, 한말숙, 이문희의 작품을 집중적으로 분석하면서 이들의 작품에 드러난 공통된 심리를 추출하고 있다.

> 여성들이기에 사뭇 여성들만이 파헤쳐볼 수 있는 여성심리의 깊은 밑바닥에 잠재해 있을 갖은 모양의 삶의 고뇌에 가득 찬 다양성에의 탐구 또는 매서운 의시의 언어작업. 여기 몇 사람의 여류작가들이 시도하고 있는 짧은 소설―즉 단편소설 몇 편에서 그녀들 자신이 매섭게 들여다보고 몸부림치며 새삼 느끼고 있는 근원적인 의식세계의 비극지대. 침침하고 광기어린 어두운 늪지대를 연상시키는가 하면 험한 동물성에 가까운 그지없는 여성의식의 심연. 지금이라도 당장 미쳐버릴 것 같은 심한 감정의 갈등에서 다가오는 정신도착증. 끈덕진 질투심의 불길에 타고 있는 여심의 무거운 저부, 모진 정욕불만이 빚어내는 착란과 고뇌에 이지러진 잠재의식의 감정 같은 것.

위 글은 "여성들만이 파헤쳐볼 수 있는 여성심리"의 특성으로 광기, 동물성, 정신도착, 정욕과 같은 어휘들을 구사한다. 비록 부정적인 어휘계열체이기는 하지만 여성작가들의 작품이 여성의 욕망과 섹슈얼리티를 강렬하게 그림으로써 모종의 전복성을 띠고 있다는 점을 포착하고 있다.

신인평론가의 등장과 관련하여 주목할 만한 사항은 강인숙이 「자연주의의 한국적」(1964.9, 추천)과, 「춘원과 동인의 거리」(1965.2, 추천완료)로 신인추천을 받은 점이다. 강인숙은 1930년대 말 임순득의 활동 이후로 단절되었던 여성평론가의 계보를 이었다는 점에서 의미가 있다.

「한국현대여류작가론」(1968.1)은 1950·60년대 여성작가와 여성문학에 대한 본격적인 비평인데, 김주연과 강인숙이 나눠 썼다. 먼저 김주연은 "여류들이 표제와 내용이 쉽게 상응하는 안전한 소재를 가지고 안정된 세계를 만들고 있"다는 점을 강점으로 든다. 현실을 감정적으로 받아들이는 남성작가들에 비해 "덜 허영적"이라는 진단이다. 김주연이 대표적으로 드는 작가들은 강신재, 박경리, 한말숙, 김의정, 정연희, 손장순이다. 김주연은 이 여성작가들의 작품경향을 '작품의 문맥이 묘사 중심이냐, 서술 중심이냐'라는 기준을 근거로 분류한다. 묘사 중심의 작가로 정연희, 강신재, 한말숙을, 서술 중심의 작가로 박경리, 김의정, 손장순을 든다. 김주연에 따르면 박경리의 「불신시대」, 『시장과 전장』, 김의정의 「목소리」는 서술에 의한 소설구성의 전형이다. 서술 중심의 작품은 "작가 자신의 경험에 의한 직접적인 서술이리라는 독자의 추측을 거부할 소설적 거리감"이 없어 사소설로 흐를 위험성이 있는데 특히 박경리의 작품을 대표적인 예로 지적한다. 반면 묘사 중심을 지향한 강신재는 "사회적인 사건과는 무관한 자연과 인간심리의 미세한 흔들림이 지배적"이며, "지성적으로 감각을 향수하고 제어할 줄 아는 작가"로 평가한다. 하지만 김주연은 여성작가들이 공통적으로 "성격을 갖춘 인물을 정면에서 다루고 있다" 점, 그럼에도 "인간탐구에 한계가 있다"는 점을 지적한다. 운명적으로 불행한 여성을 그린다거나, 지나친 주제의식으로 인해 서술이 사변성에 그친 점이 그것이다.

김주연의 평론은 1960년대 여성문학이 여성의 불행이라는 유사한 스토리를 전개하고, 주제의식이 승한 나머지 지나치게 관념적인 점을 한계를 지적하고 있음에도 불구하고 여성이라는 성정체성에 근거하지 않고 서사기법의 기본 원칙인 서술과 묘사라는 일관된 관점으로 여성작가들의 작품을 분류했다는 점에서 설득력이 있다. 또한 범박한 수준이기는 하지만 묘사와 서술, 강신재적 경향과 박경리적 경향의 대립은 당대 여성문학의 두 경향, 즉 감각성(감수성) : 산문성(리얼리즘)의 구도를 정확히 파악한 것이다.

한편 강인숙은 남성적 양식을 '도리아식', 여성적 양식을 '이오니아 식'으로 명명하여 구분한 후 당대 여성작가들이 여성적 양식을 제대로 구현했는지를 평가한다. 강인숙은 "도리아식은 편력의 문학이며, 모험과 행동의 문학인데 반하여 이오니아식은 정적의 문학이며, 내면적 심리를 그리는 문학"이라고 구분한 뒤, '여류작가'들이 주로 정적이며 내면을 중시하는 '이오니아식 소설양식'을 택한다고 말한다. 이오니아 양식의 소설은 다시 풍속소설, 심리소설, 사회소설로 나누어진다. 최정희의 「흉가」, 「찬란한 한낮」, 임옥인의 「전처기」, 「후처기」, 강신재의 「팬터마임」, 정연희의 「웅덩이」, 한말숙의 「노파와 고양이」, 「어느 여인의 하루」는 "안방과 그 주변에서 일어나는 사소한 사건들을 그린 작품"으로서 풍속소설 계열이다. 강신재의 「젊은 느티나무」, 한무숙의 「감정이 있는 심연」은 심리소설의 대표적 작품이고, 박경리의 「불신시대」, 「암흑시대」, 『시장과 전장』, 손장순의 『한국인』은 여성의 비극을 개인을 짓밟는 사회 메커니즘과 관련하여 그린 사회소설이다. 강인숙은 "같은 사회소설이라도 여류작가의 경우는 시발점이 언제나 '안방'과 직결되어 있다"라고 말한다. 여성작가의 리얼리즘 소설과 남성작가의 그것 간의 차이를 잘 포착한 것이다. 그는 서구의 양식론에서 출발하여, 주요 여성작가들의 대표작을 양식적 특질을 준거삼아 체계적으로 논의한다. '이오니아 양식'으로 지칭되는 여성작가 작품들의 특성, '안방'[15]과 직결되어 있다는 사회소설의 특성에 대한 분석은 당대 여성작가들의 글쓰기가 남성과는 다른 독자적 국면을 지니고 있음을 간파한 것이다.

지금까지 살펴본 바와 같이 여성문학에 대한 객관적인 평가가 시작되었지만, 여전히 기존 문학 장은 여성문학을 여성의 생물학적 특성에 근거해 평가하는 환원주의적 관점, 배제의 논리를 구사하는 경우가 대부분이었다. 정창범은 「여류문학의 경우」(1969.5)에서 "여류도 하나의 작가인 바, 소재선택, 묘사의 권리는 남성작가나 다를 배 없이 자유롭게 누릴"수 있다 하더라도 "여류작가는 작가인 동시에 철두철미 여자여야 한다"는 생물학적 환원론을 견지한다.

여류작가는 작가인 동시에 철두철미 여자여야 한다는 것이다. 바로 그 여자가 남자 이상으로 타락해서는 안 된다는 것이다. 남자보다는 좀 순결하다고 할 때 여류작가의 작품을 읽을 의미가 생긴다는 것이다.

위 예문은 여성작가는 '여자여야 한다', '순결해야 한다'는 성차에 근거한 차별의 논리를 노골적으로 펼친다. 나아가 그는 여류작가는 타락해서는 안 되며, "육욕도 좋고 무슨 장면이라도 좋으니 청결하고 위생적인 미학에 의해서 묘사해 달라"고 주문한다. '육욕', '타락'이라는 부정적 어휘 구사로 여성의 섹슈얼리티나 욕망을 배제하고, 도덕적이고 청결한 문학을 바람직한 것으로 범주화하는 것이다. 이어서 정창범은

---

15   '안방'은 여성성, 여성적인 경험의 구현과 같은 것을 일컫는 비유적 표현이다.

"지성과 감성의 갈등을 다루는 작가, 서정적인 루트를 자아내는 작가"가 여성작가 중에도 많으며, 대표적인 예로 박화성을 들고 있다. 그는 박화성을 '모성적인 작가'로 칭하는데 그 근거가 되는 작품이 수필집 『추억의 파문』이다. 이 수필집의 발간에 맞춰 쓴 단평이라 하더라도 '모성적인 작가', '서정적인 루트를 자아내는 작가'를 전범으로 제시하는 것은 여성문학의 다양한 가능성을 무시하고 모성성, 여성성을 여성문학이 다루어야 할 영역으로 한정짓는 태도라 할 수 있다. 더욱이 박화성 문학의 본령이라 할 수 있는 소설이 아닌 수필을 대상 텍스트로 하여 모성성을 논의함으로써 여성성과 수필을 주변화하는 기존 논리를 답습하고 있다.

여성작가들의 등장, 여성문학 장의 형성에 대한 남성중심 문단의 위기의식을 드러내는 글도 발표되었다.

여류작가들이 인기상승의 호경기를 구가할수록 남류작가(?)들은 어쩐지 고요한 동면 속에 빠지고 있지 않은가. 바야흐로 여류문학의 전성기에 접어들어 남류문학(?)이 위축되어 맥을 못 추게 되었다는 애긴가.

본래 여류문학이란 것이 우리 문단의 특산물인지 몰라도 그것이 더욱 인기품목으로 등장한 비결은 어디에 있었을까. 여기에 대한 분명한 진단은 오늘의 문학현실을 위해서 절실한 문제이기도 하다. 말하자면 여류문학이 어째서 남류문학보다도 더 값비싼 대가를 받게 되었는가 하는 수수께끼를 풀어보자는 애기다.

이 실마리는 여류들의 창작물들이 어떠한 마력으로써 독서계를 파헤쳐 가는가를 찾아내는 것으로 이해될 수 있으리라. 본시 작가가 자기의 영토를 확대해가는 첩경이 매스콤에 재빨리 편승해야 한다는 애기는 거의 낡은 상식이다. 많은 여류들이 이 같은 불문율에 민감히 적응해가는 기질이 남류보다도 선천적으로 예민한 탓일까. (…중략…)

남류작가들이 본격문학이란 좁은 형토 속에서 답보하고 있을 때 여류들에겐 많은 여성지와 대중지로 그 영토를 얼마든지 뻗어갈 수 있었다는 객관적 사정을 감안할 수 있을 것이다.

거기에다 여류들이 애초에 순문학이나 본격문학에 참여했다고 하더라도 오늘의 매스콤의 생리에 누구보다도 앞질러 영합해갔다는 증거가 아닐까. 실상 오늘의 인기소설이란 것이 거의 에로물이고 그 작가가 일부 여류들이란 것을 상기한다면 지나친 얘기라고 묵살하기 어렵다.

(윤병로, 「여류문학이 가는 길」, 『현대문학』, 1969.7)

위 예문에서 여성잡지나 신문매체들이 여성작가들의 장편소설 집중화 경향 및 대중적 글쓰기를 주도했고, 이런 현상이 당시 문학제도에 모종의 영향을 미쳤다는 점을 확인할 수 있다. 윤병로는 '여류문학'의 전성기가 도래한 이유를 "여성지와 대중지로 그 영토를 얼마든지 뻗어갈 수 있었다"는 데서 찾으면서 이 같은 현상을 부정적으로 바라보고 있다. 여성작가들의 대중소설은 '에로물'로 폄하된다. 필자는 남류작가의 본격문학(순문학) : 여류작가의 대중문학을 이분법적으로 설정하고 여성작가들을 후자의 범주에 넣고 있다. 하지만 본격문학(순문학)과 대중문학은 당시 잡지와 신문의 매체전략으로 인해 나타난 범문단적인 현상이었으며, 다수의 남성작가들도 대중소설을 쓴 바 있다. 따라서 이 같은 접근태도는 여성문학의 부상에 따른 기존 문단의 위기감을 역설적으로 드러낸 것이다.

『현대문학』에 비해 『사상계』에는 여성문학, 여성작가 관련 평론이 수적으로 상당히 적은 편이다. 본격문예지가 아니기도 했지만 『사상계』가 문학을 다루는 방식에서 빚어진 것도 있다. 『사상계』는 초기에는 외국문학작품이나 문학이론, 번역물 중심으로 문학 섹션을 운영했고, 이후에도 민족문학 지향을 강하게 드러냈다. 여성작가와 여성문학에 대한 관심은 상대적으로 미흡한 편이다. 손우성의 「여류와 신인작품의 비중」(1955.9)과 고원의 「사상보다 생활을 소재로―현저한 여류작가들의 진출」(1961.3) 정도가 여성문학과 관련된 글들이다.

손우성의 「여류와 신인 작품의 비중―7, 8월 창작평」은 월평이다. 강신재의 「포말」, 『사상계』 7월호에 가작 당선된 구혜영의 「안개는 거치고」를 감수성이 풍부한, 현대감각을 짜 넣은 작품으로 호평하고, 박연희의 「고독자」, 손소희의 「새치기」, 임옥인의 「순정이라는 것」, 한무숙의 「월훈」을 개성있는 작품으로 거론한다. 필자는 한무숙과 박경리, 두 작가를 장래성이 보이는 신인으로 거론하며, "여성들의 예민하고도 섬미한 감수성에 의한 인생해석이 현대지성의 분석적 긴장미에 혼혼한 체온을 주어서 생명이 직접 말하는 정신의 자량을 배급하여 주기"를 기대한다. 요컨대 손우성은 '예민하고도 섬미한 감수성'을 여성작가 고유의 특질로 규정한다.

여류작가와 신인군의 현문단에서의 비중은 거의 반량(半量)을 차지하고 질적으로도 점점 더 무게를 가지게 되었으며 매월의 추천작품은 완전히 신춘당선작의 수준에 따라가고 있음은 문단 진운의 현저한 표징으로서 경하할 일이다. 문단 전체로서의 경향은 작품의 구상을 흥미있게 꾸미려는 기교적 의욕에서 완전히 탈피하여 생명의 내성에서 인생의 향로를 찾으려는 잠재의욕은 심리분석의 표현법을 무의식중에 쫓고 있는 것 같다.

(193면)

위 예문에서 볼 수 있듯 손우성은 당시 문학계의 특성으로 여류작가와 신인군의 등장, 작품의 내면화를 들고 있다. 구혜영, 박경리, 한무숙은 기교보다는 인간의 심리를 깊이 있게 그린 대표적인 신인이자 여류작가로 호명된다. 이 글은 여성문학 장의 세대교체가 일어나고 있으며, 그것을 당시 문학 장이 추인하고 있음을 보여준다.

그렇다면 여성작가 자신은 자신들의 작품과 여성작가로서의 정체성에 대해 어떻게 말하고 있는가? 「'여류작가의 애환' 좌담회」(『현대문학』, 1966.7)(참석자 : 박경리, 한말숙, 김남조, 홍윤숙, 임옥인, 손소희, 강신재, 사회 조연현)는 전후 여성작가와 여성문학의 현실을 진단한 유일한 자리이다. "시와 소설 두 가지를 놓고 볼 적에 시는 좀 더 여성적인 쪽에 가까운 것이고, 소설은 좀 더 남성적인 것에 가까운 것"이라는 모종의 성별에 따른 고정관념이 존재했던 시기에 작가들은 왜 "여류시인보다 여류소설가가 많"은 상황이 빚어졌는지 여러 가지로 진단한다. 여성작가들은 대체로 여성의 시적 역량이 부족하다는 점을 인정하면서, '여성은 생활적이고 남성은 정신적'이다, 여성은 '잔소리쟁이'이기 때문에 말을 많이 하게 되어(혹은 많이 하려는 욕망이 있어서) 소설을 쓴다고 진단한다. 박경리는 "시로서는 못 다할 말을 산문으로서 전부 다 할 수 있다"는 것을 소설(가) 주류성의 이유로 들고 있다.

'여류이기 때문에 특별히 받는 고충'이라는 화제에 대해서는 참석자

대부분이 "오히려 귀여움을 받는 편"이라는 반응을 보인다. 비슷한 맥락에서 '여류의 작가적 장단점'이라는 화제에 대해서 사회자 조연현은 "여자이기 때문에 남자가 할 수 없는 것을 할 수 있는" 면이 있다고 보고, "실생활의 델리케이트한 표현, 생활감정, 여성 특유의 미묘한 감정" 등을 제시한다. 참석자들은 "모성의 세계, 인간감정에서 제일 농도가 진한 연애와 같은 것" 등을 남성작가와 다른 점으로 든다. 홍윤숙은 "여류의 소재의 제한, 표현의 제한"을 역량의 문제로 보면서 "직설적인, 주정적인, 서정적인 자기생활"에서 벗어나야 한다고 본다. '델리케이트, 여성 특유의 미묘한 감정, 주정적, 서정적' 등은 유사한 의미의 계열체로서 '여성성'의 자질로 수렴될 수 있는 것이다. 좌담회 참석자들은 이 여성성을 여성만의 고유한 특성이자 남성작가와의 차이를 보여주는 자질이라는 점에 동의한다. 여성작가들이 그려야 할 고유한 세계가 따로 있다는 담론은 식민지 시기에도 있었지만 이 시기에도 여성작가들은 이와 같은 지배적인 담론을 내면화하고 있는 것이다.

3. 결론

『사상계』와 『현대문학』에 게재된 여성작가와 여성문학 관련 담론을 살펴본 결과는 다음과 같다. 첫째, 1960년대 후반 들어 '여성작가', '여성주의'라는 말이 간혹 쓰이고는 있으나 '여류문학', '여류작가'라는 용어 및 '여류'에 함축된 의미는 바뀌지 않았다. 위 정창범의 글에서 볼 수 있는 바와 같이 '여류'라는 구별 짓기의 용어에는 여성작가와 문학

이 기존 남성중심의 문학 장에 본격적으로 진입하게 된 데 대한 불안
이 내재되어 있다. 둘째, 하지만 이전과는 달리 여성작가들의 사생활
을 작품과 연관 짓거나 작가성을 의심함으로써 여성문학을 공공연하
게 배제하는 방식이 아니라 여성작가들의 작품을 객관적으로 평가하
는 방향으로 담론의 지형이 변화되었다. 셋째, 여성작가들의 작품이
특집란에 배치되는 편집 방식은 1930년대 문예지나 여성지가 여성작
가와 여성문학을 다루었던 경우와 유사하다.

『사상계』와『현대문학』은 1950·60년대 현대문학의 특징을 확정짓
는 데 결정적인 기여를 하였다. 세대론, 민족문학론, 참여-순수 논쟁
등 많은 문학 논쟁을 주도했을 뿐만 아니라, 이 논쟁의 주체가 되는 신
진작가들과 신진평론가들을 다수 배출함으로써 해당 시기 문학 장의
중심이 되었다. 반면에 '여성' 관련 문학 담론은 빈약한 '비'젠더적 매체
이기도 하다. 하지만 두 잡지가 문단의 '새로운' 세대를 발굴하는 과정
에서 '여성'이 문학 장에 진입하는 데 기여를 한 것도 사실이다.『사상
계』와『현대문학』은 자발적이건, 비자발적이건 새로운 문학의 영토를
개척한 여성작가들을 포용할 수밖에 없었고, 여성작가들 역시 이 두
잡지를 통해 글쓰기 주체로서의 욕망을 인정받았고, 여성문학 장의 변
화를 이끌어냈다.『사상계』와『현대문학』은 1950·60년대 여성문학
장의 특성, 기존문학 장과 여성문학 장 간에 빚어진 경합과 공생의 역
학관계를 파악할 수 있는 중요한 지표 역할을 했다.

정전, 양식, 여성성의 제도화

근·현대 여성문학 정전의 형성과정 연구
여성성의 제도화와 여성적 글쓰기, 그리고 양식

근·현대 여성문학 정전의 형성과정 연구

1. 서론 : 정전과 여성문학

　정전이란 학교 교과과정 속에서 공인된 텍스트나 해석 혹은 모방할 만한 가치가 있다고 인정받은 텍스트를 뜻한다. 정전 형성의 문제는 작가뿐만 아니라 텍스트의 가치를 생산 또는 재생산하고 그 가치를 소유하려는 독자나 학교, 출판사와 같은 제도와 밀접한 관련이 있다. 여기에서 무엇보다 중요한 문제는 이러한 가치가 누구에 의해, 어떤 목적으로, 어떻게 생성, 보존되며 전달되는가이다. 또한 정전에 해당하는 텍스트는 사회 역사적 맥락, 당대 지배 이데올로기에 따라 '재' 평가되면서 선택, 배제된다. 따라서 정전을 구성해 온 여러 담론 및 사회정치적 배치를 탐사하고 각 텍스트가 특정하게 해석되고 변형된 이유를 검증하기 위해서는 시간과 사건을 종, 횡단하는 서술방법이 필요하다.

천정환 역시 정전의 문제를 사고하는 틀로서 정전화 주체, 정전화 이데올로기, 정전화 효과를 들고 있다.[1]

정전을 구성하는 지배적인 이데올로기 중 하나가 젠더정치학이라 할 수 있다. 서구 근대문학사나 우리 근대문학사에서 여성작가들의 문학은 오랫동안 정전의 범주에 들지 않았다. 정전과 여성문학 간의 배타적인 관계에 주목하는 일군의 페미니스트들은 '정전' 자체가 남성중심적인 이데올로기에 따라 구성된 것이므로 여성문학은 정전을 만들기보다는 정전 자체를 해체해야 한다는 주장을 펴기도 한다. 다시 말해 여성주의의 관점에서 정전을 바라볼 경우 남성중심적인 정전에 대응하는 여성중심적인 대안적 정전의 확립을 주장할 수도 있고, 정전이라는 것 자체를 해체하자고 주장할 수도 있다. 하지만 우리 근·현대문학사와 문학제도에서 여성문학이 자기정체성을 확립해가는 과정을 탐사하고, 궁극적으로는 여성문학사의 형성 원리를 파악하기 위해서는 정전의 해체나 대안적인 정전 이전에 근·현대문학의 정전 확립 과정에서 여성문학은 어떻게 선택 / 배제되었는지, 여성문학이 자체 정전을 확립하면서 채택한 원리는 무엇인지를 먼저 규명해야 할 것이다.

이 장에서는 근·현대 여성문학의 정전 형성과정과 원리를 문학전집[2]과 교과서를 중심으로 살펴보고자 한다. 여기서 유념할 점은 근·

---

1 천정환, 「한국문학전집과 정전화 : 한국문학전집사(초)」, 『현대소설연구』 37호, 한국현대소설학회, 2008, 89면. 정전화 주체로 민간의 주류 문학담당 주체(출판사, 평론가, 언론사 등)와 공적문학교육 주체(국가)를 들고, 정전화 이데올로기로는 민족주의와 같은 정치적 이념을 들고 있다. 여기에 해당 시기 사회 상황이나 정전을 주도한 문학주체의 이념, 주류 문학경향 등을 포괄해야 할 것으로 보인다. 정전화 효과로는 광범한 독서 대중을 바탕으로 한 문학적 계몽, 문학의 대중화를 거론한다.

2 천정환은 문학전집이 역사적이며 이데올로기적이라고 주장한다. 특히 한국문학전집은 문학사와 문학, 문화의 변천의 지표일 뿐만 아니라 대규모 수용과 관련하여 대중지성의 특징

현대 여성문학이라는 장 내지 제도가 남성중심의 근·현대 문학제도 내지 장에 의해 배타적으로 범주화된 면이 있지만 여성작가들 역시 여성문학이라는 장 내지 제도를 형성, 확립하려는 욕망을 지녔다는 점이다. 또한 여성작가와 여성문학 내부에서도 위계화, 서열화의 논리가 작동하며, 그 위계화, 서열화에는 정전의 확립, 여성(성)을 의미화하는 다양한 담론 전략과 같은 내적 메커니즘이 작동한다. 본고는 여성문학과 작가가 '정전'이라는 일종의 확립된 규범 속에서 어떻게 위치지어졌는지, 자발적인 정전 만들기의 욕망은 어떻게 실천되었는지, 젠더와 관련하여 정전 형성의 원리는 무엇인지를 규명하고자 한다. 구체적인 연구 내용은 일제 말기부터 한국전쟁 이후(1960년대 이전)까지 시기별 문학전집의 체제와 여성작가와 작품의 수록 및 선별 기준을 살펴보는 것, 지금까지 대략 두 차례 정도 있었던 여성문학선집(전집)의 내용과 체제를 검토하는 것, 문학교과서에 수록되었던 여성작가들의 작품이 지닌 모종의 공통된 특성을 규명하는 것이다.

필자는 우선 여성문학이 자기정체성을 확립하는 과정에서 어떤 텍스트, 어떤 작가가 선택되고 배제되었는지, 그와 같은 선택과 배제의 기준이 무엇이었는지를 살펴보고자 한다. 첫째, 이를 위해 식민지 시기『현대조선여류문학선집』(조선일보출판부, 1937), 『여류단편걸작집』(조선일보사, 1939)과 해방 후 한국여류문학인회(1965년 창립) 편의『한국여류문학전집』(삼성출판사, 1967)을 중심으로 수록 작가, 작품, 장르별 안배 등을 살펴볼 것

___
을 제시해준다고 말한다. 천정환, 위의 글, 86~88면. 강진호 역시 전집은 당대의 가치와 정신이 집약된 표징물이자 당대 독자들의 취향과 기호를 담고 있다고 본다. 따라서 전집은 정전으로서의 가치를 지닌다. 강진호, 「한국문학 전집의 흐름과 특성」, 『돈암어문학』 16집, 돈암어문학회, 2006, 356면.

이다. 식민지 시기와 1967년에 발간된 여류문학 선집／전집은 시기상으로도 격차가 있을 뿐만 아니라 편집주체, 출판주체, 작품수록 편수 등에서 차이가 있다. 특히 후자는 여성작가들이 '한국여류문학인회'라는 집단의 독자성을 표명한 후 나온 산물이므로 전자와 단순 비교하는 것은 위험하다. 이 점을 염두에 두되 근대 여성문학사의 지속과 단절이라는 관점에서 최정희, 박화성, 모윤숙, 노천명 등 식민지 시기 여성작가들의 작품목록과 수록 경위를 살피고, 해방 후 여성작가, 작품의 존재양상을 함께 규명할 것이다.

또한 각 선집에 수록된 편집자의 편집 의도, 작품들의 경향(가령 사실적／서정적, 남성적／여성적), 선정 작가들의 장르별 안배와 그것이 지닌 의미를 탐색하고자 한다.

둘째, 이와 같은 여류문학선집 및 전집만으로는 여성문학이 기존 문학과 어떻게 경합하면서 자기 위상을 정립했는지를 파악하기 힘들다. 게다가 기존 문학전집에서 선택, 배제된 여성작가, 작품의 존재를 계보적으로 살펴봄으로써 여성문학, 여성작가가 어떻게 근대문학 장 내에 위치했는지, 남성중심의 정전구성 원리에서 선택 내지 구제받은 여성문학의 내용이 무엇인지를 알 수 있을 것이다. 따라서 『현대조선문학전집』 전7권(조광사, 1938), 『한국문학전집』 전36권(민중서관, 1958)을 중심으로 식민지 시기 일제 말기와 1950년대 편찬된 문학전집[3]에 수록된

3　해방기에 『조선대표작가전집』(서울타임스, 1946), 『조선문학전집』 전10권(한성도서, 1948)이 기획, 일부 출판되었다고 하나 그 존재를 알기 힘들어 일단 제외했다. 다만 강진호가 제시한 목록에 따르면 『조선대표작가전집』 17권으로 여류작가집이 따로 기획되었다. 하지만 이 전집은 기획과는 달리 이기영 『인간수업』, 채만식 『여자의 일생』만 출간되었다고 한다. 비록 목록만 있지만 해방 후에도 '여류작가'가 독립된 작가군으로 인식되었음을 알 수 있다. 강진호, 앞의 글, 364면 참고.

여성작가들과 작품을 살펴볼 것이다. 편집자 서문, 작품 분석, 여성작가에게 할당된 장르별, 주제별 영역 등을 규명한다면 여성문학이 근·현대문학제도 안에 자리 잡게 되는 과정을 알 수 있으리라 본다.

2. 식민지 시기 문학전집과 여성(성)의 제도화

일제 말기에 간행된 『현대조선여류문학선집』[4]과 『여류단편걸작집』. 두 선집은 후자의 경우 소설 장르만을 대상으로 하였고, 전자의 경우는 모든 장르를 망라하였기 때문에 단순히 비교하기는 힘들다. 또한 같은 작가라 하더라도 전자와 후자에 수록된 작품이 동일하지 않다. 먼저 수록 기준이 무엇이었는지 편집자 서문을 통해 알아보자.

(가) 錦園少女의 神筆紀行이 후대에 기리 전한 것이 얼마나 고맙고 어떻게나 늧거운 일이냐. 풍악산 가을비는 여승담조의 눈물과 가치 울엇고, 낙동강 푸른 물은 박생비자(朴生婢子)의 맹서와 아울러 끝이 없는데 궁중에는 「흡혈록」이 어늬 궁녀의 새벽잠을 쫓앗으며, 규방에는 「제침문」, 「규중칠우쟁공론」이 몇집의 등화를 일즉이 밝혓던가.
이 같은 천부의 혈통이 제대로 끊이지 아니하매, 아무 때고 할머니의 두지를 어엿브게 밟고 올라설 자랑스러운 손녀들이 나타날줄 아는자! 알고 잇엇더

---

4   이상경 역시 여성작가의 형성과 관련하여 『현대조선여류문학선집』에 주목한다. 1930년대에 들어서면서 여성들이 '여류문인'이라는 집단으로 인식되기 시작하여 이들과 관련된 기획이 몇 번 시도되었고, 그 결정판이 이 선집이라는 것이다. 이상경, 「1930년대 신여성과 여성작가의 계보연구」, 『여성문학연구』 12호, 한국여성문학학회, 2004, 249면.

니 과연 헛된 일이 아니엇고나. 부질없지 아니햇고나. (…중략…)

　단아한 그대로 그 따뜻한 정회를 봄물결처럼 문단의 산각(山脚)에 밀어주는 이 엇고, 정숙한 그대로 그 상냥한 심서(心緖)를 가을바람처럼 예원의 못물우에 불어보내는 이 잇다. 이같이 서로 받들어 우리 문화의 탑을 높이 쌓는다. 사녀(士女)의 섞어 부르는 우아한 화성이 전일의 단조와 다르쟎으냐. 우리는 남북을 통하야 이미 이만한 수십가의 여류를 얻은것이다. 추려서 몇편씩을 한데 모으고, 여기서 이 시대 여성의 부르짖음을 듣고저 한다. 여기서 이 시대 여성의 얼굴을 보고저 한다.

(『현대조선여류문학선집』, 序)

　(나) 이 여류단편 걸작집은 조선일보사 출판부에서 간행하는 新選文學全集의 제 4회 配本이다. (…중략…) 내용을 간단 말슴하면, 현 문단에 활약하고 있서 그들의 권위를 자타가 공인하는 여류문학가 제 씨가 자기들의 작품중에서 가장 자신이 있다고 사유하는바의 걸작을 모집하야 이 일 편을 편한 것이다. 그러므로 이 취택된 작품이야말로 여류문단의 정화요 규수문예의 주옥이다. 실로 古往今來의 역사상 이와 같은 광채 陸離한 꽃이 피기는 이번이 처음일 것이다. 이것은 비단 여류문단만의 행이 아니라, 실로 조선문학계의 한 긍지가 아니면 안 될 것이다. 따라서 조선문단은 물론 일반 제독자들도 신 데뷔의 문학상 금자탑으로 절찬을 줄 것은 미리 추측하는 바이다.

(『여류단편걸작집』, 序)

시, 소설, 수필 등 각 장르를 망라한 (가)의 경우 근대 이전, 즉 전근대 시대 여성문학과의 지속성을 강조하는 언술을 취한다. 또한 작가 자신이 작품을 고른 것이 아니라 편집자가 "몇 편 씩 한데 모은"것을 알 수 있다. 선정 이유를 정확히 밝히지는 않았지만 '단아, 정숙, 상냥, 우아'과 같은 말에서 알 수 있듯 여성작가나 작품들을 기존의 상투적인 '여성성'의 범주로 규정하고 있다. 당대 문학제도가 여성성을 유사한 어휘의 계열체로 담론화함으로써 제도화했고, 여성문학 역시 이러한 '주어진' 여성성을 추인했다는 사실을 보여준다. 한편 『여류단편걸작집』은 여성작가 자신이 수록작품을 선정하는 '자선(自選)'의 형식을 취하고 있다. 또한 작가의 자서소전(自敍小傳)이 실려 있어 생애, 문학적 영향관계, 등단 경로 등을 알 수 있다.[5] '여류문단'과 '규수문예'란 표현은 당시 근대 문학제도가 여성문학과 작품을 범주화하고 명명할 때 일종의 성적 표지를 강조했음을 단적으로 보여준다.

두 선집에 실린 작가와 작품들의 목록을 제시하면 아래와 같다.

『현대조선여류문학선집』(조선일보출판부, 1937)

강경애	어둠
김말봉	편지(소설), 오월의 노래(시)
김오남	유곡, 그리던 곳, 원망, 시름, 죽은족하생각(시조)
김자혜	비에 젖은 아츰, 어머니의 설음(수필)
노천명	바다의 향수, 밤의 찬미, 국화제, 만월대, 교정(시)
이선희	계산서(소설), 곡예사, 한여름밤의 꿈(수필)
모윤숙	나의 도시, 라일락숲으로, 한밤의 서곡, 늙음, 밤호수(시), 오월 隨想, 다랫골 촌락에서(수필)
박화성	춘소(소설), 빛을 그리는 마음, 낙화의 氣(수필)
백국희	코스모스, 녹음, 비오든 그날, 고적(시), 봄의 소야곡(수필)

---

[5]　「자서소전」에 실린 내용은 개별 작가연구에서 이미 밝혀진 사실이기에 따로 다루지는 않겠다. 여성작가들 대부분이 여학교 출신이며, 신문기자(이선희, 최정희, 노천명), 교사(박화성, 백신애) 생활을 하다 잡지 투고나 신문현상공모를 통해 등단한 사실은 여기서도 드러난다.

백신애	꺼래이(소설), 자숙, 금비녀(수필)
장덕조	자장가(소설), 사월 하늘, 남국에 맺는 꿈(수필)
장영숙	池邊神話, 삶은 수고로워(수필)
장정심	맑은 그 눈, 뭇지 마오, 고대(시)
주수원	저울질하는 마음이요, 편물, 문어진 탑, 내 맘은 나에게 왕국이외다(시), 바늘, 실패, 달(시조), 진달래(수필)
최정희	흉가(소설), 자화상, 봄 우울(수필)

『여류단편걸작집』(조선일보사, 1939)

강경애	지하촌
장덕조	한야월
이선희	연지
박화성	춘소
최정희	곡상
노천명	사월이
박신애	채색교, 호도(糊途)

먼저 눈에 드러나는 차이를 보자면 『여류단편걸작집』에는 『현대조선여류문학선집』에 수록된 작가인 김말봉이 빠져 있다. 노천명은 「사월이」 1편만 발표했을 뿐 더 이상 단편소설을 쓰지 않았을 뿐만 아니라 이 작품 역시 작가의 사적인 체험에 바탕을 둔 소품인데도 수록되어 있다. 다른 작가들과는 달리 백신애의 작품만 두 편 수록되어 있는 것도 이채롭다. 이와 같은 선집의 배치는 1930년대 여성문학 장, 소설 장르가 공고하게 자리 잡지 못했음을 반증하는 것이기도 하다.

둘째, 『여류단편걸작집』에 수록된 작품들은 주제 및 경향에서 모종의 유사성이 있다. 여성이 주 인물, 주 서술자로 설정되어 있고, 주로 빈곤, 이주, 가부장적 폭력 등을 여성의 시각에서 그리고 있다는 점, 식민지 조선의 현실을 리얼리즘적으로 그린 작품들이 주류를 이루고 있다는 점이다. 물론 당대 여성작가와 작품들의 목록이 여러 다양한 경향들을 보여줄 만큼 다채롭지 않았던 이유도 있다. 그럼에도 불구하고 주로 리얼리즘적 경향의 작품들이 수록된 것은 당대 문학제도 및 저널리즘이 여성문학에서 사회 현실의 형상화를 작품성을 평가하는 주된 잣대로 삼았음을 반증한다. 이런 소설의 경향은『현대조선여류문학선집』의 경우에도 유사하다. 강경애의「어둠」, 박화성의「춘소」, 백신애의「꺼래이」는 사회 현실의 리얼리즘적 형상화를, 이선희의「계산서」, 최정희의「흉가」는 여성적 현실이나 여성성의 발현을 작품의 핵심원리로 삼고 있다.

셋째, 한편『현대조선여류문학선집』은 편집자의 말처럼 당대 활동했던 여성작가들을 거의 망라하고 있다. 눈에 띄는 것은 소설보다는 시와 수필 장르에 편재되어 있다는 점이다. 특히 수필 장르에 편중되어 있는 것을 확연히 알 수 있다. 강경애와 노천명, 장정심 정도를 제외하고는 그 작가가 시인이든 소설가이든 상관없이 수필을 함께 수록하고 있다. 수필의 내용 역시 계절의 변화와 같은 자연 현상에 대한 주관적 심리나 이국적인 감상이 대세를 이루고 있다. 그렇다면 유독 수필이 많이 수록된 이유는 무엇일까.

식민지 시기에 수필이 전형적인 여성 장르로 여겨졌던 것은 여러 글들에서 포착되는 바이다. 가령『조광』39집(1939.1)의「신진작가 좌담회」에서 허준은 이선희의 수필을 논하면서 "여자는 소설보다는 수필이 좋지 않아요"라고 반문하며, 김소엽 역시 최정희는 소설보다 수필이 낫다고 말한다. 최정희와 이선희가 1939년 즈음에는 소설가로서 제 역량을 발휘하기 시작한 시기임에도 불구하고 여성작가하면 수필이라는 등식을 별 회의 없이 사용하고 있다. 즉 수필이라는 장르를 여성화, 주변화하는 시각이 당대 지배적이었음을 확인할 수 있다.[6] 물론 남성작가, 여성작가를 망라한 『현대조선문학전집』을 보면 '수필기행집'이 한 권을 차지할 정도로 당시 수필 장르는 독자적인 근대문학의 장르로 작가의 성별에 상관없이 인정받았다. 그리고 이 수필기행집에도 박화성, 이선희, 김자혜의 수필이 실려 있는데 대개 농촌, 시골의 정경에 대한 향수나 여성의 고통을 서술하고 있다.

여성작가들에게 수필이라는 특정 장르 영역이 할당되는 것보다 더 문제인 것은 각 장르에서 여성작가들이 그려야 할 영역이 구획지어 있다는 점이다. 소설 장르에서 여성들은 작가가 되기 위해서 감상적, 여성적인 것을 버리고, 식민지 여성들이 처한 빈곤한 현실을 그려야 했다. 이와 같은 리얼리즘 지향이 남성적이라는 말은 아니다. 다만 저널리즘이 여성작가와 작품 중 정전에 들어갈 목록을 선택 내지 포섭할 때 사회 문제의 리얼리즘적 재현을 주요 기준으로 삼았음을 보여주는 것은 확실하다. 반면 시나 수필은 전형적인 여성의 장르로 여겨졌다. 이들이 그린, 그리고 그려야 할 세계는 여성적인 감수성, 센티멘털리즘과 관련된 것으로 범주화되었다. 이와 같은 점은 수록된 수필들의 목록에서도 확인된다. 김자혜의 「비에 젖은 아츰」, 「어머니의 설음」, 이선희의 「한여름 밤의 꿈」, 모윤숙의 「오월 수상」, 「다랫골 촌락에서」, 박화성의 「낙화의 기」, 백국희의 「봄의 소야곡」, 백신애의 「금비녀」, 장덕조의 「사월 하늘」, 「남국에 맺는 꿈」, 최정희의 「봄 우울」 등에서 알 수 있는 바와 같이 이 작가들은 주로 자연이나 계절의 변화를 감상적으로 전유하거나 여성

---

6   수필이라는 특정 장르가 여성작가에게 할당되는 장르별 젠더화 양상은 이미 1930년대 초반부터 있었다. '여인수필의 대성황'을 '변태적 현상'이라고 지칭하면서 폄하하는 한편 1932년 『동광』(1932.7)은 '여인수필'을 특집으로 꾸미는 등 저널리즘이 상업적으로 이용하기도 했다. 김옥란, 「여성작가와 장르의 젠더화」, 『탈식민의 역학』, 소명출판, 2006 참고.

들의 일상을 가볍게 그린다. 소설과 수필 장르가 그리는 세계의 이중성, 수필 장르에의 편재는 당대 문학제도가 여성작가와 작품에 요구하는 원리가 리얼리즘적인 것과 낭만적인 것으로 이원화되었음을 반증한다.

그렇다면 1930년대 후반, 일제 말기가 문학의 침체기임에도 불구하고 이와 같은 전집류의 출간이 종종 있었던 이유는 무엇일까. 그리고 '여류작가'나 '여류문학'만 따로 묶어 전집 내지 선집류를 출간한 의도는 무엇일까. 먼저 강진호는 전집류가 1937~1940년 사이에 출간되었다는 점을 적시하며, 이 시기는 일제의 전시 동원체제가 발동되면서 문화활동이 중단되다시피 한 시기임에도 불구하고 문학에 대한 당대의 관심과 기대 및 민족운동의 일환으로 전집류가 많이 출간되었다고 추측한다.[7] 또한 『현대조선문학전집』의 경우 작가와 작품이 상대적으로 엄선되었으며, 당시 활동하던 문인이나 장르를 전체적으로 포괄하고 있다고 하면서, 지금의 정전과 비교해서도 손색이 없다고 말한다. 하지만 우리 근대문학의 위상을 정립하고자 하는 모종의 내적 욕망, 신문사에 소속된 출판사에서 인쇄되었던 점으로 미루어 상대적으로 우월한 자본과 저널리즘의 상업성 역시 전집 출간을 가능케 한 요인으로 볼 수 있다.

특히 『여류단편걸작집』 서문에서는 『조선아동문학집』, 『신인단편걸작집』과 함께 『여류단편걸작집』이 간행된 점을 밝히고 있다.[8] 아동문학, 신인작가, 여류문학은 당대 독자들과 저널리즘의 관심을 가늠하

---

7 강진호, 앞의 글, 360면.
8 이 『여류단편걸작집』은 조선일보사 출판부에서 간행하는 신선문학전집(新選文學全集)의 제4회 배본(配本)이다. 제1회의 『조선문학독본』과 제2회의 『신인단편집』과 제3회의 『조선 아동문학집』이 이미 간행되어서 강호에 광포(廣佈)된 바이므로, 이 『여류단편걸작집』은 최종회의 배본이다. 이훈구, 앞의 책, '序'중 일부.

는 척도가 될 수 있다. 즉 아동, 여성, 신인은 근대 문학제도가 '제도'로서 정착되는 과정에서 발견한 영역이라 할 수 있다. 근대문학이라는 보편성은 그 하위 범주로 아동, 여성, 신인 등 특화된 존재들을 껴안으면서 자기 위치를 공고히 할 수 있었을 것이다. 특히 '여류'라는 이름으로 비슷한 시기에 전집 내지 선집이 두 번 간행된 것은 당시 근대문학제도에서 '여류'가 근대문학 장의 일부로 편입되었음을 알리는 징표라 할 수 있다. 하지만 그와 같은 편입이 불안정한 것임은 동일한 작가라도 수록된 작품이 다소 다른 점, 작가의 본령인 소설이나 시보다는 수필 장르의 수록 편수가 훨씬 많다는 점에서도 확인된다. 물론 작가에 따라서는 작품의 질이나 편수가 기대에 못 미치기 때문이기도 하지만 여성작가에게 적합한 장르로 수필이 선호된 것은 당대 문학제도나 정전에의 편입이 순조롭지 않았음을 반증한다.

이와 같은 점은 당시 작가, 장르를 집대성한 『현대조선문학전집』 전 7권에서 좀 더 분명하게 확인된다. 선집에 수록된 여성작가들과 작품들의 목록을 제시하면 아래와 같다.

『현대조선문학전집―단편집(상)』

박화성	한귀(旱鬼)
장덕조	창백한 안개

『현대조선문학전집―단편집(중)』

백신애	적빈
이선희	매소부

『현대조선문학전집―단편집(하)』

강경애	마약

최정희	산제
김말봉	고행

『현대조선문학전집―시가집』

김오남	이렁성 사십시다, 낙화(1), 낙화(2), 점경(1), 점경(2), 고적
모윤숙	장미, 麗人頌,
노천명	사슴, 夜啼鳥, 출범, 분이, 장날, 조고만 정차장,
주수원	어머니, 첫소리, 침묵, 실제, 잉크병

『현대조선문학전집―수필기행집』

박화성	山城의 정오, 그 은행나무
이선희	향토유정기, 여인도
김자혜	고달픈 여인들, 그 늙은 인력거군

이 전집에 실린 여성소설가는 박화성, 장덕조, 백신애, 이선희, 강경애, 최정희, 김말봉으로 1930년대 활동했던 작가들을 망라하고 있다. 수록 작품은『현대조선여류문학선집』과『여류단편걸작집』에 실린 것과 대동소이하다. 하층 계급 여성의 현실을 사실적으로 그린 일정한 경향도 같다. 시의 경우『현대조선여류문학선집』에 실려 있는 작가들에 비해 그 수가 적지만, 그런 만큼 당대 문학제도가 선택한 여성시인들의 면모를 선명하게 파악할 수 있다. 특히 모윤숙과 노천명은 해방 이후에도 각종 문학가 조직에서 활동하거나 교과서에 등재되는 등 문학제도에 안착한 대표적인 여성시인이라 할 수 있다. 수필기행집에 실린 박화성, 이선희, 김자혜의 경우 왜 이들의 해당 수필들이 선정되었는지는 알 수 없다. 다만 당대 수필들의 전반적인 경향과 유사하게 자연친화적이거나 토속적인 내용, 여성들의 삶을 그린 것들이어서 선택된 것이 아닌가라는 추측은 해볼 수 있다. 토속성과 여성성은 민족 담론이 토속성(혹은 향토성)이라는 익숙한 것을 '민족적인 것'의 기억과 관

련해 배치했다는 점을 고려하면 전집의 편집의도가 이 '민족적인 것'의 기념비화와 모종의 관련이 있다고 평가할 수도 있다.

식민지 시기는 근대 문학제도가 형성된 시기이다. 그 형성의 한 축을 담당한 것이 전집발간이다. 여성작가와 작품은 이런 근대문학의 제도화 과정에 깊게 연루되어 있었다. 여성작가들만의 선집, 전체 전집에서 여성작가, 작품의 수록 정도에서 알 수 있듯 여성작가와 작품은 1930년대 문학에서 일정정도 비중을 차지하였다. 1930년대 무렵부터 여성문학은 기존 문학제도에 편입되기 시작한 것이다. 하지만 이 시기 문학전집 / 선집에서 나혜석, 김명순, 김일엽 등 이른바 1기 여성작가들의 작품은 단 한 편도 실리지 않았다. 당대 지배적인 문학담론이 1기 여성작가들을 '작품 없는 작가 생활'로 폄하하고, 이들을 '위험한 여성'으로 분류하면서 이른바 자유주의적인 페미니즘의 목소리를 배제했던 것은 이미 알려진 바이다.

때문에 1930년대 여성작가들의 경우 '작가'로서 승인받기 위해서는 1기 작가들과의 차별성을 명확히 해야 했을 것이다.[9] 따라서 이와 같은 의도적인 배제, 1930년대 여성작가들을 여성문학의 기원이자 대표적인 집단으로 설정하려는 시도는 당시 문학제도와 1930년대 여성문학이 도달한 합의점이었다.

---

[9] 이 같은 사실은 앞 장에서 밝힌 박정애와 심진경의 글에서 자세하게 다루어진 바 있다.

3. 해방 후 문학전집과 여성문학의 정전 확정

다음으로 살펴볼 것은 해방 이후 '한국여류문학인회'에서 발간한 『한국여류문학전집』[10]이다. 앞서 필자는 여성작가들 역시 여성문학이라는 장 내지 제도를 형성, 확립하려는 욕망을 지녔다는 점, 그리고 여성작가와 여성문학 내부에서도 위계화, 서열화의 논리가 작동하며, 그 위계화, 서열화에는 여성(성)을 의미화 하는 담론 전략과 같은 내적 메커니즘이 작동하는 점을 밝히겠다고 말한 바 있다. 이와 같은 점을 단적으로 방증하는 것이 여성문학 집단의 출현과 전집 발간이다. 특히 식민지 시기부터 활동했던 박화성, 강경애, 이선희, 백신애, 최정희, 모윤숙, 노천명 등의 작품이 해방 이후 문학선집에서 어떻게 배치되었는지를 밝히는 일은 현재 여성문학 연구에서도 일종의 회색지대로 남아 있는 일제 말기와 해방기, 한국전쟁기를 단절이 아닌 지속의 관점에서 볼 때 중요하다. 이 작가들이 식민지 시기와 해방 이후의 시기를 지나면서 여성문학의 영역을 특화하고, 여성문학의 성격을 규정짓는 데 결정적인 역할을 했기 때문이다.

또 하나 1930년대 문학 장과 저널리즘에서 가장 빈번히 호명되는 작가들인 최정희, 모윤숙, 노천명은 한편으로는 나혜석, 김명순 등의 1기 여성작가들과는 차별화된 2기 여성작가들로 자기를 규정함으로써, 또 한편으로는 특유의 '여성적' 면모로 남성중심의 문단에서 일정정도 지

---

[10] 『한국여류문학전집』의 체제와 수록 작가, 작품에 대해서는 이미 「전후 여성문단의 형성과 그 의미」에서 다루었다. 하지만 여성문학사의 관점에서 정전의 형성원리를 다루는 이 장의 내용전개의 완결성을 위해서 중복의 위험을 감수하고 재수록하였음을 밝혀 둔다.

분을 얻음으로써 해방 이후 치열한 각축 끝에 새롭게 재편되었던 문단 질서 속에서. 이와 같은 점은 이 작가들이 친일 등 국가주의와의 공모로부터 자유로우면서 1930년대 문학 장에서 보기 드물게 여성이 아닌 '작가'로 승인을 받은 박화성을 제1회 회장으로 하여 '한국여류문학인회'를 결성하고, 여성문인들을 결집하는 역할을 주도했던 데서도 드러난다. 『한국여류문학전집』(1967)에 실린 서문은 다음과 같다.

　여류문학의 개척기에서부터 오늘에 이르기까지의 사십여 년이라는 오랜 세월에서 줄기차게 뻗어 내려온 남존여비의 완강한 관습과 지극히 인색한 사회의 모든 여건에도 꺾임이 없이 꾸준히 자기의 문학을 키우고 확대시켜 온 우리 여성문학인들의 창작 활동은 자기미화의 향기로운 개화라기보다는 차라리 자기연소로 이루어진 피와 땀의 결정인 바로 그것이었다.
　이제야 우리는 그 최초의 결정체로서 『한국여류문학전집』을 내게 되었다. 여성만의 작품으로 이렇게 알찬 전집 여섯 권이 간행된 것은 우리 문학사상 처음 일일 뿐만 아니라 현대 문학의 태동기에서부터 오늘까지에 여성작가들이 창작해 온 작품 수록의 집약이란 점에서도 가히 기념비적인 일이라고 자부하고 싶은 것이다.

즉 서문은 '여성만의 작품으로' 전집 간행, '현대문학의 태동기에서부터 오늘까지에 여성작가들이 창작해 온 작품 수록의 집약'이라는 점을 강조하고 있다. 다른 말로 하면 근대 여성문학의 기원을 설정함으로써 여성문학의 정전을 형성하고자 하는 욕망을 강하게 드러낸 것이다. 그런 만큼 어떤 작가와 작품이 수록되었는지를 살펴보는 것은 의미가 있다.

특히 『한국여류문학전집』 1권은 식민지 시기 여성작가들의 작품만을 수록하고 있다. 따라서 여성문학 정전의 확립이라는 측면에서 어떤 작가, 어떤 작품 경향들이 선택되었는지, 그것이 식민지 시기 정전들과 모종의 관련성이 있는지를 해명하는 데 주요한 실마리가 된다. 작가와 작품들의 목록은 아래와 같다.

『한국여류문학전집』 1권―중단편소설(1)

박화성	하수도 공사, 비탈, 한귀, 홍수전후, 고향없는 사람들, 증언
강경애	지하촌
백신애	적빈
최정희	정적일순, 지맥, 찬란한 대낮
장덕조	정청궁 한야월, 곡성, 창백한 안개, 30년
김말봉	망령, 바퀴소리, 여심

1권에 실린 작가들은 박화성, 강경애, 최정희, 백신애, 장덕조, 김말봉이다. 박정애의 지적처럼 나혜석, 김일엽, 김명순 등 1기 여성작가들의 존재는 배제되었으며, 2기 여성작가들 중에서도 일제 말기 최정희, 모윤숙 등과 문단교우가 활발했었고, 식민지 시기 선집 / 전집에는 실려 있었던 이선희가 빠져 있는 점 또한 이채롭다. 이선희는 단정 수립 후 월북문인으로 분류되었기 때문이다. 전후 사회와 문학 장에서 반공주의가 전일적으로 지배했던 사정을 고려하면 월북, 재북 문인들의 배제는 전집 편찬 주체들의 자발적인 자기 검열에 기인한 것으로 보인다.

강경애의 「지하촌」과 백신애의 「적빈」이 채택된 점은 여성문학전집의 작품수록 원칙과 관련해서 주목할 만하다. 『한국여류문학전집』 서문에 따르면 여기에 수록된 중단편들은 작가들 자신이 직접 뽑은 것이다. 강경애와 백신애의 경우 작고한 작가이므로 전집편찬자들이 작품을 취택했을 것으로 추측된다. 그런데 「지하촌」과 「적빈」은 식민지 시기 하층계급 여성의 비참한 삶을 리얼리즘적(혹은 자연주의적)으로 그린 작품들이다. 비슷한 맥락에서 박화성의 대표작으로는 「하수도 공사」, 「한귀」, 「고향없는 사람들」이 실려 있다.

이처럼 제재상으로 빈궁을 다룬 리얼리즘 계열 작품들이 선택된 이유는 여러 측면에서 추측해 볼 수 있다. 우선 박화성, 강경애, 백신애의 작품 경향들은 최정희나 장덕조와는 달리 식민지 여성들이 민족적, 계층적, 성적으로 억압받는 양상들을 사실적으로 재현하는 데 정향되어 있었고 이 점이 전집에 반영된 것으로 볼 수 있다. 즉 이들의 작품은 식민지 시기 '빈곤의 여성화' 양상을 여실하게 보여주기에 일종의 전형성 내지 대표성을 지닌 것으로 취택된 것이다. 하지만 다른 각도에서 보면 이 작품들의 특성은 해방 이후 국어교과서와 문학전집으로 대표되는 정전의 구성원리와도 이어지는 측면이 있다. 당시 국어교과서나 문학전집에 수록된 작품들 대다수는 작가의 성별과는 무관하게 토속적인 향토, 식민지 시기 가난한 농촌을 그린 것이었다.[11] 그리고 그것은 전후 정통성의 위기에 처해 있던 국가가 소위 '한국적인 것', '민족적인 것'을 범주화함으로써 국민들을 내적으로 결속시키고 체제의 안정성을 꾀하려 했던 기획과도 이어진다. 이 점은 비슷한 시기 편집주체가 여성이 아닌 『한국문학전집』(삼중당, 1958)에 수록된 여성작가와 작품에서도 발견되는 현상이다.[12]

---

11   가령 김동인 「감자」, 이효석 「메밀꽃 필 무렵」, 김유정 「봄봄」 등이 꾸준히 교과서에 등재된 것을 들 수 있다.

1950년대에는 "전후 최초로 출현한 문학전집"으로 알려진 민중서관판 『한국문학전집』(1958)도 발간되어 대중의 이목을 끌었다. 이 문학전집은 급격히 증가하는 가독 인구(독자)를 문학 장 내부로 포섭하고자 하는 문단 내부의 바람, 전집구매자들의 수요를 창출하고자 하는 출판자본의 이윤추구적 욕망이 결합된 결과물이다.[13]

이 민중서관판 『한국문학전집』의 수록 작가가 압도적으로 남성임에도 불구하고 여성작가들이 다수 포함되어 있다. 이 여성작가들의 존재, 그리고 전집에 속한 작품들은 전후 전체 문학 장에서 여성문학의 위치성을 보여주는 지표라 할 수 있다. 수록작가와 작품은 아래와 같다.

『한국문학전집』 수록 여성작가 소설

박화성	『고개를 넘으면』, 『벼랑에 피는 꽃』(11권, 장편)
최정희	『녹색의 문』, 『속 녹색의 문』, 『끝없는 낭만』, 「지맥」, 「인맥」, 「천맥」(14권, 장편, 단편)
김말봉	『생명』, 『푸른 날개』(15권, 장편)
장덕조	『광풍』, 『누가 죄인이냐』, 「정청관한야월」, 「함성」, 「창백한 안개」(16권, 장편, 단편)
임옥인	「월남전후」, 「붉은 밤」, 「순백의 서」, 「패물」, 「여대졸업생」, 「수첩」, 「구혼」, 「후처기」(27권, 단편)
한무숙	『역사는 흐른다』(29권, 장편)
단편집(상)	강경애, 「지하촌」, 「산남」; 백신애, 「꺼래이」, 「적빈」; 한무숙, 「월훈」, 「감정이 있는 심연」(30권)
단편집(하)	손소희, 「닳아진 나사」, 「창포필 무렵」; 강신재, 「낙조전」, 「절벽」(31권)

단편소설, 순수문학 위주로 편재된 삼중당판 『한국문학전집』과 달리 민중서관판 『한국문학전집』은 여성작가들의 장편과 단편, 대중취

---

12   삼중당판 『한국문학전집30─단편집(상)』에 수록된 해방 전 여성작가들과 작품들의 목록은 다음과 같다. 박화성: 「早鬼」, 「홍수전후」, 「고향없는 사람들」, 강경애: 「지하촌」, 「산남」, 백신애: 「꺼래이」, 「적빈」.

13   이종호, 「1950년대 남한 문학전집의 출현과 문학정전화의 욕망─민중서관 한국문학전집을 중심으로」, 『한국어문학연구』 55집, 한국어문학연구학회, 2010, 374면.

향의 통속적 작품과 순수문학, 리얼리즘 문학을 고루 수록하였다. 또한 수록편수와 작가 수에서도 민중서관판『한국문학전집』이 압도적으로 많다. 전집 발간의 목적, 편집자의 이념에 따라 '정전'의 취택이 유동적임을 보여주는 사례라 할 수 있다. 장편소설이 수록된 여성작가로는 식민지 시기 박화성, 최정희, 김말봉, 장덕조, 전후 한무숙이 있다. 단편소설의 경우 식민지 시기 여성작가로는 강경애, 백신애, 최정희의 작품이, 해방과 전후 여성작가로는 임옥인, 한무숙, 손소희, 강신재의 작품이 수록되었다. 식민지 시기뿐만 아니라 해방과 전후 여성작가들을 고루 배치한 것은 전집의 의도가 식민지 시기와 해방, 그리고 전후 문학 장의 연속성 확보에 있었음을 반증한다.

한편『한국여류문학전집』6권에는 시만 수록되어 있는데 해방 전 여성시인들 중에서는 모윤숙과 노천명의 작품만 수록되어 있다.[14] 김일엽, 김명순의 시뿐만 아니라 해방 전 선집에는 수록되었던 1930년대 군소 여성시인들도 배제되었다. 또한 특이하게도 이 권에만 모윤숙이 쓴 '서문'이 수록되어 있다. 다른 권에는 없는 서문이 시집에만 배치된 것은 해방 이후 여성문학 장에서 모윤숙이 지닌 위상을 간접적으로 보여준다.

실제 수록된 시 작품이나 그 외 수필들에 근거해 볼 때 해방 이후 대표적인 여성시인으로 정전에 등재된 모윤숙과 노천명의 행보는 다소

14　반면에『한국문학전집34-시집(상)』에는 모윤숙, 노천명 외에 다른 작가들의 작품들도 일부 실려있다. 목록을 제시하면 다음과 같다.

모윤숙	이 생명을, 밀밭에 선 여자, 달밤, 오월 넥타이 씨!, 정경, 경주길
노천명	사슴, 남사당, 고향, 추풍에 부치는 노래, 이름없는 여인되어, 밤중
장정심	추억, 萬年靑, 마음의 거문고
김오남	유곡, 그리던 곳, 怨望, 설움, 죽은 조카 생각, 無題吟七首, 무제

차이가 있다. 이를 모윤숙적 행보와 노천명적 행보라고 정의할 수 있다. 모윤숙과 노천명은 일제 말기, 한국전쟁기에 당대 지배 담론을 충실히 따랐다는 점에서는 유사하다. 하지만 노천명의 작품이 탈이념적인데 가깝고, 여성성을 감상적으로 그리고 있는 반면 모윤숙의 작품은 민족이나 반공 주체로서의 여성을 이야기한다. 계몽적인 목소리, 지배담론에 복속하는 경향이 있다는 것이다. 모윤숙의 수필에 드러나는 행보 — 상이군경휴게소 개소식 참가, 문총행사 등등 — 은 그가 당시 문단정치의 중심에 있었음을 보여준다. 때문에 '개인'의 고독을 이야기하면서 "전쟁도 고독하고 대한민국도 고독하고 그 속에 있는 우리들도 다 고독한 것"(모윤숙, 「봄, 여름 일기」)이라는, 개인을 집단이나 국가에 수렴하는 언술을 구사하는 것은 모윤숙의 작가인식에서는 내적 일관성이 있는 것이다. 이 작가는 개인과 지극히 사적인 감정마저도 국가-민족에 환원시킴으로써 노천명과는 다른 방식으로 정전에 안착한다.

식민지 시기 문학전집에서 볼 수 있는 바와 같이 식민지 시기에는 특히 시 장르 쪽에서 군소작가들이 많이 배출되었다. 그런데 해방 이후 모윤숙과 노천명, 이 두 시인만이 문학전집에 수록된 것은 비단 이들의 작품이 다른 작가들에 비해 뛰어나서만은 아닐 것이다. 첫째, 식민지 시기 저널리즘과의 친연성, 일제 말기의 친일 행보 외에도, 이들은 한국전쟁 시기에 종군작가로 활동하거나 저널리즘에 얼굴을 알리면서 이른바 공적 영역에서의 활동을 계속해 왔다. 둘째, 문학제도 및 정전의 형성과정에서 여성(성)은 탈이념적(노천명)이든, 이념적(모윤숙)이든 당대가 요구하는 바에 따라 전략적으로 배제 / 선택되었고, 이 두 시인의 작품은 이와 같은 시대적 요구와 공명하는 바가 있다.

요컨대 소설장르에서 '빈곤의 여성화'가 여성작가의 작품이 정전에 편입되는 데 주요 요소로 작용했다면, 시 장르에서는 개인의 절대고독을 추구하는 여성, 국가와 민족의 상징물로서의 여성으로 이원화되면서도 이를 여성성의 범주로 함께 묶으면서 정전에 편입되었다. 장르와 시대적 정황에 따라 유동적인 '여성성' 범주가 여성문학의 정전화에 주요한 원리로 작용한 것이다.

4. 문학교과서의 젠더정치학

문학 교육과 관련된 연구(자)들은 교과서 수록 작품의 정전화 과정에 포섭과 배제의 원리가 작동한다는 것에 대체로 동의한다. 가령 전후 국어 교과서에 수록된 문학 텍스트들에서는 카프 계열 월북작가들의 작품이 배제된 반면, 서정주, 김동리, 조연현으로 대표되는 문협 삼인방과 청록파는 수록되었다. 이처럼 정전을 배열하고 형성하는 핵심 이데올로기는 국가주의, 민족주의, 반공주의라고 할 수 있다. 문협 삼인방과 청록파의 작품들은 특히 민족 고유의 전통이라는 일종의 미적 이데올로기로 묶일 수 있다.[15]

계급과 민족-국가 이념뿐만 아니라 성차(gender) 또한 교과서의 정전

---

[15]　차혜영은 한국 현대소설의 '교과서적 정전'이 창출되고 확장된 시기가 개발독재와 국가 이데올로기가 전면화된 유신과 5공화국 시기이며, 교과서에 실린 한국문학의 특성은 농촌, 전원, 순수, 전통으로 요약된다고 말한다. 또한 국토기행문, 서정적이고 관조적인 수필, 서정적인 단편소설 등이 게재됨으로써 탈이념적이고 비일상적인 순수문학의 상이 구축되었다고 본다. 차혜영, 「국어교과서와 지배 이데올로기」, 『상허학보』 15집, 상허학회, 2005 참고.

화 원리를 파악하는 바로미터이다. 이런 가운데 교과서는 여성을 지속적으로 배제해 왔다. 1차에서부터 4차까지 개정된 국어교과서에 수록된 근대 여성작가들의 작품은 노천명의 「사슴」이 최초이다. 이후 노천명의 「사슴」은 여러 번에 걸친 개정에도 불구하고 계속 수록되었다. 노천명의 경우를 제외하고는 근대 여성작가들의 작품을 찾아보기 힘들다. 문학교과서가 국어교과서와 분리된 5차 개정(1988) 이후 발간된 여러 종의 문학교과서를 전체적으로 보더라도 5차에 실린 강신재의 「목마른 나무들」, 5차와 6차에 실린 박경리의 작품[16]이 고작이다.

탈이념, 순수, 여성성이 연동하면서 특정 여성작가들이 문학 장에서 선택되는데 주요 원리로 작용하는 양상은 정전의 또 다른 축을 구성하는 교과서에 수록된 여성작가들의 작품에서도 확인된다. 노천명의 「사슴」은 탈이념적이고, 여성적이다. 강신재의 「목마른 나무들」이 소설작품으로는 최초로 들어간 이유는 감각적 문체, 세련된 심리묘사 등 일종의 여성적인 특성들 때문이다. 지배적인 문학 장의 비평담론을 통해 반복적으로 승인된 여성문학 정전은 「사슴」과 「목마른 나무들」류의 서정적이고, 탈이념적이고, 여성적인 작품들이다. 남성필자가 대부분인 남성중심적인 교과서에서 그나마 여성작가들에게 할당된 영역은 탈이념적인 순수(「사슴」)이거나 감각적인 여성성(「목마른 나무들」)이다. 이 작품들은 민족주의 / 국가주의 이데올로기가 전면화 된 유신체제하에서 민족, 전통 등 거대 이념으로 포장된 교과서의 빈틈을 메워주는 역할을 하였다.[17]

---

16 박경리의 경우 6차 교육과정 고등국어(하)에 『토지』가 실렸다.

17 1980년대 후반 이후 페미니즘 운동과 이론이 활성화되고, 제도 교육에서 양성평등이 주요하게 여겨지면서, 그리고 무엇보다도 여성작가들의 수와 역량이 늘면서 국어 / 문학교과서 수록 여성작가 작품도 증가했다. 최근 한 연구에 따르면 7차 교육과정 18종 교과서 『고등문학』

5. 결론

　본고는 근대 여성문학의 정전 형성 과정을 가장 명징하게 보여줄 수 있는 것이 시기별로 편찬된 문학전집이라고 보았고, 여성작가와 여성문학의 정전 구성 원리를 수록 작가와 작품, 장르와 주제를 중심으로 살펴보았다. 또한 전집에 수록된 작가와 작품들에서 보이는 모종의 경향성을 통해 식민지 시기와 해방 이후 여성문학사가 단절이 아닌 지속적인 측면이 있다는 것을 확인했다.

　근대 여성문학은 식민담론, 국가주의, 민족주의 등 당대 지배 이데올로기를 긍정적으로든, 부정적으로든 주체적으로 전유하면서 제도화, 정전화되었다. 그런데 이와 같은 지배 이데올로기는 한편으로는 여성(성)을 지우면서, 또 한편으로는 그것을 부각하면서 공고해진다. 또한 이와 같은 선택과 배제의 원칙은 소설, 시, 수필 장르에 따라 다르게 적용되었다. 시와 수필 장르에서는 사회 현실과 무관한 순수성을 지향한 작품들이, 소설에서는 리얼리즘적 성향을 지향한 작품들이 선택된 것이 단적인 예이다.

　이와 같은 여성문학 정전과 관련된 모종의 원리는 기존 문학제도가

에는 강경애 『인간문제』, 강신재 「젊은 느티나무」, 강석경 『숲속의 방』, 박경리 「불신시대」, 『김약국의 딸들』, 『토지』, 박완서 『나목』, 「엄마의 말뚝」, 「세상에서 가장 무거운 틀니」, 『그 해 겨울은 따뜻했네』, 「우황청심환」, 양귀자 「원미동 시인」, 「한계령」, 신경숙 『외딴 방』, 「감자 먹는 사람들」, 최명희 『혼불』, 오정희 「중국인 거리」, 최윤 「푸른 기차」(10명, 총 18편)가 수록되었다. 최근 검정 중등 국어교과서에 실린 여성작가로는 소설 양귀자, 박완서, 시 천양희 등이 있다. 본고의 연구대상 시기가 1960년대 말이므로, 6,7차 교육과정의 국어 / 문학교과서는 해당 사항이 없다. 다만 최근 국어 / 문학교과서의 여성작가, 문학이 1970년대 이후에 정향되어 있다는 점은 참고할 만하다. 박연하, 「문학교과서 수록 여성작가의 소설에 나타난 여성상과 그 교육방안」, 단국대 석사논문, 2011.

여성문학을 일방적으로 포섭 / 배제하면서 확립된 것은 아니었다. 식민지 시기에서부터 활동하기 시작해 해방 이후까지 지속적으로 활동했던 일군의 여성작가들은 여성문학 장 내에서는 1기 여성작가들과 군소 여성작가군들을 배제하고, 독자적인 여성작가 집단을 결성함으로써 여성문학 내부의 위계화와 서열화를 주도했다. 『한국여류문학전집』은 남성이 주도하는 정전이 아닌 여성 주도의 독자적인 정전이라는 점에서 의미가 있다. 또한 수록된 작품들의 경향이 해방 이전 정전화 과정을 거친 작품들과 크게 다르지 않다는 점 역시 지속성이라는 측면에서 눈여겨 볼 대목이다.

이와 같은 균질성은 여성성의 제도화와도 일정정도 관련이 있다. 기존 문학제도가 수용한 여성작가, 여성성은 지배 이념 및 담론이 요구하는 여성성의 범주를 크게 벗어나지 못했다. 물론 여성성이라는 범주 자체가 현실과 동떨어진 어떤 것이거나 고정된 개념은 아니다. 오히려 여성성은 현실적인 맥락에 따라 유동하는 범주라 할 수 있다. 그럼에도 불구하고 기존의 문학 정전과 여성작가 선집 / 전집류의 정전이 유사한 경향을 보인다는 것은 여성문학의 제도화, 여성성의 제도화가 빚은 결과라 할 수 있다.

여성성의 제도화와 여성적 글쓰기, 그리고 양식

1. 여성성의 제도화

근대, 이성을 남성성과 동일시하고, 이에 대한 대타개념으로서 전근대와 감성을 여성성과 동일시하는 익히 알려진 공식에 따르면 여성성은 한편으로는 근대 비판의 맥락에서 이성중심주의, 남성중심주의의 폐해를 메워줄 수 있는 속성, 보살핌과 배려, 타자를 위한 윤리, 모성성과 같은 긍정적인 의미로 쓰이고, 다른 한편으로는 주관적이고 감정적이기에 남성성보다 열등한 의미로 쓰이기도 한다. 여성성은 단일하고 고정된 속성이 아니라 다양한 의미로 맥락화 된다.

여성성을 모성성과 동일시하거나 타자를 위한 윤리로 파악하는 입장은 여성의 생물학적 특성에 기댄 본질주의적 관점이라는 비판도 있다. 이와 같은 비판을 견지하는 측은 여성성 역시 민족, 계급, 지역, 이데올로기에 따라 구성된다는 입장을 취한다. 하지만 구성주의적 입장 역시 여성이 '주어진' 여성성에 맞서 고투하는 현실을 도외시한다는 점에서 일정한 한계가 있다. 여성문학사 연구나 텍스트 분석에서 우리가 놓치지 말아야 할 것은 여성을 규정하는 다양한 항목이나 층위들을 고려해야 한다는 점이다. 또한 여성작가들이 '여성성'을 내면화하거나 글쓰기 실천의 동력으로 삼으면서 당대 지배적인 문학제도와 타협하기도 하고 저항하기도 하는 등 양가적 측면이 있으므로, 개별 작가에 따라 그리고 여성문학 장의 성격에 따라 그 양상이나 차이를 세심히 규명해야 한다. 가령 박완서와 오정희가 추구하는, 혹은 그리는 '여성성'이 다르듯이 식민지 시기 여성작가 중에서도 최정희가 추구한 여성성과 박화성이나 강경애가 추구한 여성성은 다르다. 전자가 여성성을 특화함으로써 남성중심의 문학제도에서 일정한 자기 영역을 확보한 경우라면, 후자는 여성의 현실과 체험을 리얼리즘적으로 형상화함으로써 여성성을 확보한 경우라고 할 수 있다.

하지만 근대 여성문학 장, 여성문학 제도의 형성 및 정착 과정을 규명하다 보면 이와 같은 여성성의 다양한 국면이 무시된 채 단일한 속성으로 굳어진 면이 눈에 띤다. 가령 일제 말기 여성평론가 임순득은 박화성, 강경애의 침묵에 대해 비판하면서 현 문단에서는 "대부분 그 작가적 출발이란 철저히 저널리즘의 일각에 작문, 수필, 기타 잡문격이니만치 계절의 화초적 존재로써 비롯하였든 것"이 여성문학의 현실이므로 '부인문학'[1]의 존재가 불가능하다고 강조한다. 또한 장덕조, 이선

---

1   임순득은 당시 '여류문학'의 여성적인 자질을 비판하면서 이를 대체할 바람직한 여성문학을 지칭하는 용어로 '부인문학'을 사용했다.

희, 최정희, 모윤숙의 작품이 여성적, 가정적, 모성적, 정신적 토픽에만 집중한다고 비판한다. 1930년대 초중반 강경애와 박화성의 작품은 식민지 시기 사회현실을 비판하는 리얼리즘적인 경향을 담지한 것으로 여겨지면서 기존 문단에 포섭되었지만 후반에 들어서는 '여성성을 소실한 남성적인 작가'들로 범주화되면서 배제되었다. 반면 최정희 모윤숙은 "이쁘고 싸근싸근하며 고요하고 깨끗한 모든 여성적인 것의 좋은 점"[2]을 탐구하는 것을 권장하는 분위기에서 여성성을 구현한 작가들로 기존 문단의 일정 부분을 차지하게 된다. 임순득은 이후 여성문학 2기를 대표하는 작가들로 명명된 최정희, 모윤숙, 이선희, 장덕조의 작품들이 이처럼 기존 문학 장이 요구하는 여성적, 모성적 자질을 적극적으로 구현함으로써 '화초적 존재'로 전락하였다고 비판하는 것이다.

근대 여성문학은 식민담론, 국가주의, 민족주의 등 당대 지배 이데올로기를 긍정적으로든, 부정적으로든 주체적으로 전유하면서 제도화되었다. 기존 문학제도가 수용한 여성작가, 여성성은 지배 이념 및 담론이 요구하는 여성성의 범주를 크게 벗어나지 못했다. 여성성은 현실적인 맥락에 따라 유동하는 범주임에도 불구하고, 근대 문학제도에서 대표적인 여성작가로 호명된 몇몇 작가들의 경우 남성작가들과는 다른 문체와 작품세계가 '여성적인 것'으로 명명되면서 이런 차이를 통해 문학사적 위상을 확보하였다. 이런 맥락에서 필자는 '여성성의 제도화'가 여성문학 장, 여성문학 제도의 형성 및 정착 과정을 텍스트의 내적 원리에 근거해 규명하는 개념으로 적합하다고 본다.

---

2 안회남, 「소설가 박화성론」, 『여성』, 1938. 2.

'여성성의 제도화'는 문학제도 안에서 '여성성'이 과잉 정의되면서 여성문학의 정체성을 결정짓는 핵심 요소로 작용했다는 것을 의미한다. 근대문학이 '여성성'을 전유하는 방식은 다양했다. 여성작가의 글쓰기를 '낭만적', '소녀적'인 것으로 폄하하면서 남성 중심의 문학 장의 정체성을 확립하는 것을 '여성성 배제의 정치학'이라고 칭할 수 있다면, 근대소설은 소위 '여성적 감수성'을 근거로 이전까지의 계몽적 글쓰기에서 탈각하여 근대소설의 미적 근대성을 선취하였는데, 이는 '여성성 포섭의 정치학'이라고 칭할 수 있다.

'여류문학'이 문학제도에서 공식적 명칭으로 자리 잡기 시작한 1930년대 이후 여성문학에 대한 당대 남성 문학인들의 담론은 '여성성'의 제도화에 주력하는데 이는 특정 장르, 특정 작가, 특정 경향을 '여성성', '여성적인 것'으로 담론화하면서 이루어진다. 수필을 여성적인 장르로 지칭하는 것,[3] 박화성을 여성성 소실의 작가, 최정희와 노천명을 여성성 구현의 작가로 구분하는 것, 리얼리즘적인 경향을 탈여성적인 것으로, 사적 체험에 기반을 둔 소설이나 수필을 여성적인 경향으로 규정하는 것 등은 예의 여성성의 다양한 구성 계기들을 고려하지 않고 '여성성'을 본질적인 것으로 치부하면서 문학 장의 특정 영역을 여성문학과 여성작가에게 할당하려는 전략으로 보인다.

하지만 여성성의 제도화가 남성 문학인들에 의해 일방적으로 진행된 것은 아니다. 일군의 여성작가들 역시 남성 중심의 문학제도가 요구한 '여성만이 그려야 할 세계'에 주력함으로써 문학 장에 적극적으로

---

3 이에 대한 자세한 논의는 김옥란, 「여성작가와 장르의 젠더화―희곡과 수필을 중심으로」, 『탈식민의 역학』, 소명출판, 2006을 참고할 것.

포섭되어갔다. 여성문학사 서술에서 주목할 사항은 이 여성성을 자기 문학의 핵심원리로 삼은 여성작가들이 일제 말기부터 해방 후, 한국전쟁기에 이르기까지 당시 지배적인 국가주의 담론이 요구한 여성의 역할, 모성성에 적극적으로 공명하면서, 해방 후 여성문학 장의 '주류'로 안착했다는 점이다. 가령 최정희의 대표작으로 일컬어지는 「천맥」, 「지맥」, 「인맥」은 '탈사회적' 모성성에 근거해 있지만 이후 일제 말기 친일소설인 「야국초」, 『전쟁문학집』(육군본부, 1962)에 재수록된 「정적일순」은 각각 군국주의, 반공주의를 여성의 시각에서 우회적으로 서사화한 정치적이고 사회적인 작품들이다. 장덕조 역시 일제 말기 친일소설, 한국전쟁기 반공주의 소설에서 여성-어머니의 역할을 주로 그렸다는 점에서 국가주의와 여성주의의 결합양상을 일관성 있게 보여준다.[4]

일제 말기와 한국전쟁기를 거치면서 여성성의 제도화에 적극 동조한 여성작가들은 여성문학 장의 주류로 자리 잡게 된다. 근대 여성문학 장의 내적 형성원리(내용적 측면)로 작동한 여성성의 제도화와 여성문학 장의 중심 세력이라는 형식은 동전의 양면을 이루게 되는 것이다.

그렇다면 전후 신진 여성작가들의 등장과 함께 '여성성'은 문학 장 내에서 어떤 변화를 겪게 되었을까. 이들의 작품 역시 여성성의 제도화로 일원화할 수 있을까. 이와 같은 의문을 해명하기 위해서는 전후 여성 교양잡지를 통해 유포된 여성관련 담론들, 전쟁으로 인한 가부장적 질서의 붕괴, 새로운 근대화 프로젝트의 움직임 앞에서 남성성을

---

4   일제 말기 친일문학과 한국전쟁기 반공주의 문학이 여성성, 모성성을 전유하는 양상, 여성 작가들이 작품을 통해 '여성성의 제도화'를 적극 실천한 양상은 앞의 글 「일제 말기 여성작가들의 친일담론 연구」, 「한국전쟁기 여성문학 장의 형성—반공주의의 젠더화를 중심으로」에서 자세히 다루었다.

재건하기 위한 담론들의 전략을 다각도로 분석하는 작업이 선행되어야 한다. '전후'라는 지극히 혼란한, 때문에 파괴 이후의 신생 / 재생이 요구되었던 급박한 상황에서 여성 주체가 사적, 공적 영역에서 남성과는 다르게 어떻게 개조 요청을 받고, 여성 주체는 어떻게 그런 지배 이데올로기에 포섭되거나 저항했는지를 살피는 것은 전후 문학을 여성의 시각에서 재조명하고 여성성의 제도화 과정을 규명하는 데 중요한 사안이다. 전후는 남성-집밖 / 여성-집안이라는 오래된 공사영역의 분리가 급속히 해체된 시기이다. 많은 여성들이 계급적 차이에도 불구하고, 아니 오히려 계급적 차이에 따라 이질적인 방식으로 공적 영역의 장에서 활동했다. 이 여성들에 대해 남성들은 전쟁미망인에게는 향락과 경박한 성윤리의 담지자라는 부정적인 성적 표상을, 중산층 여성에게는 아프레걸, 자유부인과 같은 표상을 부여함으로써 이들을 위험한 여성으로 동질화하고, 공적 영역의 주인 자리를 장악하지 못한 자신들의 불안감을 해소하고자 했다.

이상적인 여성은 사적 영역에서 가정성(domesticity)의 이데올로기를 구현하는 존재들이다. 온갖 유혹에도 불구하고 정조를 고수하는 전쟁미망인, 가족의 생계를 책임지는 능력 있고 강인한 어머니, 근검절약을 미덕으로 삼는 주부, 현모양처를 꿈꾸거나 성적으로 순결한 여대생 등은 이상적으로 구축된 전후 여성상들이었다. 이처럼 탈성화된(desexualized) 여성은 예의 여성들이 공적 영역으로의 진출이 늘어감에 따라 전통적인 성역할이 붕괴해 가는 것에 대한 남성들의 불안감을 반영한 것이다. 반면에 여성작가들의 소설은 아프레걸, 전쟁미망인을 작품의 소재 및 주제적 차원에서 적극 활용한다. 최정희의 『인간사』, 『흑의의 여인』, 박경

리의『표류도』,『성녀와 마녀』, 강신재의『청춘의 불문율』,『임진강의
민들레』등은 이와 같은 위험한 여성들의 존재를 전면에 내세우면서, 국
가주의에 때로는 부응하고, 때로는 저항하는 양가적 전략을 구사했다.
1950·60년대 소설의 대중화, 통속화를 이끈 여성작가들의 낭만적 연애
서사 역시 중심적인 문학 장이 보기에는 '주변적'일지 모르지만 독자 대
중에게는 강한 공명을 자아냈다. 그런데 낭만적 연애 서사에 나오는 수많
은 '성녀'와 '마녀'라는 이분법적 표상들은 여성의 욕망을 불순한 것으로
제어하고, 바람직한 가정성을 담지한 여성을 긍정적으로 형상화함으로써
가정성, 모성성과 여성성을 동일시하는, 여성성의 제도화에 기여한다.

　요컨대 전후 여성문학 장, 그리고 1960년대 여성문학 장은 당시 국
가주의 이데올로기가 요구한 여성의 역할을 수용함으로써 여성성의
제도화에 기여한다는 점에서 여성문학 장 내의 주류의 정체성을 확립
하며, 식민지 시기 여성문학 장과의 연속성을 공고히 한다. 물론 국가
주의와 여성주의와의 결합으로 일원화하기 힘든 균열과 틈새의 지점
들도 분명히 존재한다. 한무숙이나 박경리, 강신재의 일부 작품들은
탈이념성이나 선정주의에 기초해 국가주의의 그늘로부터 벗어나려 한
다. 여성성의 제도화는 특정 장르 양식의 독점, 신진 여성작가들의 여
성문학 장 내로의 포섭 등을 거치면서 강화되는 한편, 이런 제도화의
'바깥'에서 여성문학사의 새로운 흐름을 형성하는 움직임 역시 있었다.

　여성문학의 제도화, 여성성의 제도화는 여성문학 장을 공고히 하는
데 기여했다는 긍정적인 측면도 있지만, 여성문학을 고립시키고 현실
의 다양한 맥락들을 충분히 고려하지 않았기 때문에 한계가 있다. 앞
으로 여성문학(사) 연구는 이런 공과를 세심하게 분별하고, 제도화를

거스르거나 제도화로는 포착되지 않는 장 형성의 다른 요인들을 유연
하게 규명해야 한다. 다음 장에서 다룰 여성적 글쓰기에 대한 새로운
개념 정립, 여성의 독서나 글쓰기 행위에 대한 문화사적 접근, 장르나
양식의 젠더화 양상 등에 대한 고찰은 여성문학 제도의 형성 원리를
역동적으로 규명하고자 하는 시도이다.

2. 여성적 글쓰기

여성적 글쓰기[5]는 남성중심주의적 글쓰기에 반하는 여성의 생물학
적 특성과 경험에 근거한 몸으로 글쓰기, 여성의 욕망을 풀어내는 주
변적이고 전복적인 글쓰기로 정의되어 왔다. 때문에 여성적 글쓰기는
여성의 생물학적 특성에 착안해 복수적이고 유동적인 글쓰기를 지칭
한다는 프랑스 페미니스트들의 주장 역시 본질주의에 함몰되어 있다
는 비판을 받아왔다. 여성적 글쓰기란 용어 자체가 남성적 글쓰기에
대한 대타개념에서 나온 것이기에 이분법적 사고방식이라는 지적도

---

[5] 일레인 쇼월터는 여성적 글쓰기란 개념이 문학적 실천이라기보다는 유토피아적 가능성에
가깝다고 하면서도 여성성의 가치를 강조하고 페미니스트 비평의 이론적 과제를 '차이'에
대한 분석을 통해 설명하는 한 방법이라고 본다. 쇼월터는 차이를 설명하려는 여성 글쓰기
이론을 생물학적, 언어적, 정신분석학적, 문화적 모델로 나누고 각각의 한계를 논하면서
역사적 변화, 인종적(민족적) 차이, 경제적 요인의 구속력을 설명하기 위해서는 좀 더 넓은
문화적 맥락에 여성의 글쓰기를 위치시켜야 한다고 주장한다. 여성의 문화라는 모델은 계
급적, 인종적, 민족적, 역사적 차이가 젠더만큼이나 중요한 요소라고 보면서도 전체 문화
속에서 하나의 집단적 경험을 형성하므로, 여성작가를 하나로 묶어낼 수 있다는 것이다.
필자 역시 쇼월터의 관점처럼 여성(적) 글쓰기는 복합적이고 역사적인 기반을 가진 문화적
관계 속에서 이해해야 한다고 본다. 일레인 쇼월터, 「페미니스트 비평, 광야에 서다」, 일레
인 쇼월터 편, 신경숙·홍한별·변용란 역, 『페미니스트 비평과 여성문학』, 이화여대 출판
부, 2004, 336~337·344면.

있다. 하지만 글쓰기 주체의 성별, 텍스트의 성별을 분별하는 것은 엄연히 실재하는 차이'들'의 기원을 해석하는 유효한 틀이 될 수 있기에 여전히 중요하다. 근·현대 문학의 다기한 흐름들을 제대로 파악하기 위해서는 중심보다는 주변, 동일성보다는 차이를 인정해야 하며, 현존하는 차이들을 봉합하기보다는 민족, 지역, 계층, 세대에 따른 차이와 마찬가지로 성차를 인정하고 나아가 여성 내부의 차이들까지 밝히는 것이 온당하다. 필자는 여성적 글쓰기의 실체가 모호하다 하더라도, 여성의 글쓰기 욕망의 기원을 따지는 것, 여성적 글쓰기가 지닌 전복적, 주변적 속성이 어떤 현실적 맥락에서 나왔으며, 어떻게 실감을 얻게 되는지를 증명하는 것이 중요하다는 입장이다.

가령 지금까지 남성중심의 문학 장이 '여성성 소실의 작가'로 정의해온 박화성, 강경애의 리얼리즘 소설을 여성의 시각에서 재독해한다면 여성적 글쓰기의 외연을 확장할 수도 있다. 박화성, 강경애, 백신애 등의 작품은 '빈곤의 여성화' 양상을 띤다. 여성이 주 인물이나 주 서술자로 설정되어 있고, 주로 빈곤, 이주, 가부장적 폭력 등을 여성의 시각에서 그리고 있기 때문이다. 그런데 이 작가들은 식민지 시기 문학 장의 중심에 있지 않았다. 박화성은 목포, 강경애는 간도에서 주로 작품활동을 했으며, 백신애는 사회주의 여성단체인 근우회에 가입한 경력이 있고 중앙문단과 매체 주도의 행사나 좌담회 등에 거의 발길을 하지 않았다. 이 작가들은 지리적, 성적으로 주변부에 있으면서 식민지 하층계급 여성들의 처지를 실제로 목도했고 사회주의 이념의 세례를 직·간접적으로 받았던 터라 이들의 현실을 핍진하게 형상화할 수 있었다. 박화성의 「춘소(春宵)」, 「한귀(旱鬼)」, 백신애의 「호도(糊塗)」, 「적빈(赤貧)」, 강경애의 「지하촌(地下村)」, 「마약(麻藥)」 등은 가부장적 폭력의 양상, 모성이 제대로 보호받지 못하는 절대 빈곤의 상황을 몸의 체험에 근거해서 그리고 있다. 모성이나 몸의 체험은 제도가 구획지은 관념적이고 이상적인 여성성의 범주를 뛰어넘는다. 여기서 우리는 제도화된 여성성으로 고착되지 않으면서, 저항과 균열의 목소리, 몸의 젠더정치학을 구사할 수 있는 여성성의 가능성을 찾을 수 있다.

이들의 작품은 여성의 빈곤과 수난을 다루고 있지만 민족주의 서사에서 여성(성), 모성(성)을 민족 전체의 수난을 표상하는 것으로 재현하는 관습과도 거리가 있다. 이들의 작품은 식민성, 근대성, 젠더, 계급, 민족의 문제를 다루고 있다. 가령 박화성의 「춘소」에서 양림네 가족이 가뭄에다 남편의 실직으로 인해 절대 궁핍에 처한 상황은 막내딸 양림의 사고와 죽음과 맞물리면서 식민지 현실에서 빈곤이 여성과 아이들에게 가장 참혹한 형태로 나타난다는 것을 보여준다. 백신애의 작품 「적빈」, 「호도」, 강경애의 「지하촌」, 「마약」은 민족 문제와 계급 문제가 성차의 문제와 중층적으로 얽혀 있음을 단적으로 보여준다. 특히 이 작품들은 임신과 출산을 하는 여성의 몸에 가부장적 폭력, 식민지 현실, 계층적 위계가 새겨져 있음을 사실적으로 그린다. 가부장적 이데올로기가 주조한 여성성, 모성성을 탈신화화하는 전략은 노동과 출산으로 인해 피폐해진 여성 / 어머니의 몸을 '비체화'해서 재현하는 것으로 드러난다.

이들의 작품은 최근 식민지 시기 문학과 문화 연구에서 초점이 되고 있는 신여성이 아닌 구여성의 현실에 주목한다. 구여성들은 신여성들처럼 자신의 주체적 목소리를 발화하지도 못했고 저널리즘의 주목대상이 되지도 못했다. 이들의 작품은 이 구여성들의 존재를 '대신' 말함으로써 여성들 내부의 차이를 드러내고, 여성적 글쓰기를 자족적인 내면의 영역이 아닌 식민지 현실과 연관지어 그린다.

여성적 글쓰기가 지닌 양가적 측면은 해방 이후 여성작가들의 글쓰기에서도 나타난다.

3. 양식[6]과 여성의 글쓰기

이 장에서는 양식을 '시대정신의 구현'이자, '제도적 질서 개념'이라는 전제하에 여성문학사를 특정 글쓰기 및 장르의 변전 양상을 중심으로 재구성하고, 그것이 기존의 남성 중심의 문학사와 '같으면서도 다른' 측면이 없는지를 규명하고자 한다.

앞서 1부와 2부의 연구내용을 종합해 보면 여성작가들의 글쓰기는 장르적 측면에서 근대 초기 논설과 잡문, 시평과 계몽적 소설(나혜석, 김일엽), 자기고백적 단편소설(김명순)이 거의 동시에 출현한 후 1930년대 단편소설과 서정시로 정착되는 단계를 거친다. 이와 같은 장르와 양식의 변전 양상은 여성작가들이 근대문학 장에 진입하는 형태와도 관련

---

6 양식은 통상 사조, 장르, 근본적 발화 양식으로서의 mode, 유형적 특성으로 분류되는 하위 장르, 개별 작품의 언어적 기법 등의 의미로 두루 사용되어 왔다. 그만큼 양식은 개인의 세계관에 따라 논의의 초점과 규정방식이 변모하는, 쉽사리 합의하기 어려운 문제적 개념이다. 임화는 '문학사는 양식의 역사'이며, 그것을 '시대정신이 자기를 표현하는 형식'이라고 규정한 바 있다. 권영민의 경우 문학의 양식은 '일종의 제도적 질서개념'이라고 보는데, 이 경우 장르(및 하위장르) 개념에 가깝다. 이와 같은 논의를 토대로 박헌호는 양식은 "인간의 정신적 창조에 있어서 대상에 대한 파악과 그 표현방식에 존재하는 고유의 공통된 특징", 즉 인식과 표현 사이의 관계를 전제한 개념이라고 본다. 박헌호,『식민지 근대성과 소설의 양식』, 소명출판, 2004, 1장 참고.

이 있다. 여성작가들의 첫 번째 등단 유형은 나혜석, 김일엽처럼 자신들이 주도한 잡지에 소설이나 시를 쓰면서 등단하거나, 최정희처럼 기자 출신으로 기사를 쓰다가 작품활동을 시작한 것이다. 두 번째 유형은 김명순, 박화성, 강경애처럼 문예지 추천을 받거나 신춘문예 등 공식적인 등단제도를 밟은 경우이다. 이와 같은 근대문학 장에의 진입은 남성작가들의 등단과정과 다르지 않다. 즉 전자의 비문학적,[7] 정론적 글쓰기에서 후자의 문학적 글쓰기로의 전이과정, 문학적 글쓰기의 고백적 특성은 근대문학 장과 근대 여성문학 장이 공유하는 특성이라 할 수 있다.

한편 근대 초기부터 일제 말기까지 여성작가들의 소설은 '단편양식'이 주류를 이룬다. 식민지 시기 여성작가들의 장편은 강경애의 『인간문제』, 박화성의 『백화』, 김말봉의 『찔레꽃』으로 손에 꼽을 정도이다. 식민지 시기 근대문학 장이 단편양식 중심이었지만 1930년대 중반 이후 구 카프계열 작가와 비평가들을 중심으로 장편양식과 관련된 논쟁이 전개되고, 실제 문학사적으로 의미 있는 장편소설이 다수 창작된 것과는 차이가 있다. 시 양식의 경우에도 모윤숙, 노천명 중심의 식민지 시기 여성시단은 서정시가 주를 이룬다. '장편의 여성화' 경향이라 명명할 수 있는 장편 양식의 주류성은 1950년대 중반, 1960년대 들어 장편소설 연재가 가능한 매체가 늘어나면서 본격적으로 정착된다.

여기서 몇 가지 의제를 설정해볼 수 있다. 근대 초기 논설이나 잡문과 계몽적 소설은 주제나 양식 면에서 어떤 관련성이 있는가, 근대 초기 계몽적 소설과 자기고백적 소설이 동시에 출현하는 것은 여성문학

---

7   여기서 비문학적 글쓰기는 근대 초기 문학과 비문학의 경계가 불분명한 상태에서 쓰인 잡감, 잡문, 시평, 논설 등의 글을 지칭하는 것으로 한정한다.

만의 특성인가, 여성작가들의 단편소설 주류성은 어떤 의미가 있는가, 단편소설에서 장편소설로의 전이를 가능케 한 조건들과 장편소설 양식이 지닌 사회문화적 맥락은 무엇인가 등이다.

『신여자』, 『여자계』 등 근대 초기 여성매체에서 글쓰기를 주도한 층은 주지하다시피 일본유학 여학생, 이화여전 출신 여성지식인이었다. 이들은 여성교육의 필요성, 자유연애와 같은 젠더화된 근대담론을 주조해낸 주체들이다. 주목할 점은 나혜석, 김일엽의 계몽적 소설[8]이 평론, 논설, 잡감, 시평 등 이들의 다른 글쓰기와 상보관계를 이루고 있다는 것이다. 나혜석은 시, 소설, 희곡, 평론, 수필, 일기, 여행기 등 다양한 형식의 글쓰기를 시도했으며, 픽션과 논픽션의 경계를 횡단했다.[9] 이런 다양한 형식을 통해 일관된 주제의식, 즉 가부장제에 대한 비판과 여성적 경험을 드러냈다는 것은 당시 공론장 속에서 문학과 비문학의 경계가 뚜렷하지 않았다는 점, 문학적 글쓰기 역시 여성 지식인으로서의 정체성 투쟁의 일환이었다는 점을 의미한다. 김일엽과 김명순의 경우에도 사정은 비슷하다. 더 거슬러 올라간다면 근대 초기 신문의 여성독자투고가 지닌 정론적 성격의 글이 나혜석, 김일엽, 김명순에 오면 여성해방의식에 정향된 정론적 성격의 글과 문학이 혼효된 형태를 띠게 되고, 이후에 문학으로 귀결되는 모습을 보인다고 추론할 수 있다. 근대 초기 계몽적 글쓰기의 우세 내지 계몽적 글쓰기의 근대문학 장 안으로의 진입은 여성문학의 탄생 및 형성에도 적용되는 셈이다.

---

8 가령 나혜석의 「경희」, 김일엽의 「계시」, 「자각」은 근대적 여성의식을 주제로 한 계몽적 소설들이다.

9 김윤선, 「한국 근대 기독교와 여성적 글쓰기」, 『여성문학연구』 19호, 한국여성문학학회, 2008, 40면.

하지만 다른 점도 있다. 나혜석의 「경희」(『여자계』 2호, 1918), 김명순의 「의문의 소녀」(『청춘』, 1917)의 발표연대 및 작품경향에서 드러나듯 계몽적 글쓰기—공적 글쓰기와 문학적 글쓰기—사적 글쓰기는 비슷한 시기에 출현했다. 근대소설사에 대한 범박한 정의가 이광수의 계몽적 글쓰기에서 김동인과 동인지 문학의 미적 글쓰기로의 전이에 근거하고 있다면 여성문학의 경우 계몽적 글쓰기와 미적 글쓰기가 거의 비슷하게 출현하였다. 이 '비동시적인' 양식—장르의 '동시적' 출현은 근대문학 장과 여성문학 장 간의 상호영향관계를 보여주는 징표라 할 수 있다. 여성문학 장은 근대 초기 공식적인 담론 장을 모방하는 한편, 사적이고 '여성적'인 것으로 여겨진 고백적 글쓰기를 통해 역으로 근대소설 장의 준거점을 제공해 주었다고 볼 수 있다.

그렇다면 식민지 시기 여성작가들의 문학이 단편소설과 서정시, 수필 위주로 정착되고, 한국전쟁 후 단편소설에서 장편소설로 전이해 간 동인은 무엇일까. 그것은 여성문학의 정전화 원리와도 모종의 관련성이 있다. 식민지 시기, 특히 1920년대 주도적인 장르는 단편소설이었다. 여성작가들의 선집, 전집에 수록된 작품 역시 '단편' 위주로 편재되어 있는 것을 알 수 있다. 이 같은 점은 식민지 시기 여성문학 선집인 『현대조선여류문학선집』(조선일보출판부, 1937)과 『여류단편걸작집』(조선일보사, 1939)의 수록 작품이나 선집 출판 원리에서도 확인된다.[10] 단편소설 주류성 외에 이와 같은 단편들은 대체로 '빈곤의 여성화'와 여성의 수난에 초점을 맞춰져 있다. 1910년대 여성작가들의 사적 소설들은 1920·30년대에

---

10 두 선집에 수록된 작품 목록과 특성은 앞의 「근·현대 여성문학 정전의 형성과정 연구」를 참고할 것.

오면 리얼리즘적 경향의 소설들로 주 경향이 바뀌는 것이다. 박화성, 강경애, 백신애의 소설은 최정희의 「인맥」, 「지맥」, 「천맥」, 소위 '삼맥 연작' 전에 식민지 시기 여성문학의 대표작으로 손꼽혀 왔다. 해방과 전후 시기에도 이 여성작가들의 리얼리즘 소설은 각종 문예지와 여성지 등을 통해 계속 환기된다. 뿐만 아니라 식민지 시기와 1950년대 대표적인 문학전집에도 수록되었다. '사회적인 것'과 '여성적인 것'의 결합은 기존 문학 장과 여성문학 장이 합의한 공통의 영역이었다.

하지만 사회적인 것을 그렸다 하더라도 근·현대문학 장에서 박화성이나 강경애의 장편소설보다 단편소설이 정전에 포함되었던 것은 작품 자체보다는 정전 자체의 메커니즘이나 재생산 구조에 기인한 듯 보인다. 식민지 시기에 나온 전집의 전범으로 꼽히는 『현대조선문학전집』(조광사, 1938)[11]은 2권 시가집, 1, 3, 6권 단편집, 4권 수필기행집, 5권 평론집, 7권 희곡집 전7권으로 구성되어 있다. 소설의 경우 단편 위주 구성의 전집 체제가 이후 여성작가들의 전집 수록 텍스트 선정에도 영향을 미쳤던 것이다.

전후 1950년대 후반부터 1960년대에는 여성문학이 장편소설 양식과 밀접한 관계를 지니면서, 소설의 장편화와 소설의 여성화가 동일한 의미로 쓰이게 된다. 여성작가들이 장편소설 창작의 주체가 된 이유를 몇 가지 측면에서 찾을 수 있다. 신문과 잡지매체가 많아지면서 연재

11　이 전집이 소설을 단편 양식 위주로 꾸밀 수 있었던 것은 식민시대 최초의 전집인 『현대걸작장편소설전집』(박문서관, 1937)의 사례에서 볼 수 있는 것처럼 장편소설전집을 별도로 발간하였기 때문이기도 하다. 이 전집에 수록된 작가는 이광수, 김동인, 염상섭, 현진건, 박종화, 김기진, 나도향, 한용운이다. 강진호, 「한국 문학전집의 흐름과 특성」, 『돈암어문학』 16집, 돈암어문학회, 2006, 358면.

소설이 판매부수 증대와 관련하여 많아진 것,[12] 경제적, 사회적 이유 때문에 여성작가들이 연재소설 창작에 주력한 점, 장편 연재소설의 장르적, 주제적 관습이 여성작가들의 글쓰기 경향과 맞아 떨어진 점 등을 이유로 들 수 있다.

장편연재소설의 주제적 관습이 여성작가들의 글쓰기 경향과 맞물려 있다는 것은 장편소설의 대중성 혹은 통속성이라고 일컬어지는 특성이 멜로드라마의 공식을 답습하는 경향이 있고, 이와 같은 주제가 여성적인 것과 친연성을 지닌다는 것이다. 이 같은 점은 김말봉의 『찔레꽃』, 박화성의 『백화』, 강경애의 『인간문제』 등 식민지 시대 몇 안 되는 여성작가들의 장편소설이 지닌 경향과도 대별된다. 박화성과 강경애의 작품은 식민지 시대 빈궁문제를 다룬 리얼리즘 계열의 작품으로, 김말봉의 작품은 식민지 시대 대중문학의 통속성을 대표하는 작품으로 여겨졌다. 리얼리즘＝남성성, 연애서사의 선정성과 통속성＝여성성과 같은 도식은 장편소설에도 적용되었다. 물론 리얼리즘＝남성성이라는 도식은 표나게 정식화된 것은 아니었지만, 강경애와 박화성의 작품은 이들의 단편소설과 더불어 '여성이 그리지 못할' 세계를 그린 작품으로 상찬받으면서 우회적으로 리얼리즘이 우월한 것으로 인식되었다.

반면 전후, 1960년대 여성문학 장을 주도한 장르인 장편소설은 주로 '중산층' 여성작가의 자기정체성 탐색의 서사, 낭만적 연애서사이다. 낭만적 연애서사는 '주변적'이고 '사소한' 이야기로, '본격' 문학의 범주에 들

---

12 여성작가들의 장편소설 집중화가 대중매체의 전략과 관련이 있다는 점은 윤병로, 「여류문학이 가는 길」(『현대문학』, 1969.7)에서도 확인된다. 이 글은 여류문학의 전성기가 도래한 이유를 여성지와 대중지를 여성작가가 선점한 때문으로 파악한다.

지 않는 것으로 치부되어 왔다. 그럼에도 불구하고 박경리는 장편『표류도』의 상업적 성공 이후『시장과 전장』,『김약국의 딸들』,『파시』,『가을에 온 여인』,『성녀와 마녀』등 본격적으로 일련의 장편소설들을 발표하였으며, 최정희, 장덕조, 강신재 등도 대중적인 장편소설로 선회하였다.『현대문학』,『여원』[13]과 같은 문학전문지, 여성교양잡지뿐만 아니라 신문들은 여성작가들의 장편소설들을 꾸준히 연재함으로써 1950·60년대 문단의 또다른 지배적 경향이라 할 수 있는 소설의 대중화에 기여했다.

1960년대 여성작가들의 낭만적인 연애서사가 그저 상업적이고 통속적인 읽을거리에 불과한 것인지, 선정주의(sensationalism)를 가장한 지배질서의 균열 내기인지, 중산층 부르주아 여성작가들이 가부장적 질서와 겪는 갈등을 봉합하면서 자신의 글쓰기 욕망을 실현하려고 한 산물인지는 세심한 작품 분석을 전제로 한다. 임화의 규정대로 '시대정신이 자기를 표현하는 방식'을 양식이라고 본다면 정전과 매체의 메커니즘 외에 여성작가들의 장편소설에 내재된 젠더화된 시대정신이 규명되어야 할 것이다.

근대 초기 계몽적, 정론적 글쓰기와 고백적 글쓰기의 혼재, 식민지 시기 단편소설의 리얼리즘과 전후 장편소설의 낭만적 성향으로 정리될 수 있는 양식사적 접근은 여성문학이 남성 중심의 근대문학 장이 자기 정체성을 확정짓는 데 보족적 역할을 했음을 입증하는 우회로가 될 수 있다. 또한 여성문학 장 내의 메커니즘 및 원리를 해명하는 유효한 방법론이 되기도 한다. 가령 정론성(계몽성, 근대 초기) → 낭만성(근대 초기, 1920년대)

---

13 가령『여원』수록 여성작가 장편소설들 중 박경리『성녀와 마녀』, 강신재『청춘의 불문율』, 『그대의 찬손』, 정연희『목마른 나무들』, 박순녀『숲속에 가슴속에』등은 선정적이거나 감상적인 연애서사로서 당시 여성작가 및 여성문학의 정체성을 뚜렷이 보여준다.

→ 정론성(현실성, 1930년대) → 정론성(나라세우기, 반공주의, 1940~1950년대 전반) → 낭만성(1950년대 중반~1960년대)과 같은 지배소의 변이는 이전의 시대정신에 대한 부정과 새 양식, 그리고 그것을 뒷받침하는 정신의 도입이 여성문학 장에서 적극적으로 실천되었음을 보여주는 징표이다.

한편 기존 문학 장이 구사한 선택과 배제의 전략은 소설, 시, 수필 장르에 따라 다르게 적용되었다. 시와 수필 장르에서는 사회 현실과 무관한 순수성을 지향한 작품들이, 소설에서는 리얼리즘적 성향을 지향한 작품들이 선택된 것이 단적인 예라 할 수 있다.[14] 수필에서는 '여인수필의 대성황'을 '변태적 현상'이라고 폄하[15]하거나 여성과 밀접한 장르를 수필이나 시로 국한하는 담론들[16]이 주를 이루었다. 특히 수필은 "씨는 몇 편의 개인 잡사의 수필이 있으나 이 수필은 창작으로 볼 수 없는 것"이고 "감상적 애상을 읊은 시조들"은 천편일률적이라 "씨는 작품 없는 벙어리 작가"[17]라는 김일엽에 대한 평가에서 볼 수 있듯 개인적인 신변잡사를 기술한, 창작 이전의 것으로 치부되었다. 즉 수필은 여성의 장르, 문학 이전의 글쓰기로 치부되어 주변화 되었다. 여성의 글쓰기를 배제하거나 주변화하는 젠더정치학이 작용한 것이다.

그럼에도 불구하고 여성작가들의 수필은 매체의 필요에 의해 지속적으로 기획된다. 『만국부인』 창간호(1932.1)[18]와 『동광』(1932.7)[19]은 '문

14 　김옥란은 1930년대 계급적 입장의 남성평론가들이 박화성, 송계월, 강경애, 최정희의 경향소설에 주목했고, 1930년대 초반까지 계급적 입장을 견지했던 최정희나 1930년대 말 임순득 역시 박화성과 강경애를 주요 작가로 꼽고 있다고 지적한다. 소설장르는 (그것도 리얼리즘적이고 계급적 색채가 짙은) 문단 내에서 2기 여성작가들의 존재 근거를 마련해 주는 중요한 장르였다는 김옥란의 입장에 필자 역시 동의한다. 김옥란, 앞의 글, 133~134면.
15 　이고성, 「조선의 문단」, 『신동아』, 1932.11.
16 　박용철, 「여류시단총평」, 『신가정』, 1934.2; 최정희, 「1933년도 여류문단 총평」, 『신가정』, 1933.12.
17 　홍구, 「1933년의 여류작가 군상」, 『삼천리』, 1933.2, 87면, 김옥란, 앞의 글, 146면에서 재인용.

예기타'란에 '여성수필'을 특집으로 내보낸다.

소녀문단에서 최근 나는 예외적인 글 하나를 발견했다. 그는 소설도 시도 희곡도 아닌 불과 반 페이지의 수필이다. 『삼천리』 6월호에서 본 최정희의 글이다. 청춘을 작별하는 이 내 얼굴을 응시하는 여인의 심경을 고백한 글이다. 이것만은 여류국제문단에서도 상당한 친구가 아니고는 못쓸 글이다. (…중략…) 남성작가는 감쪽같이 자기를 은폐하고도 걸작을 내놓을 두력(頭力)을 가졌지마는 그를 못 가진 여성작가에게 있어서는 반대로 있는 대로의 자기를 표박할 때 한해서 볼 만한 글을 내놓는다는 불문율을 새로히 인식하였다.[20]

위 김문집의 평론은 "있는 대로의 자기를 표박"하는 수필이 여성작가들에게 적합한 장르임을 역설하고 있다. 김문집은 여성작가는 자기를 드러내는 반면 남성작가는 "자기를 은폐"하는 객관적인 서술태도를 견지함으로써 '걸작'을 내놓을 수 있다는 논리를 폄으로써 남성과 여성의 글쓰기를 상호배타적인 것으로 정의한다. 여성문단을 '소녀문단'이라는 미성숙한 집단으로 담론화하는 것, 소설가 최정희를 수필에서 걸작을 남긴 작가로 담론화하는 것은 여성수필 = 고백적인 글 = 여성에게 적합한 장르라는 공식이 낳은 결과이다.

이 '여자수필의 대성황' 현상은 식민지 시기뿐만 아니라 해방 이후에도 매체에서 독자들의 흥미를 끌기 위해 자주 활용되었다. 조경희, 전

---

18 김자혜, 장덕조, 무용가 최승희가 필진으로 참여했다.
19 박화성, 김자혜, 최정희 외에 박천주, 손초악, 홍가은, 최이권 등 이름이 덜 알려진 이들이 필진으로 참여했다.
20 김문집(이하관), 「문학의 인상」, 『중앙』, 1936.9, 147면.

숙희는 해방 이후 독자적인 장르로서의 수필을 의식하고 글쓰기를 행한 대표적인 여성작가들이며, 각종 전집 발간 붐에 힘입어 『한국여류수필전집』(1965)이 발간된 것에서 이런 수필의 대중화, 여성화 현상을 확인할 수 있다. 하지만 다른 점도 있다. 식민지 시기 수필 장르의 경우 시인이나 소설가가 출판사의 청탁을 받아 수필을 쓰는 식이어서 독자적인 장르로 인식되기 힘들었지만, 해방 이후에는 소설, 시 장르와 더불어 수필 역시 독자적인 장르로 인식되었다. 가령 '한국여류문학인회' 결성을 기념하여 출간된 『현대여류문학33인집』에는 '수필' 항목에 김일순, 김향안, 전숙희, 정충량, 조경희, 천경자[21]의 수필이 실렸으며, 시인이나 소설가의 수필 작품은 싣지 않았다. 장르별 경계를 명확히 하고 있는 것이다.

4. 결론

'성차의 페미니즘'을 주장한 로지 브라이도티는 "성차는 여성들 각각의 차이들을 인식"하는 것이고 "남근이성 중심적인 것에 거슬러 사유하며 여성들 자신에게 체현된 것을 자신들의 언어로 말하는 '페미니즘의 계보학'"이 긴요하다고 말한다. 페미니즘 계보학은 여성 자신의 시각과 언어로 남성중심주의, 국가 중심주의 질서에 한편으로는 포섭되고 한편으로는 저항하는 여성들의 지적 전통과 말하기, 글쓰기를 복원

---

21 김일순 「혼자 남은 쟁아」 외, 김향안 「카페와 참종이」 외, 전숙희 「슬픈 여인들끼리」 외, 조경희 「비」 외, 정충량 「바다의 추억」 외, 천경자 「서커스의 향수」 외.

하고 재구성하는 작업이다. 여성문학사 서술은 이와 같은 계보학을 실천하는 작업이라 할 수 있다. 그리고 이와 같은 계보학 짜기가 구체성을 획득하기 위해서는 여성성과 여성적 글쓰기를 우리 현실에 맞게 재맥락화할 필요가 있다.

이 장에서는 여성성과 여성적 글쓰기, 문학양식을 중심으로 여성문학사 외부의 젠더정치학과 여성문학사 내부의 체계를 규명하려 했다. 근대성과 여성성의 관계가 그러하듯 기존 문학제도와 여성문학 제도는 상호 배타적이거나 일방적인 관계가 아니고 서로의 필요에 의해 경합하고 협상하면서 위상을 정립해 왔다. 젠더 혹은 성차에 근거한 차이의 정치(학)는 남성 / 여성뿐만 아니라 예의 여성들 내부에까지 관철된다.

필자는 여성문학 장의 형성과정을 해명할 수 있는 핵심개념으로 '여성성의 제도화'를 제안했다. '여성성의 제도화'는 특정 장르 양식의 독점, 특정 여성작가들이 여성문학 장을 장악하게 된 내적 기제를 파악하는 데 도움이 된다. 또한 이런 제도화의 '바깥'에서 여성문학사의 새로운 흐름을 형성하는 움직임을 파악하는 데에도 유효한 준거를 제공한다. 그 결과 1930년대 중반 이후 기존 문단이 여성작가들을 '여류'라는 하나의 집단으로 묶어 동질화하고 여성화하려는 담론전략을 구사했고, '여성성의 제도화'를 수용하고 여성작가로서의 정체성을 내면화한 일군의 작가들이 전후까지 여성문학 장의 중심으로 자리 잡았음을 입증했다.

이 저서의 본래 목적은 한국 근·현대문학 장의 형성원리를 해명하는 방법론적 틀로 '여성성의 제도화'를 상정하되, 이 제도화의 틀에 포섭되지 않는 여성작가들의 다양한 국면들을 살펴보는 것이었다. 식민지 시대 강경애와 임순득의 글쓰기, 더 거슬러 올라가 나혜석과 김일엽, 김명순의 선구적인 페미니스트 의식, 전후 박경리의 글쓰기가 여기에 해당한다. 이 여성작가들은 지배적인 남성문학 장에 편입되지 않고 여성의 현실과 체험에 밀착한 글쓰기 실천을 하였으며, 오히려 그런 '차이'를 통해 우리 근·현대 문학 장을 풍요롭게 하는 데 기여했다. 하지만 필자는 기존 문학 장의 남성적 질서를 승인하면서도 그것을 거스르고 틈을 내는 여성작가들의 '다양한' 시도들을 미세하게 읽어내지는 못 했다. 그것은 어쩌면 문학제도 내지 문학 장 연구가 실증적 자료를 토대로 제도의 메커니즘에 착목하기 때문에 빚어진 한계인지도 모른다. 앞으로 제도 연구를 넘어서되 특정 시대의 공통감각이나 취향, 이데올로기를 젠더의 관점에서 추출할 수 있는 시각을 보완하고자 한다.

1970년대 이후 여성문학 장은 사뭇 다른 양상을 띤다. 필자는 이 저서의 앞에서 대상 시기를 1960년대 말로 한정하면서 박완서가『동아일보』장편소설 공모에『나목』으로 등단[22]한 것을 시기 구분의 근거로 제시했다. 박완서적 경향과 오정희적 경향으로 대표되는 1970년대 여성문학은 여성(해방)의 시각에서 작품을 쓰고, 당대 비평의 맥락에서 여성으로서의 희귀성이 아닌 작가성과 작품성으로 인정받기 시작하였다. 그런 점에서 1970년대는 여성문학이 기존의 남성중심의 문학 장과의 경합이나 인정 투쟁 없이 예의 여성의 경험이나 현실, 내면을 다양하게 주조한 시대로 이전 시기와 차별성을 기할 수 있었다고 평가할 수 있다.

22　오정희가『중앙일보』신춘문예에「완구점 여인」으로 당선된 때가 1968년이며, 첫 창작집 첫 창작집『불의 강』을 발간한 때가 1977년이라는 점도 함께 고려해야 할 사안이다.

해방기 여성문학 / 문화 관련 담론(연도순)

조병승 역, 「콜론타이 여사의 '삼대의 연애'」, 『문화창조』 창간호, 1945. 12.

이원조, 「여성과 문학」, 『여성문화』 창간호, 1945. 12.

이동규, 「여성과 문화」, 『여성공론』 창간호, 1946. 1.

한　효, 「여성과 문학」, 『여성공론』 창간호, 1946. 1.

이옥경, 「해방과 여성」, 『적성(赤星)』 창간호, 1946. 3.

일기자, 「조선부인문제에 관해서」, 『적성(赤星)』 창간호, 1946. 3.

김남천, 「여성해방운동관견」, 『적성(赤星)』 창간호, 1946. 3.

노천명, 「인테리 여성의 오늘의 사명」, 『부인』 창간호, 1946. 3.

조연현, 「조선여성론」, 『부인』 2호, 1946. 4.

신석초, 「여성과 지적문제」, 『신천지』 1(4), 1946. 6.

백　철, 「여성과 정치」, 『협동』 창간호, 1946. 8.

고명자, 「부녀의 진로」, 『독립신보』, 1946. 8. 15.

김말봉, 「내가 하고 있는 일」, 『경향신문』, 1946. 10. 24.

최정희, 「수첩 중에서」, 『경향신문』, 1946. 10. 31.

노천명 외, 「여류문화인좌담회」, 『경향신문』, 1947. 1. 1.

안동수, 「여성과 문학」, 『백제』, 1947. 2.

김동리, 「여성작가의 회고와 전망」, 『문화』 1(2), 1947. 2.

김광섭, 「여성 인간의식의 권위를 가지라」, 『부인신보』, 1947. 11. 23.

설정식, 「여성과 문화」, 『신세대』 22호, 1948. 2.

최정희, 「여류작가 군상」, 『예술조선』 2호, 1948. 2

______, 「나의 문학생활 자서」, 『백민』, 1948. 3.

조규희, 「여성운동의 지향」, 『민성』, 1948. 8.

문철민, 「여성과 문화」, 『부인』 18호, 1949. 1.

이재욱, 「여성과 독서」, 『부인』 18호, 1949. 1.

김동리, 「지성적인 작품, 손소희평」, 『경향신문』, 1949. 2. 5.

______, 「한국여성에게 멧세지~'나이두' 여사가」, 『경향신문』, 1949. 2. 11.

임옥인, 「남성작가에게 보내는 글」, 『백민』 5(2), 1949. 3.

박목월, 「여류작가에게 보내는 글」, 『백민』 5(2), 1949. 3.

노천명, 「거성은 사라젓다」, 『조선일보』, 1949.3.5.

임학수, 「나이두 여사의 시」, 『조선일보』, 1949.3.8.

______, 「여류문학강좌」, 『경향신문』, 1949.3.10.

모윤숙, 「나이두여사의 인상」, 『경향신문』, 1949.3.8.

최태응, 「최근의 여류작품 상·하」, 『경향신문』, 1949.4.20~21.

김영기, 「여류시단의 재출발」, 『서울신문』, 1949.7.23.

김말봉, 「여성과 예술, 상·중·하」, 『서울신문』, 1949.8.6~8.

홍효민, 「여류문학의 원류 1, 2, 3」, 『경향신문』, 1949.8.21~23.

최정희, 「문단교우록」, 『민성』 5(9), 1949.9.

______, 「여류작가 푸로필」, 『현대공론』, 1949.10.

박화성, 「서해가 살았다면, 상·하」, 『국도신문』, 1949.11.16~17.

최정희, 「여성과 문학」, 『부인경향』 창간호, 1950.1.

임옥인, 「밋첼 여사와 나, 상·하」, 『국도신문』, 1950.1.24~25.

『사상계』, 『현대문학』 수록 여성작가 소설 목록

1. 『사상계』 수록 여성작가 소설

날짜	작품명
1955.2	최정희, 「인정」
1955.7	구혜영, 「안개는 거치고」
1956.6	구혜영, 「상록의 지층」
1956.7	강경애, 「마약」(재수록)
1957.6	전숙희, 「귀로」
1958.8	한말숙, 「낙루 부근」
1958.10	손소희, 「어둠 속에서」
1959.8	정연희, 「한 뼘의 땅」
1959.9	한말숙, 「장마」; 구혜영, 「암초」
1959.11	손소희, 「태풍」
1959.12	박경리, 「해동여관의 미나」
1960.1	강신재, 「젊은 느티나무」
1960.5	정연희, 「어느 하늘 밑」
1960.8~12	최정희, 『인간사』
1960.9	이문희, 「노해기(怒海記)」
1961.8	손소희, 「다리를 건널 때」
1961.11	**100호 기념 문예특별증간호**, 한무숙, 「대열 속에서」; 구혜영, 「메기의 추억」
1962.11	한무숙, 「배역」; **문예특별증간호**, 강신재, 「황량한 날의 동화」; 박순녀, 「아이러브유」
1964.7	한말숙, 「이 하늘밑」; 김의정, 「사랑의 찬가」
1964.11	박순녀, 「외인촌입구」(신인문학상 입선 추천작)
1964.12	박경리, 「풍경(B)」
1965.3	박순녀, 「임금의 귀」
1965.11	박화성, 「팔전구기」; 박경리, 「하루」
1965.12	강신재, 「강물이 있는 풍경」
1966.4	손소희, 「그 자매」
1966.10	박순녀, 「단절」

1967.6	구혜영, 「어떤 평일」
1968.5	손소희, 「성곽 밖의 봄」
1968.6	구혜영, 「은빛깔의 작은 새」; 손장순, 「우울한 한강」
1968.10	서영은, 「교(矯)」 제10회 사상계 신인상 입선작
1969.8	구혜영, 「명희」

2. 『현대문학』 수록 여성작가 소설

1955년

1월	최정희, 「수난의 장」
2월	손소희, 「층계 위에서」; 김말봉, 「여심」
3월	강신재, 「포말」
7월	손소희, 「샛치기」
8월	한무숙, 「월운」; 강신재 「쌘달」; 박경리 「계산」(추천)
9~10월	최정희 「정적일순」

1956년

1월	손소희, 「음계」
3월	강신재, 「어떤 해체」
7월	한무숙, 「천사」
8월	손소희, 「창포필 무렵」; 박경리, 「흑흑백백」(추천완료)
9월	강신재, 「낙조전」
10월	박기원, 「시월산초」
11월	박경리, 「군식구」; 한말숙, 「별빛속의 계절」(추천)(11~12월)

1957년

1월	손소희, 「거래」
3월	박경리, 「전도」
5월	손소희, 『태양의 계곡』(~1959.8, 장편연재)
6월	한말숙, 「신화의 단애」(추천완료)
8월	박경리, 「불신시대」
10월	박경리, 「영주와 고양이」

1958년

1월	손장순, 「입상」
3월	박경리, 「벽지」
6월	박경리, 「암흑시대」 (6·7월); 한말숙, 「노파와 고양이」
12월	한말숙, 「낙조전」; 송원희, 「모자」; 손장순, 「전신(轉身)」

1959년

2월	박경리, 『표류도』(~1959.11, 장편연재)
3월	손장순, 「배리의 심연」; 최미나, 「고갯길」(추천완료)
5월	강신재, 「절벽」
7월	한말숙, 「파충류의 탄무(歎舞)」
8월	손장순, 「화인푸레이」; 최미나, 「그림자」
11월	한말숙, 「Q호텔」

1960년

1월	송숙영, 「타인들」(추천); 김말봉, 「이브의 후예」
4월	한말숙, 『하얀 도정』(장편연재)
6월	송숙영, 「역주」
10월	손소희, 「그날의 햇빛은」
12월	강신재, 「착각 속에서」

1961년

2월	**신진여류작가특집** 박경리, 「귀족(貴族)」; 송원희, 「낙엽기(落葉期)」; 김성원, 「반추」; 손장순, 「궤도(軌道)」; 송숙영, 「잔조(殘照)」; 이정호, 「인과(因果)」
6월	최미나, 「전족」
7월	김영희, 「우기의 문」(추천)
9월	송숙영, 「화판」
11월	손소희, 『계절풍』(~1963.11, 장편연재); 김영희, 「수평의 서단」(추천완료)
12월	한말숙, 「방관자」

1962년

3월	송숙영, 「Glass Booth」; 김영희, 「고독한 응시」
4월	강신재, 「상(像)」; 이정호, 「잔양」(추천완료)
5월	최미나, 「만학 선생」

6월	강신재, 「검은 골짜기의 풍선」
7월	이정호, 「불가시권」
8월	한말숙, 「행복」
10월	박기원, 「광인의 처」
11월	**여성작가특집** 박화성, 「별의 오각은 제대로 탄다」; 한무숙, 「축제와 운명의 장소」; 한말숙, 「순자네」; 이정호, 「영원한 평행」; 송숙영, 「달빛을 살해하라」

1963년

4월	최미나, 「불협화음」
5월	이정호, 「잃어버린 동화」; 김영희, 「장송곡」
6월	강신재, 『파도』(장편연재)
9월	송숙영, 「환멸」; 이정호, 「웃지 않는 미소」
10월	한무숙, 「유수암」, 오지영, 「분기점」(추천완료)
12월	최정희, 「귀뚜라미」

1964년

1월	손장순, 「공황」; 전병순, 「이단」; 김영희, 「고독한 축제」
4월	최미나, 「매화틀」; 오지영, 「하숙집」
5월	손소희, 「귀향」; 최정희, 『강물은 또 몇 천리』(~1966.4, 장편연재)
6월	이정호, 「벽돌집」
7월	김영희, 「출구없는 무대」
9월	전병순, 「실루에뜨」

1965년

1월	오지영, 「캐비의 죽음」; 박경리, 「갈구」; 최미나, 「야학」; 이정호, 「나의 하늘」; 한문영, 「이부」; 한말숙, 「피선자」; 손장순, 「깍두기 씨」; 김영희, 「아침해가 떠와도」
3월	송숙영, 「고깔」
4월	손장순, 「살얼음속의 수초」; 이정호, 「홍원댁(洪原宅)」
6월	김영희, 「반짝이는 물결소리」
7월	박화성, 「샌님마님」
8월	박경리, 「외곽지대」; 이정호, 「사랑의 역사」
9월	강신재, 「이브변신」; 손장순, 「부동산중개인」; 박순녀, 「엘리제초」
10월	최미나, 「여자의 유산」
11월	한말숙, 「한잔의 커피」

| 12월 | 김영희, 「가인생설」 |

1966년

1월	박화성, 「증언」; 임옥인, 「어느 정사」; 손장순, 『한국인』(장편연재)
2월	송원희, 「낙뢰」
3월	손소희, 「왕 씨 일가의 사람들」; 한말숙, 「어느 여인의 하루」
4월	박경리, 「집」; 이정호, 「길고 오랜 복수」
6월	손소희, 「지애(地涯)에서」; 김영희, 「집시의 달」; 이석봉, 「출구없는 입구」; 김의정, 「신동이야기」
7월	오지영, 「어떤 귀로」
9월	한말숙, 「상처」
10월	전병순, 「국가」
12월	**여류작가 소설특집** 최정희, 「제2 여자의 풍경」; 임옥인, 「음화상(陰畵像)」; 손소희, 「유월잔치」; 박경리, 「평면도」; 김의정, 「생명」; 최미나, 「야유회」; 이정호, 「꿈이 아니어라」; 김영희, 「그 빛과 음향밖」; 이석봉, 「화장장(火葬場)에서」; 안영, 「희생자들」

1967년

3월	손소희, 「사가사(思家飼)」
4월	손소희, 「정동(靜動)」; 전병순, 「강원도 달비장수」
5월	손소희, 「세한부」; 박경리, 「쌍두아」; 한말숙, 「아기 오던 날」
6월	최미나, 「절대자」
7월	김영희, 「열환(熱幻)」
8월	손소희, 「행복한 산신」; 오지영, 「산골짝의 등불」
9월	송원희, 「분단」; 이정호, 「창」
12월	김의정, 「별과 모래의 꿈」

1968년

1월	최미나, 「태양의 흑점」; 임옥인, 『일상의 모험』(장편연재)
2월	김영희, 「그 겨울과 봄」
3월	오지영, 「미로」
4월	손장순, 「다께다 선생」
5월	박순녀, 「장갑을 벗는 여자」
6월	송숙영, 「까리스께」; 김지연, 「산영(山影)」(추천)
7월	김영희, 「공지(空地)」
8월	전병순, 「테스트필」

10월	손소희, 「하늘과 땅」
11월	최정희, 「가을」; 이정호, 「회색의 출구」
12월	김의정, 「고향」; 송원희, 「혈혼」

1969년

1월	손장순, 「대화」; 김지연, 「봄, 여름, 가을, 겨울」
2월	김영희, 「겨울바다」
5월	송숙영, 「연례(年例)병」; 박순녀, 「고색찬란」
6월	박시정, 「그들의 시대」(추천)
8월	김영희, 「자전주기」
9월	박경리, 『토지』(장편연재시작); 김지연, 「배꽃 질 때」
10월	전병순, 「박포씨 후일담」; 이정호, 「오지의 갈매기」; 박시정, 「분위기」
11월	김의정, 「잃어버린 천국」
12월	손소희, 「수박 한덩이가」

참고문헌

1. 1차 자료

『제국신문』, 『대한매일신보』, 『여자계』, 『신여자』, 『신여성』, 『여성』, 『신가정』, 『개벽』, 『조선문단』, 『중앙』, 『삼천리』, 『신동아』, 『동광』, 『조선일보』, 『동아일보』, 『신천지』, 『백민』, 『문예』, 『부인』, 『적성』, 『문화』, 『협동』, 『민족문화』, 『민성』, 『부인경향』, 『신천지』, 『여성공론』, 『사상계』, 『현대문학』, 『여원』, 『여상』, 『전선문학』, 『현대조선문학전집』(조광사, 1938), 『방송소설명작선』(조선출판사, 1943), 『한국문학전집』(삼중당, 1958), 『한국문학전집』(민중서관, 1958), 『현대조선여류문학선집』(조선일보출판부, 1937), 『여류단편걸작집』(조선일보사, 1939), 『한국여류문학전집』(삼성출판사, 1967), 『전시문학독본』(계몽사, 1951), 『적화삼삭구인집』(국제보도연맹, 1951), 『고난의 90일』(수도문화사, 1950), 『전쟁과 소설―현역작가 오인집』(계몽사, 1951), 『사병문고』1~4권(육군본부정훈감실, 1951~53) 『전쟁문학집』(육군본부, 1962)

2. 2차 자료

강진호, 「한국 반공주의의 소설 사회학적 기능」, 『한국언어문학』 52집, 한국언어문학회, 2004.

______, 「한국문학 전집의 흐름과 특성」, 『돈암어문학』 16집, 돈암어문학회, 2006.

곽효환, 「노천명의 자의식과 친일, 애국시 연구」, 『한국근대문학연구』 24호, 한국근대문학회, 2011.

구명숙 · 이병순 · 김진희 · 엄미옥 편, 『한국 여성문학 자료집 2―해방기 여성 단편소설』Ⅰ, 역락, 2011.

_______________________________, 『한국 여성문학 자료집 3―해방기 여성 단편소설』Ⅱ, 역락, 2011.

구명숙 편, 『한국 여성문학 자료집 5―한국전쟁기 여성문학 자료집』, 역락, 2012.

권보드래, 『아프레걸 사상계를 읽다』, 동국대 출판부, 2009.

권영민, 『한국현대문학사』, 민음사, 2003.

김건우, 『사상계와 1950년대 문학』, 소명출판, 2003.

김경연, 「1920년대 조선문단과 여성문학 섹션의 탄생」, 『우리문학연구』 33집, 우리문학회, 2011.

김경일, 『여성의 근대, 근대의 여성』, 푸른역사, 2004.

김동리, 「여류작가의 회고와 전망 : 주로 현역 여류작가의 작품세계에 관하야」, 『문화』

1(2), 1947.7.

김문집, 「여류작가총평서설」, 『조선문학』, 조선문학사, 1937.3.

_____, 「여류작가총평」, 『조선문학』, 조선문학사, 1937.4.

_____, 「규방사인론」, 『비평문학』, 청색지사, 1938.

김복순, 『페미니즘 미학과 보편성의 문제』, 소명출판, 2005.

_____, 「전후 여성교양의 재배치와 젠더정치」, 『여성문학연구』 18호, 한국여성문학학
　　　회, 2007.

_____, 「소녀의 탄생과 반공주의 서사의 계보─최정희의 『녹색의 문』」, 『한국근대문학
　　　연구』 18호, 한국근대문학회, 2008.

_____, 『나는 여자다, 방법론으로서의 젠더─최정희론』, 소명출판, 2012.

김　송, 「백민시대」, 『한국문단이면사』, 깊은샘, 1999.

김양선, 「식민주의 담론과 여성주체의 구성」, 『여성문학연구』 3호, 한국여성문학학회,
　　　2000.

_____, 「식민시대 민족의 자기구성방식과 여성」, 『한국근대문학연구』 8호, 한국근대
　　　문학회, 2003.

_____, 「탈근대 · 탈민족 담론과 페미니즘 (문학)연구─경합과 교섭에 대한 비판적 읽
　　　기」, 『민족문학사연구』 33호, 민족문학사학회, 2007.

_____, 『근대문학의 탈식민성과 젠더정치학』, 역락, 2009.

김연숙, 「저널리즘과 여성작가의 탄생─1920 · 30년대 여기자 집단을 중심으로」, 『여성
　　　문학연구』 14호, 한국여성문학학회, 2005.

_____, 「사회주의 사상의 수용과 여성작가의 정체성」, 『어문연구』 33(4), 한국어문교육
　　　연구회, 2005.

김옥란, 「여성작가와 장르의 젠더화」, 『탈식민의 역학』, 소명출판, 2006.

김윤선, 「한국 근대 기독교와 여성적 글쓰기」, 『여성문학연구』 19호, 한국여성문학학회,
　　　2008.

김은하, 「전후 국가 근대화와 "아프레 걸(전후 여성)" 표상의 의미─여성잡지 『여성계』
　　　『여원』 『주부생활』을 대상으로」, 『여성문학연구』 16호, 한국여성문학학회,
　　　2006.

김재용, 「친일문학의 성격 규명을 위한 시론」, 『실천문학』 65호, 실천문학사, 2002.

_____, 「여성성과 국가주의의 결합으로서의 친일문학」, 『실천문학』 73호, 실천문학사,
　　　2004.

김진기, 「반공호국문학의 구조」, 『상허학보』 20호, 상허학회, 2007.

_____, 『반공주의와 한국문학의 근대적 동학』, 한울아카데미, 2008.

김진희, 「모윤숙과 노천명 시에 나타난 해방과 전쟁」, 『한국시학연구』 28호, 한국시학

회, 2010.

김한식, 「『백민』과 민족문학」, 『상허학보』 20호, 상허학회, 2007.

남은혜, 「김명순 문학연구」, 서울대 석사논문, 2008.

노지승, 「1950년대 후반 여성독자와 문학 장의 재편」, 『한국현대문학연구』 30호, 한국현
　　　대문학회, 2010.

류진희, 「해방기 '여류'의 입지와 '탈−자기서사'의 전략」, 『2011년 구보학회 상반기 학술
　　　대회 발표집』, 구보학회, 2011.

박무영, 「한국문학통사와 한국여성문학사−여성문학사를 위하여」, 『고전문학연구』 28
　　　호, 한국고전문학회, 2005.

박수연, 「노천명 시의 서정적 내면과 파시즘−노천명의 일제 말기 시에 대해」, 『비교한
　　　국학』 17권, 비교한국학회, 2009.

박연하, 「문학교과서 수록 여성작가의 소설에 나타난 여성상과 그 교육방안」, 단국대 석
　　　사논문, 2011.

박정애, 「'여류'의 기원과 정체성−1950~60년대 여성문학을 중심으로」, 인하대 박사논
　　　문, 2003.

______, 「동원되는 여성작가−한국전과 베트남전의 경우」, 『여성문학연구』 10호, 한국
　　　여성문학학회, 2003.

박지영, 「『신여성』지의 '독자투고'문을 통해서 본 '여성적 글쓰기'의 형성과정」, 『여성문
　　　학연구』 12호, 한국여성문학학회, 2004.

______, 「혁명가를 바라보는 여성작가의 시선」, 『반교어문연구』 30집, 반교어문학회,
　　　2011.

박헌호, 「식민지 조선에서 작가가 된다는 것」, 『상허학보』 17호, 상허학회, 2006.

______, 『식민지 근대성과 소설의 양식』, 소명출판, 2004.

백　철, 『조선신문학사조사 : 현대편』, 백양당, 1949.

______, 『신문학사조사』, 민중서관, 1955.

상허학회 편, 『반공주의와 한국문학』, 깊은샘, 2005.

서동수, 「한국전쟁기 반공텍스트와 고백의 정치학」, 『한국현대문학연구』 20호, 한국현
　　　대문학회, 2006.

서재길, 「『방송지우』와 일제 말기 방송소설」, 『민족문학사연구』 22호, 민족문학사학회,
　　　2003.

서정자, 『한국근대여성소설 연구』, 국학자료원, 1999.

소영현, 「젠더 정체성의 정치학과 '근대 / 여성' 담론의 기원−『여자계』지를 중심으로」,
　　　『여성문학연구』 16호, 한국여성문학학회, 2006.

송민경, 「일제하 방송소설 연구」, 연세대 석사논문, 2003.

송희복, 『해방기 문학비평 연구』, 문학과지성사, 1993.

스즈키 토미, 「장르·젠더·문학사 서술-'여류 일기문학'의 구축을 중심으로」, 하루오 시라네·스즈키 토미 편, 왕숙영 역, 『창조된 고전』, 소명출판, 2002.

신수정, 「한국 근대소설의 형성과 여성 재현 양상 연구」, 서울대 박사논문, 2003.

신영덕, 「한국전쟁기 종군작가 연구」, 고려대 박사논문, 1993.

______, 「190년대 공군 기관지 소설의 담론 양상」, 『한중인문학연구』 19호, 한중인문학회, 2006.

신혜수, 「김명순 문학연구 : 작가의식의 변모 양상을 중심으로」, 이화여대 석사논문, 2009.

심선옥, 「해방기 시의 정전화 양상」, 『현대문학의 연구』 40호, 한국문학연구학회, 2010.

심진경, 「여성작가 친일소설 연구」, 『배달말』 32권, 배달말학회, 2003.

______, 「문단의 '여류'와 여류문단-식민지 시대 여성작가의 형성과정」, 『상허학보』, 상허학회, 2004.

______, 「여성문학은 어떻게 만들어졌는가」, 『한국근대문학연구』 19호, 한국근대문학회, 2009.

안함광, 「문예시평-두 가지 문제를 가지고」, 『비판』, 1932, 12.

엄미옥, 「한국전쟁기 여성 종군작가소설 연구」, 『한국근대문학연구』 21호, 한국근대문학회, 2011.

윤병로, 「여류문학이 가는 길」, 『현대문학』 175호, 현대문학, 1969.7.

이광수, 「현상소설고선여언」, 『청춘』 12호, 1918.3.

이경하, 「여성문학사 서술의 문제점과 해결방향」, 서울대 박사논문, 2004.

______, 「여성문학사 서술의 필요성에 관하여」, 『여성문학연구』 11호, 한국여성문학학회, 2004.

______, 「제국신문 여성독자투고에 나타난 근대 계몽담론」, 『한국고전여성문학연구』 8호, 한국고전여성문학학회, 2004.

이병순, 「현실추수와 낭만적 서정의 세계-해방기 최정희 소설 연구」, 『현대소설연구』 26호, 한국현대소설학회, 2005.

이봉범, 「1950년대 등단제도 연구」, 『한국문학연구』 36집, 동국대 한국문학연구소, 2009.

이상경, 「여성의 근대적 자기표현의 역사와 의의」, 『민족문학사연구』 9호, 민족문학사학회, 1996.

______, 『나혜석 전집』, 태학사, 2000.

______, 「일제 말기의 여성동원과 군국의 어머니」, 『페미니즘연구』 2호, 한국여성연구소, 2002.

______, 「임순득의 소설 「대모」와 일제 말기의 여성문학」, 『여성문학연구』 10호, 한국여성문학학회, 2002.

______, 『한국근대 여성문학사론』, 소명출판, 2002.

______, 「식민지에서의 여성과 민족의 문제―일제 파시즘하의 최정희와 임순득」, 『실천문학』 69호, 실천문학사, 2003.

______, 「1930년대 신여성과 여성작가의 계보연구」, 『여성문학연구』 12호, 한국여성문학학회, 2004.

______, 『임순득―대안적 여성주체를 향하여』, 소명출판, 2009.

이선미, 「『여원』의 비균질성과 독신여성 담론 연구」, 『한국문학연구』 34호, 동국대 한국문학연구소, 2008.

이선옥, 「여성 해방의 기대와 전쟁 동원의 논리―여성의 친일작품과 논설」, 김재용 외, 『친일문학의 내적 논리』, 역락, 2004.

______, 「'여성현상문예'와 주부담론의 균열」, 『여원 연구―여성, 교양, 매체』, 국학자료원, 2008.

이언 와트, 강유나·고경하 역, 『소설의 발생』, 강, 2009.

이종호, 「1950년대 남한 문학전집의 출현과 문학정전화의 욕망―민중서관 한국문학전집을 중심으로」, 『한국어문학연구』 55집, 한국어문학연구학회, 2010.

이재선, 『한국현대소설사』, 홍성사, 1979.

이태숙, 「고백체 문학과 여성주체―김명순을 중심으로」, 『우리말글』 26호, 우리말글학회, 2006.

이화형·유진월, 「『신여자』와 근대 여성담론의 형성」, 『어문연구』 31(2), 한국어문교육연구회, 2003.

이현진, 「근대 취미와 한국 근대소설 관련양상 연구―근대 여성작가의 출현과 미적 주체구성을 중심으로」, 경기대 박사논문, 2004.

이형대, 「근대계몽기 시가와 여성담론―신문매체 소재 작품을 중심으로」, 『한국시가연구』 10집, 한국시가학회, 2001.

일레인 쇼월터, 「페미니스트 비평, 광야에 서다」, 일레인 쇼월터 편, 신경숙·홍한별·변용란 역, 『페미니스트 비평과 여성문학』, 이화여대 출판부, 2004.

임종국, 『친일문학론』, 평화출판사, 1966.

전은경, 「근대 초기 독자층의 형성과 매체의 영향」, 『현대문학의 연구』 40호, 한국문학연구학회, 2010.

정창범, 「여류작가의 경우」, 『현대문학』 173호, 현대문학, 1969.5.

조연현, 『한국현대문학사』, 인간사, 1961.

______, 「불모의 문학풍토 20년」, 『사상계』, 사상계, 1968.8.

차혜영, 「1920년대 동인지 문학 운동과 미 이데올로기」, 『한국문학이론과 비평』 24집, 한국문학이론과 비평학회, 2004.

______, 「국어교과서와 지배 이데올로기」, 『상허학보』 15집, 상허학회, 2005

천정환, 『근대의 책읽기』, 푸른 역사, 2003.

______, 「한국문학전집과 정전화 : 한국문학전집사(초)」, 『현대소설연구』 37호, 한국현대소설학회, 2008.

최경희, 「친일문학의 또 다른 층위ー젠더와 「야국초」」, 박지향 · 김일영 · 이영훈 외, 『해방전후사의 재인식』 2권, 책세상, 2006.

최기숙, 「젠더비평 : 메타 비평으로서의 고전 독해ー고전 서사의 젠더 비평적 독해를 위한 방법론적 고찰」, 『한국고전여성문학연구』 12호, 한국고전여성문학학회, 2006.

최혜실, 『신여성은 무엇을 꿈꾸었는가』, 생각의나무, 2000.

피에르 부르디외, 최종철 역, 『구별짓기ー문화와 취향의 사회학』, 새물결, 2005.

호테이 토시히로, 「일제말기 일본어 소설 연구」, 서울대 석사논문, 1996.

홍　구, 「여류작가의 군상」, 『삼천리』, 삼천리사, 1933.1.

홍인숙, 「근대계몽기 여성 글쓰기의 양상과 '여성주체'의 형성과정」, 『한국고전연구』 14집, 한국고전연구학회, 2006.

히라타 유미, 엄경화 역, 『여성 표현의 일본 근대사ー'여류작가'의 탄생 전야』, 소명출판, 2008.